Eva Lesko Natiello
Memory Box – Verborgene Lügen

## Das Buch

*»Sei vorsichtig, wonach du suchst – du könntest es finden ...«*

Schockiert starrt Caroline auf den Bildschirm. Aus Spaß hat sie sich gegoogelt – und wünscht, sie hätte es nicht getan. Tausende von irritierenden Treffern unter ihrem Mädchennamen ... Ist ihre Zwillingsschwester wirklich vor Jahren gestorben?

Carolines heimliche Nachforschungen fördern immer mehr Verstörendes zutage, das sie um jeden Preis vor ihrem Mann, ihren beiden Töchtern und den anderen Müttern in der Kleinstadt zu verstecken versucht. Doch die Realität entgleitet ihr immer mehr und sie gerät in einen Strudel aus Paranoia, Lügen und Besessenheit ...

## Die Autorin

Eva Lesko Natiello ist eine preisgekrönte Autorin, die mit ihrer Familie im New Jersey lebt. »Memory Box«, Bestseller bei der New York Times und USA Today, ist ihr erster Roman und hat den Houston Writers Guild Manuscript Award gewonnen.

# EVA LESKO NATIELLO

# MEMORY BOX

## VERBORGENE LÜGEN

### THRILLER

Aus dem Amerikanischen von Peter Groth

Die amerikanische Ausgabe erschien 2014 unter dem Titel »The Memory Box« bei Fine Line Publishing, Vinton (Virginia).

Deutsche Erstveröffentlichung bei
Edition M, Amazon Media EU S.à r.l.
5 Rue Plaetis, L–2338, Luxembourg
Oktober 2018
Copyright © der Originalausgabe 2014
By Eva Lesko Natiello
All rights reserved.
Copyright © der deutschsprachigen Ausgabe 2018
By Peter Groth

Die Übersetzung dieses Buches wurde durch AmazonCrossing ermöglicht.

Umschlaggestaltung: semper smile, München, www.sempersmile.de
Umschlagmotiv: © ilolab © Carolyn Franks / Shutterstock
Lektorat und Korrektorat: Media-Agentur Gaby Hoffmann,
www.profi-lektorat.com
Printed in Germany
By Amazon Distribution GmbH
Amazonstraße 1
04347 Leipzig, Germany

ISBN: 978-2-919-80210-4

www.edition-m-verlag.de

Für Joe, Margaux & Mark – meine engsten Vertrauten

# Prolog

An jenem Morgen hatte ich ein seltsames Gefühl. Zuerst war es noch ganz schwach, fast unmerklich, wie der Beginn eines herannahenden Nebels. Dann kam es mit stiller, beunruhigender Entschlossenheit über mich. Ich versuchte, es abzuschütteln. Doch es wurde noch stärker. Es drang durch meine fröhliche Fassade, bis es die Erregung in meinem Innersten abwürgte. So etwas hatte ich noch nie empfunden.

Die Dinge liefen nicht wie geplant. Ich hatte nicht damit gerechnet, am Tag nach der Übergabe des Manuskriptes Zweifel zu verspüren. Vielmehr hatte ich Stolz und ein feierliches Gefühl, vielleicht Freude, erwartet. Schließlich war es ein Triumph, verdammt noch mal!

Nein. Beim genaueren Nachhorchen war es kein Zweifel, der sich in meinen aufgekratzten Zustand geschlängelt hatte. Es war etwas ganz anderes.

Obwohl eine warme Brise durch das mit einem Netz versehene Fenster über der Spüle hereinwehte, erschauerte ich. Und rang mit diesem Gefühl. Es war fremd.

Es war Angst.

# TEIL I

# Kapitel Eins

Ein Geheimnis, das man einmal kennt, lässt sich nicht wieder »entkennen«. Man kann es nicht wie ein geliehenes Buch zurückgeben. Oder es wie einen Liebesbrief verbrennen. Mit keinem Mausklick lässt es sich aus dem Kopf löschen. Es klebt an den Wänden deines Gedächtnisses wie eingetrockneter Haferbrei an der Schüssel. All die Geheimnisse, die du am liebsten niemals erfahren hättest, werden zu einer schweren Last. Wie eine Bowlingkugel ohne Löcher.

Manche Leute sammeln mit Begeisterung Geheimnisse. Sie suhlen sich darin wie die Schweine im Schlamm. Voller Stolz brüsten sie sich mit der Kenntnis geschmackloser Neuigkeiten.

Ich bin nicht so. Ich mag es nicht, mit der Brechstange und dem Metzgerhaken in der Vorgeschichte anderer Leute herumzustochern. Und was ist eigentlich aus der Privatsphäre geworden? Nichts ist mehr privat. Alles ist öffentlich.

Meist geht es doch bei Geheimnissen um Dinge, die man bedauert, oder? Ich meine, »gute Nachrichten« werden kaum verheimlicht. Nur Peinlichkeiten, für die man sich schämt. Wahrscheinlich hat jeder schon einmal etwas gesagt oder getan, von dem er sich nachher gewünscht hat, es wäre nicht geschehen. Man war vielleicht jung und unreif oder betrunken und mit kurzfristig getrübtem Urteilsvermögen. Müssen solche Dinge an die Öffentlichkeit? Soll man sich seine Fehler auf die Stirn tätowieren?

Der neuste Tratsch im Ort dreht sich um einen Mann, dessen Tochter mit Lilly im dritten Schuljahr ist. Jung und betrunken war er während seiner Studienzeit bei einer Mutprobe nackt über den Hinterhof des Dekans geschlichen. Zu seinem Unglück wusste er nichts von der ausgehobenen Grube und fiel hinein. Dabei brach er sich das Wadenbein und blieb im Adamskostüm in dem dunklen Loch stecken, wo er langsam ausnüchterte, während er auf Rettung warten musste. Eine der Schnüffelnasen aus der Nachbarschaft hat ihn gegoogelt und ist auf die alte Geschichte gestoßen. Jetzt muss dieser erwachsene Mann die ganze Peinlichkeit noch einmal durchleben, weil die klatschmäuligen Mamas der Lincoln-Grundschule ihren Plauderstab an eine Stafette begieriger Empfänger weiterreichen. Ich bin überrascht, wie beliebt Tratschen ist. Selbst in einem Ort wie Farhaven.

Wahrscheinlich ist hier jeder schon einmal von diesen Frauen gegoogelt worden, die anschließend mit ihren fragwürdigen Entdeckungen um sich werfen wie bei einer Fütterung im Zoo. Ich lächle immer besonders freundlich, wenn ich diesem Dad oder einem der anderen Tratschopfer in der Schule begegne. Schließlich kann es jeden von uns erwischen. In dieser Stadt möchte ich niemand sein, der etwas zu verbergen hat.

Als sie meinen Namen – Caroline Thompson – gegoogelt haben, hatten sie eine Woche auf meine Kosten ihren Spaß. Die Suche ergab nämlich nur drei Treffer. Gabrielle Callis, die Großmeisterin der Tratschistas, berichtete mir davon. »Caroline«, sagte sie und blickte mir fest in die Augen. Ohne zu blinzeln. (Sie blinzelt nie. Manchmal möchte ich ihr in die Augen pusten, um herauszufinden, ob das physisch überhaupt möglich ist. Eigentlich müssten die sechs Schichten Mascara und das Gesetz der Schwerkraft ihre Wimpern zusammenbrechen lassen.) Sie legte mir besorgt die Hand auf den Unterarm. »Ich wollte die Erste sein, die es dir mitteilt, damit es dir nicht peinlich ist, wenn du die anderen darüber reden hörst.« Ich schwöre, dass sie ihren Kaffee aus einer Tasse mit der Aufschrift »Bombenlegerin« schlürft. Außerdem hält sie sich nur selten mit Fakten auf.

Ein nervenzerfetzender Alarmton schrillt aus der Ecke meines Schreibtisches und wirft mich fast vom Stuhl. Der ganze Tisch vibriert. Ich greife nach der Eieruhr und bringe sie zum Schweigen, während ich kurz überlege, sie einfach aus dem Fenster zu werfen. Dabei bin ich diejenige, die das verdammte Ding anstellt und mich dann jedes Mal erschrecke, wenn es losgeht. Smarty Pants, der noch vor einem Moment mit abgespreizten Pfoten auf dem Rücken über meinem Fuß unter dem Schreibtisch gelegen und geschlafen hat, wobei er wie ein umgedrehter Beistelltisch aussah, dreht sich um und stellt sich auf alle viere. Er bellt und wirft mir einen wütenden Blick zu. »Es tut mir leid, Süßer.« Ich nehme ihn hoch und setze ihn mir auf den Schoß. »Ich hasse dieses Ding auch.« Ich küsse ihn auf den Kopf und fahre mit den Fingern durch sein weißes, hellgelbes Haar. Ich hebe eins seiner Ohren und flüsterte: »Wer ist mein bester Freund?« Er reagiert wie üblich mit einem ganz bestimmten Bellen. Manchmal glaube ich wirklich, er bellt: »Ich!«

Die Uhr an meinem Computer zeigt vierzehn Uhr dreiundvierzig. Wenn ich das Haus nicht innerhalb der nächsten drei Minuten verlasse, um die Mädchen abzuholen, wird der nächste freie Parkplatz, den ich an der Schule finde, vor meinem eigenen Haus sein.

Bevor ich losfahre, lese ich noch einmal, was ich bei Google ins Suchfeld getippt habe.

»Caroline Thompson.«

Ich weiß nicht, warum ich mich noch nie selbst gegoogelt habe. Ich war so versessen auf mein lautstarkes Verdammen dieser voyeuristischen Zeitfresserei, dass ich mich dabei selbst manipuliert habe. Schließlich habe ich auch ein Recht darauf zu erfahren, was die Leute über mich wissen. Und es stört mich nicht, wenn es nur drei Einträge gibt. Dafür muss man sich nicht schämen.

Eigentlich war ich sogar erleichtert.

Es ist gut, dass ich keine Zeit dafür habe. Ich klicke auf »Suchen«. Wenn sich wirklich nur drei Erwähnungen finden, dann wird es sowieso nicht sehr lange dauern. Ich blicke zur Uhr. Ich habe noch zwei Minuten. Ich überfliege ein paar Seiten.

Da ist eine Reihe Fotos auf der ersten Seite, die verschiedene Caroline Thompsons zeigen.

Ich bin keine davon. Nachdem ich die beliebte Töpferin aus Colorado und die Collegeprofessorin aus Pensacola aussortiert habe, wie auch ein paar andere, die ich glücklicherweise nicht bin, wie die eine im Gefängnis, lese ich die Einträge, die nach mir aussehen.

Alle drei.

Nun, zumindest das hat sich Gabrielle nicht ausgedacht.

Der erste Text ist eine Bewertung, die ich auf Amazon über eine elektrische Zahnbürste geschrieben habe. Kein Wunder, dass manche Leute Tausende von Google-Ergebnissen haben, wenn Bewertungen zählen. Der zweite stammt aus der Zeit, als ich den Bücherflohmarkt der Stadtbücherei Farhaven koordiniert habe, der dritte, als ich die Vorsitzende des Ausschusses für gesundes Schulessen an der Lincoln-Grundschule war.

Mit so skandalösen Einträgen könnte ich glatt auf der Titelseite der Tratschzeitschriften landen.

Wen kümmert das? Wenigstens muss ich nichts erklären.

Ich schließe das Dokument, nehme Smarty und springe ins Auto, um die Mädchen abzuholen.

An der Schule angekommen, gehe ich zur Tür der dritten Klasse, wo ich Vicki treffe, die gerade telefoniert. Gruppen von Müttern und Babysittern bilden eine Schnittmenge wie ein Venn-Diagramm. Vicki ist von Kopf bis Fuß in ihre feuchtigkeitsabsorbierende Lycrakleidung gehüllt – ihre zweite Haut, selbst an den Tagen, an denen sie keine Spinning-Kurse beim YMCA gibt. Sie hat den Kopf gesenkt und ist ins Gespräch vertieft, ohne meine Ankunft bemerkt zu haben. Sie dreht an ihren Haarspitzen. Ich stelle mich neben sie und warte darauf, dass sie fertig wird, als ich ein Ziehen am Hosenbein spüre. Dann wühlt eine Hand wie eine Krabbe in der Papiertüte in der Tasche meiner kakifarbenen Shorts. Sie gehört zu einer Zweijährigen. Die Jüngste meiner Freundin Meg. Sie sucht nach einem Hundekeks, um ihn Smarty zu geben, der sich in meiner Strickjacke zusammengerollt hat.

»Hey, Süße!«, sage ich. »Du bist aber hübsch in deinem orangefarbenen Kleid. Sind das Gänseblümchen auf der Tasche?« Sie nickt mit dem ganzen Körper. »Wo ist deine Mommy?« Sie zeigt hinter sich, ohne hinzusehen. »Willst du Smarty Pants einen Keks geben?« Diesmal nickt sie mit solchem Schwung, dass ihr Kleidchen wie eine Kirchenglocke hin und her schaukelt.

Das Handy bleibt an Vickis Ohr gepresst, obwohl sie die ganze Zeit kein Wort gesagt hat.

»Telefonierst du noch?«, flüstere ich.

»Eigentlich nicht.« Die Worte kommen durch ihre zusammengebissenen Zähne.

»In der Warteschleife?«

Sie lässt den Kopf gesenkt, während ihre Augen hin- und herschießen, dann klappt sie das Telefon zu. »Ich habe so getan, als würde ich telefonieren.« Sie neigt sich zu mir. »So leicht wird sie mich nicht mehr kriegen. Steht da etwa irgendwo auf meiner

Stirn ›Bitte, bitte belästigen Sie mich mit Ihrem langweiligen, sinnlosen Geplapper‹?«, zischt sie, ohne Luft zu holen.

»Das wäre ganz schön viel Text.« Ich habe keine Ahnung, was sie meint.

»Ich will einfach nicht wieder hören, dass ihre Tochter den ersten Platz errungen hat oder ihr Sohn, das naturwissenschaftliche Genie ... bla, bla, bla«, fährt sie fort. »Sie ist unerträglich.«

»Ach so. Gabrielle?«

»Ja, Gabrielle. Sie hat mir heute Morgen aufgelauert.«

Ich schaue mich unter den vielen Müttern um. »Ich kann sie nirgends sehen.«

»Nun, lass dich davon nicht täuschen – sie kann einfach aus dem Nirgendwo auftauchen. Wie die böse Hexe beim Zauberer von Oz. Ich will nichts mehr von dieser blöden Handarbeitsausstellung hören, die sie in ihrem Haus veranstaltet. Ich gehe da nicht hin.«

»Ich auch nicht.« Ich zucke mit den Schultern.

»Was soll man da schon? Es interessiert mich nicht, dass die Frau dieses Pitchers von den Yankees da ist. Oder war er von den Mets ...« Vicki blickt Hilfe suchend zum Himmel. »Wer zum Teufel weiß das! Das ist ohnehin die einzige Möglichkeit, überhaupt jemanden hinzubekommen. Sie behauptet, dass sie Geld für die ›Mittellosen‹ sammelt. Kannst du dir vorstellen, dass sie das gesagt hat?«

»Meine Güte. Ein Pfefferminz?« Ich mache den Deckel auf, um sie abzulenken.

Sie richtet sich auf und ignoriert mein Angebot. »Ach ja, ich wollte es dir eigentlich gar nicht sagen, weil es so albern ist: Als ich letzte Woche beim Sportfest ausgeholfen habe, da habe ich gehört, wie sie jemandem erzählt hat, sie habe dich bei den Weight Watchers rauskommen gesehen.« Sie zerrt an ihrem Joggingoberteil und kratzt sich den Unterarm. »Nicht, dass irgendwer das glauben würde.« Vicki richtet ihre

Aufmerksamkeit für einen Moment auf ihren Arm, von dem sie ein dünnes Stück Haut abzupft, das vom Sonnenbrand geblieben ist. »Du bist dünner als deine Achtjährigen«, fügt sie hinzu und wirft ihr Telefon in ihre fransenverzierte Handtasche.

»Was?«, entfährt es mir.

Die Schultüren öffnen sich quietschend: 416 Schulkinder strömen heraus wie befreite Labormäuse. Ich entdecke meine Mädchen, die zu Meg hinüberlaufen, die ungefähr sechs Meter entfernt steht und die Hände ihrer Kinder hält, als würden sie sonst vom Wind weggeblasen werden.

»Hey, Meg, bereit für heute Abend?«, rufe ich über die Köpfe der anderen hinweg. Ausdruckslos nickt Meg. Doch nicht zu mir. Gabrielle feuert ihr gerade die letzten Neuigkeiten entgegen. Ich überlege, mich zurückzuziehen, doch es ist zu spät. Eine Hand ergreift mich am Unterarm.

»Was für eine Schande, Gabrielle. Hast du das gehört, Caroline?« Meg versucht, interessiert zu klingen, während sie meinen Arm festhält, wobei sie ihre Tochter loslässt. Der kleine Liebling schießt davon, so schnell ihn seine kleinen Beine tragen, und tritt dann auf die hervorstehende Wurzel eines alten Ahornbaumes, um darauf zu schaukeln. Das ist Megs Signal, ihr zu folgen. Womit sie mich der bösen Hexe überlässt – die keine Sekunde verstreichen lässt. Gabrielle dreht sich einfach auf den Absätzen ihrer taubenblauen Wildleder-Slipper, um mir die Neuigkeit mitzuteilen. Unbewusst verschränke ich die Arme vor der Brust.

»Oh, Caroline, ich kann es dir auch gleich sagen, bevor du es noch von jemand anderem und mit Lügen ausgeschmückt erfährst.« Sie zieht den Gürtel ihres Burberry-Trenchcoats enger und holt tief Luft. Die Adern an ihrem schlanken Hals zucken aufgeregt. »Es ist sicher. Der Ehemann von Du-weißt-schon-wem ist mit dem Au-pair-Mädchen durchgebrannt, zurück nach England. Gestern sind sie abgereist.«

Mir bleibt der Mund offen stehen, dann schließe ich ihn wieder. »Oh Gott, das ist ja schrecklich!« Mir ist richtig übel. Ich war die letzte Bastion, die davon überzeugt war, dass es nur leeres Gerede sei und die Leute einfach bloß eifersüchtig auf das norwegische Au-pair-Mädchen mit den Beinen bis hoch zu den Ohren waren.

»Nun ja, natürlich ist das schrecklich, doch wenn du mich fragst, hätte es ihr auch nicht wehgetan, wenn sie ein wenig auf sich achtgegeben hätte. Fünf Kinder sind keine Entschuldigung dafür, sich nicht in Form zu halten.« Sie streicht ihr auf der rechten Schulter liegendes Haar nach hinten und blickt in die Menge, um zu sichten, wen sie als Nächstes angehen kann. Ihre überleitende Geste – sie ist bereit, weiterzuziehen. »Natürlich hätte sie ihn auch nicht damit halten können, dass sie ihr Grau losgeworden wäre, doch zumindest wäre es langsam an der Zeit gewesen, ihren Babyspeck abzubauen. Ich bin mir sicher, dass du mir recht gibst.« Sie dreht sich erneut zu mir. »Ich höre, dass die Weight Watchers recht erfolgreich sind.«

Mit ihren Blicken wirft Gabrielle zum Glück das Netz über ihr nächstes Opfer. Sie hebt die Hand über den Kopf. »Oh, Bern!«

Bern ist Gabrielles größter Fan. Mit einem Satz ist sie an Gabrielles Seite und ihre luftigen Locken hüpfen noch, als sie längst steht. Sie putzt sich die Nase und steckt das Taschentuch in den Ärmel ihres Sweaters, dann schenkt sie Gabrielle ihre andächtige Aufmerksamkeit.

»Ich habe die großartigste Neuigkeit …«, beginnt Gabrielle. Ich bin lange weg, bevor sie ihre nächste Giftladung versprüht.

Die Menschenmenge um die Schule herum dünnt sich aus. Lilly und Tessa sind an meiner Seite aufgetaucht, umringt von ihren Freundinnen. Sie drehen die Köpfe zu mir und krähen einstimmig: »Hi, Mom!«

»Hey, Caroline«, ruft Meg, während sie in meine Richtung kommt, ihre Kinder trotten hinter ihr her. Ich warte, bis sie zu mir aufschließt. »Kannst du heute Abend bestimmt nicht auf einen Drink bleiben? Andy ist doch noch immer verreist, oder nicht? Bleib ein wenig«, bittet sie, und wir gehen gemeinsam zu unseren Autos.

»Na ja, vor Sonntag kommt er nicht zurück. Aber ich habe heute Abend einen Kurs. Lass uns nächste Woche etwas zusammen machen. Es ist leichter für mich, wenn Andy zurück ist. Hey, ich habe gehört, dass du eine Torte für Delia bestellt hast, soll ich sie für dich abholen? Ich fahre sowieso in die Stadt.«

»Mommy ...«, schreit Tessa von hinten. »Smarty will zum Wald.« Ich habe nicht einmal bemerkt, dass Smarty an der Leine zieht und zu den Bäumen hinter der Schule drängt. Tessa kommt angelaufen und fasst mich am Arm. »Können wir Smarty etwas fangen lassen, damit Delia es sieht? Bitte!«

»Nein, wir können ihn nicht irgendwas fangen lassen. Er war heute schon einmal ein böser Junge«, flüstere ich. »Ich erzähle es dir später.«

Tessa dreht sich zu Delia und erklärt: »Smarty Pants jagt Mäuse! Meine Mom meint, er hat eine Identitätskrise, weil er sich für einen Spürhund hält.«

Wir gehen schweigend an Gabrielle und Bern vorbei, die neben Gabrielles goldenem Mercedes stehen und noch immer mit ihrem klebrigen Tratschklumpen beschäftigt sind. Zwei Löwen bei der Fütterung im Zoo, die an demselben Stück Fleisch knabbern.

»Wirklich?«, kreischt Bern. Da sie von zierlicher Gestalt ist, stiert sie zu Gabrielle hoch, als würde sie die Freiheitsstatue anglotzen. Hin und wieder stellt sie sich vor Aufregung auf die Zehenspitzen.

»Gabrielle – nein, das meinst du nicht ernsthaft.«

»Doch, das tue ich. Allison hat keine siebenundachtzig Google-Treffer.« Gabrielle schwadroniert in einer Lautstärke, die auch entfernter Stehenden zugutekommt, während sie heftig mit den Händen gestikuliert und ihre grellrosafarbenen Fingernägel jedes Wort unterstreichen. »Als sie sich selbst gegoogelt hat, hat sie nicht gemerkt, dass es eine andere Allison Scotte war – auch mit einem ›e‹ –, die jetzt tot ist, jedoch offenbar damals in den Sechzigern ein ziemlich interessantes Leben geführt hat …«

Ich denke an meine mageren drei Google-Einträge, während wir an ihnen vorbeigehen, und ich kann nicht anders, als mich ein wenig minderwertig zu fühlen.

Meg und ich reden so lange nicht, bis wir ein Stück an ihnen vorbei sind.

Als wir den Hügel von der Schule runtergegangen sind, fragt sie: »Haben sie wieder über dieses Au-pair-Mädchen hergezogen?« Sie schüttelt den Kopf. »Als wäre es nicht schon schmerzhaft genug ohne ihr … Drauflosgehen, wie ein paar … Ich weiß auch nicht …«

Aus dem Nichts heraus kommt mir plötzlich meine Schwester in den Sinn. Es ist nicht das erste Mal, dass Meg mich an JD erinnert. Sie würde auch so etwas sagen. Beide haben die Fähigkeit, darüberzustehen, wenn andere sich das Maul zerreißen. Sie beteiligen sich selten daran. Ich bin froh darüber, dass ich Meg habe, um mich auf dem Boden zu halten, wo JD so weit entfernt wohnt.

Seit ich vor fast sechs Jahren hergezogen bin, hat die Suche nach neuen Freunden auch eine gewisse Menge an Selbstreflexion mit sich gebracht. Es ist, als wäre man wieder ein Teenager. Das eigene Alter spielt keine Rolle, es ist wichtig, sich als Teil von etwas zu empfinden. Sich zu fühlen, als würde man irgendwo dazugehören. Doch der Balanceakt besteht zwangsläufig darin, wie viel von sich selbst man aufzugeben bereit ist, um Mitglied einer Gemeinschaft zu werden. Die in meinem Fall die ganz spezielle Gruppe der zu Hause bleibenden Mütter ist.

Wenn es darum geht, sich nicht mit Gabrielle und Bern und ihresgleichen am Messerwerfen zu beteiligen, bin ich mit Meg in einem Team. Das ist ein Punkt, bei dem ich mich nicht als Mom-zu-Hause anpasse, die mit ihrer Karriere als Journalistin und zukünftige Autorin pausiert, um sich im Vorort um die Familie zu kümmern.

Neben dem Messerwerfen ist Gabrielle berühmt dafür, über Dinner zu sprechen, die sie mit »den Lesters« oder »den Ferrneggis« hatte, oder wie sie in ihrem Strandhaus »die Pinnochets« oder irgendeine andere Familie, der sie »sehr nahesteht«, unterhalten hat. Und irgendwann nach »Wir sind gerade vom Skilaufen mit den Robsons aus Vail zurück« hört sie mittendrin auf und fragt: »Du kennst doch die Robsons, oder?«

Ich habe kein Verlangen danach, meine Freunde wie Schmucksteine am Armband zu tragen. Ich habe liebe Freunde. Und wir stehen uns wirklich sehr nahe.

Ich winke Meg zum Abschied, die die Straße zu ihrem Auto überquert hat. »Keine Sorge wegen der Torte. Ich habe sie bereits abgeholt. Sie ist riesig – du nimmst besser was mit nach Hause.«

Die Mädchen und ich steigen ins Auto und fahren in die Stadt, um Delia ein Geburtstagsgeschenk zu kaufen.

»Hey, wie war die Schule?«, erkundige ich mich, während wir an der Ecke darauf warten, dass der Schülerlotse die Schulkinder über die Straße gelassen hat.

»Toll«, sagt Lilly.

»Toll«, sagt Tessa.

»Na, toll.« Wer kann da meckern?

»Das Auto stinkt ekelig«, motzt Lilly. »Riecht nach Kotze.«

»Das ist widerlich, Lilly«, schimpft Tessa.

»Nun, das tut es aber. Ich sage nur, wie ich es rieche.« Lilly kneift sich mit den Fingern die Nase zu.

»Smarty hatte heute Morgen einen kleinen Unfall«, unterbreche ich sie. »Aber es ist jetzt alles weg und ich habe mit Lysol gesprüht.«

»Smarty hat hier hinten gekackt?« Lilly sinkt in ihrem Sitz zusammen, zieht die Beine hoch und die Knie ans Kinn.

»Nein, er hat nicht gekackt. Er hat auf den Boden gekotzt.«

»Igitt. Musstest du uns das erzählen?«

»Nun, es tut mir leid, doch du dachtest, dass er gekackt hätte. Wie auch immer, er hat ein Streifenhörnchen erwischt und ich glaube, er hat es runtergeschluckt, denn als ich es gefunden habe, war es ziemlich ekelig.«

»Mom!«

»Hey, entspannt euch mal. Ich hatte einen harten Morgen. Ich konnte es nicht einfach so lassen, bis Daddy es sauber macht.«

»Hat Smarty es im Keller aufgetrieben?«, bohrt Tessa nach.

»Na ja … Ich weiß es nicht. Das kann sein, denn als ich mit ihm heute Morgen rausgegangen bin, ist er an der Leine geblieben.«

»Ha! Daddy hatte recht!«, schreit Tessa. »Smarty wusste, dass da unten etwas war. Siehst du, Mom, Smarty ist ein Hundedetektiv. Du musst erlauben, dass Daddy ihm einen Job bei der Polizei verschafft.«

»Daddy meint das doch nicht ernst. Zumindest glaube ich das. Er wird doch nicht annehmen, dass die Polizei einen dreizehn Pfund schweren West Highland Terrier als Spürhund anstellt. Warum behalten wir Sherlock Holmes nicht besser für uns? Vielleicht kannst du ihm beibringen, Sachen zu finden, wenn wir sie verlieren: Daddys Autoschlüssel, Daddys Handy, Daddys Portemonnaie …«

»Das werde ich Daddy erzählen, was du jetzt gesagt hast!« Verspielt schlägt Tessa gegen die Rückenlehne meines Sitzes.

Nachdem wir in der Stadt fertig sind, packen die Mädchen zu Hause ihre Sachen für die Übernachtung und wir fahren zu Meg, wobei wir auf dem Weg noch eine Freundin abholen. Als ich nach meinem Schreibkurs nach Hause komme, habe ich kaum noch die Energie, ein paar Bissen vom chinesischen Essen zu verdrücken, bevor ich mich ausziehe, ins Bett falle und einschlafe. Obwohl es Samstag ist, widerstehe ich am nächsten Morgen dem Verlangen, mich unter der Bettdecke zu verstecken, um stattdessen ein wenig produktiv zu sein, bevor ich die Mädchen abhole. Auf meinem Nachttisch liegt der Ausdruck des heutigen Tagesplans. Ich werfe einen kurzen Blick drauf und gehe duschen.

Der Geruch von frisch gebrühtem Kaffee empfängt mich bereits auf der halben Treppe. Meine programmierbare Kaffeemaschine ist so ziemlich das Einzige, was auf mich wartet. Und die Hundeklappe. Ich hole mir eine Tasse aus dem Schrank und nehme meinen Kaffee sowie einen Joghurt mit ins Arbeitszimmer, um an etwas für meinen Schreibkurs an der Drewer University zu arbeiten.

Im Haus ist es still. Hier sind nur Smarty Pants und ich. Das einzige Geräusch kommt von Smarty, der unter dem Sessel in der Arbeitszimmerecke an seiner Spielzeugmaus kaut. Ein feuchtes Gummigeräusch, ein klebriges Spuckequietschen. Obwohl ich mich oft nach Stille sehne, ist es nicht so, wie ich es mir wünsche – ein Schneesturm, der die Welt bedeckt. Stattdessen ist es eine einsame Stille, in der ich meine Familie vermisse.

Ich stelle den Computer an und höre sein wohltuendes Summen. Meine rechte Wade ist seitlich an den leicht vibrierenden Rechner gepresst. Smarty kuschelt sich an meinen linken Fuß und nutzt ihn als Kopfkissen.

Durch das Fenster sehe ich, wie die Sonne oberhalb der pinkfarbenen Rosenbüsche hinter den Wolken kauert. Gelegentlich taucht sie kurz strahlend auf, doch letztlich sträubt sie sich, sich dauerhaft zu zeigen. Die Welt ist bewegungslos. Zumindest die

Brightwood Road. Niemand hetzt zur Arbeit. Keine Hunde werden ausgeführt. Es laufen auch keine Jogger vorbei. Kein einziges graues Eichhörnchen, das über die grünen Wiesen flitzt. All die makellosen, wie Spielzeugsoldaten aufgereihten Häuser im Kolonialstil, die geflaggten amerikanischen Fahnen im Wind. Die Straße sieht wie eine ungenutzte Filmkulisse aus.

Ich habe einen Haufen E-Mails zu lesen. Zuerst sehe ich sie mir an, bevor ich mit dem Schreiben beginne. Die wichtigste ist von Andy. Seine morgige Ankunftszeit hat sich auf Mittag geändert. Nachdem ich einen kurzen Blick auf die heutigen Schlagzeilen geworfen habe, öffne ich das Dokument mit meinem angefangenen Text.

Ich blicke auf den Bildschirm, ohne wirklich etwas wahrzunehmen. Meine Gedanken wandern zu dem gestrigen Gespräch zwischen Gabrielle und Bern. Es war ein dummes Gerede zwischen gedankenlosen, tratschenden Mamis. Ich ärgere mich darüber, dass es Platz in meinem Gehirn beansprucht. Wenn mir doch nur ein paar Worte zum Tippen einfielen, das würde mich in Schwung bringen. Die Zeit verstreicht und ich habe nicht den ganzen Tag zur Verfügung. Um zehn muss ich die Mädchen abholen.

Ich erinnere mich daran, dass ich eine eigenständige Denkerin bin. Nur weil ich eine Mom bin, die zu Hause bleibt, bedeutet es nicht, dass ich meinen Tag wie andere Leute mit sinnlosem Zeug verbringe.

Meine Aufmerksamkeit bröckelt dahin. Inzwischen ist sie überhaupt nicht mehr am Bildschirm. Meine Blicke wandern auf dem Schreibtisch herum und verharren bei einem gerahmten Foto von Andy und mir am Strand, das aufgenommen wurde, als wir noch miteinander ausgegangen sind und ich noch Caroline Spencer hieß. Wir beide sind von der Sonne goldfarben wie Andys Augen. Ich trage einen ziemlich knappen Badeanzug, den ich noch immer besitze, falls mein Körper irgendwann noch einmal so aussehen wird. Während ich das Foto betrachte, fällt mir ein, dass die Menschen in dieser Stadt meinen Mädchennamen gar nicht kennen. Oder doch? Als wir hergezogen sind, hatte ich bereits den Namen *Thompson* angenommen. *Caroline Spencer* würden sie nicht googeln. Nicht einmal Meg kennt meinen Mädchennamen.

Ich schreibe *Caroline G. Spencer* in das Google-Suchfeld. Ich werde von einem intuitiven Gefühl der Zuversicht erfasst. Vielleicht bin ich ja doch jemand.

Smarty ist jetzt in der Küche und schiebt seinen Metallnapf über den Fliesenboden – in der Hundesprache heißt das: »Ich bin hungrig.« Meine Gedanken schweifen kurz zu der Frage, wann ich den Napf zuletzt gefüllt habe, während ich auf »Suchen« klicke.

Vor meinen Augen türmt sich ein Tsunami an Ergebnissen für »Caroline G. Spencer« auf. Na bitte. Ich grinse vor mich hin. Ich klicke auf die zweite Seite, dann auf die dritte und die vierte. »Jawohl!« Triumphierend stoße ich die Faust nach oben in die Luft. Wenn sie mich jetzt nur sehen könnten. Die »Caroline Spencer«-Einträge hören gar nicht mehr auf. Ist das kindisch? Benehme ich mich wie ein Teenagermädchen, das die Stimmen für die Wahl zur Ballkönigin zählt? Nein. Schlimmer. Ich benehme mich wie eine gehässige, unreife Klatschtanten-Mom. Doch eine Minute freue ich mich noch hämisch. Schließlich ist es nicht so, dass ich sie zähle und am Montag in der Schule damit prahlen werde. Ich habe nur einen ganz intimen Augenblick der Selbstbestätigung: Ich war auch interessant, da habt ihr es!

Bevor mir die Brust noch weiter schwillt, sollte ich nachprüfen, ob ich auch wirklich diese ganzen Caroline Spencers bin.

Doch ich kann nicht den ganzen Tag damit verbringen. Ich blicke auf die Eieruhr. Gut, nur siebzehn Minuten abgelenkt. Mein Blick schweift über die Seite. Ungefähr in der Mitte steht der Name meiner Schwester direkt unter meinem und erregt meine Aufmerksamkeit.

> **Jane Dory Spencer**, verstorben im Alter von 28, Lanstonville Press, 21. April 2000. Sie hinterlässt ...
> www.lanstonvillepress.com/.../jane-dory-spencer-verstorben ...

*Was?*

Was soll das heißen?

Ich kneife die Augen fest zu, einmal ... zweimal ... beim dritten Mal lasse ich sie fest geschlossen und zähle bis fünf, dann öffne ich sie. Ich lese es noch einmal.

Das kann nicht sein. Das ist nicht meine Schwester. Mein Herz macht einen Satz und erstarrt. Mit Schneegestöber. Wie eine Schneekugel mit frostigem Wind. Spucke sammelt sich in meinem Mund. Ich will sie runterschlucken, damit mein Herz wieder an seinen Platz zurückkehrt. Es ist völlig ausgeschlossen, was ich gerade gelesen habe. Ich lache laut auf, um die nervliche Anspannung zu durchdringen. Das ist nicht wahr, natürlich nicht. Ich habe doch gerade erst mit meiner Schwester gesprochen. Wann war das noch? Ich habe Schwierigkeiten, mich daran zu erinnern. Es kommt mir vor, als wäre es erst ... Ich weiß nicht genau, wann. Aus irgendeinem Grund kann ich es nicht exakt festmachen. Aber meine Schwester ist nicht tot. Das ist sicher. Sie ist nicht gestorben. Oh mein Gott, ist das ein kranker Scherz? Könnte jemand das gefakt haben? Man kann doch bei Google nichts platzieren, oder?

Es gelingt mir, mich zu beruhigen. Mich zu entspannen. Das muss eine andere Jane Dory Spencer sein. Die Todesanzeige von jemand anderem. Ich kann es gar nicht erwarten, JD davon zu erzählen, wie ich eine weitere Jane Dory entdeckt habe. Sie wird sich darüber kaputtlachen – sie hat den Namen immer gehasst. Deshalb die Abkürzung. Oh, sie wird es lieben.

Ich atme mit jeder Faser meines Körpers und mir wird schwindlig von dem Sauerstoffschock in meinem Gehirn. Ich sitze im Halblotus zurückgelehnt auf dem Stuhl, wölbe meinen Rücken, um mich zu stärken, und klicke auf den Eintrag, um mehr zu lesen:

### Jane Dory Spencer, 28

Jane Dory Spencer 28, genannt JD, zeitlebens wohnhaft in Lanstonville (Pennsylvania), ist am Freitag, dem 21. April, im Danielston-Krankenhaus in Danielston (Pennsylvania) verstorben.

Mrs Spencer hat ihren Bachelor im Fach Frauenforschung am Barton College erworben und ihr Jurastudium an der Stanton University in Hammond, New York, gemacht. Zuletzt hat sie als Referendarin am Amtsgericht Clarkston gearbeitet.

Sie hinterlässt Mutter und Vater, Elaine und Wally Spencer …

Als ich die Namen meiner Eltern lese, wird mir schwindlig. Kleine, weiße Punkte, die sich langsam bewegen, versperren mir den Blick auf den Computerbildschirm. Ich presse die Augen zusammen, um die Punkte loszuwerden.

… Schwester Caroline Grace Spencer …

*Oh mein Gott, das bin ich.*

# KAPITEL ZWEI

*Samstag, 23. September 2006, 10.12 Uhr*

Als ich diesmal nach Luft ringe, schneidet sie mir durch die Kehle. Ich ertrage es nicht, weiterzulesen, doch ich muss das Datum der Todesanzeige finden. Mein Verstand rast im Kreis. Ich muss mich konzentrieren. Und eine Erklärung finden. Irgendeine. Ich denke an diese schrecklichen Fernsehshows mit versteckter Kamera, die ich den Mädchen verboten habe, denn die Sendungen sind so bösartig – ich frage mich, ob diese dummen Schulmütter etwas so Verletzendes und Böses tun könnten. Ich suche nach dem Datum des Artikels. Ich will die Schaltfläche zum Scrollen finden, doch ich kann es nicht. Mein ruckartiges Klicken ist sinnlos. Scheiße. Ich kann die Pfeiltaste durch den Schwarm fliegender Punkte nicht erkennen.

Endlich klappt es. Oben auf der Seite steht: »*23. April 2000.*«

Welches Datum ist heute?

Ich greife nach meinem Schreibtischkalender. Er liegt immer direkt neben dem Mousepad. Doch da ist er nicht. Er war noch nie weg. Ich suche den Schreibtisch ab: Zu meiner Rechten steht die Taschentuchschachtel perfekt parallel neben meinem Notizblock. Links ist die Lampe an einem Stapel Computerpapier und einem kleinen Becher mit Bleistiften (die

Spitze nach oben) ausgerichtet. Neben den Taschentüchern steht die Eieruhr. Alles ist an seinem Platz. Außer meinem Kalender. Ich werfe mich so heftig gegen den Schreibtisch, dass ich mit meinem Bürostuhl auf Rädern bis fast zur Tür des Arbeitszimmers katapultiert werde, wo ich aufspringe und in den Flur laufe.

»23. April 2000, 23. April 2000, 23. April 2000«, wird zu meinem Schlachtruf, um mich so lange daran zu erinnern, bis ich die Zeitung vom Vortag in der Hand halte.

Das ist so verrückt – mehr als verrückt –, als hätte mich jemand entführt und unter Drogen gesetzt. Und … und … mich in ein Schockgefrierexperiment geworfen. Wie kann das sein? Ich habe jedes Zeitgefühl verloren, weiß nicht, welcher Tag es ist – welches Jahr?

Ganz abgesehen von tragischen Lebensereignissen – wenn es wirklich stimmt.

Ich eile panisch von einem Zimmer ins nächste, wie eine Mutter, die ihr Kleinkind in der Mall verloren hat und dabei alles umwirft. Armer Smarty, ich bin schon zweimal über ihn gestolpert, trotzdem folgt er mir mit einer Besorgnis, die er von mir übernommen hat. Er merkt, dass etwas nicht stimmt. Er weiß immer, wenn etwas los ist. Smarty hat dafür einen sechsten Sinn. Ich weiß nicht, wie man das nennt. Er spürt Dinge einfach. Er kennt mich. Ich werde jetzt noch verrückt. Worüber rede ich? Ich bin gar nicht bei klarem Verstand.

Der Klang von Smartys Krallen auf dem Holzboden ist wie das Tippen einer alten Schreibmaschine, ein wiederholtes Stakkato, ein Rhythmus, ein Pulsieren. Ich kann es nicht ertragen. Es ist unheimlich. Doch es ist nur Smarty. Es ist, als würde er eine Notiz tippen, die ich nicht lesen will. Er ist direkt hinter mir, folgt mir. Oder drängt er mich? Schon wieder verrückt!

Ich haste um die Ecke des Arbeitszimmers in die Küche und mein linker Absatz gleitet durch einen Ölfleck. Ich rutsche mit ausgestreckten Armen voraus, bis ich mit dem kleinen Zeh gegen das Metallbein eines Küchenstuhls stoße. Mein Körper krümmt sich von der unerwarteten Erschütterung an meinem Bein nach vorn, sodass ich mit der Wange gegen die Affen aus Metall an der Stuhlrückseite schlage. Mein Gesicht brennt von der Berührung. Mein Körper bäumt sich auf. Entschlossen, nicht den Boden unter den Füßen zu verlieren, halte ich mich auf den Beinen.

»23. April 2000.« Das Singen wird stärker und lauter, als könnte man das Unaussprechliche abwenden, wenn das Mantra nicht unterbrochen wird. Ich habe keine Ahnung, welches Datum heute ist. Oder welches Jahr. Meine Erinnerung ist wie gelähmt. »Wo ist mein verdammter Kalender?«

Schließlich entdecke ich auf dem Fußboden im Badezimmer die *Sports Illustrated* von letzter Woche. Ich lasse mich auf die kalten, harten Fliesen fallen und schnappe mir die Zeitschrift.

September 2006.

Erst als es an der Tür klingelt, merke ich, dass ich auf dem Badezimmerboden liege und Smarty mir das Gesicht ableckt. Der Klang schallt erneut durchs Haus wie ein Megafon.

Wer klingelt denn so? Das ist ja verrückt. Aus Angst, dass es die Polizei mit schrecklichen Nachrichten ist, erhebe ich mich mühsam vom Fußboden des Badezimmers, verschätze mich aber und stoße mit der Stirn gegen den Rand des Waschbeckens.

Voilà, das Feuerwerk zum vierten Juli.

Ich torkle aus dem Badezimmer und taste nach der nächsten Wand, um mich abzustützen, schwanke den Flur entlang zur Eingangstür, um die Person auf der anderen Seite umzubringen. Im Flurspiegel sehe ich kurz mein Spiegelbild. Auf der Wange befindet sich ein Bluterguss in Form eines kleinen Affen, mit der Farbe von frisch geplatzten Blutgefäßen, ein dunkles Rotviolett mit einem dünnen Affenschwanz, der bis zu meinem Haaransatz verläuft. Gott, ich bin ein Freak. Das Zimmer dreht sich. Ich stütze mich an dem kühlen Metall der Türklinke ab, bevor ich sie öffne.

»Electrolux, Ma'am. Wie geht es Ihnen heute?«

Electrolux? Will er mich verarschen? Er hat mit der Klingel Morsezeichen gegeben wie ein Soldat mit Tourette. Die einzigen Menschen, die so klingeln dürfen, sind Polizisten und Kinder zu Halloween. Oder ein Kind, das pinkeln muss.

Sein Handy meldet sich. Er haucht ein »Entschuldigung«, während er antwortet. Ich bin nicht in der Stimmung für den Staubsaugermann. Außerdem war er doch gerade erst da gewesen. Vor ungefähr vier Wochen. Wer saugt denn so viel? Mir ist übel und mein Kopf dreht sich. Unwohlsein und Verwirrung wandern wie Morgenübelkeit durch meinen Körper. Wenn ich diesen Typ betrachte, geht es mir noch schlechter. Sieht er immer so aus? Er trägt zerknittertes Grau. Hose, Hemd, selbst seine Haut hat keine erkennbare Farbe. »Electrolux« ist auf seine rechte Brusttasche gestickt, als hätte er es selbst im Dunkeln gemacht. Sein Haar ist fest an den Kopf geklebt – das Öl verbirgt seine echte Farbe –, obwohl ich zu diesem Zeitpunkt auf Grau tippen würde.

Wer bin ich, dass ich ihn so kritisiere?

Er beendet den Anruf und sieht mich zögernd an. Er beginnt sein Geschwafel: »Brauchen … Sie … ähm … ein paar … Beutel oder Hilfe bei irgendwas?« Er stottert und blickt mir die ganze Zeit auf die Wange. »Ähm, soll ich jemanden … anrufen? Einen Arzt?« Seine Augen fahren hin und her, während er meine Wange und meine Stirn anvisiert, wobei er wiederholt das Haar an seinem Hinterkopf nach unten drückt.

Etwas Warmes tropft mir langsam über die Braue.

»Nein … heute nicht.« Staubsaugen ist das Letzte, was ich im Kopf habe.

»Ähm, okay … Ich gehe dann mal.« Ruckartig marschiert er die Treppe hinunter.

Ich trete zurück, um die Tür zu schließen, und bemerke, wie er auf dem Weg anhält, um etwas aufzuheben.

Er dreht sich um und reicht es mir. Es ist die Zeitung von heute.

Ich blicke in die obere rechte Ecke auf das Datum.

23. September 2006.

Von den Augen wandert mir ein Gefühl der Übelkeit durch den Hals und setzt sich in meinem Magen fest.

Die Todesanzeige kehrt schleichend in mein Bewusstsein zurück, wie der Geruch von etwas Vergammeltem. Wie kann das sein, dass meine Schwester ...? Das ist völlig ausgeschlossen.

Zurück im Haus kommt mir eine Idee.

Ich eile in die Küche und Smarty läuft mir hinterher.

Mit bebendem Finger drücke ich auf den »Nachrichten«-Knopf des dunkelgrauen Kastens, der den Menschen zuhört, wenn wir es nicht können. Die Ansage beginnt: »Sie haben zwei alte Nachrichten in Ihrer Mailbox.«

»Erste Nachricht.«

»Hi, Süße. Ich bin gerade angekommen.« Als ich Andys honigsüße Stimme höre, geht mir das Herz auf. »Ich rufe dich vom Hoteltelefon aus an, weil ich glaube, dass ich mein Handy verloren habe.«

Damit hätte er zum dritten Mal in diesem Jahr sein Handy verloren. Ich sehe ihn vor mir, wie er beim Telefonieren die Stirn runzelt und denkt, dass er verärgert sein sollte, weil er es schon wieder verloren hat. Doch tief drinnen ist er es nicht, denn »es ist ja nur ein Telefon«. Oft fühlt er sich schlecht, weil er sich nicht schlecht fühlt. Deshalb schmollt er, um Selbstverdammnis aufzurufen.

»Warum bist du nicht zu Hause?«, schreie ich den Anrufbeantworter an und meine Augen werden feucht. Ich wäre nicht so verletzbar, wenn er da wäre. Ich mag es nicht, mich so zu fühlen. Das bin gar nicht ich.

Was denke ich nur? Warum wäre es besser, wenn Andy zu Hause wäre? Würde ich ihm wirklich erzählen, dass JD tot ist und vor sechs Jahren gestorben ist? Und dass ich dachte, wir hätten erst kürzlich miteinander gesprochen? Bestimmt nicht. Ich muss das erst mal begreifen. Meine Finger suchen am Anrufbeantworter nach der Stopptaste.

Er kommt zu der Stelle, wo er mir erzählt, dass er mich liebt. Ich will das nicht hören. Ich will keine Erinnerung daran, wie großartig mein Leben ist. War. Bis heute Morgen. Warum merken wir nicht, dass die Dinge im Grunde verdammt gut sind, bis sie es dann auf einmal nicht mehr sind?

Da muss auch eine Nachricht von JD sein. Ich drücke erneut auf den Knopf.

»Nächste Nachricht.«

»Oh, hi, Mrs Thompson. Hier spricht Rachel. Ich kann am Donnerstag, dem achtundzwanzigsten, nicht babysitten, denn ich habe Bandprobe. Tut mir leid.« Scheiße. »Aber ich kann am achtzehnten Oktober. Okay? Okay, tschüss.«

Klick. »Nachricht gelöscht. Es gibt keine weiteren Nachrichten.«

Keine Nachrichten von JD. Was gar nichts beweisen muss.

Ich werde sie einfach anrufen. Meine Güte, wie lange hat das gedauert, bis ich darauf gekommen bin?

Ihre Nummer fällt mir sofort ein. Als hätte ich sie erst vor einer Stunde gewählt. Meine Hände zittern so stark, dass ich nach dem Wählen das Telefon in die Halsbeuge lege und die Hände in das hintere Gummi meiner Schlafanzughose stecke. Warum bin ich so nervös? Sie wird antworten und diese Scharade wird vorbei sein.

»Hallo.«

»Janie!« Ich reiße den Kopf hoch und das Telefon rutscht runter. Ich fange es rechtzeitig auf.

»Nein. Hier ist keine Janie. Wer ist da?«, sagt ein Typ.

»Hier ist Caroline. Ist, ähm, JD da?« Meine Stimme versagt.

»Nein. Hier ist keine JD. Was für eine Nummer haben Sie denn gewählt?«

Ich rattere sie runter und er bestätigt mir, dass es die richtige Nummer sei. Meine Stimme bebt. »Wie lange haben Sie diese Nummer schon?«, frage ich ihn, wobei ich mit den Zähnen klappere.

»Ungefähr vier Jahre. Wen suchen Sie denn?«

»Ähm, ähm, meine Schwester ... JD Spencer. Ich weiß, das klingt verrückt ..., doch wir haben wenig Kontakt, ähm, ich versuche, sie zu finden ... Kennen Sie sie?« Meine Stimme hickst und meine Augen sind feucht.

»Tut mir leid.«

Ich bringe das Telefon zurück und es klingelt. Ich schieße hoch wie eine freigelassene Schlange.

»JD?« Mir läuft eine Träne über die Wange.

»Hi, Caroline ... Nein, hier ist Meg. Erwartest du einen Anruf?«

»Meg? Oh mein Gott, Meg. Wie spät ist es denn?« Die Herduhr zeigt halb elf an. »Es tut mir so leid, ist alles okay? Oh Mann!«

»Keine Sorge, alles ist gut. Ich wollte dich nur das Gleiche fragen, weil du eigentlich nie zu spät bist. Hey, ich fühle mich wie eine Idiotin, dass ich dich angerufen habe, doch meine Kinder haben in fünfzehn Minuten einen Zahnarzttermin. Ich würde Tessa und Lilly ja vorbeibringen, doch sie passen nicht alle ins Auto.«

»Du hättest mich früher anrufen sollen. Ich bringe dir deinen ganzen Morgen durcheinander.« Ich stürme durchs Haus und suche nach den Autoschlüsseln, wobei ich versuche, nicht ins Telefon zu keuchen. »Wenn nicht der Staubsaugertyp gewesen wäre ...« Im Vorraum gleite ich in meine Flipflops.

»Haben alle Spaß gehabt?« Ich quetsche eine lockere, fröhliche Stimme hervor. Sie klingt atemlos und etwas gaga.

»Ähm, ja und nein. Oder nein und ja. Zwei sind gestern Abend gegangen und eine um zwei Uhr nachts. Sie hatte einen Albtraum und geisterte weinend im Haus herum. Das arme Ding. Ich hasse Pyjama-Partys. Du kannst dich freuen, wenn ich dir sage, dass deine beiden zuerst eingeschlafen sind.«

»Oh, schön. Hör zu, ich bin sofort da.«

Ich lege auf. Smarty sitzt vor mir, die Ohren in den Himmel gerichtet. Ich kann in meinem gegenwärtigen physischen Zustand nicht zu Meg, vor allem nicht im Schlafanzug.

Es werden Fragen auftauchen. Ich könnte sagen, dass ich auf einem öligen Brokkolistück in einer Fettlache ausgerutscht und gegen den Küchenstuhl gefallen bin, doch das klingt lächerlich. Wer würde das glauben? Würde das Ausrutschen auf einem Stück Brokkoli nicht bedeuten, dass ich in der Küche um mein Leben gerannt bin? Warum sollte ich durch die Küche sprinten? Weil ich völlig durcheinander war, deshalb! Ich bin ein offenes Buch, um Himmels willen. Ich verfüge über kein Pokerface. Ich habe ein zu Tode verängstigtes Gesicht, ein Ich-habe-das-letzte-Stück-gegessen-Gesicht, ein Ich-habe-den-Kratzer-am-neuen-Auto-gemacht-Gesicht und ein Ich-weiß-etwas-das-ich-nicht-sagen-kann-Gesicht. Deshalb sollte ich besser niemandem gegenübertreten. Ich versuche, mir etwas auszudenken. Ich brauche etwas, das kurz und niedlich ist. Kurz und niedlich und ordentlich. Was keine Fragen aufwirft. Meg wird viel Wirbel machen und schrecklich besorgt sein, vor allem, da Andy in London ist. Meine Freundinnen sind wie ein Sonderkommando, wenn er auf Geschäftsreise ist. Blitzschnell kommen sie aus den Ecken ihres eigenen Lebens herausgeschossen, um mir zu helfen. Meg wird mich fragen, ob Andy davon weiß. Ob ich beim Arzt war. Und ich werde die Fassung verlieren. Doch ich darf das nicht. Wohin würde mich das führen? Nach diesem Morgen womöglich in die psychiatrische Abteilung vom »Mountainview General«-Krankenhaus. Ich darf mir gar nicht ausmalen, dass Andy davon etwas mitbekommt. Zum Glück hat Meg einen Zahnarzttermin. Sie wird keine Zeit für mich haben.

Ich erreiche Megs Haus mit einem großen Pflaster auf der geschwollenen Stirn und einer üppigen Schicht Grundierung, die den Affen nicht ganz verdeckt. Ich sehe aus wie eine verprügelte alte Frau. Zum Glück habe ich noch meine Zähne. Vor mir steht ein stattliches kittfarbenes Haus im holländischen Kolonialstil mit einer schwarz lackierten Tür, an der ein ananasförmiger, mit Grünspan überzogener, verwitterter Türklopfer hängt. Seine Gelassenheit macht mich verlegen. Ich hebe meine Schultern, glätte mein Shirt und klingle an der Tür. Dann schiebe ich meine Hände in die Gesäßtaschen, um sie zur Ruhe zu bringen.

»Oh, hi, Caroline. Das war aber schnell …« Meg dreht sich kaum, um mich anzusehen, denn sie telefoniert gerade. Sie bedeutet mir mit einer Kopfbewegung, dass ich eintreten soll. Im nächsten Moment fährt sie herum und macht große Augen. »Caroline … was ist denn mit dir passiert?« Die Hand mit dem Telefon fällt herab. »Geht es dir gut? Oh mein Gott, was … « Sie nimmt das Telefon wieder ans Ohr und sagt: »Ich muss los. Ich ruf dich zurück«, dann blinzelt sie und sieht mich wieder an. »Was ist passiert?«

Ich fahre mir mit den Fingern durch die Haare und bringe sie durcheinander, sodass sie mir ins Gesicht fallen. Ich lege das Kinn in eine Hand und verschränke den anderen Arm vor der Brust, um meinen Ellbogen zu stützen. »Ich bin hingefallen, aber es ist okay. Es sieht schlimmer aus, als es ist. Mir geht es gut, wirklich. Ganz bestimmt.« Mein Blick wandert zu Boden. Mir wird schwindelig. Trotzdem hebe ich langsam den Kopf, um nach Tessa und Lilly zu sehen. Ich muss hier raus.

»Gut? Caroline, mein Gott ... sieh dich nur an.«

Ich merke, dass es nicht einfach wird, meine Gefühle winden sich und ringen miteinander. Lass-los-und-erzähl-ihr-alles ist im Schwitzkasten mit Fleh-sie-um-Hilfe-an, in den Händen von Halt-den-Mund-und-verschwinde-ganz-schnell-von-hier.

Ich spucke meine Erklärung geradezu aus. »Ich bin in der Küche ausgerutscht. Auf dem Boden war noch Essen von gestern Abend – vom Chinesen –, ich habe es gedünstet bestellt, doch sie haben Öl dran gemacht. Wie auch immer, ich bin ausgerutscht und gegen den Stuhl an der Kücheninsel gestoßen.«

Was hätte ich auch sonst sagen sollen? Das war die Wahrheit. Ich war erleichtert, dass ich nicht gelogen hatte. Es ist immer die Wahrheit, die wie erfunden klingt. Was den Ausdruck auf ihrem Gesicht erklären würde.

»Was?«

Meg legt die Hände an die Hüften, schweigt aber. Sie neigt den Kopf und starrt auf meine Prellung. Sie scheint zu merken, dass ihr der Mund aufsteht, denn sie schließt ihn energisch. Währenddessen rufe ich nach den Mädchen, die in der Küche hinter dem Mittelgang sind.

»Warum hast du so lange gebraucht?«, mault Lilly. Ich lasse es durchgehen, weil sie bereits ihre Sneakers anhat – auch wenn sie noch nicht geschnürt sind –, nur vorn hineingerutscht und hinten runtergedrückt, doch immerhin ermöglich das einen schnellen Abgang. Ihre Taschen stehen an der Tür.

Als die Mädchen mich ansehen, streiche ich mir die Haare vor mein Gesicht und gehe zur Tür. Über die Schulter danke ich Meg und verspreche, sie bald einmal zum Abendessen einzuladen. Es klingt hohl und oberflächlich.

»Hast du den Arzt angerufen?«, fragt Meg erneut an der Haustür.

»Ja«, lüge ich. »Danke, dass du die Mädchen genommen hast ...«, rufe ich zu ihr zurück, ohne mich umzudrehen, eine Hand in der Luft. Ich bin die Erste im Auto.

Lilly öffnet die Rückklappe und wirft ihre Tasche rein, dann rutscht sie über den Sitz.

»Mom, was ist mit dir passiert?« Sie greift nach der Rücklehne des Vordersitzes und steckt den Kopf nach vorn. Tessa schleicht ins Auto und versinkt in ihrem Sitz. Ihr Blick geht zu Boden.

Tessa bedeckt sich die Ohren. »La, la, la ...«

Lilly stößt ihr gegen den Arm. »Still, Tessa. Warum machst du das?«

»Tessa, Lilly ...« Ich drehe mich um. Lillys Gesicht ist nur wenige Zentimeter von meinem entfernt, da sie noch immer am Vordersitz lehnt. Ihre honigfarbenen Sommersprossen bilden Sternzeichenmuster auf ihren Wangen. Als sie einen langen Blick auf meine Prellung geworfen hat, rümpft sie die Nase, wodurch die Deichsel des Großen Wagens den Schützen niederknüppelt.

»Hört zu, mir geht es gut. Keine Sorge. Das ist nur eine kleine Prellung. Sie wird weg sein, bis Daddy nach Hause kommt. Ich habe eine tollpatschige Bewegung gemacht und bin auf einem Stück Brokkoli in der Küche ausgerutscht und mit den Stühlen zusammengestoßen.« Ich rede mit den Händen. Das mache ich sonst nie. Eine Hand formt ein Stoppzeichen, die andere macht diese Sache mit dem Wehwehchen, dann überschneiden sich beide und bilden mit gespreizten Fingern ein großes, blitzendes Feuerwerk. »Und kennt ihr die Affen? Guckt mal – einer von ihnen ist auf meiner Wange. Seht ihr?« Ich zeige darauf. »Ist das nicht witzig? Ein Bluterguss in der Form eines Affen?« Lilly folgt meinen Händen, als wäre sie hypnotisiert.

Tessa hat mich die ganze Zeit nicht angesehen. »Wer glaubt denn so was Albernes?« Tessas Wimpern gehen schließlich für einen kurzen Blick hoch. Bei beiden klappen die Münder auf, das ist einer der seltenen Momente, wo keine von ihnen etwas zu sagen hat. Für zehn Sekunden.

»Niedlicher Affe.« Lilly nickt wie ein alter Mann. »Gute Geschichte.« Und tätschelt mir sanft den Kopf.

»Das ist nicht witzig, Lilly.« Tessa schlägt Lilly gegen den Arm, dann schaut sie aus dem Fenster.

»Tess, das ist okay, mir geht es gut – mach dir um mich keine Sorgen.« Ich beuge mich vor, um ihr die Hand aufs Knie zu legen, und drücke es leicht. Ich wünschte, sie würde mich anschauen, doch sie blickt weiter aus dem Fenster. Die Umrisse ihrer Wimpern im Profil heben sich gegen das helle Licht ab. »Ich bin allerdings ein wenig besorgt wegen des Stuhls – ha!« Ich täusche ein Kichern vor. Es klingt albern. »Übrigens, besser sagen wir Daddy nichts, wenn er heute Abend anruft, okay? Er würde sich nur sorgen und er braucht jetzt keinen Stress, vor allem, wo er so weit von zu Hause weg ist. Er macht sich viel zu viele Sorgen um uns. Außerdem bin ich mir sicher, dass es morgen besser aussieht.«

Ich mache das Radio an und die Fahrt verläuft normal. Sie beginnen mit ihrem Hühnergegacker. Ich entspanne mich schließlich. Das ist gut. Ich brauche die Mädchen um mich herum. Ich werde schon wieder.

Ein paarmal gehen meine Gedanken zu JD, doch ich reiße mich schnell zurück in die Gegenwart. »Wie war es bei Delia?«, will ich wissen. Sie präsentieren mir eine rasante, ungemein detaillierte Wiedergabe ihrer letzten achtzehn Stunden – gleichzeitig, wobei sie sich seltsamerweise ihrer verbalen Zusammenstöße gar nicht bewusst werden: eine Geschichte über einen Sport-BH, jemand, der für einen Jungen aus Deutschland schwärmt, und etwas über blaue, gebatikte Fußballsocken. Sie merken es nicht, doch ihr unschuldiges Gerede erschafft eine Luftpolsterdecke, unbeabsichtigt tröstend und mich beschützend.

»Oh, Mom, rate mal, was mit Hannah passiert ist? Mrs Henry musste ihre Mom um zwei Uhr in …«

»Um eins in der Nacht.«

»Nein, es war zwei in der Nacht …«

»Nein, war es nicht. Es war eins in der Nacht. Ich weiß das.«

»Woher willst du das wissen, du warst nicht einmal wach?«

»Ich habe gehört, wie Mrs Henry es jemandem am Telefon gesagt hat.«

»Na ja, was auch immer … ist ja auch egal. Mom, Hannahs Mutter hat sie mitten in der Nacht abgeholt. Kannst du dir das vorstellen? Sie hat geweint und ist im Haus herumgelaufen – sie ist schlafgewandelt, wie ein Zombie. Mrs Henry hat sie in der Küche am Herd gefunden. Fast hätte sie sich verbrannt!«

»Das hätte sie gar nicht! Mom, Lilly denkt sich das nur aus.«

»Nein. Nein, tue ich gar nicht … Mrs Henry hatte wirklich Angst davor, dass sie es tun würde. Wirklich.«

»Arscht ihr mich?« Ich höre nur mit einem Ohr zu.

»Was?«

»Was hast du gesagt, Mom?«

»Ich sagte: ›Arscht ihr mich?‹ Ihr wisst schon, wie ›Veräppelt ihr mich etwa?‹.«

»Mom!« Tessa ringt nach Luft, als hätte ich mitten auf der Straße meine Bluse ausgezogen.

»Mom, ist das dein Ernst? Woher hast du das denn?«, schließt sich Lilly an.

»Von euch Mädchen. Ich habe gehört, wie ihr es zu jemandem gesagt habt.«

»Es heißt nicht ›Arscht ihr mich‹, sondern ›Verarscht ihr mich?‹.«

»Wirklich, Mom, was ist mit dir los?«

»Ja, woher hast du das? Das kannst du nicht sagen. Hör mal, das ist ja peinlich.«

»Na gut. Es tut mir leid, dass ich so anstößig bin.« Warum springen Kinder so völlig darauf an, wenn man mal etwas Peinliches äußert, wogegen sie perfekt normale Dinge einfach nicht hören, wie zum Beispiel: »Tu bitte deine schmutzige Kleidung in den Wäschekorb, nicht auf den Boden daneben?«

Beide brechen in Lachkrämpfe aus, bis sie nicht mehr atmen können. Tessa hält sich den Bauch und fällt auf die Seite, wo ihr Kopf auf Lillys Schoß landet.

Wir sind fast zu Hause und ich kann es nicht erwarten, dass dieser Tag zu Ende geht. Die Uhr auf dem Armaturenbrett zeigt 10.57 Uhr.

Es wird ein langer Tag.

Ich biege in die Brightwood Road ein und entdecke etwas, was ich vorher nicht bemerkt habe. Hinter unserem Vorgarten in der Straßenbiegung ist das erste Herbstblatt an Mr Snedgars Eiche aufgetaucht. Es ist flammend rot-orange. Die weit gefächerten Zweige des Baums zeigen wie hundert knorrige Finger in meine Richtung. Es ist immer dieser Baum, der auf den baldigen Herbst hinweist. Doch dieses Mal ist es viel zu früh.

\* \* \*

Es wäre die Untertreibung des Jahrhunderts, wenn ich behaupten würde, dass ich bei unserer Ankunft zu Hause nur ein wenig abgelenkt bin. Die Mädchen gehen nach oben, um ihre Übernachtungssachen auszupacken und ihre Zimmer aufzuräumen, während ich mich in den Waschraum zurückziehe, um mich um die Berge schmutziger Wäsche zu kümmern. Ich setze mich auf den Fliesenboden und trenne die hellen Sachen von den dunklen, während ich versuche, meine verdrehten Gefühle ebenfalls zu sortieren. Ich will mich besser fühlen. Auslöschen, was geschehen ist. Das Gestern zurückholen. Ich will dieses typische Gefühl, das ich sonst immer habe, wenn Andy heimkommt.

Ich muss JD finden, denn das ist die einzige Möglichkeit, um zur Normalität zurückzukehren.

Oder herauskriegen, was mit ihr geschehen ist.

Ich brauche eine zuverlässige Quelle. Das ist nicht so einfach, wie es klingt. Zunächst einmal leben meine Eltern nicht mehr – sie starben, bevor Andy und ich geheiratet haben. Eigentlich sind Andy und die Mädchen die einzigen Verwandten, die ich habe. Doch selbst wenn meine Familie größer wäre, könnte ich kaum anrufen und fragen, ob JD gestorben ist. Wie würde ich das formulieren? Ich habe Angst, irgendwen zu fragen, da ich mein Leben darauf verwetten würde, dass JD noch lebt. Was mache ich, wenn sie es nicht tut?

Meine Mutter wäre die perfekte Person für eine solche Frage gewesen. Ich konnte immer Informationen von ihr bekommen, ohne meinen Mangel daran eingestehen zu müssen. Was vor allem als Teenager praktisch war, wenn ich ihre Meinung darüber brauchte, ob mein Vater mir wegen dieser oder jener Sache Hausarrest geben würde. Oft erhielt man viel mehr Informationen von ihr, als man gesucht hatte. Manche Leute mögen das bei anderen – es entbindet sie von der Verpflichtung, selbst zu reden. Das erklärt vielleicht, warum die meisten ihrer Freunde eher ruhig waren.

Wie auch mein Dad. Er sprach selten. Vielleicht hatte er den Eindruck, dass er nicht ausreichend Gelegenheit dazu hatte, doch ich glaube, dass er erleichtert war, sich nicht selbst ausdrücken zu müssen. Er verwöhnte jedenfalls meine Mutter – nicht mit teurem Schmuck oder einem großen Haus. Das war jenseits seiner Möglichkeiten. Stattdessen war er tolerant gegenüber ihren Schrullen. Ein typisches Beispiel dafür war, als meine Mutter ihre Sprechweise plötzlich und dauerhaft veränderte und mein Vater nicht einmal zuckte.

Das passierte, als meine Schwester und ich ungefähr sechs waren. Meine Eltern hatten als zweite Flitterwochen eine Reise nach London unternommen. Es war ihre erste Auslandsreise. Während sie dort waren, »wurde« meine Mutter zu einer Britin. Sie verliebte sich in »jene, charmanten, stilvollen Briten«. Sie war so betört vom Klang ihres Akzents, dass sie anfing, selbst so zu sprechen, und änderte es nie wieder. Auch nicht in ihren letzten Tagen.

Sie wechselte völlig auf die andere Seite des Teichs – linguistisch gesehen. Das Witzige daran ist, dass sie niemals auch nur im Geringsten befangen war angesichts dieser totalen Verrücktheit. Ich glaube nicht, dass sie sich jemals gefragt hatte: Wie kann eine einunddreißigjährige Frau, die ihr gesamtes amerikanisches Leben in den Vereinigten Staaten verbracht hat, nach einem siebentägigen »Urlaub« in London zur Britin werden?

Doch alle anderen taten es. Aufgrund der zeitlichen Distanz denke ich jetzt manchmal: Gut gemacht! Sie wollte nicht einfach unsichtbar in einer Gruppe Vorortmamis verschwinden wie eine Karodame in einem Kartenstapel. Es fiel mir damals schwer, Verständnis für sie aufzubringen, wenn meine Schulkameraden (und ihre Mütter) sie nachahmten. Hinter meinem Rücken und offen ins Gesicht. JD und ich baten unsere Mutter verzweifelt, damit aufzuhören. Doch sie tat es nicht. Sie klammerte sich an diesen Akzent, als würde er ihre Seele retten, und sie ließ ihn nicht mehr los.

Es war aber die Reaktion meines Vaters, die uns sprachlos machte. Er beschwerte sich nie bei Mom. Er schien sich dafür überhaupt nicht zu schämen. Er akzeptierte es, als wäre es ihr Schicksal. Ich glaube, er war froh, dass sie so glücklich war. Endlich hatte sie ihre eigene Stimme gefunden (als Redeweise).

JD und ich schämten uns lange zu Tode. Wir erkannten ziemlich schnell, dass wir uns mit jedem neuen Kind anfreunden mussten, das in die Stadt zog. Diese Familien nahmen einfach an, dass Mom britischer Herkunft sei. Ich erinnere mich, wie ich in der ersten Klasse eine Klassenkameradin namens Cindy Bone hatte. Sie war bösartig – für eine Siebenjährige – und sie hatte eine genauso böse Mutter. Eines Tages, kurz nach der Rückkehr meiner Eltern aus England, kam ich von der Schule nach Hause und stand auf unserer Veranda, als Mrs Bone mit der bösen Cindy an unserem Haus vorbeiging. Ich glaube nicht, dass sie mich dort gesehen hatte, doch sie blieb vor unserer Nachbarin, Mrs Withers, stehen, die gerade das Blumenbeet in ihrem Vorgarten jätete. Mit einer künstlich vor den Mund gehaltenen Hand, um Diskretion vorzugaukeln, rief sie: »Hat Elaine Spencer eigentlich den Verstand verloren oder eine Rolle bei *My Fair Lady* gewonnen?« Im Anschluss ließ Mrs Bone ein endloses Horrorfilmgegacker, das mit halbem Röcheln und halbem Würgen endete, vom Stapel, bis sie sich schnell eine frisch angezündete Zigarette zwischen die schrumpeligen Lippen steckte. Zum Glück hatte Mrs Withers den Anstand, sich still abzuwenden, den Rasenmäher anzuwerfen und den Rest von Mrs Bones Beleidigungen zu überdröhnen, während sie abgemähtes Gras über ihre perfekt weiße Seersuckerhose verteilte.

Als ich aufs College kam, hatte ich mich daran gewöhnt. Ich denke nicht mehr sehr oft daran. Doch wenn ich es tue, dann erinnert es mich daran, mein eigenes Verhalten zu überprüfen – bei Kindern dauert es manchmal ein ganzes Leben, bis die emotionalen Narben verheilen. Wenn sie es überhaupt tun.

Die Wäsche ist getrennt, die Taschen sind auf Papiertaschentücher und Kleingeld inspiziert, Flecken vorbehandelt und die Waschmaschine ist mit der ersten Ladung gefüllt. Nachdem ich den Deckel geschlossen habe, gehe ich wieder nach unten, um das Mittagessen vorzubereiten. Die

Mädchen laufen mit Smarty raus, während ich drei Sandwiches mit Hummus und Gurke zurechtmache.

Lilly und Tessa streiten sich beim Essen darüber, was sie für eine Handarbeit machen werden, und ich bin erleichtert, dass sie mich für dieses Gespräch nicht brauchen. Sie wollen immer dasselbe machen, obwohl sie sich nie einigen können, was das ist. Der Kampf scheint genauso wichtig zu sein wie die Aufgabe. JD und ich wollten auch immer das Gleiche tun, als wir jung waren. Der Unterschied war, dass wir uns nie stritten.

Gemeinsam räumen wir den Tisch ab. Mein Ausdruck des heutigen Tagesplans liegt auf der Theke neben dem Mixer und erinnert mich daran, die Wäsche zu machen, Bettlaken zu wechseln, zur Reinigung zu gehen, die Duschabflüsse zu reinigen und die Liegestühle in den Keller zu bringen. All das hätte vor dem Mittag geschehen sollen.

Die Mädchen entscheiden sich für Pompon-Puppen und beginnen damit auf dem Küchentisch. Ich gehe nach oben, um mit der Wäsche fertig zu werden und die Bettlaken zu wechseln. Am oberen Treppenabsatz seufze ich laut, trotte zum Wäscheraum und verliere meinen Schwung. Vielleicht hatte ich nie welchen. Ich gehe in die Zimmer hinein und hinaus. Smarty ist mein Schatten. Es ist mir unmöglich, für irgendwas Begeisterung aufzubringen. Ich fange eine Aufgabe an, die fünf Minuten dauern sollte, und fünfzehn Minuten später überlege ich, was es gewesen ist, weshalb ich hergekommen bin.

Schließlich sind die Laken bei Lilly und Tessa gewechselt und die Wäsche ist zur Hälfte gefaltet. Ich gehe in mein Zimmer, doch anstatt das Bett abzuziehen, werfe ich mich darauf. Ich überkreuze die Beine und beschwöre positive Energie, dass sie frei in mein Gehirn fließt. Vielleicht wird etwas Klarheit entstehen. Ich brauche Zeit zum Nachdenken. Ich zermartere mir das Gehirn – wer könnte das mit JD wissen? Wenn sie wirklich verstorben wäre, wer würde das wissen?

*Ihr College.*

Sie würden es wissen wollen. Sie würden es in ihrer Alumni-Zeitschrift angeben oder ihrem Verzeichnis oder wie auch immer das Ding heißt, in dem von Ehen und Geburten und Todesfällen berichtet wird.

Ich laufe die Stufen hinunter, um die Telefonnummer des Barton Colleges in meiner Rolodex-Rollkartei zu finden. Ich weiß, es ist seltsam, dass ich noch immer einen Rolodex habe. Ich werde eine dieser alten Damen sein, die sich an altertümliche rostige Heckenscheren hält, wenn es bereits schicke, superschnelle und superscharfe Elektrogeräte geben wird. Und ich werde niemals mein Kabeltelefon aufgeben – das in der Küche neben dem Kühlschrank hängt.

Im Arbeitszimmer entriegle ich die untere Schublade des Sideboards, hole meinen Rolodex heraus und stelle ihn obenauf. Direkt neben meinen Schreibtischkalender. Ich nehme den Kalender und drücke ihn fest. Jemand muss ihn bewegt haben. Und geschlossen. Ich öffne ihn in der richtigen Woche und lege ihn zurück auf den Schreibtisch neben das Mousepad. »Beweg dich ja nicht mehr.« Ich drohe ihm mit dem Zeigefinger. Eine Welle der Hoffnung überkommt mich. Es ist ein Zeichen. Ich weiß es. Alles wird gut.

Ich liebe meinen Rolodex – und zupfe an der weichen Einkerbung in der Mitte jeder Karte, die von der jahrelangen Verwendung entstanden ist, wo mein Finger an ihr gezogen hat. Der Geruch des Papiers. Ich drehe das Rolodex-Rad und halte bei J – wo ich über die Jahre alle wichtigen Daten von JD aufbewahre. Es gibt mehrere Telefonnummern von Barton: die Nummer ihres alten Wohnheimzimmers, die Krankenstation und der Informationsschalter des Campus, wo sie in ihrem ersten Jahr einen Job hatte. Ich schreibe sie mir auf.

Ich gehe durch die Küche, winke und rufe: »Hi, Mädels!« Oben angelangt nehme ich das Telefon auf dem Nachttisch.

Smarty kläfft und läuft um mich herum. Es ist erstaunlich, wenn man sich fröhlich und optimistisch fühlt. Selbst wenn die Dinge trostlos sind, kann ich alles angehen, sobald ich einen Plan habe. Natürlich waren die Dinge noch nie so trostlos gewesen, weshalb diese Theorie noch überprüft werden muss. Doch mich stärkt es, pragmatisch zu sein. Damit fühle ich mich am besten. Es gibt mir auch einen Hoffnungsschimmer. Ich stehe womöglich kurz davor zu entdecken, dass diese ganze Sache irgendein verrücktes Durcheinander ist und meine Schwester natürlich noch lebt. Und sehr lebendig in Pennsylvania ist.

Der Informationsschalter stellt mich zum Alumni-Büro durch.

Einen Moment später sagt eine Stimme: »Alumni-Büro, womit kann ich Ihnen helfen?«

# KAPITEL DREI

*Samstag, 23. September 2006, 13.28 Uhr*

»Oh, hi, super«, sage ich zu der Dame im Alumni-Büro. »Hier spricht, ähm, Mary Jean, ähm, Crowe, Abschlussjahrgang '94.« Ich räuspere mich. »Ich, ich habe eine ungewöhnliche Anfrage oder eigentlich nur eine Frage. Nun, vielleicht ist sie ja gar nicht so ungewöhnlich, wenn ich es mir überlege, ich schätze, viele Leute rufen wegen so was an. Wie auch immer, ähm, ich bin gerade im Urlaub auf den Bahamas einer anderen Absolventin vom Barton begegnet, und, na ja, ich hatte sie schon seit …, mein Gott, viel zu lange nicht gesehen … Sie wissen ja, wie das ist. Wir haben über die alten Tage gesprochen und was mit allen passiert ist, und, na ja, sie hat gehört, dass eine Zimmergefährtin von uns vor ein paar Jahren gestorben ist. Also, ich konnte das nicht glauben, ich meine, dann wäre sie nur achtundzwanzig geworden. Wie auch immer, ich hatte gehofft, dass Sie mir vielleicht sagen können, ob das stimmt oder nicht.«

Es folgt ein Moment unangenehmer Stille. Ich glaube sogar, dass sie vielleicht das Telefon abgelegt hat und zur Toilette gegangen ist. Habe ich etwa zu viel geredet? »Hallo?«

Da kehrt ihre Stimme zurück. »Sie könnten online gehen und das auf Bartons Website überprüfen. Haben Sie das schon versucht? Gehen Sie online und tippen Sie Ihre Studenten-ID in der Homepage ein und schlagen es dort nach. Natürlich würde dort nur dann ein Tod vermerkt sein, wenn wir von jemandem diese Information erhalten hätten. Wenn der Name also nicht dort steht, bedeutet es nicht notwendigerweise, dass sie nicht, na ja, tot ist. Ich will Sie nicht entmutigen, doch ich glaube, Sie können es nur sicher wissen, wenn ihr Name dort ist. Kennen Sie keine Familienangehörigen von ihr? Könnten Sie nicht einen von ihnen anrufen?«

»Ähm, nein. Ich wünschte, ich könnte das.« Ich gehe in meinem Schlafzimmer auf und ab. Smarty sitzt auf dem Bett und beobachtet mich.

»Nun, Sie können es mit der Website versuchen.«

»Ja, doch ich habe keine ID-Nummer von Barton, weil ich auf die Pharmazie-Schule gegangen bin. Ich glaube nicht, dass es mit deren ID-Nummern funktioniert, auch wenn es ja eigentlich Teil derselben Schule ist. Wir waren Zimmernachbarinnen außerhalb des Campus. Ich hatte wirklich gehofft, dass Sie mir helfen können. Ich meine, wenn es online im Alumni-Verzeichnis ist, dann ist es doch im öffentlichen Bereich, oder? Es ist keine vertrauliche Information, richtig? Ist es möglich, dass Sie es für mich nachsehen? Bitte?«

Diesmal höre ich sie atmen, so weiß ich, dass sie noch da ist. Jemand anderes fragt sie etwas und sie bedeckt das Telefon. Im Hintergrund ertönt unterdrücktes Murmeln.

»Es ist hier gerade sehr voll, da das Semester angefangen hat und alles.« Sie atmet dramatisch aus. »Wie ist der Name Ihrer Freundin und das Jahr? Ich werde mal sehen, was ich machen kann.« Noch ein widerwilliges Seufzen. »Sie werden aber ein wenig warten müssen. Ich habe noch zwei andere Leute in der Warteschlange.«

»Oh, kein Problem. Ich kann den ganzen Tag warten!« Ich setze mich auf die Bettkante, schwinge die Beine hoch und überkreuze sie, schiebe mir dann die Füße unter den Hintern.

50

Während ich auf ihre Rückkehr warte, wippen meine Knie leise gegen die Daunendecke. Ich beginne zu pfeifen, höre aber schnell damit auf. Wegen falschen Pfeifens haben schon Leute aufgelegt, die mich lieben. Ewigkeiten später bringt ihr »Sind Sie noch da?« mein Herz zum Hüpfen.

»Ja, ja, ich bin noch hier ...« Ich richte mich wie ein bettelnder Hund auf die Knie auf.

»Leider ist Ihre Freundin Jane Dory Spencer verstorben. Es tut mir wirklich leid, dass ich das bestätigen muss. Es ist im Jahr 2000 gewesen. Viel zu früh.« Ich spüre, wie sie den Kopf schüttelt.

Als die Worte ihren Mund verlassen und durch die Telefonleitung reisen, erfassen sie mich an den Schultern, graben sich tief in meine Haut, werfen mich vor und zurück und erschüttern mich heftig. Bis ins Innerste. Meine Nerven vibrieren. Mir wird schwindelig. Ich sinke zurück, ziehe die Knie bis ans Kinn, schlinge mir die Arme fest um die Beine, um mich zusammenzureißen. Das Telefon ruht weiterhin auf meiner Schulter, doch nicht länger an mein Ohr gepresst. Ich kann nichts mehr verstehen von dem, was sie sagt. »Wah wahwah«, sie wird zu Charlie Browns Lehrer. Mir wird schlecht. Mein Kopf dreht sich. Das Telefon rutscht mir von der Schulter und fällt mit einem dumpfen Schlag aufs Bett. Unterdrückte Geräusche kommen heraus. In meinem Magen brandet Säure auf. Die Wogen werden stetig wilder, bis sich der Mageninhalt aus mir herauswürgt. Als ich langsam den schlaffen Kopf anhebe, ist alles still. Auf der flauschigen weißen Daunendecke befindet sich eine übel riechende Pfütze. Smarty will seine Nase reinstecken. Ich ziehe ihn weg und er fällt auf den Boden.

Ich werfe den Telefonhörer auf die Gabel, während weiterhin Geräusche von der Alumni-Dame aus den kleinen Löchern des Hörers dringen. Wenn man feststellt, dass man gerade den

Verstand verliert, dann wird einem eine solche Grobheit verziehen. JD ist tot. Ich weiß nicht, wie. Ich weiß nicht, warum.

* * *

Keine Ahnung, wie lange ich oben im Zimmer gewesen bin oder wie lange Tessa und Lilly schon im Chor »Wettschwimmen! Wettschwimmen! Wettschwimmen!« rufen. Ihre schrillen, vorpubertären Stimmen bohren sich durch meine Schockstarre. Ich stakse katatonisch die Treppe hinunter und habe das Gefühl, mit den eigenen Beinen nicht verbunden zu sein. Als ich die Küche erreiche, stürzen sich Tessa und Lilly auf mich, während sie noch immer »Wettschwimmen« krähen. Ihr Gewicht lässt uns alle drei auf den Boden fallen.

Lilly ermahnt mich: »Mom, es ist schon fast zwei – ich will nicht zu spät kommen. Fährst du uns oder gehen wir?«

»Mom, fährst du uns? Hörst du mir zu?« Sie springt vom Boden auf und streckt die Hand aus, um mir aufzuhelfen. »Mom, hast du den Wettkampf vergessen?«

Während ich noch verarbeite, was Lilly mir mitteilt, mustere ich die Küche. Sie sieht aus wie ein Schlachtfeld. Bommel- und Pfeifenreinigersoldaten liegen tot auf dem Herd, unter den Stühlen und in der Spüle.

Ich schaue die Mädchen an. »Wow, habt ihr Mädels denn eure Schwimmsachen beisammen?« Meine Stimme klingt fremd, als käme sie von irgendwo anders. Es ist, als wäre ich ferngesteuert, denn ich weiß nicht, wie ich diesen Gedanken geformt und ihn dann durch den Mund geschickt habe. Noch überraschender ist es, dass die Mädchen schon vollständig für ihr Wettschwimmen ausgestattet sind – die Taschen gepackt und verschnürt.

»Mom – was ist los? Du siehst aus, als hättest du gerade einen Zombie gesehen. Bist du bereit? Wir kommen noch zu spät.« Lilly springt auf und ab, wie auf einer Hüpfstange. Seit über einem Monat freut sie sich auf diesen Wettkampf. Die Farhaven Sea Lions treffen ihre Erzrivalen, die Locust Hill Barracudas.

»Geht es dir gut, Mom? Was hast du da im Haar?« Tessa kommt näher, um es sich genauer anzusehen. Ich schrecke zurück, ohne nachzudenken, drücke mich gegen die Spüle, um den größtmöglichen Abstand zwischen uns zu bekommen. Ich drehe mich um, mache das Wasser an und blicke aus dem Fenster. Eins der Mädchen aus dem Schwimmteam, das in unserer Straße wohnt, geht bereits mit ihrer älteren Schwester Rachel, unserem Babysitter, Richtung YMCA.

»Oh, da ist ja Rachel. Liebes, warum läufst du nicht mit Lilly vor? Rachel geht mit Olivia. Sie sind direkt vor unserem Haus.« Ich klopfe an die Scheibe und hoffe, dass sie mich hört. »Geht mit ihnen.« Ich öffne das Küchenfenster auf der Vorderseite und rufe: »Rachel – Lilly und Tessa kommen mit euch. Eine Sekunde!« Ich drehe mich wieder zurück. »Ich will nicht, dass ihr zu spät seid. Bleibt einfach zusammen. Und guckt immer in beide Richtungen, links-rechts-links ...« Ich nehme ihre Sportbeutel und lege sie ihnen auf den Arm, während ich zur Rückseite der Küche haste und versuche, die Babylachse stromabwärts zur Tür zu dirigieren. »Das gibt mir Zeit, mich frisch zu machen. Beeilt euch, Mädchen, Rachel wartet auf dem Bürgersteig.«

»Ja, Mom. Gut.« Lilly wird jetzt von der Strömung erfasst und bewegt sich zur Tür heraus. »Aber sei nicht zu spät«, ermahnt sie mich. Die Fliegengittertür schnappt zu, bevor sie ihre Forderung beendet hat.

Lilly ruft nach Tessa, die noch in der Küche ist. »Ich gehe, Tessie! Ich werde nicht zu spät sein. Ich werde diesen Barracudas keinen psychologischen Vorteil geben.« Lilly reckt den Arm in die Luft, während sie das äußert, und zeigt nach oben, als würde sie einen Kreuzzug anführen.

Tessa kommt zu mir. »Ich sehe dich dann am Becken, Mom. Ja?« Sie blinzelt. »Du kommst doch, oder?« Tessa arbeitet am Feintuning ihrer sozialen Antennen.

»Natürlich komme ich. Ich brauche bloß fünf Minuten. Ich werde nichts verpassen. Nur das Aufwärmen. Ich bin in fünf Minuten da.« Ich löse mich von ihr und werfe ihr einen Kuss zu, der sich schon lächerlich anfühlt, als ich es tue, doch ich will nicht, dass sie das Erbrochene in meinem Haar riecht.

Sie geht zögernd rückwärts und wirft mir einen seltsamen Blick zu.

»Bitte, kau nicht an den Nägeln, Tessa. Ich bin gleich da. Okay?«

Sie zögert kurz, um »Ich liebe dich, Mom« zu sagen, bevor sie die Tür hinter sich schließt.

Ich blicke durch das Wohnzimmerfenster nach vorn aus dem Haus, um zu beobachten, wie sie die Auffahrt zum Bürgersteig hinabrennen, wo Rachel auf sie wartet. Während ich innerlich bete, dass die Mädchen an den Kreuzungen aufpassen, unterbricht eine unlogische Assoziation meine Gedanken, die mich dazu bringt, ins Arbeitszimmer zu eilen – meine Füße übernehmen anstelle meines Gehirns die Kontrolle.

Ich setze mich wieder an den Computer, und als ich »Caroline Spencer« in das Google-Suchfeld eingebe und »Enter« drücke, rieseln die Ergebnisse vor meinen Augen hinunter. Ich überfliege sie, um erneut die Todesanzeige meiner Schwester zu finden. Ich klicke darauf.

> Sie hinterlässt ihre Mutter und ihren Vater, Elaine und Wally Spencer, ihre Schwester Caroline Grace Spencer und ihre zweijährige Tochter Lilliana.

Die Trauerfeier wird am Dienstag, den 25. April, in der Kirche »Unsere Liebe Frau von Lourdes« abgehalten. Die Beisetzung findet auf dem St. Gertrude-Friedhof in New Peak statt. Zuständig für die Arrangements ist das Bestattungsunternehmen Dooley, 332 North Avenue, in New Peak. Spenden bitte an den Lilliana-Spencer-Stipendiumfonds, PO Box 721, Lanstonville, Pennsylvania.

»Tochter?«, platzt es mit Verzögerung aus mir heraus. Meine Stimme hallt von den Wänden wider.

Meine Schwester hatte keine Tochter. Ich denke angestrengt nach, doch dann beginnt mein ganzer Körper unwillkürlich zu zittern, als mir der Mangel an Glaubwürdigkeit im Hinblick auf das Leben meiner Schwester, verdammt, auf mein eigenes Leben, bewusst wird. Mein Verstand kämpft sich durch dicken Schlamm. Sie war verheiratet? Wer war ihr Ehemann? Es fühlt sich an, als würde ich mein erbärmliches Gedächtnis durch Käseleinen seihen, um die wichtigen Sachen vom Abfall zu trennen. Wie kann es sein, dass ich nichts von ihrer Tochter wusste, und warum würde sie sie *Lilliana* taufen, wo ich doch eine Tochter namens Lilly habe? Das ist total verrückt. Warum sollte sie das tun?

Ich weiß, warum sie es getan hat. Aus demselben Grund, aus dem wir uns ständig gegenseitig nachgeahmt haben. Wir wollten gleich sein. Wir rühmten uns damit, gleich zu sein, nicht verschieden. Wir wussten, was für ein Glück wir damit hatten, einander zu haben. So fühlen sich wohl alle Zwillinge. Vielleicht hätten wir einen Strich ziehen sollen, bevor wir unseren Töchtern praktisch denselben Namen gegeben haben.

Doch wo ist meine Nichte jetzt, da meine Schwester von uns gegangen ist? Warum habe ich keinen Kontakt mehr zu ihr?

Meine Beziehung zu JD ist – war – die wichtigste Beziehung meines Lebens. Als ich das denke, meldet sich mein Gewissen. Wie würde sich Andy wohl fühlen, wenn er das hörte? Wie kann eine Geschwisterbeziehung wichtiger sein als die zu einem Ehepartner? Plötzlich schäme ich mich. Sollte ich mich schämen? Ich weiß es nicht. Es ist eine Zwillingssache. Wir verstanden uns ohne Worte. Ich glaube nicht, dass es das in Beziehungen zu Männern gibt. Alle Frauen wollen, dass ihre Männer wissen, was sie denken. Sie finden, das sei ein Zeichen von wahrer Verbundenheit. Ich bin davon überzeugt, dass Frauen dieses Phänomen erfunden haben. Es existiert nur in Liebesfilmen. Im echten Leben müsste man wohl sehr lange warten, wenn man seinem Ehemann nicht genau sagt, was einem durch den Kopf geht. Ich habe das auch bitter erfahren müssen. Worauf Andy unausweichlich erwidern würde: »Warum hast du es mir nicht einfach gesagt?«

Ich muss JDs Tochter finden.

Was bedeutet, dass ich JDs Ehemann finden muss.

Mir pocht das Hirn, als ich mich zu erinnern versuche, mit wem JD damals ausgegangen ist. Ganz offensichtlich ist das eine groteske Überlegung, wenn man bedenkt, dass ich vor vierundzwanzig Stunden nicht einmal gewusst habe, dass meine Schwester tot ist oder dass sie eine Tochter hat. Jetzt soll ich mich daran erinnern, mit wem sie in den Neunzigern geschlafen hat?

JD hat 1998 ein Baby bekommen, im selben Jahr, als Tessa und Lilly geboren wurden.

Das ergibt gar keinen Sinn. Nichts von all dem ergibt einen Sinn.

Ich muss JDs Mann finden, das ist es, was ich tun muss. Es ist entscheidend. Es wird mir alle Antworten liefern.

Ich denke erneut an die Todesanzeige, die keinen überlebenden Ehepartner erwähnt hat.

Ich kehre zurück zu den Suchergebnissen bei Google und scrolle die Seite weiter hinunter. Doch diesmal halte ich auf halbem Weg.

*Hammond Gazette, Hammond, New York, 10. Dezember 1993*

**Milton Abner wegen ärztlicher Tätigkeit ohne Approbation angeklagt ...** Der Fall Caroline Spencer führte zu ...

www.hammondgazette.com/.../milton-abner-angeklagt-wegen-aerztlicher-taetigkeit ...

*Hammond Gazette* ... Ich bin auf die Hammond University in New York gegangen. Die *Gazette* war die Lokalzeitung. Mein ganzer Körper verkrampft sich, während ich mich für den nächsten möglichen Schlag rüste.

Ich klicke darauf.

*Hammond Gazette, Hammond, New York, 10. Dezember 1993*

**Milton Abner wegen ärztlicher Tätigkeit ohne Approbation angeklagt**

Milton Abner ist vom Geschworenengericht Hammond County angeklagt worden, da er ohne Approbation eine ärztliche Tätigkeit ausgeübt hat. Er wurde im Oktober in der behelfsmäßigen Klinik verhaftet, die er in einer von ihm angemieteten Wohnung in der 527 Oak Street eingerichtet hatte, nachdem ihn mehrere junge Frauen beschuldigt haben, seine Zeugnisse als Geburtshelfer gefälscht und illegale Abtreibungen durchgeführt zu haben. Laut Angaben der Polizei wurden medizinische Ausrüstung und Spritzen, Tabletten sowie anderes medizinische Zubehör in der Wohnung gefunden.

Der Verdacht fiel auf Abner, als Caroline Spencer (22) in kritischem Zustand ins Krankenhaus St. Barnabas in East Hammond, New York, eingeliefert wurde und einer sofortigen Notoperation unterzogen werden musste. Infolge einer verpfuschten illegalen Abtreibung hatte Mrs Spencer übermäßig Blut verloren und war bewusstlos geworden. Mr Abner rief einen Krankenwagen und flüchtete vom Tatort, wobei er Mrs Spencer ihrem Schicksal überließ.

Das Krankenhaus St. Barnabas hat sofort Anzeige bei der Polizei erstattet. Nachdem sie das Bewusstsein wiedererlangt hat, gab Mrs Spencer den Ermittlern die notwendigen Informationen, die zu Mr Abners Festnahme führten.

Mr Abner hat sich illegal als Geburtshelfer ausgegeben und seine Dienstleistung als »sichere und geprüfte Abtreibungen« in lokalen Zeitungen beworben. Eine erste Untersuchung hat ergeben, dass Mr Abner keine medizinische Approbation besaß. Zuletzt war er als Schauspieler in der Fernsehwerbung beschäftigt. In einer seiner jüngsten Rollen spielte er einen Arzt.

Aufgrund von Beschwerden mehrerer Studenten der Hammond University –

unter ihnen Hilary Baldwin – über Abners unorthodoxe medizinische Techniken und Vorgehensweisen wurde zeitgleich eine zweite Untersuchung seitens des State Education Department eingeleitet. Mrs Baldwin ist an eine Universität in einem anderen Bundesstaat gewechselt.

Als Mrs Spencer befragt wurde, wie sie an den betrügerischen Arzt geraten sei, sagte sie, dass ihr Freund Timothy Hayes, Student im Jura-Vorstudium der Hammond University, ihn für sie gefunden habe. Mehrere Kontaktversuche für einen Kommentar von Mr Hayes sind leider erfolglos geblieben. Timothy Hayes ist Senior und macht zum Ende des Semesters seinen Abschluss. Mrs Spencer besucht nicht mehr die Hammond University.

Die Ermittlungen führten …

Meine Augen sind starr geöffnet. Das taube Gefühl, das man im Fuß bekommt, wenn man zu lange drauf sitzt, hat meinen ganzen Körper erfasst. Ich kann nicht mehr sprechen, denken, atmen, blinzeln. Abtreibung? Es ist so, als würde ich über jemand anderen lesen, nicht über mich. Doch mein Name ist Caroline Spencer. Zumindest war er das damals. Ich bin auf die Hammond University gegangen. Ich hatte einen Freund namens Timothy Hayes. Ich habe aber keine Erinnerung an eine Abtreibung, verdammt noch mal.

Ich erinnere mich an ein Mädchen namens Hilary Baldwin. Jeder kannte sie. Hyster Hilary. So nannten wir sie. Wegen der Hysterektomie, ihrer Totaloperation. Sie war eine der Hyster Sisters. Gott, wie schrecklich. Wer würde jemanden *Hyster Sister* nennen? Bei ihr musste eine Totaloperation durchgeführt werden; sie lag deshalb ewig im Bett. Sie musste von der Hammond weg. Ja, ich erinnere mich, wie die Mädchen über ihre Abtreibung gesprochen haben. Sie war zu irgendeinem Typ gegangen, der gar kein Arzt war, und der hatte es versaut. Ganz übel. Man musste bei ihr eine Hysterektomie vornehmen, weil er sie verpfuscht hatte. Sie wollte nur noch weg von Hammond.

Was zum Teufel hatte ich da gemacht – eine Abtreibung vornehmen lassen? Ich war während der Studienzeit überhaupt nicht schwanger! Ich schaffe es nicht, den Blick vom Bildschirm abzuwenden. Das alles ist einfach zu viel, zu schmerzhaft, um sich daran zu erinnern. Aber ich kann mich auch nicht losreißen, obwohl ich es eigentlich verzweifelt will. Wenn ich jetzt darüber nachdenke, dann gab es noch eine andere Hyster Sister. Bei einem anderen Mädchen musste wegen dieses falschen Arztes ebenfalls eine Totaloperation durchgeführt werden. So ein Arschloch! Die andere Hyster Sister … ich kann mich einfach nicht daran erinnern, wer das war.

Ich muss schlucken. Ich erinnere mich an Bruchstücke. Das tue ich. Also, warum erinnere ich mich nicht an alles?

Ich blicke zu meinem Bauch hinunter und lege die Hand darauf. Schwanger? Ich. Das ist einfach zu viel für mich, um damit klarzukommen. Es kann nicht stimmen.

Nun, es kann nicht sein, dass ich eine Totaloperation gehabt habe. Das ist schließlich nichts, was man einfach so vergisst. Solche Dinge vergisst man nicht. Ganz zu schweigen davon, dass ich zwei Töchter habe!

Ich mache meine Hose auf und ziehe am Gummi meines Slips. Alles sieht da unten ziemlich normal aus. Erleichtert atme ich auf. Nichts Ungewöhnliches. Ich streiche über meinen Bauch und greife nach dem Reißverschluss, um ihn wieder hochzuziehen. Bevor ich es tue, werfe ich noch einen Blick darauf. Da ist etwas ganz Dünnes. Wahrscheinlich ist es gar nichts. Doch ich glaube, ich sehe durch das Haar eine dünne, rosa Linie. Ganz dünn. Allerdings auch ziemlich lang. Ungefähr sieben Zentimeter. Vielleicht zehn. Wenn es überhaupt eine Linie ist.

Ich hatte keine Hysterektomie. Das versteht sich von selbst. Ich habe zwei hübsche Töchter. Wo sind die hergekommen? Ich habe sie wohl kaum jemandem in der Mall geklaut.

Ein Mausklick, und ich bin das Bild los. Wenn ich es doch nur genauso leicht aus meinem Verstand löschen könnte. Timothys Namen zu lesen fühlt sich an, als hätte ich einen vierfachen Espresso getrunken. Ich presse die Augen zusammen, um meine Gedächtniszellen zu entleeren, verlange von ihnen, Ergebnisse zu liefern. Ich lasse die Gedanken und Bilder auf mich einströmen. Wie Frisbeescheiben fliegen Büschel von Erinnerungen auf mich zu. Ich verlangsame sie nicht oder versuche, sie zu begreifen. Ich will nicht, dass sie aufhören. Die Büschel sind Momente in der Zeit, ohne miteinander verbunden zu sein, wie Stoffflicken. Verschiedene Muster, verschiedene Farben. Timothy und ich waren verrückt nacheinander. Er war in mich verliebt. Und ich in ihn. Ich versuche, die Flicken zusammenzulegen, doch es fehlen Stücke in der Decke. Er war genial. Genau wie sein Dad. Sein Dad und sein Großvater waren Partner in der angesehenen Rechtskanzlei Hayes & Hayes, Ltd. in New York. Ein Platz stand für Timothy bereit, um das Familienerbe fortzuführen.

Wenn ich es mir überlege, dann war Timothy nicht wirklich genial. Er war nicht annähernd so klug wie sein Dad. Doch er hatte die Gabe, Menschen davon zu überzeugen, dass er zu fast allem fähig war. Er war entschlossen, das Jurastudium zu beenden und die Position zu übernehmen, die »rechtmäßig sein« war.

Timothys Art wirkte auf manche Leute übertrieben. Ich sah es als Anzeichen von Selbstbewusstsein. Ich war davon beeindruckt, wie kühn und selbstbewusst er war. Ich hatte vorher noch nie jemanden wie ihn kennengelernt. Seine Gegner warfen ihm vor, dass er nur eine große Klappe hätte und nichts dahinter sei.

Die Glühbirne der Schreibtischlampe flackert und ist kurz davor, auszugehen.

Was ist mit Timothy geschehen? Manche Teile meiner Erinnerung sind klar, andere sind verblasst – wie ein Gedächtnisglaukom.

Wenn mein Verstand sich nur von dem Artikel der *Hammond Gazette* losmachen könnte. Doch er steckt jetzt darin fest. Ebenso wie ein schweres Gefühl in der Brust. Man muss kein Raketentechniker sein, um zu wissen, dass man nicht 1993 eine Hysterektomie haben und dann 1998 Zwillinge auf die Welt bringen kann. Mein Gott. Ich kann einfach nicht die andere Hyster Sister gewesen sein. Was für eine Operation haben sie bei mir gemacht? Ich schaue auf den Schreibtischkalender, um nachzusehen, wann ich meine letzte Periode hatte. Ich blättere durch den August und den Juli und Juni und Mai. Schreibe ich mir das nicht auf? Ich kann mich nicht daran erinnern, diesen Monat meine Periode gehabt zu haben. Oder letzten Monat.

Ich verlasse den Schreibtisch und gehe zum Badezimmer, um nach Tampons zu suchen. Moment. Was ist mit den Mädchen? Warum höre ich sie nicht? Sie haben in der Küche gebastelt. Im Haus ist es viel zu still.

»Mädels! Seid ihr in der Küche?« Ich laufe den Flur entlang und bleibe vor dem Arbeitszimmer stehen. »Mädchen – Tessa! Lilly! Tessie?« Das Haus ist ruhig, abgesehen von dem Geräusch der gurgelnden Blasen im Aquarium. Smarty, der schlafend unter dem Ledersessel im Arbeitszimmer gelegen hat, hebt die Ohren und wird lebendig.

Meine bereits angespannten Nerven sind zu empfindlich. Ich bewege mich schneller und marschiere eilig durchs Haus zur Küche. Wo können sie nur sein? Ich öffne die Hintertür und rufe: »Mädchen!« Keine Antwort. Ich wende mich zurück in die Küche. Sie waren doch gerade noch hier …

In Socken rutsche ich über den Holzboden zu den Stufen. Smarty läuft hinter mir her und bellt. Ich komme am Küchentisch vorbei, auf dem eine von Lillys Badekappen neben einer Nasenklemme liegt, während ich das Geländer ergreife, um mich die ersten zwei Stufen hinaufzuziehen.

»Oh mein Gott«, stoße ich laut aus. »Sie sind beim Wettschwimmen!« Ich atme so tief aus, dass mein ganzer Körper zusammensinkt, bis ich mit den Händen meine gebeugten Knie ergreife.

Ich verliere den Verstand … Das muss es sein. Ich habe mich selbst noch von ihnen verabschiedet. Sie sind vor fünf Minuten – Scheiße – vor dreißig Minuten gegangen.

Ich spüre, wie sich die kleinen Beutel mit salziger Flüssigkeit wie Sandsäcke hinter meinen Augen stapeln, um die Flut zurückzuhalten. Ich brauche Hilfe. So kann ich nicht weitermachen. In weniger als vierundzwanzig Stunden wird Andy nach Hause kommen. Er wird mich gar nicht wiedererkennen. Wie kann ich mich normal verhalten? Normal aussehen? Ich stecke bis zum Hals drin. Es geht nicht darum, ein Problem zu lösen. Das würde vielleicht funktionieren, wenn es sich um das Leben von jemand anderem drehen würde.

Die Geheimnisse von jemand anderem.

Wenn ich eine Hysterektomie gehabt habe, würde das bedeuten, dass die Mädchen nicht von mir sind.

Es ist unbegreiflich, dass ich überhaupt darüber nachdenke. Das ist einfach verrückt. Wie können die Mädchen nicht von mir sein? Ich habe sie zur Welt gebracht!

Ich muss das von meiner Liste streichen. Es im Keim ersticken. Ich kann nicht zulassen, dass ich in diesem Zustand bin, wenn Andy nach Hause kommt. Völlig unmöglich. Es ist ganz einfach. Ich hatte keine Hysterektomie. Und ich bin die Mutter meiner Töchter. Meine Güte.

Ich gehe sie jetzt holen. Sofort.

Lilly wird außer sich sein, doch das hier ist wichtiger. Oder etwa nicht? Die Zurechnungsfähigkeit, der Verstand der Mutter? Die Mutter muss sich selbst zuerst die Sauerstoffmaske anlegen, wenn das Flugzeug abstürzt. Bevor sie ihrem Kind hilft. So sagen es die Flugbegleiter. Die Mutter ist die Betreuungsperson. Es ist eine bekannte Tatsache, dass sie atmen muss, um sich um ihre Kinder zu kümmern.

Ich brauche Lilly und Tessa bei mir. Ich werde mich besser fühlen, wenn sie in der Nähe sind. Wir müssen zusammen sein. Wie eine perverse Auslegung der Regel: »Das Recht steht auf der Seite des Besitzenden.« Ich klaube die Autoschlüssel und die Handtasche von der Theke und einen Sweater aus dem Vorraum, den ich mir bis zum Kinn zuziehe.

Auf dem Weg zum YMCA versuche ich, einen Handlungsplan auszuarbeiten. Was werde ich machen, wenn ich die Mädchen geholt habe? Ich habe nicht den Hauch einer Idee. Die Räder in meinem Verstand knirschen, das ist nicht schön. Sie sind angeknackst, rostig, kaputt und quietschend. Obwohl sie versuchen, zum richtigen Zeitpunkt am richtigen Ort mitzuhalten, schaffen sie es nicht. Was ist mit mir los? Ich bin doch die geborene Strategin.

Ich reiße die Eingangstür des YMCA auf. Ein intensiver Chlorgeruch liegt in der Luft und dringt mir in alle Poren, zieht mich nach unten und verlangsamt meine Schritte über den gummiartigen schwarzen Boden in dem langen Flur, der die Schwimmer vor dem Ausrutschen bewahren soll. Die farbigen Betonmauern präsentieren Fotos vergangener Schwimmmannschaften bis zurück in die Zwanzigerjahre. Der Flur führt mich bis zu dem großen Schwimmbecken, wo die Wettkämpfe abgehalten werden. Ich greife nach dem Geländer und steige die Treppe nach unten, wo sich die Mannschaft aufhält. Ich komme an den Tribünen vorbei, wo die anderen Eltern mit gekreuzten Beinen und gefalteten Händen sitzen. Die Mamis tragen Steppjacken in verschiedenen Nuancen von Waldgrün und Braun. Es ist einer dieser Septembertage, wo der Herbst vorzeitig versucht, den Sommer zu vertreiben, und jede trägt ihre beste Herbstkleidung. Man kann das neue Wildleder ihrer Stiefel und großen Ledertaschen riechen. Eine sehr gut aussehende Gruppe. Schwimmen ist ein angesehener Sport, der gute Kinder und angesehene Familien anzieht.

Wenn ich mir diese Leute betrachte, erinnere ich mich daran, wie wichtig es mir war, mich in die Gemeinschaft einzugliedern – für einen guten Start in einer neuen Stadt. Ich war bereit, mich besonders anzustrengen, um gute, feste Freundschaften für mich und Andy und die Mädchen zu schließen. Als wir geheiratet haben, beschlossen wir, unsere Kinder in keiner unserer Geburtsstädte aufzuziehen. So entschieden wir uns nach einigen Überlegungen für Farhaven. Keiner von uns kannte hier jemanden, was Teil der Anziehungskraft war. Ein klarer Schnitt. Neue Freunde. Gemeinsame Freunde, nicht nur seine oder meine.

Die Bevölkerungszusammensetzung ist recht homogen in Farhaven, könnte man sagen. Es sind Menschen wie wir.

Doch das ist auch der Vorteil (oder Nachteil) vom Leben im Vorort. Ehrlich gesagt ist es ziemlich einfach, mit offenen Armen empfangen und bereitwillig akzeptiert zu werden, ohne Hindernisse zu existieren und sich einzufügen, so lange man bereit dazu ist, den Kodex der Vorstadt zu akzeptieren. Vielleicht bleibt man dann sogar unbemerkt. Man muss bloß wie die anderen Vorstädter leben und wird zurechtkommen. Man geht zu den Elternabenden und wird Mitglied im Buchclub, man lädt zu Bunko-Spieleabenden ein, passt gegenseitig auf die Kinder auf, man organisiert ein Straßenfest oder zwei, geht in den Country Club (oder versucht es), pflegt seinen Rasen – und die Kolibris werden sicher jeden Morgen auf der Veranda herumschwirren.

Ich bemühe mich, meine übliche Gelassenheit heraufzubeschwören. Ich gebe Plan A auf, die Mädchen sofort mitzunehmen. Da ich nicht genau weiß, wohin ich sie gebracht hätte, wirkt Plan A recht überstürzt. Deshalb wechsle ich schnell zu Plan B, den Wettkampf abzuwarten, so gut es geht. Das lässt mir Zeit zum Nachdenken. Ich falte ebenfalls die Hände, um mir von diesen Leuten ein Gefühl der Ruhe zu borgen. Ich bleibe stehen, während ich bis fünf zähle, um meine innere Mitte zu suchen, dann sehe ich zu den Sitzbänken, um die Mädchen ausfindig zu machen.

Ich überblicke ein Meer vertrauter Gesichter. Zuerst entdecke ich Vicki, die die Hand ein Stück hebt, um zu winken, dann verzieht sie das Gesicht, wendet sich zu Meg und flüstert etwas. Meg sitzt in der Reihe hinter Vicki. Sie winkt, lächelt warmherzig und tippt neben sich auf die Bank, um mir einen Platz anzubieten. Ich verspüre ein innerliches Ziehen. Ich will mich dort hinsetzen und alles rauslassen. Sie ist meine beste Freundin in dieser Stadt. Oder überhaupt zu diesem Zeitpunkt. Wenn ich es irgendwem erzählen könnte, dann wäre sie diejenige. Von Anfang an war sie mir gegenüber loyal. Tatsächlich war sie es schon, als wir nur Bekannte waren.

Wir haben uns kennengelernt, als die Mädchen zusammen in die Vorschule gingen, und wir bemerkten, dass wir beide neu in der Stadt waren. So beschlossen wir, uns gegenseitig als Notfallkontakt anzugeben. Zu meiner großen Überraschung musste die Schulsekretärin sie bereits in der zweiten Woche der Schule anrufen.

Smarty war damals ein Hundebaby und hielt mich wie ein Neugeborenes nachts wach. Am Tage war ich deshalb immer völlig erschöpft. Eines Nachmittags war ich auf dem Sofa eingenickt und hatte die Abholzeit der Mädchen verschlafen. Auch die anhaltenden Anrufe des Schulbüros hatten mich nicht geweckt. Zu meiner großen Beschämung hatte Meg an jenem Tag die Mädchen nach Hause gebracht. Am nächsten Tag fand ich ein kleines verpacktes Päckchen an meiner Haustür. Eine nach Lavendel duftende Schlafmaske und ein Wecker mit einer Notiz: *Süße Träume, deine Freundin Meg.*

Ich werde mich nicht neben sie setzen. Ich traue mir selbst nicht. Was haben wir da: der Tod einer Schwester, eine vergessene Schwangerschaft und möglicherweise eine Hysterektomie, zwei Töchter mit zweifelhafter Elternschaft. Nein, ich glaube nicht, dass ich ihr das anvertrauen könnte. Niemand ist so vorbehaltlos. Wie würde ich denn reagieren, wenn sie mit einer solchen Story bei mir ankäme? Nein, ich bin auf mich allein gestellt. Ich werde es nicht riskieren, sie zu verlieren. Ich kann es nicht drauf ankommen lassen, dass das zu irgendwem durchdringt, vor allem nicht zu Andy.

Als Erwiderung auf ihr Platzangebot präsentiere ich ihr einen schwachen Versuch in Zeichensprache. Ich zeige auf mich, während ich mit den Lippen »Ich muss« forme, dann mache ich eine quakende Geste mit der Hand (das internationale Zeichen für »Sprechen«). Doch mir fällt nichts ein, was für »die Mädchen« stehen könnte, deshalb sage ich einfach laut »die Mädchen«. Eine ganze Reihe Köpfe dreht sich in meine Richtung. Ich trete seitlich über den Zementboden hinter die Bank der Sea Lions, wo Tessa sitzt und die Arme über den Kopf ausstreckt. Ich setze mich leise hinter sie. Ich weiß nicht, ob ich es rechtzeitig geschafft habe oder ob sie bereits angefangen haben, und ich bin mir nicht sicher, ob die Mädchen mitbekommen haben, dass ich hier bin.

Ich hole tief Luft und sammle mich. Das sind meine Töchter. Und ich bin ihre Mutter. Ich werde nicht zulassen, dass irgendein dummer, alter Zeitungsartikel aus irgendeiner miefigen Kleinstadt oben in New York State meine Welt durcheinanderwirft.

Ich schiebe den Kopf über Tessas linke Schulter und flüstere ihr ins Ohr: »Hi, Tessa!« Sie erschrickt so sehr, dass sie fast aus der dritten Reihe ins Becken springt. »Ich bin hier. Siehst du, ich habe es rechtzeitig geschafft. Eure Mutter ist da«, sage ich nur und klatsche mir zur Betonung auf den Schoß. In dem Augenblick entdecke ich Lilly, die auf dem Startblock steht und auf den Anpfiff wartet, der kurz bevorsteht. Betont flüsternd rufe ich: »Lilly, Lilly! Mom ist hier! Deine stolze Mutter ist da! Um ihre Töchter zu sehen!« Ich stehe auf, salutiere und setze mich dann schnell wieder hin. Sie geht bereits in die Hocke. Meine Güte, ich bin so stolz. Sie sind beide hinreißend und stark. Langsam dreht Lilly den Kopf zu mir, in millimeterkleinen Bewegungen, ihr Körper neigt sich zur Seite und ihre Arme schwingen in großen, weiten, propellerartigen Kreisen. Dann kippt sie ins Becken.

Die ganze Mannschaft ringt nach Luft, ebenso die Zuschauer und ich. Das Geräusch unseres gemeinsamen Erstaunens rüttelt an meiner fragilen Verfassung. Ich bin entsetzt. Ich blicke kurz rüber zu ihrer Trainerin, die jetzt auf den Beinen ist, den Kopf zur Seite gerissen, um mir einen bösen Blick zuzuwerfen. Lilly könnte das als Fehlstart gewertet bekommen.

Ich starre sofort auf meine Füße, setze mich auf meine Hände und schlage die Beine übereinander. Alles eingezogen. Alles reglos.

Vicki hat die Trainerin »Mundfurz« genannt, weil sie die Angewohnheit hat, die Luft hörbar mit aufgeblasenen Wangen auszupusten, wie es die Franzosen zu tun pflegen, wenn sie völlig von jemandem angewidert sind. Genau so, wie sie jetzt mir gegenüber empfindet. Sie fügt einen in die Luft gestreckten Arm hinzu (wie es eine alte Italienerin machen würde, wenn du die vierte Portion ihrer selbst gemachten Gnocchi ausschlägst), während ich versuche, mir ihre Eltern vorzustellen. Vielleicht hat sie diese Gesten von ihnen übernommen. Sie könnten Franzosen sein. Oder Italiener. Wer weiß das schon? Sind Gesten in unseren Genen? Haben die Mädchen irgendwas von mir?

Lilly weiß nicht, was sie machen soll. Normalerweise ist sie sehr ausdrucksstark, doch da sie vom Hals abwärts unter Wasser ist, wird jede mögliche physische Reaktion unterdrückt. Doch von ihren Augen kann man alles ablesen, was man wissen muss: eine gewaltige Mischung aus Wut und Scham. Ich kralle mir die Fingernägel in die Beine, um nicht zu weinen, denn wenn ich das tue, wird Lilly bleibende emotionale Narben davontragen. Als sie aus dem Becken steigt, sind die anderen Mädchen bereits in der nächsten Position, deshalb kehrt sie sofort mit geballten Fäusten zurück an den Startblock. Sie blickt nicht zu mir. Das Startsignal ertönt und Lilly ist wieder im Wasser. Sie schwimmt Freistil, ihre stärkste Disziplin. Meine Absätze tippen hektisch auf den Zementboden, während ich mich zu den anderen Eltern umblicke. Ich lächle großzügig in alle Richtungen.

Ich schaue auf die Uhr. Wenn ich mir nicht schnell etwas ausdenke, werden Tessa und Lilly – beide Experten, was den sechsten Sinn angeht – spüren, dass etwas nicht stimmt, bevor der Tag vorbei ist. Ach, dabei war ich stets so vernünftig. Ich habe ständig damit geprahlt, wie klug ich sei. Mein ganzes Leben lang hatte ich immer eine Lösung für alles parat. Bis heute.

Im gleichen Takt mit den Füßen tippe ich meine Daumen aneinander.

Die Zahnräder in meinem Verstand lösen sich aus ihrer Erstarrung und beginnen fast zu schwingen. Allmählich entfacht sich der Funke einer Idee.

Nach einem kräftigen, herzhaften und falschen Niesen senke ich den Kopf, um so zu tun, als würde ich in der Handtasche nach einem Taschentuch suchen, lange genug, um einen kurzen, heimlichen Anruf zu machen.

Mit dem Kopf zwischen den Knien flüstere ich ins Telefon. Ich halte mir die Hand vor den Mund, damit mich niemand hören kann. Es ist fast unmöglich, hier ein Gespräch zu führen, da es bei dem Klatschen und Johlen so laut ist. Jetzt muss Tessa an der Reihe sein, denn sie sitzt nicht mehr auf der Bank.

Die Person, mit der ich telefoniere, lässt mich warten. Ich blicke kurz hoch. Tessa ist im Wasser. Die Frau in der Leitung kehrt zurück und ich senke wieder den Kopf. Ich beende schnell den Anruf und richte mich auf.

Leute jubeln und ich schließe mich ihnen an. Gott behüte, dass die Mädchen zu mir blicken und ich mich nicht so wie die anderen Eltern freue.

Unbewusst reibe ich mit den Händen über meine Jeans und merke, dass sie schweißnass sind.

# KAPITEL VIER

*Samstag, 23. September 2006, 15.37 Uhr*

Der Wettkampf ist vorbei. Ich springe von der Bank, blicke auf die Uhr und flitze dahin, wo sich die Mannschaft versammelt hat. Schnell raffe ich alles zusammen, was den Mädchen gehört, wie ein Huhn, das sein Vogelfutter pickt. Zum Glück sitzen Tessa und Lilly nebeneinander, weshalb es einfach ist, sie beide an den Armen zu ergreifen, nachdem ich mir ihre Sporttaschen über die Schultern geschwungen habe, und sie von der Bank zu ziehen und die Treppe hoch zu dirigieren. »Beeilt euch, wir haben keine Zeit«, sage ich laut in keine bestimmte Richtung. Ich bin eine Frau mit einer Mission. Und einem Plan.

Sie protestieren auf dem ganzen Weg. Doch ich bin unempfindlich gegenüber ihrem Geschrei. Das Rote Kreuz schließt sehr bald, deshalb habe ich keine Zeit, ihnen nachzugeben. Ich muss ignorieren, was sie äußern, auch deshalb, weil im Augenblick nichts anderes in meinen Kopf passt. Ich werde ihnen später zuhören. Nachher werden sie meine ungeteilte Aufmerksamkeit bekommen.

Als wir alle im Auto sitzen, betätige ich die Zündung und lege den Rückwärtsgang ein. »Gut gemacht, Mädchen. Ihr wart richtig, richtig gut«, lobe ich sie, während ich in die Seitenspiegel blicke. Niemand, der hinter mir zurückfährt. Der

Wagen schießt nach hinten, wie er es immer getan hat, seit ich das Fahren mit Gangschaltung gelernt habe.

»Mom, ich sitze noch nicht einmal richtig!«, beschwert sich eine von ihnen.

»Ich habe den Gurt noch nicht angeschnallt«, platzt die andere heraus.

»Was für ein Wettkampf – puh! –, ihr wart wirklich außergewöhnlich.« Ich werde einfach alles locker und lässig angehen. Ganz beiläufig und normal. Sie werden nichts merken. Ich blicke wieder auf die Uhr. Es wäre ein Wunder, wenn wir noch rechtzeitig ankommen.

»Mom – wohin fahren wir? Hörst du überhaupt zu? Wir haben noch nicht einmal unsere Kleider …«

»Nicht einmal ein Handtuch …«

»Ich friere!«

Ich sehe sie mir im Rückspiegel an. Ich kann nicht klar denken, wenn sie schimpfen. »Oh, na großartig. Toll.« Ich schlage aufs Lenkrad. »Euch ist kalt! Ihr seid nass! Super. Habt ihr auch mal an mich gedacht? Ich verliere vielleicht den Verstand!«

Die Mädchen blicken mich mit erstarrten Gesichtern an. Fassungslosigkeit vermischt mit Angst. Ich merke, dass ich das nicht leise für mich gesagt habe.

Ich stoße den Schalthebel in Parkposition und bemerke ihre Sporttaschen auf dem Vordersitz.

»Oh, Mann, ich dachte, ihr habt eure Sachen. Hier … tut mir leid.« Ich werfe die zwei Taschen auf die Rückbank. »Es tut mir leid. Ihr müsst ja erfrieren – Moment, lasst mich die Heizung anmachen.« Ich blicke auf ihre Füße und danke insgeheim dem lieben Gott, dass sie wenigstens nicht barfuß sind.

Lillys Hand fasst nach dem Türgriff. »Ich gehe und hole unsere Handtücher …«

»Lilly, wohin willst du? Mach die Tür nicht auf. Bleib im Auto – wir haben keine Zeit. Wir schaffen es so vielleicht schon nicht. Ich habe eure Handtücher genommen. Sie sind in euren Taschen. Sieh nach.« Ich stelle die Schaltung wieder auf »Fahren« und lenke vom Parkplatz. Eine Hand habe ich auf den Rücksitz ausgestreckt, um Lilly zu stützen, falls sie nach vorn fällt – sie ist noch immer nicht angeschnallt. »Warte, Lilly.«

»Wohin denn?«, fragt Tessa zitternd, während sie Sachen aus ihrer Sporttasche zieht. Ich ertrage es nicht, sie beiden so zu sehen. Nass und kalt. Das macht mich fertig. Was tue ich nur? Ich benehme mich wie eine Verrückte.

Es zerbricht mir das Herz, doch ich kann nicht anhalten. Wir müssen dort hin. Ich werde es wiedergutmachen, wenn das hier alles vorbei ist. Das werde ich ganz bestimmt.

Wenn wir herausfinden, dass ich wirklich den Verstand verloren habe, wird es vielleicht doch nicht so schlimm (für sie) sein, wenn wir gleich womöglich feststellen, dass ich nicht ihre echte Mutter bin. Beim Roten Kreuz werden wir das herausfinden.

»Mein Handtuch ist nicht in der Tasche, Mommy«, murrt Tessa.

»Das hier ist nicht mein Handtuch«, schmollt Lilly, »es gehört Sophia!«

»Nun, dann nimm doch Sophias Handtuch, um Himmels willen. Du bist klatschnass, was macht das für einen Unterschied?«

»Machst du Scherze? Die popelt immer! Ich werde bestimmt nicht das Handtuch einer Poplerin benutzen!«

»Ich nehme es. Ich erfriere sonst.« Tessa reißt Lilly das Handtuch weg.

»Schön. Aber wundere dich nicht, wenn du gleich überall Popel hast.« Ich kann ihnen nicht mehr zuhören. Sie sollen endlich still sein.

»Hört zu, Mädchen«, meine Stimme klingt verzweifelt, »ich habe euch noch nicht von der schrecklichen Sache erzählt, die Ricky widerfahren ist.« Ich muss mir schnell ausdenken, wer

»Ricky« ist und was ihm für eine »schreckliche Sache« passiert ist, von der ich ihnen noch nicht erzählt habe. Das ist blöd.

»Wer ist Ricky, Mommy?« Tessa hat bereits ein schlechtes Gewissen, weil sie sich darüber beschwert hat, kein Handtuch zu haben. Sie beginnt, an ihren Nägeln zu kauen.

Dann platzt Lilly damit heraus: »Ich kann einfach nicht glauben, dass ich deinetwegen ins Becken gefallen bin. Was war das eigentlich? Mich in so eine peinliche Situation zu bringen. Für den Rest meines Lebens werde ich mir das anhören müssen. Ich hätte eine Strafe bekommen können! Zumindest hättest du mein Handtuch dabeihaben können. Ich friere mir noch den Arsch ab.«

Ich lasse dem Schlaukopf seinen Moment. Ich kann nicht behaupten, dass ich es nicht verdient hätte. Sie ist einfach verschreckt und verwirrt und schützt sich selbst mit ihrer Wut. Wenn man über Gene nachdenkt, fühle ich mich besser angesichts ihrer Schimpftirade.

»Wo fahren wir eigentlich hin, dass es so wichtig ist? Was ist das für ein Familiennotfall?« Lilly ist wieder dabei.

Tessa fängt zu weinen an.

»Übrigens Mom, wir haben verloren. Wir haben den Wettkampf verloren, weißt du – den Wettkampf, auf den du so stolz bist«, fügt Lilly hinzu. »Und klatsche bitte das nächste Mal nicht für die andere Mannschaft. Du solltest für uns klatschen. Wir haben dich gesehen.«

Ich fahre an den Straßenrand und stelle den Schalthebel auf »Parken«. »Tessa, weine bitte nicht. Alles wird gut. Ich glaube, ich habe es nicht gemerkt, dass ihr verloren habt. Nun, wisst ihr, das ist überhaupt nicht wichtig. Ihr wisst doch, ob ihr gewinnt oder verliert, ich bin trotzdem stolz auf euch. Und ja, ich habe geklatscht, weil …, weil …, wisst ihr eigentlich, wie es für eine Mutter ist, wenn sie sieht, dass ihre Töchter so toll sind? Die so schwer für etwas arbeiten und dann das tun, für das sie so schwer gearbeitet haben? Es interessiert mich einen Scheiß, wer gewonnen hat.« Die Mädchen blicken sich schockiert an. Ich betrachte Lillys Gesichtszüge und schwöre, dass ihre Augen und Nase genau wie meine aussehen. Ich kann es einfach nicht glauben, dass ich für die andere Mannschaft geklatscht habe. Und gerade habe ich vor ihnen geflucht.

»Hier, nimm die.« Ich reiße wie wild Taschentücher aus einer Schachtel, die ich im Auto habe, und tätschle schnell Lillys feuchte Beine. »Nimm die Taschentücher und mach dir die Arme trocken. Was hast du in der Tasche, Lilly? Ist da nichts, was du nehmen kannst, um dich abzutrocknen? Wir müssen nur einen kurzen Stopp machen und dann fahren wir sofort nach Hause. Keine Sorge. Sie haben da bestimmt Handtücher für euch. Da sind liebe Menschen, die uns helfen werden. Das machen sie. Sie helfen Menschen in Not. Okay? Bitte. Wir müssen nur dort ankommen, bevor sie schließen.« Ich sehe mich im Rückspiegel an, um sicher zu gehen, dass ich nicht zu wild für das Rote Kreuz aussehe. Ich darf ihnen keinen Grund dafür geben, unser Blut abzulehnen.

»Hört zu, ihr beiden. Ich weiß, ich bin heute ein wenig durcheinander. Ich verspreche euch, dass es besser wird. Ich werde in Nullkommanix wieder normal sein, keine Sorge, wir müssen nur kurz beim Roten Kreuz halten. Okay? Ein kurzer Stopp und alles wird gut.« Während ich das sage, suche ich krampfhaft nach einer Erklärung, warum wir zum Roten Kreuz fahren und warum genau ich darauf bestehe, dass ihnen Blut aus den unschuldigen Adern abgenommen wird.

Also … erzähle ich ihnen … die schreckliche, entsetzliche Neuigkeit … von ihrem Großcousin »Ricky«, der mit der Enkeltochter meiner Großtante verwandt ist (den sie nie getroffen oder je etwas von ihm gehört haben). Er braucht … eine Operation. Eine schwere Operation. Und auch wenn er in … Argentinien lebt, spendet jeder aus der Familie Blut, für alle Fälle.

Sie bestürmen mich mit Fragen über Ricky.

»Mädchen, ich kenne nicht alle Einzelheiten – wir schicken kein Blut nach Argentinien, er … hat die Operation … irgendwo hier in den USA. Oder vielleicht verschicken sie es. Ich kenne nicht alle Einzelheiten. Beeil dich und zieh dich an, Lilly. Guck mal nach hinten. Da ist eine Tüte mit alten Sachen, die ich zur Heilsarmee bringen wollte. Trockne dich mit irgendwas davon ab und zieh dich an. Wir haben keine Zeit.«

»Was für eine Blutgruppe hat er denn?«, fragt Tessa. »Müssen wir nicht seine Blutgruppe kennen? Wir haben gerade im Biologieunterricht darüber gesprochen.«

»Ähm, also, es ist dieselbe wie meine. Ich weiß nicht, wie eure ist, das werden wir zuerst herausfinden. Sie werden euch kein Blut abnehmen, wenn ihr nicht dieselbe Blutgruppe wie Ricky habt.«

»Wie machen sie das?«, wollen sie einstimmig wissen.

»Oh, keine Sorge. Das ist ein kleiner Pieks in den Finger.« Ich traue mich nicht, in den Rückspiegel zu blicken. Ich ertrage es nicht, sie erschreckt zu sehen. Ich schlucke eine Pfütze Spucke runter und frage mich, ob das noch jemand anderes gehört hat. Es folgt eine lange Stille.

»Hier drin ist eine Badekappe und Taucherbrille, die mir nicht gehören. Auch nicht diese Nasenklemmen. Ich benutze überhaupt keine Nasenklemmen, Mom. Mein Shirt ist auch nicht hier«, sagt Lilly in leiserem Tonfall.

»Lilly, das ist deine Schuld, nicht Mommys. Die Trainerin sagt dir die ganze Zeit, dass du deine Kleider in deine Tasche tun sollst«, rügt Tessa sie.

»Lilly, nimm dir eins der alten Oberteile aus der Heilsarmeetüte.« Ich bete zu Gott, dass sie nichts darin findet, was ich versprechen musste, nicht wegzugeben. Wegen ihres

Problems mit der Anhänglichkeit trägt sie ihre Kleider, bis sie ihr viel zu klein sind.

Lilly greift mit dem Arm nach hinten, um nach der Tasche zu fühlen. Man hört Plastik rascheln.

»Was meinst du damit, dass er sterben könnte? Wir haben ihn noch nie getroffen – er ist unser Cousin – unser einziger Cousin.« Lilly kann mit keiner Form von Tod umgehen, Fiktion oder nicht. Ich hätte mir diese ganze Geschichte genau überlegen sollen, bevor ich sie ausgesprochen habe.

»Bitte, Lilly, ich weiß es doch auch nicht. Natürlich wird er nicht sterben. Natürlich will ich, dass er lebt, vor allem, damit ihr Mädchen ihn kennenlernt, nur eben jetzt nicht, ja? Ich bin einfach zu aufgeregt, um darüber zu sprechen. Lasst uns stark sein und das tun, was wir tun müssen.«

Die Mädchen wühlen in der Tasche mit alten Kleidern herum, während wir auf den Parkplatz des Roten Kreuzes kommen. Bevor ich aus dem Auto steige, klappe ich schnell den Spiegel runter, um die Schminke auf meiner Prellung zu überprüfen.

»Hier, zieh das an!« Tessa wirft Lilly etwas aus der Tasche zu.

»Ich werde keine Dora-Weste anziehen! Spinnst du? Ich habe das getragen, als ich drei war! Zieh du das doch an.«

Na toll, jetzt ist sie auch noch ein Kleidersnob.

»Ich habe schon ein Shirt. Was macht das überhaupt für einen Unterschied? Da ist nichts anderes drin, außer dem Wintermantel. Gut, dann zieh eben den Mantel an.«

Ich ziehe mir ein paar Strähnen über das Pflaster auf der Stirn. Ich merke, dass ich langsam ausflippe.

Ich bin nervös und das kleinste bisschen könnte mich zerbrechen.

»Was, zum Teufel …?«

Ich traue meinen Augen nicht.

Ich wische mit der Hand beiläufig über mein Kinn. Es bewegt sich nicht. Das liegt daran, dass es an meinem Kinn ist – in Form eines Kinnhaars! Und es ist lang genug, um Signale von tief fliegenden Flugzeugen zu empfangen. Ich starre es an. Ich werde deshalb nicht ausflippen. Das wird mich nicht zerbrechen. Ich habe keine Zeit für so etwas. Aber wie und wann bin ich zu einer Frau mit Kinnhaar geworden? Ich bin fünfunddreißig. Ich erinnere mich daran, was Gabrielle über die Frau gesagt hat, deren Mann sie wegen des Au-pairs verlassen hat.

Mein Blick schießt zur Uhr auf dem Armaturenbrett. Wir müssen da rein – sofort. Ich muss das Haar ignorieren, selbst wenn es lang genug ist, um die Wäsche daran aufzuhängen.

»Ich werde mich später darum kümmern.« Ich klappe den Spiegel zu. »Ich halte mich in Form. Mein Mann wird mich nicht verlassen.«

»Warum sollte Daddy dich verlassen?«

Oh nein, nicht schon wieder?

»Gib mir den Hut aus der Tüte. Ist Daddys alter Golfhut darin?« Tessa reicht ihn mir und ich zieh den Riemen stramm und setze mir den Hut auf den Kopf. Bequem genug, um alles drinnen zu behalten.

Wir steigen aus und gehen händchenhaltend feierlich die Marmorstufen hinauf, zwischen den gewaltigen runden Säulen, die eine riesige Holztür flankieren, hinein ins Hauptfoyer des Roten Kreuzes.

Ein sehr respektabler, angesehener Ort.

Wir versuchen, uns einzufügen.

Ich stehe zwischen meinen Töchtern. Den Mädchen, die ich immer als meine Töchter gekannt habe. Sie stehen erhobenen Hauptes da, beide in nassen Badeanzügen und mit Gänsehaut – während ich ein langes, drahtiges Haar am Kinn habe, einen violetten Affen auf der Wange und ein Pflaster über der rechten Augenbraue. Alles ist still – abgesehen von dem Donnern meines Herzens.

»Guten Tag«, sage ich mit meiner kultiviertesten Stimme. Die Empfangsdame wirft uns einen Blick zu und ihre Brauen gehen fast unmerklich nach oben. Sie räuspert sich und blickt sich um, sich vergewissernd, dass der Sicherheitsmann nicht schon gegangen ist.

»Kann ich Ihnen helfen?«, lügt sie.

»Wir sind hier, um unsere Blutgruppe überprüfen zu lassen.« Ich erzähle ihr die Geschichte von Ricky. Sie sieht auf die Uhr und führt uns ohne eine Bemerkung in einen Blutspenderaum.

Die Mädchen bekommen jede einen Krankenhauskittel, ein Laken und Hüttenschuhe, worauf die Krankenschwester beharrt, dass sie sie behalten sollen. Nachdem ich ein paar Formulare ausgefüllt habe, nimmt mir die Krankenschwester Blut ab. Sie nimmt fast einen halben Liter.

Doch bei den Mädchen pikst sie – vorerst – nur in die Fingerspitze, um ihre Blutgruppe herauszufinden.

»Ihr müsst euren Cousin Ricky sehr lieb haben«, sagt die Krankenschwester, um sie zu entspannen.

Sie halten einander an den Händen, die Augen fest zur Decke gerichtet. Sie sind mächtig tapfer und ich bin so stolz auf sie. Sie sind die meiste Zeit untypisch leise, außer der gelegentlichen Nennung von Rickys Namen und Fragen über seine Krankheit oder seine Mutter und seinen Vater – die Tante und der Onkel, von deren Existenz sie nichts wussten.

Bevor die Krankenschwester den Raum verlässt, um die Blutgruppen der Mädchen zu überprüfen und Rotes-Kreuz-Spenderausweise für uns auszustellen, bietet sie uns Apfelsaft und Kekse sowie ein Pflaster für Tessas Daumen an, der blutig ist von ihrer Nagerei. Wir knabbern an den Keksen und ich flüstere den Mädchen zu: »Wir werden das Daddy gegenüber nicht erwähnen. Er hat zu viel Stress; ich will nicht, dass er sich wegen Ricky Sorgen macht. Behalten wir diese kleine Mission für uns.« Ich zwinkere ihnen zu. »Okay?« Sie nicken mit vollem Mund.

Als die Krankenschwester zurückkehrt, reicht sie mir drei Karten, auf welchen unsere Namen und Blutgruppen stehen, und sie sagt etwas, was ich nicht höre.

Ich fächere die Karten auf wie ein Kartenspiel.

Komm schon, ein Drilling, bete ich innerlich. Ich senke den Blick und lese sie. Lilly Thompson A+, Tessa Thompson B+, Caroline Thompson AB+.

Ich schließe die Augen. Ich brauche einen neuen Plan.

* * *

### Sonntag, der 24. September, 9.12 Uhr

Die Holzjalousien sind nicht ganz bis zur Fensterbank heruntergezogen, durch eine dreißig Zentimeter große Lücke zeigen sie den dunklen Himmel. Es sieht nach Nacht aus, obwohl ich weiß, dass es das nicht ist. Die Glasscheiben wimmeln von dicken Tropfen. Sie laufen die glatte Scheibe hinunter, werden schneller, reißen andere mit sich, verschlingen sie, fangen sie und werden dick und schwer. Der Regen fällt geräuschlos. Das einzige Geräusch kommt von der Uhr auf meinem Nachttisch. Ich blicke darauf, um zu überprüfen, dass es wirklich Morgen ist. Die Tabletten, die ich mir versprochen hatte, falls ich nicht bis um eins in der Nacht eingeschlafen wäre, sind noch immer da. Sie hätten mir ohnehin nicht geholfen.

Nachdem wir gestern vom Roten Kreuz zurückgekehrt waren, hatten die Mädchen darauf bestanden, Ricky eine »Gute Besserung«-Karte zu schreiben. Sie fügten beide Fotos von sich und selbstgemalte Bilder hinzu, die er sich an die Wand hängen könnte. Mir war schlecht bei dem Gedanken, dass ich diese

Riesenlüge erfunden habe, und wegen der ungelösten Sache mit unserer Blutprobe. Ich hatte nicht daran gedacht, dass der Test vielleicht kein endgültiges Ergebnis liefern würde. Ich war mir so sicher, dass er es tut. Und jetzt muss ich diesen Brief an eine erfundene Adresse in Argentinien schicken.

Wer auch immer gesagt hat »Du kannst niemals nur eine Lüge erzählen«, der hat bestimmt nicht gelogen.

Meine Geheimnisse scheinen zu einer Lawine anzuwachsen, während sich meine Lügen anhäufen.

Ich verzichtete auf das Abendessen, und da wir alle erschöpft waren, gingen wir früh zu Bett. Tessa konnte nicht sofort einschlafen, und nachdem sie sich stundenlang im Bett gewälzt und dabei an Ricky gedacht hatte, kam sie in mein Zimmer, um zu fragen, ob sie sich bei mir einquartieren könne. Ich war noch nie so glücklich gewesen, eins der Mädchen mitten in der Nacht in mein Zimmer schleichen zu sehen. So schliefen Tessa (auf Andys Seite), Smarty Pants (an seinem üblichen Platz am Fußende des Bettes) und ich schließlich ein.

So gegen 2.15 Uhr morgens begann Lilly, in ihrem Bett um sich zu schlagen. Die quietschenden Räder an ihrem Bett bewegen sich, wenn sie sich umdreht, und das weckt mich immer auf, sie aus irgendeinem Grund jedoch niemals. *Sie will sich nur bequem hinlegen*, beruhigte ich mich. Dann jammerte sie. Ich war mir sicher, dass ihre Albträume zurückgekehrt waren. Seit fast einem Jahr hatte sie keinen mehr gehabt. Davor waren sie erbarmungslos gewesen. Und immer derselbe Traum.

Ich stieg aus dem Bett und schlich auf meine typische Zickzackart auf Zehenspitzen zu ihrem Zimmer über das Minenfeld knarrender Bodenbretter. Ihr Nachtlicht (in Gestalt eines Schmetterlings) warf einen sanften, rosigen Schimmer in ihr Zimmer. Der ganze Raum war um diesen Schmetterling herum gestaltet, fast nichts hatte sich in ihrem Zimmer verändert, seit sie drei Jahre alt war.

Man würde nicht glauben, dass Lilly sentimental ist, doch wenn man versucht, neue Laken für ihr Bett zu kaufen oder mit ihr darüber zu reden, ihre Wandfarbe vom zarten Rosa und Gelb zu etwas weniger Kleinkindartigem zu ändern, dann kann man sich auf einen Ansturm hyperemotionaler Besitzanhänglichkeit gefasst machen.

»Mommy, wie kannst du nur meine Kuscheltiere und Puppen wegnehmen? Sie gehören mir. Ich will sie nicht weggeben. Nicht einmal ›benachteiligten‹ kleinen Mädchen, die sie für ihr Leben gern haben würden. *Ich* liebe sie für mein Leben.«

Nur ein Beispiel.

Als ich also letzte Nacht ihr Zimmer betrat, ging ich mit erprobter Finesse vor, steuerte zwischen körbeweise alten Plüschtieren, Schachteln mit Haarzubehör und kleinen Haufen sauberer Kleidung hindurch, um das ausgeräumte Innere von Kommodenschubladen zu sehen, und schaffte es trotzdem, über das Mikrofon ihrer Karaokemaschine zu stolpern und auf eine von Smartys Gummimäusen zu treten, die ein krankes Quietschen von sich gab. Lilly ignoriert den Aufräumplan völlig, den ich jeden Samstag an ihren Spiegel hänge. Ich habe ein Zimmer mit einer Schwester wie ihr geteilt und es macht mich noch immer verrückt.

Doch selbst wenn man die Augen schließen würde und das Glück hätte, an einem Trapez in Lillys Zimmer hinabgesenkt zu werden, wüsste man dennoch ganz genau, wo man wäre. In Lillys Zimmer riecht es permanent nach Erdbeere und Pfefferminz. Erdbeeren von ihrem Kämmspray, das sie sich jeden Abend ins Haar sprüht, bevor sie ihr langes, kastanienbraunes Haar durchbürstet, und Pfefferminz von den Schachteln Schokolinsen, die sie hinter ihren rosa-gelbfarbenen Gingan-Bettvolants hortet (und die irgendwann echte Mäuse anlocken werden).

Als ich ihr Zimmer durchquerte, machte das Nachtlicht etwas mit ihrer Haarfarbe, sodass ich für einen flüchtigen Moment an JD dachte, doch dann war es wieder weg.

Sie wand sich stärker, während sie ihren unerschütterlich loyalen Teddy Tunum umklammert hielt.

Sie hatte Tunum an ihrem dritten Geburtstag bekommen und sofort beschlossen, das kleine Etikett an seiner Rückennaht zu entfernen (das den fabrikgegebenen Namen des Bären als »Giggles« auswies), um ihm einen richtigen Namen zu verpassen. Nachdem sie insgesamt fünf Sekunden nachgedacht hatte, erklärte sie, dass der Name »Tunum« sein würde (mit einem unterstreichenden Kopfnicken). Andy und ich dachten, sie würde in einer fremden Sprache reden. Wir rannten schnell los und besorgten uns den Elternratgeber »Womit man in den Babyjahren rechnen muss« und fragten uns, ob darin ein Kapitel mit dem Titel »Wenn dein Baby eine fremde Sprache spricht« stand. Am Ende verbuchten wir es als Lillys aufkeimenden Sinn für Originalität.

Die Loyalität, die Lilly allem anderen in ihrem Universum erweist, verblasst im Vergleich dazu, was sie mit Tunum verbindet, dem Begleiter aller sicheren und guten Dinge.

Es war verstörend, sie zu beobachten, wie sie sich tief in ihrem Albtraum wand und plapperte. Obwohl ich über die wirkliche Länge von Träumen Bescheid wusste und dass es bald vorbei sein würde, konnte ich es nicht ertragen.

»Lilly, Süße …«, hauchte ich sanft, während ich sachte ihren Arm tätschelte und ihr mit der Rückseite meiner Finger über die Wange strich. »Mommy ist da … Ich bin bei dir. Wach auf, Süße, du hast einen bösen Traum …« Schließlich öffnete sie die Augen, und als sie mich sah, sprang sie auf, umarmte mich und weinte mit Entschlossenheit.

»Dieses Mädchen!«, stieß sie aus. »Und die Frau. Sie sind zurück.«

# KAPITEL FÜNF

*Sonntag, 24. September 2006, 2.18 Uhr*

»Okay, langsam, Lilly, alles ist gut, das ist nicht wirklich.«

Sie rang heftig nach Luft und spuckte dabei vor Angst. Ihre Arme waren fest um meine Taille geschlungen.

»Das hier ist echt, sieh dich um, du bist jetzt wach.« Ich strich ihr über das Haar und begann meine albtraumberuhigende Rede, wobei ich wusste, dass ich damit nichts auslöschen würde. Die Angst oder Verwirrung würde damit nicht genommen oder davon abgehalten werden, wieder zurückzukehren. Doch ich tat es trotzdem, vielleicht mehr für mich als für Lilly.

»Warum versuchst du nicht, dich zu beruhigen, atme dreimal ganz tief ein und fang von vorne an ...« Da kam mir in den Sinn, dass wir diesmal vielleicht gar nicht darüber reden sollten.

Was war überhaupt der Sinn davon? Sie hatte es bereits schon einmal unfreiwillig erlebt. »Hey, warum sprechen wir nicht über etwas anderes? Du musst nicht wieder an diesen Traum denken. Wohin sollen wir in den Ferien fahren?« Es klang absurd, als ich das aussprach. Warum gibt es bei Kindern keine Gebrauchsanweisung?

»Diesmal war es anders.« Sie nahm den Kopf von meiner Brust. »Ich meine, irgendwie dasselbe – aber doch anders.«

»Willst du wirklich darüber reden?«

»Ich habe ihr Schlafzimmer gesehen. Das kleine Mädchen hatte solche Angst.« Ihr Blick wurde panischer. »Sie ist wirklich süß, ich würde ihr gern helfen ...«

»Ich weiß, Süße.« Lilly sah wie eine Meerjungfrau aus. Von der Taille abwärts war sie in einen Wust aus Bettlaken gewickelt, die ich entwirrte, während sie redete.

»Es fing an wie immer.« Lilly schaute mich inständig an. »Sie nahm ihr Püppchen – ihre Puppe – im Kinderwagen mit zum Spielplatz. Doch es ist komisch: Ich weiß nicht, wie sie hingekommen sind. In einer Minute waren sie noch zu Hause, dann hörte ich die Schaukeln auf dem Spielplatz quietschen. Ich hasse das Geräusch. Doch das Mädchen hat gelächelt und mit ihrer Puppe gespielt – hat sie hochgehoben und so getan, als würde sie tanzen.« Lilly wischte sich mit dem Unterarm die Nase und zog das restliche Sekret hoch, das nicht auf dem Arm gelandet war.

»Okay.« Ich griff nach einem Taschentuch auf ihrem Nachttisch.

»Ihre Mom war bei ihr, doch plötzlich verwandelte sie sich in die andere Frau. Warum muss sie das tun? Sie fängt so nett und hübsch an, und dann verwandelt sie sich in die unheimliche neue Mom!« Lillys Brust begann sich zu heben und ihre Stimme wurde lauter. »Die Mom sagte, es sei Zeit, den Spielplatz zu verlassen. Bevor die Freunde kamen! Sie hätten auf die Freunde warten sollen. Das Mädchen fürchtete sich.« Lilly hielt inne, als könne sie nicht glauben, was sie als Nächstes sagen würde. »Sie erkannte sie nicht. Sie sah anders aus. Sie hatte dieselbe Kleidung, dieselbe Stimme, dieselben Haare, doch ein anderes Gesicht. Ein völlig anderes Gesicht. Das Mädchen senkte den Kopf, weil sie sich fürchtete, ihre Mom anzusehen.«

Als Lillys Beine von den Laken befreit waren, setzte sie sich anders hin und zog die Knie ans Kinn, umarmte ihre Schienbeine und schaukelte vor und zurück.

»Lilly, ich bin mir sicher, dass es noch immer ihre Mom war. Du weißt, wie Träume sind. Vielleicht hast du sie einfach nicht erkannt. Vielleicht hat sie eine neue Frisur oder Botox oder so etwas.« *Botox*? War ich noch normal?

Smarty stand neben Lillys Bett und blickte uns an, dabei wedelte er mit dem Schwanz, so nervös wie Lilly.

Ich nahm ihn hoch und er schob den Kopf unter einen von Lillys Armen.

Sie holte tief Luft, als wollte sie unter Wasser tauchen. »Das Mädchen sagte: ›Wer bist du? Wo ist meine Mommy?‹ Und die Frau antwortete: ›Ich bin deine Mommy, Dummerchen‹. Dann gingen sie nach Hause. Doch es war nicht ihr richtiges Zuhause. Weißt du, was ich meine? Es sah nicht wie ihr Haus aus, doch das war es.«

»Hatte das Mädchen seine Puppe?«

»Nein!« Ihre Arme fuhren so schnell in die Luft, dass ich schon dachte, Smarty würde runterfallen. »Es hat sie verloren!« Sie nahm die Bettdecke und zog sie sich über den Kopf.

»Liebes …«

Sie ließ die Hände in den Schoß sinken und das Laken mit ihnen. »Die Mom wollte nicht zurückgehen, um nach ihr zu suchen. Sie behauptete, das Mädchen hätte sie gar nicht mitge-bracht. Dass sie in seinem Zimmer sei. Doch das stimmte nicht. Es hatte sie mitgebracht! Ich wollte die Mom anschreien!«

»Ich weiß, Süße, das hast du mir erzählt. Du hast mir erklärt, dass es seine Puppe hatte.« Ich strich ihr durch das Laken über die Füße.

Warum hatte Lilly diesen Traum? Warum nur? Es ist nicht fair, solche Angst zu haben, wenn man friedlich schlafen sollte. Wo im Himmel kam das her? Immer wieder.

»Sie rannte trotzdem in ihr Zimmer, um zu sehen, ob die Puppe dort sei, doch sie konnte ihr Zimmer nicht finden. Es war nirgendwo. Kannst du dir das vorstellen? Sie blickte sich überall im Haus um, doch sie konnte einfach ihr Zimmer nicht finden. Sie begann zu weinen und rannte die Stufen hinab zu der Mom und erzählte ihr, dass sie auch ihr Zimmer verloren hätte. Die Mom lachte und meinte: ›Du hast dein Zimmer nicht verloren, es ist die Treppe hoch. Es ist das einzige Zimmer dort, sodass du dich nie verläufst.‹ Sie ging wieder hoch. Sie suchte und suchte, doch da waren keine Türen, keine Zimmer. Sie rannte die ganzen Flure entlang – sie war so erschrocken, weil sie dachte, die Mom würde ihr einen Streich spielen, und dann sah sie nach der Treppe, denn sie wollte aus dem Haus weglaufen und zurück zum Spielplatz, um ihre Freunde zu finden – doch die Treppe war weg!« Lilly griff nach Tunum, der zwischen dem Bett und der Wand eingeklemmt war, und drückte ihn in der Armbeuge und hielt meine Hand in ihrer anderen.

»Weißt du, was dann passiert ist, Mommy? Das wirst du nicht glauben.«

»Was denn, Süße?«

»Die Mom stand die ganze Zeit hinter ihr. Das Mädchen bemerkte sie gar nicht, doch sie war einfach da. Einfach so. Wie ist sie dorthin gekommen, wenn da keine Treppe war? Und gerade als sie die Mom erblickte, entdeckte sie eine Tür. Zum ersten Mal. Doch die Tür war vorher nicht da gewesen. Da drangen Geräusche aus dem Innern des Zimmers. Das kleine Mädchen blickte zu der Mom. Sie hatte Angst. Ich wollte nur, dass der Traum aufhört – ich konnte es nicht mehr aushalten. Doch ich wusste nicht, wie ich aufwachen konnte. Ich konnte mich nicht selbst aufwecken …«

»Das ist schon gut, Lilly. Du bist jetzt wach und es ist vorbei.« Ich zog sie an mich und umarmte sie fest. Zuerst gab sie nach, ich konnte ihr Herz an meiner Brust rasen spüren. Im nächsten Moment drückte sie mich weg.

»Nein, Mommy. Das ist nicht das Ende. Die Mom öffnete die Tür. Das Mädchen steckte den Kopf hinein. Niemand war drinnen. Doch da war vor einer Minute eine Stimme gewesen – sogar ich hatte sie gehört. Aber das Zimmer war leer. Alles war dunkel und grau. Keine Bilder oder Bücher oder Spielsachen oder Kleidung. Auch ihre Puppe nicht. Da standen nur zwei Betten. Ohne Laken oder Decken oder Kopfkissen. Bloß Matratzen. Und das kleine Mädchen rief: ›Wo ist mein Zimmer? Das ist nicht mein Zimmer.‹ Sie weinte. ›Dieses Zimmer hat zwei Betten …‹ Und die Mom lachte. ›Natürlich hat es zwei Betten!‹ Dann wurde ich wach.«

Diesmal sprang mich Lilly förmlich an. Sie schlang ihre dünnen Ärmchen um mich und tauchte ihren Kopf mit solcher Intensität gegen meine Brust, dass ich fast vom Bett gefallen wäre. Ich spürte, wie Smarty versuchte, seine Nase zwischen unsere Bäuche zu stecken. Ich hielt Lilly fest. Ich musste daran denken, wie empfindlich sie ist, egal, welches Pokerface sie zur Schau stellt. Ihr Herz raste, ihre Brust hob und senkte sich gegen meine.

»Zum Glück ist es vorbei. Was für ein schrecklicher Traum.«

»Kennst du das Mädchen, Lilly? Hast du sie wiedererkannt?«, fragte ich, wie schon tausendmal zuvor.

»Nein.«

Ich hielt sie so fest, wie ich konnte, und dachte darüber nach, was ich ihr sagen sollte, um sie davon zu überzeugen, dass alles in Ordnung war, die Augen wieder zu schließen und weiterzuschlafen. Doch ich kannte diesen quälenden Teufelskreis.

Wir hatten das bereits zuvor durchgemacht. Und es würde Tage dauern, vielleicht noch länger, bis sie wieder friedlich schlafen konnte.

Ich nahm ein weiteres Taschentuch von ihrem Nachttisch. »Süße, beschäftigt dich irgendwas? Ist irgendwas bei Delia zu Hause oder letzte Woche in der Schule passiert, was dich aufgeregt hat?«

Hmm, überlegen wir doch mal: In Lillys vergangenen vierundzwanzig Stunden hatte sich ihre Mutter eine verrückte Kopf- und Gesichtsverletzung zugezogen, sie dazu gebracht, bei einem Wettschwimmen ins Becken zu fallen und sie vor ihren Freunden und deren Familien in eine peinliche Situation gebracht. Anschließend erfuhr sie noch von einem Cousin, von dessen Existenz sie bisher nichts gewusst hatte – weil er nicht existiert, was sie aber nicht weiß –, und der mit einer tödlichen Krankheit in Argentinien »lebt« und für den sie vielleicht Blut spenden muss. Nun, weiß ich nicht, was ihre unterdrückte Angst verursacht haben könnte?

Etwas ist zudem am Donnerstag in der Schule vorgefallen, in der Cafeteria, was Tessa mir nach ein wenig Drängen erzählt hatte. Ich war mir nicht sicher, ob es ausreichte, um Lilly so sehr zu verstören, wie es Tessa verstört hatte. Wie auch immer, man weiß nie, was Kinder tief im Innern weggeschlossen mit sich herumtragen, was nur darauf wartet, sich in einem quälenden Traum zu manifestieren, der anscheinend keinen Bezug hat.

»Nein, Mommy. Delias Party war schön. Ich hatte keine Albträume in ihrem Haus«, berichtete sie und putzte sich die Nase.

Ich war hin- und hergerissen, ob ich den Schulzwischenfall erwähnen sollte, doch vielleicht würde es helfen, darüber zu sprechen.

»Was ist mit der Schule?«, fühlte ich vor.

Tessa hatte mir die Geschichte erzählt, als sie am Donnerstag vom Schwimmunterricht nach Hause gekommen war. Sie bot sie nicht gerade mit Begeisterung an, doch ich bin vertraut mit der stillen Beschäftigung, die ihren Kummer begleitet, und mit dem richtigen Köder konnte ich es aus ihr herauslocken. Lilly war an diesem Abend zum Essen bei ihrer neuen Freundin Alexandra eingeladen gewesen (deren Familie einen Koch im

Haus angestellt hatte, der jedes Gericht auf Anfrage zubereitete). Also war ich mit Tessa allein.

Wenn Tessa vom Schwimmen nach Hause kommt, dann kann sie normalerweise ein ganzes Pferd essen, doch am Donnerstag guckte sie nicht einmal aufs Essen. Sie tröpfelte in die Küche, ließ Rucksack und Schwimmtasche auf den Boden fallen, sodass die Weingläser in der Vitrine klirrten. Sie schlich wie eine Amöbe durchs Zimmer und setzte sich schließlich auf einen Stuhl an der Kücheninsel.

»Hi«, begann ich und näherte mich ihr vorsichtig.

»Hi …«

Nachdem alle Bemühungen, das Alien zum Reden zu bringen, gescheitert waren, ging ich zur Speisekammer und holte eine Tüte Schokoladenküsse, die ich für Notfälle hinter den Grünkohlchips aufbewahrte.

»Wie war die Schule heute?« Sobald ich das ausgesprochen hatte, erkannte ich meinen Fehler – stelle niemals eine Frage, die mit einem Wort beantwortet werden kann (*Das 1 x 1 der Erziehung*). »Ich meine, wie war die Matheprüf…, ähm, ähm, ich meine, was war heute dein Lieblingsfach – und warum?«

Das war alles, was mir einfiel.

Tessa hob langsam den Kopf und verdrehte die Augen. »In dreihundert Worten oder weniger?« Sie konnte ihrem eigenen Scherz nicht widerstehen, der dazu führte, dass sich ein widerwilliges Grinsen auf ihrem Gesicht ausbreitete.

Wieder einmal wurde ich verspottet.

Ich ließ sie zwei Küsse nehmen, während sie mir erzählte, was zur Mittagszeit in der Cafeteria passiert war.

Als sie nach der Schokolade griff, bemerkte ich die Kruste am Nagelbett ihres linken Daumens.

»Also, nachdem ich mit meinem Lehrer über die Hausaufgabe gesprochen habe, war die Pause fast vorbei, weshalb ich mein Essen nahm und direkt in die Cafeteria gegangen bin. Ich suchte nach Delia und Lilly und Jenna. Zuerst konnte ich sie nicht entdecken, doch dann sah ich Lilly und Jenna, die mit Alexandra an einem Tisch hinten in der Cafeteria saßen. Dort sitzen sie sonst nie. Ich bemerkte, wie sich Lilly unter den Tisch duckte, als wäre ihr etwas runtergefallen, doch als ich näher kam, erkannte ich, dass sie sich versteckte. Ich dachte, sie würde sich vor dem Jungen aus ihrer Klasse verbergen, der für sie schwärmt. Es war noch ein Platz an ihrem Tisch frei, deshalb zog ich den Stuhl vor, um mich hinzusetzen, und Lilly hob den Kopf.

›Da kannst du nicht sitzen, Tessa!‹, blaffte sie mich an. Deshalb fragte ich: ›Warum nicht? Sitzt hier jemand?‹ Ich hörte, wie Jenna verneinte, doch da rastete Lilly fast aus. ›Ja, ja, da sitzt jemand – Sarah. Sarah sitzt da.‹

Ich entgegnete: ›Oh, tut mir leid, das wusste ich nicht …‹ Dann wandte sich Jenna zu Lilly und sagte: ›Sarah ist heute gar nicht in der Schule, Lilly. Sie ist krank.‹ Lilly wurde noch wütender.

Lilly knurrte: ›Kannst du dir nicht einfach einen anderen Tisch suchen, Tessa? Warum musst du überhaupt immer bei uns sitzen? Es gibt genügend andere Plätze, die du dir aussuchen kannst.‹

Jenna widersprach Lilly: ›Warum kann sie nicht einfach hier sitzen?‹

Lilly drehte sich daraufhin zu Alexandra um: ›Nun, das ist Alexandras Tisch. Also Alexandra, es liegt an dir. Aber wir wissen, wie beliebt du bist und dass du haufenweise Freundinnen hast, wenn Tessa also hier nicht sitzen kann, dann verstehen wir das total.‹

Und da erwiderte Alexandra einfach nur: ›Nun, ähm, nun, ähm … nun‹, und in dem Moment habe ich es nicht mehr ausgehalten und dachte … ich dachte, ich würde … weinen, deshalb bin ich schnell ans andere Ende der Cafeteria bei den

Toiletten gegangen. Die Mittagspause war sowieso schon fast vorbei, deshalb fand ich nur einen Platz weit weg von ihnen. Dann entdeckte mich Delia. Sie saß mit Hannah zusammen. Sie winkte, dass ich mich zu ihnen setzen sollte. Doch gerade, als ich den Stuhl nahm, klingelte die Schulglocke.

Ich habe mein Essen mit nach Hause gebracht. Ich hatte keine Zeit, es zu essen. Ich hatte sowieso keinen Hunger.«

Da wären wir also wieder. Ich wusste wirklich nicht, was ich Tessa sagen sollte. Ich wollte eine dieser wirklich profunden Erklärungen abfeuern, die die Eifersucht und Rivalität und Unsicherheit ihrer Schwester erklären würde. Doch da war nichts. Und ich wusste sowieso, dass ich nicht immer eine Erklärung in der Hinterhand haben konnte. Trotzdem gibt es nichts Schlimmeres, als wenn sich die Mädchen gegenseitig wehtun.

Tessa war eine Weile still und kaute. Ich warf mir ein Stück Schokolade in den Mund und kaute schweigend mit ihr. Unsere Kiefer bewegten sich synchron, während wir beide leer auf das gleiche Stück Nichts in der Luft blickten.

Ich legte die Hand auf ihre.

»Ich verstehe das nicht, Mom. Wenn andere Kinder böse zu mir sind, dann hält Lilly immer zu mir. Einmal letztes Jahr, erinnerst du dich noch? Da hat sie diesen Jungen geschlagen, der mir den Rock hochgehoben hat.«

Ich wusste, dass ich mit Andy darüber reden musste. Als er am Donnerstag anrief, erzählte ich es ihm. Und wir beschlossen gemeinsam, Lilly zu verwarnen und sie »auf Bewährung« zu setzen. Wenn sie sich wieder bösartig gegenüber Tessa verhalten würde, dürfte sie beim nächsten Schwimmwettkampf nicht teilnehmen. »Pack sie da, wo es wehtut«, sagten wir einstimmig, und es klang damals ziemlich machohaft, doch ich werde diejenige sein, die es ihr mitteilt und womöglich die Strafe sogar durchsetzt, und, na ja, ich bin ein Weichei.

Im Rückblick wünsche ich mir, Lilly zu bestrafen wäre mein größtes Problem.

Andy und ich beschlossen, darauf zu warten, dass Lilly von allein gestand. Ich gebe zu, dass diese Taktik häufig absurd ist. Doch wir glauben weiterhin daran.

Als ich Lilly fragte, ob irgendwas in der Schule vorgefallen sei, was sie aufgeregt habe, gab ich ihr etwas Zeit, um darüber nachzudenken. Es schien eine sehr lange Zeit zu sein. Dann schließlich öffnete sich die Tür einen kleinen Spaltbreit. Ihr Kopf blieb unten und sie sah mich nicht an.

Ich denke, Lillys Albträume sind nicht wirklich überraschend. Sie ist jemand, die Dinge in sich hineinfrisst. Sie drückt einfach das ganze emotionale Zeug runter und denkt, dass sie es so loswird, oder sie versteckt es. Doch es kommt alles zurück und verfolgt sie im Schlaf.

»Nun, da war etwas, das letzte Woche mit Tessa in der Schule passiert ist. Doch es ist keine große Sache. Selbst Tessa hat das gesagt.«

»Wirklich?«

»Es war nur diese Sache in der Cafeteria – nichts Großes –, als Tessa einen Platz zum Essen gesucht hat. Und alle Plätze waren voll an meinem Tisch. Also ...«

»Oh.«

»Das war es so ziemlich.«

»Oh. Na ja, warum glaubst du, dass das Tessa stören würde? Das klingt nicht ...«

»Weil sie da sitzen wollte, Mom.« Lilly wand sich. Zuerst schlug sie mit der Faust gegen ein kleines Quastenkissen, dann drehte sie sich um und hielt Tunum fest, rutschte in ihr Bett, zog sich die Decke bis zum Kinn und wurde sehr still. »Und sie konnte nicht – und das war alles.«

»Nun, waren da keine freien Plätze …?«, forschte ich vorsichtig.

»Mom, das war nicht mein Tisch. Es war Alexandras Tisch, deshalb lag es nicht an mir, okay?«

»Okay, Lilly, reg dich nicht auf – ich wusste nicht, dass die Kinder ihren eigenen Tisch haben.«

»Sie haben keinen eigenen Tisch – man kann sich hinsetzen, wo man will. Das ist ein freies Land, oder nicht?«

»Ja. Sicher, das ist es.«

»Und überhaupt, Alexandra ist meine neue Freundin – nicht Tessas. Und Tessa hat sowieso ihre eigenen Freundinnen, warum muss sie dann immer bei mir sitzen … und bei Alexandra? Außerdem ist Alexandra sehr beliebt und hat haufenweise Freundinnen. Und sie hat keine Zeit für noch eine neue Freundin, okay?«

»Aha …«

»Und nur weil da ein freier Platz ist, steht da noch lange nicht Tessas Name drauf. Alexandra braucht ihn vielleicht für eine ihrer anderen Freundinnen. Denk nur, wie viele ihrer Freundinnen sie in so einem Fall enttäuschen müsste, Mom. Schließlich war da nur ein leerer Platz.«

»Oh. Also war da ein leerer Platz.«

»Nur einer.«

»Nun, wenn das alles für Tessa in Ordnung war, dann … das hast du gesagt, richtig?«

»Woher soll ich das wissen, wenn sie wegrennt? Ich kann keine Gedanken lesen. Also, ich denke, es war in Ordnung.« Daraufhin ließ Lilly den Kopf hängen und verlor abrupt die Fassung. Als sie zu weinen anfing, fühlte ich mich schrecklich, dass ich mit dieser blöden Sache angefangen hatte. Sie hatte bereits eine furchtbare Nacht hinter sich. Ich hatte gehofft, dass es eine heilsame Wirkung hätte, darüber zu reden. Was genau wollte ich hier beweisen?

Ich zog ihren Kopf zu mir und rieb mit der Hand große Kreise auf ihrem Rücken.

Doch ich konnte es nicht dabei bewenden lassen.

»Lilly, du hast die Gefühle deiner Schwester verletzt. Und du hast sie vor den anderen Mädchen in Verlegenheit gebracht – was falsch ist. Wenn du mit ihr zu Hause darüber gesprochen hättest, dass du etwas Abstand brauchst und mit den anderen Mädchen Zeit ohne sie verbringen willst, glaube ich, dass sie es verstanden hätte. Doch es ist einfach nur grausam, sie in der Öffentlichkeit zu demütigen. Es muss nicht erwähnt werden, dass Tessa dir niemals so etwas antun würde, das weißt du, genau wie ich. Das nächste Mal, wenn du böse zu deiner Schwester bist, wirst du einen Schwimmwettkampf aussetzen. Und das ist eine Anordnung von deinem Daddy, der von all dem gehört hat.«

Es hätte sich schrecklich anfühlen sollen, so auf jemanden loszugehen, vor allem, da es mitten in der Nacht war und sie von ihrem Albtraum zu Tode erschrocken war, was zu allem Überfluss nach einem bereits schrecklichen Tag noch hinzukam. Ich weiß nicht, wie ich erklären kann, warum ich weitermachte, mein Herz tat wegen Lilly weh, doch ich hörte nicht auf. Es war, als hätte ich schon ewig darauf gewartet, das auszusprechen – ihr eine Lektion über Loyalität, Freundschaft und Schwesternschaft zu erteilen.

Ich ging weiter weg ans Fußende des Bettes. »Weißt du was, Lilly? Wenn du dich weiter so gegenüber deiner Schwester benimmst, rate mal, was dann geschieht. Sie wird nicht mehr mit dir zusammen sein wollen. Sie wird keine Zeit mit dir verbringen wollen, oder mit dir spielen, oder mit dir lachen, oder mit dir ins Kino gehen oder ihre Geheimnisse mit dir teilen. Sie wendet sich vielleicht sogar ganz von dir ab, wenn du sie schlimm genug verletzt. Denn wenn jemand einmal gegangen ist, dann ist er weg. Und es gibt oft keine Möglichkeit mehr, ihn zurückzubekommen.«

Und dann war ich fertig. Und zutiefst von mir beschämt.

Ich blickte zu Lilly. Sie hatte Tränen in den Augen. Und es waren Tränen in meinen. Wir fühlten uns beide elend.

Musste ich so weitermachen? Was wollte ich erreichen? Wenn ich es nur alles hätte zurücknehmen können.

Nachdem wir zu weinen aufgehört hatten, schliefen wir ein.

Kurz vor Tagesanbruch kehrte ich in mein Bett zurück, wo Tessa friedlich schlummerte, und schlief für ungefähr eine Stunde tief ein.

Jetzt liege ich wach da, starre an die Decke und auf die fragilen Spinnweben am Kronleuchter.

Ich sehne mich nach meinem typischen Sonntagmorgenweckruf – dem Geruch von Speck, Kaffee, Omelett –, wenn Andy die Schürze trägt und meine Nase vor allen anderen Körperteilen aufwacht. Heute sind es meine zerfetzten Nerven. Ich greife auf den Nachttisch und stelle den Wecker aus, bevor er losheult und Tessa aufweckt, und nehme mir den heutigen Tagesplan, den ich gestern Nacht ausgedruckt habe.

Auf der halben Seite lese ich fett gedruckt: **12.00 Uhr – Andy kommt nach Hause!**

Eine Welle der Übelkeit überkommt mich. In ein paar Stunden wird er hier sein.

Ich schwelge in der Stille des Hauses und konzentriere mich auf meinen Atem, tiefes Einatmen, tiefes Ausatmen. Das Haus atmet mit mir, als wäre es eine riesige Lunge und ich mittendrin. Das Atmen wird hypnotisch. Es ist leicht, dem nachzugeben – mein Körper und Geist sind schnell eingelullt. Ein Moment in diesem friedlichen Zustand und mein Gehirn knistert. Zuerst langsam, wie eine Tüte Mikrowellenpopcorn, wo die Körner eins nach dem anderen poppen, bis das Poppen wahllos und randalierend ist. Einer der weißen Ballen ist anders. Ich versuche, langsamer zu werden, den Ballen festzuhalten. Ihn anzusehen. Ich hefte ihn an die Wand meines Verstandes. Der Rausch hört auf. Ich betrachte ihn aus der Nähe.

Ich halte den Atem an.

Für einen Moment sitze ich mit diesem Gedanken da, ergriffen. Er macht mich schrecklich unruhig. Ich weiß, ich muss nicht darauf reagieren. Ich lasse mir alle möglichen Varianten durch den Kopf gehen. Doch keine von ihnen spielt eine Rolle. Es ist das, was ich zu tun habe. Die Befürchtung wird von der Verzweiflung ausgestochen. Ich greife nach dem Telefon auf meinem Nachttisch und wähle.

»Hallo, Praxis von Rosanne Kriete«, sagt die Stimme am anderen Ende.

»Hallo. Hier spricht Caroline Thompson. Ich weiß, dass sie nicht da ist, doch ich würde gern eine Nachricht hinterlassen. Ich muss so schnell wie möglich mit ihr sprechen. Ich muss sie sehen. Es ist sehr dringend.«

# KAPITEL SECHS

*Sonntag, 24. September 2006, 12.41 Uhr*

Weil Regen und Sturm Andys Ankunft verzögert haben, stehen wir seit fast vierzig Minuten am Laufband Nr. 4 bei der Gepäckabholung (wo Andys Koffer ankommen). Die Mädchen kehren von der Anzeigentafel zurück. Endlich ist sein Flugzeug gelandet. Nachdem sie einen Ringelreihentanz beendet haben, heben sie ihre Schilder vom Boden und laufen zurück an den Fuß der Rolltreppe. Auf den Schildern steht in grün-violetten Glitzerbuchstaben »Daddy« und »Wir haben dich vermisst«.

Andys fröhliches, jungenhaftes Gesicht taucht endlich auf der Rolltreppe auf und die Mädchen laufen los, um ihm entgegenzueilen. Ich atme erleichtert aus, wie ich es immer tue. Die kleine Narbe in seinem Mundwinkel zuckt, was seine Erschöpfung zeigt. Er schlingt die Arme um mich und ich atme in sein weiches Polohemd, das noch immer nach Weichspüler riecht. Er muss sich gerade erst ein frisches Hemd im Flugzeug angezogen haben.

Er flüstert in mein Ohr: »Sieht so aus, als wäre ich rechtzeitig nach Hause gekommen.« Er löst sich von mir und streicht mir das Haar zurück, um die Seite meines Gesichts freizulegen. »Wow.« Er ist nicht erschrocken, er lächelt mich nur an, doch da ist Besorgnis in seinem Blick. Es wäre vielleicht eine gute Idee gewesen, ihm vorher davon erzählt zu haben.

Tief im Innern weiß ich, dass alles gut wird. Ich werde mich nicht mehr so allein fühlen. In diesem Sekundenbruchteil habe ich den Eindruck, als wäre auch ich nach Hause gekommen.

»Leute, ich hatte die allerbeste Idee, als ich im Flugzeug war. Ihr wisst ja, dass ich in letzter Zeit oft weg war und viel vom Sommer verpasst habe, oder? Deshalb habe ich gedacht, wir sollten eine Party machen! Eine richtig große – mit Band und Tanz und vielleicht einem Spanferkel. Was denkt ihr? Wäre das nicht schön? Wir hatten schon so lange keine mehr, und …« Die Mädchen hüpfen jetzt an seiner Seite auf und ab, ziehen ihn an den Armen und rufen die Namen der Freundinnen, die sie einladen wollen. »Wir können sie nächsten Sonntag machen und nennen es eine ›Indian Summer‹-Party …« Die Mädchen jubeln bei dem Vorschlag. Er hätte es Kuh-Melk-Party nennen können und sie hätten genauso reagiert.

Als ich das höre, bekomme ich einen kleinen Schock. Ich bin nicht einmal entfernt in der Stimmung für eine Party. Abgesehen davon, dass ich diejenige bin, die für das Planen, Organisieren, Problemlösen und Umsetzen verantwortlich sein wird.

Er will die Party nächsten Sonntag machen. In einer Woche.

Er blickt zu mir und sagt: »Caroline, was ist los? Ich habe nicht vorgeschlagen, dass wir nach Sibirien ziehen.«

»Andy, wer wird deiner Meinung nach so kurzfristig verfügbar sein?«

»Keine Sorge. Viele Leute – dafür sorge ich. Okay? Ich werde mich um diese Party kümmern. Du bist die ganze Zeit wie verrückt herumgelaufen, als ich weg war, Caroline. Deshalb werde ich diese Party schmeißen. Wie klingt das?«

»Unwahrscheinlich!«

Niemand hört mich wegen der »Hurra!«- und »Papa vor!«-Schreie der Mädchen.

»Du glaubst mir nicht, oder?«, erkundigt er sich. »Nun, es wird Zeit, ein wenig mehr Vertrauen in den guten alten Andy und seine Partyorganisierfähigkeiten zu haben. Ich kann das. Vielleicht nicht so gut wie du, Caroline. Okay, bestimmt nicht so gut wie du.«

»Süßer, du musst das nicht machen, um …«

»Ich will aber – das wird ein Spaß.« Er entdeckt seinen Koffer auf dem Laufband. »Caroline, ich brauche das wirklich …« Er dreht sich um, nimmt den Koffer vom Band und dreht sich zu mir zurück, um leise hinzuzufügen: »Vielleicht benötige ich ein wenig Hilfe.« Er drückt zwei Finger zusammen, um mir zu zeigen, wie wenig.

Vielleicht ist es auch genau das, was ich brauche. Mich in ein Projekt zu stürzen – eine große Party. Es könnte mir dabei helfen, mich abzulenken, und mir das Gefühl geben, nützlich zu sein und nicht hirnkrank. Außerdem kann es nicht schaden, von netten Freunden umgeben zu sein.

Wir packen das Gepäck ins Auto und fahren nach Hause. Ich fahre, sodass Andy sich auf den Austausch mit den Mädchen konzentrieren kann. Tessa explodiert fast vor Aufregung, während sie die haarkleinen Details des Reitwettbewerbs wiedergibt, an dem sie voriges Wochenende teilgenommen hat. Ich kann kaum glauben, dass es erst sieben Tage her ist. Es fühlt sich wie ein Monat an, mindestens.

Er stellt hundert Fragen über ihr Pferd und die Vorkommnisse und Tessa strahlt.

Lilly macht sich etwas anders an die Nachbesprechung ihrer Woche. Sie berichtet, wer wem was getan hat, wer zu weinen begonnen hat, wie Soundso ein Dingsbums bekommen hat (genau das, was sie sich selbst ihr ganzes Leben lang gewünscht hat), und, na ja, wie das Leben einfach nur ungerecht ist. Andy geht mit allem locker um, teilweise, weil er nicht da gewesen ist, um alles schon unendlich oft gehört zu haben. Dann erwidert er etwas, damit sie sich besser fühlt. »Das Leben ist einfach ungerecht«, meint er. Was er über diese Dinge denkt, werde ich nicht erfahren.

Andy pflegte nur von einer Geschäftsreise nach Hause zu kommen, um sich auf die nächste vorzubereiten, ohne dass er wirklich richtig zu Hause ankam. Er freute sich immer auf die Reisen. Das war es, was er gut machte. Und es erlaubte ihm, am Rande des Familienlebens zu bleiben. Er fühlte sich dort wohl. Mich störte das nicht. Ich wusste schon bei unserer Heirat, dass er viel reiste. Damit hatte ich gerechnet. Es wurde Teil unserer Lebensweise als Familie. Doch jetzt kommt er nach Hause mit dem Gefühl, eine Bindung eingehen zu müssen. Er will Pläne schmieden und gesellig sein. Und er hat mir sogar vor seiner Abreise nach London mitgeteilt, dass er vorhat, sich auf eine neue Position bei Global zu bewerben – eine mit weniger Reisetätigkeit.

Es ist gerade mal eine Stunde vergangen, seit er aus dem Flugzeug gestiegen ist, und ich habe neue Energie bekommen. Ich kann nicht glauben, dass ich mich sogar mit dieser Partyidee anfreunde und beginne, in Gedanken eine Liste anzufertigen, was gemacht, wer angerufen und was eingekauft werden muss. Es fühlt sich ziemlich gut an, an etwas Nettes zu denken.

Wenn er eine Grillparty hinterm Haus plant, dann muss ich dort alles in Ordnung bringen. Der Pooljunge war für nächste Woche angemeldet, um den Pool zu schließen, doch ich werde das jetzt ändern. Wir haben diesen Sommer kaum gegrillt, zum Teil deshalb, weil uns letzten Monat das Propangas ausgegangen ist, um dessen Ersatz ich mich nicht weiter gekümmert habe, und zum Teil, weil Andy so oft weg war. Deshalb brauchen wir jetzt Propan, Citronella-Öl für die Fackeln und Grillwerkzeug, wie mir jetzt einfällt. Ich habe keine Ahnung, was damit passiert ist, doch am Anfang jeder Grillsaison kaufe ich ein neues Set, und während die Sommertage verschwinden, passiert mit dem Set das Gleiche.

Nachdem wir ein spätes Mittagessen zu uns nehmen, klärt sich das Wetter auf und Andy geht mit den Mädchen auf eine Fahrradtour.

Es ist ein guter Zeitpunkt für mich, zum Baumarkt zu fahren, um ein paar Dinge zu erledigen. Für die Mädchen ist es schön, Andy für sich allein zu haben.

Der Baumarkt empfängt mich mit dem moderigen Geruchsmix nach feuchtem Holz und galvanisierten Nägeln und dem sarkastischen, perversen Ladenbesitzer, der noch nie eine Frau oder einen Cheeseburger gesehen hat, die ihm nicht gefallen haben.

Er ist völlig damit beschäftigt, für die vor mir angekommene bedauernswerte Frau ein Problem mit einem tropfenden Duschkopf zu lösen. »Wann haben Sie das letzte Mal geduscht?«, fragt er sie mit einem schmierigen Lächeln, wobei er sich das zweifellos gerade vorstellt. Er braucht viel zu lange mit all seinen dummen Fragen und ich beginne, die Geduld zu verlieren.

Ich werfe einen kurzen Blick in den Laden und überlege mir, was ich noch alles brauche, als ich bemerke, dass die Frau mich die ganze Zeit mustert. Vielleicht habe ich ein hörbares Seufzen von mir gegeben oder vielleicht will sie vor diesem Typen gerettet werden.

Ich räuspere mich. »Ähm, entschuldigen Sie, dass ich unterbreche, aber ...«, sage ich mit leicht erhobener Hand.

»Oh nein, wir sind fertig«, erklärt sie, als sie sich zu mir dreht. Ihr Blick hat jetzt meinen gefunden. »Entschuldigung, aber kenne ich Sie nicht von irgendwo? Ich bin gerade aus Connecticut hergezogen, doch Sie kommen mir so vertraut vor.« Sie verzieht das Gesicht, entschlossen, es jetzt herauszufinden.

»Nein, tut mir leid, ich habe noch nie in Connecticut gewohnt.« Mir ist ihretwegen unbehaglich zumute. Sie steht viel zu nah vor mir und ist viel zu aufdringlich, als würde sie nicht gehen wollen, bis sie es nicht sicher herausgefunden hat. Sie hat sich wie ein Mammutbaum zwischen mir und dem schmierigen Ladenbesitzer aufgepflanzt. In diesem Moment würde ich sogar lieber mit ihm sprechen.

»Nein, nicht aus Connecticut.« Sie ist klebrig wie alte Erdnussbutter. »Ich weiß auch nicht … Haben Sie jemals für die NBC in New York gearbeitet?« Die Fremde gibt nicht auf. Es bringt mich immer um, wenn Leute rücksichtslos gegenüber den Dringlichkeiten anderer Menschen sind. »Waren Sie dort im Volontärprogramm? Oh, warten Sie, nein …«, ein Finger geht zögernd in die Luft, »wissen Sie was, ich glaube, es war vielleicht Schul…«

Ich werde so starr wie der Lackstift, mit dem ich auf eine Dose zu trommeln pflege. Ich merke, dass ich aussehen muss wie ein gelähmter Freak, deshalb stecke ich den Kopf in die Handtasche, um nach etwas zu kramen. »Oh, war das mein Handy? Haben Sie das gehört?« Ich ziehe es heraus und sehe es mir an. »Ich hätte schwören können – oh mein Gott, ist das ein Scherz? Schon fast fünf? Du meine Güte, ich muss los, tut mir leid, aber ich bin … Haben Sie was dagegen? Ich möchte nicht unhöflich sein …« Ich zeige zu dem Baumarkttypen, um seine Aufmerksamkeit zu bekommen.

»Oh, nein, überhaupt nicht«, antwortet sie kleinlaut, »tut mir leid.« Dann tritt sie zur Seite, sieht verlegen aus und verschwindet im Sanitärgang, weshalb ich mich schrecklich fühle, denn ich bin diejenige, die verlegen sein sollte.

»Willkommen in Farhaven!«, rufe ich hinter ihr her und drehe mich schnell zu dem Mann zurück, um das Propangas zu bestellen.

Ich schließe die Augen für eine Sekunde, um mich wieder aufs Thema zu konzentrieren, doch jetzt muss ich weiter an sie denken. Ich könnte fast schwören, dass ich sie noch nie zuvor in meinem Leben gesehen habe. Auf jeden Fall nicht in der Schule. Das weiß ich. Sie hat sich vertan.

Normalerweise würde mich das nicht weiter stören. Das passiert Leuten immer wieder. Vielleicht sehe ich wie jemand aus, den sie mal gekannt hat. Normalerweise würde mich das nicht stören. Doch was, wenn sie auf die Hammond ging? Sie hätte die Freundin einer Freundin sein können. Sie hätte davon erfahren können – von dem Zwischenfall. Oder vielleicht weiß sie, dass ich die Schule nie beendet habe. Um Himmels willen – ich wusste bis gestern nichts von diesen Dingen.

Vielleicht waren da noch andere Dinge …

Ich will schnell alles besorgen und dann raus hier. Ich sehe den Mann an. »In welchem Gang finde ich was zum Anmachen?«

Er sagt kein Wort, doch seine Augen treten hervor wie Türknäufe. Dann öffnet er leicht den Mund.

Was hat er für ein Problem? »Sie wissen schon, beim Grillen.« Jetzt geht sein Mund ganz auf und zeigt eine Spuckepfütze, die sich um seine Zunge sammelt. Igitt. Ich sehe schnell weg, doch nicht rechtzeitig, sodass ich mitbekomme, wie er mich mit seinem Blick von Kopf bis Fuß unter die Lupe nimmt. Da bemerke ich, was ich gerade von mir gegeben habe. Sofort taucht ein Bild in meinem Kopf auf, wie ich mich beim Grillen lasziv rekele. Und offensichtlich geht es ihm genauso.

Scheiße. Warum sage ich solche zweideutigen Sachen?

Mein klingelndes Handy, diesmal wirklich, rettet mich.

»Hi, Andy. Seid ihr bereits von eurem Ausflug zurück?« Ich nehme einen hölzernen Rührquirl von der Verkaufstheke und klopfe damit wie mit einem Trommelstock nervös herum.

»Ich bin wegen meines Portemonnaies nach Hause gekommen«, sagt er. »Wir wollen uns unterwegs Frozen Yoghurt kaufen. Ich wollte dir nur sagen, dass das Rote Kreuz angerufen hat.«

Mir rutscht das Herz in die Hose. »Was?«

»Du hast deine Sonnenbrille vergessen.«

»Oh! Oh, du meine Güte. Da ist sie also.« Ich höre mit dem Klopfen auf. »Ich habe sie überall gesucht ...«

»Was war los beim Roten Kreuz?«

»Beim Roten Kreuz?« Ich fange wieder zu klopfen an. »Ähm, ich habe Tüten mit alter Kleidung vorbeigebracht. Letzte Woche habe ich ein paar Schränke aufgeräumt und diese Container vor dem Roten Kreuz waren voll, deshalb ...«

»Oh Mann, ich habe tonnenweise Zeug, das ich dir noch geben kann. Also, hör zu, ich muss später meine Wäsche zur Reinigung bringen, dann kann ich beim Roten ...«

»Ich habe deine Wäsche ... im Auto ... Ich habe sie mitgenommen.« Ich mache mir eine innere Notiz, schnell nach Hause zu rasen, um seine Wäsche zu holen, bevor er bemerkt, dass sie noch im Vorraum ist. »Ich fahre vorbei und gebe sie ab. Bei der Gelegenheit hole mir die Sonnenbrille. Kein Problem. Aber danke. Hey, geh zurück zu eurer Fahrradtour! Und bring mir was vom Frozen Yoghurt mit, okay?«

Ich greife nach meiner Handtasche und der Aufgabenliste, die ich auf einen Stapel Farbdosen gelegt habe. Meine Beine fühlen sich wie Gummibänder an und können mein Gewicht nur mit Mühe tragen. Ich muss hier raus und mich zusammenreißen.

Ich drücke die Handtasche eng an die Brust und eile zum Auto.

Diese Frau aus Connecticut geht mir nicht mehr aus dem Sinn. Ich muss sie vergessen.

Ich treffe die spontane Entscheidung, uns das Essen für die Party liefern zu lassen, und eile zum Roten Kreuz, um meine Brille zu holen.

\* \* \*

### Montag, der 25. September 2006, 7.30 Uhr

Als ich zaghaft die Augen öffne, ist es Montagmorgen. Ich bewege mich nicht. Meine Glieder sind schwer wie Blei. Ich muss über Nacht zugenommen haben, alles fühlt sich schwer an – mein Herz, mein Magen, mein Gewissen. Doch ich muss aufstehen und loslegen und mich irgendwie durch die Drehungen und Wendungen meines Daseins als Mutter und Bezugsperson manövrieren und dabei die Schlaglöcher und Fallen vermeiden, die in letzter Zeit alltäglich geworden sind.

Wie konnte ich nur so naiv sein? Zu glauben, dass Fischtacos und selbst gemachte Guacamole mit meiner fröhlichen intakten Familie, ein paar Runden Activity und ein paar herzhafte Lacher ausreichen, um meinen Schrecken aufzulösen. Apropos Activity. Mit der Hand taste ich nach dem Kopfkissen. Es ist bereits kalt. Smarty schläft an seinem gewohnten Platz. Warum sollte ich überrascht sein, dass Andy zur Arbeit gegangen ist? Es ist Montagmorgen, um Himmels willen. Er hätte auch zu Hause bleiben können. Er hat das Recht auf einen freien Tag, wenn er am Wochenende reist. Doch »man wird nicht für das höhere Management berücksichtigt, wenn man sich freinimmt«.

Ich nehme meinen Tagesplan vom Nachttisch und schleppe mich ins Badezimmer, gleite dabei in meinen grellen rosafarbenen Slippers über den Boden, wobei ich mich nicht sonderlich bemühe, die Beine zu heben. Ich bin auch nicht in der Stimmung für eine Dusche. Die Mädchen werden bald zur Schule gehen und ich warte bereits auf meine Einsamkeit. Ich hatte angenommen, dass es mir mit Andy besser gehen würde, und das tat es zunächst auch. Doch in Wahrheit bin ich jetzt noch einsamer. Seit ich ihm bewusst Dinge verheimliche, fühle ich mich nicht mehr wohl in seiner Nähe. Ich habe Angst vor seinen Fragen – und meinen Reaktionen. Ich merke, wie ich jeder Verbindlichkeit ausweiche. Ich bin weiter von ihm entfernt als zuvor, als er noch in London war.

Im Badezimmer schrumpft mein ganzer Körper in sich zusammen, als ich mir vorstelle, den Pyjama auszuziehen. Der Gedanke, nackt zu sein, erschreckt mich. Ich greife mit dem Arm um den dicken weißen Frotteeduschvorhang, um das Wasser anzustellen, doch stattdessen verfängt sich meine Hand in etwas, das am Wasserregler hängt. Ich bewege den Kopf um den Vorhang und die Erinnerung an die Ereignisse von Samstag sind wie ein Schlag ins Gesicht. Ich bin auf einmal hellwach.

Die Badeanzüge der Mädchen hängen dort, ein Spiegel meiner Verrücktheit – wie ich sie angelogen habe und sie versprechen mussten, alles vor Andy geheimzuhalten. Ich steige in die Dusche und umarme die Badeanzüge – ich drücke mein Gesicht in das feuchte Elastan, das noch immer nach Chlor riecht. Ich stehe unter dem Wasser, das noch nicht heiß ist, und habe eine Gänsehaut. Wasser läuft mir aus den Augen und vermischt sich mit dem Strom, der mir um den Hals läuft, über mein Schlüsselbein und dann auf den Boden.

Das Wasser prasselt kräftig aus der Dusche und reinigt mich. Ich fühle mich klein unter seinem Ansturm. Der Regler ist viel zu heiß eingestellt und meine Haut brennt, doch ich bewege mich nicht. Ich schäume mich wie gewohnt ein, wobei ich an den Schultern beginne. Viele seifige Blasen laufen mir an den Beinen hinab und drehen sich um meine Knöchel wie die Seidenrüschen eines Abendkleids. In einem letzten Atemzug kreiseln die Überreste dann im Ausguss und werden plötzlich eingesaugt. Ich fühle mich weder wach noch schlafend. Das

Zitronen-Minz-Shampoo scheitert kläglich dabei, den »belebenden Geist« zu vermitteln, den es auf der Flasche verspricht.

Es bringt nichts, die Dinge aufzuschieben. Heute muss ich die Unfassbarkeit des Tages klären: Bin ich die Mutter meiner Kinder oder nicht?

Die Kinder, von denen ich annehme, dass es meine sind.

Grundgütiger, ich kann nicht glauben, dass ich so etwas überhaupt denken kann. Steht das wirklich auf meiner Aufgabenliste? Ich will nicht nach der wahren Mutterschaft meiner Mädchen forschen. Ich will die Benefizveranstaltung der Schule planen und mit meiner Familie Scrabble spielen. Brownies backen und die Wäsche machen. Ich will die Sommersachen wegräumen, den Sand aus dem Auto saugen, die Wäsche aus der Reinigung holen und das Fett von der Hähnchenbrust abschneiden. Die Toilette oben reinigen. Diese Darmspiegelung machen.

Nachdem die Mädchen an der Schule aus dem Wagen gesprungen sind, blicke ich auf meinen Tagesplan auf dem Beifahrersitz und schaue nach der Adresse von *Wirklich Köstlich*, dem Caterer, den ich für die Party engagiere und mit dem ich um neun Uhr eine Verabredung habe.

Das Treffen ist kurz und wir haben gerade die Dessertauswahl beendet, da klingelt mein Handy vom Boden meiner Handtasche.

Ich erstarre. Die Nummer kenne ich.

»Hallo?«, frage ich ängstlich.

»Hi, Mrs Thompson, hier spricht Dee Dee von Dr. Kriete.« Ihre Stimme klingt warm, aber angespannt.

»Hi, Dee Dee, ich bin so froh, dass Sie es sind ...«

»Ich habe Ihre Nachricht erhalten. Sie sagten, dass Sie Dr. Kriete dringend sehen müssten, doch Sie haben keinen Grund genannt. Geht es Ihnen gut?«

»Oh, na ja, ja ... Ich bin, na ja, nein, nicht so richtig.« Ich blicke zum Caterer und entschuldige mich und haste in den Flur, um allein zu sein. »Ich meine, es ist dringend, irgendwie, es dreht sich um eine persönliche Angelegenheit.« Es folgt eine unangenehme Stille, deshalb rede ich unbeholfen weiter.

»Ich ... okay, ich werde ... Ihnen erzählen ..., ähm, ich glaube, da sind ein paar Dinge. Zuerst einmal habe ich mir den Kopf am Waschbecken im Bad gestoßen ...«

Bevor ich fortfahren kann, unterbricht sie mich: »Waren Sie in der Notfallambulanz, haben Sie ein CT machen lassen?«

»Oh nein, nichts dergleichen. Ich bin mir sicher, dass ich kein CT brauche ... Ähm, außer es ist der Grund für die ..., ähm, die anderen Probleme.«

»Was für andere Probleme?« Dee Dee ist ungeduldig, als würden Leute vor ihr stehen und andere in der Leitung warten.

»Nun, ich möchte da jetzt nicht so gern drauf eingehen. Am Telefon.« Dee Dee tippt etwas. Dann hört sie auf und man hört das fortlaufende Schnippen eines Bleistifts gegen den Schreibtisch. Sie antwortet nicht. »Ähm, nennen wir es Verwirrung. Es hat mit Erinnerungen zu tun.«

Im Hintergrund reden Leute. Ich bin mir nicht sicher, ob sie mir überhaupt noch zuhört.

»Und ich bin schwanger.«

»Schwanger?« Damit habe ich sie.

Ich bereite mich innerlich auf ihre Antwort vor, die womöglich »Gehen Sie zur Notfallambulanz«, oder »Gehen Sie zu Ihrem Gynäkologen« lauten wird. Doch ich gehe nirgendwo hin. Warum nicht? Nun, ich kann mich gar nicht mehr daran erinnern, wann ich zuletzt dort war. Oder wer überhaupt mein Arzt ist. Was mich furchtbar erschreckt. Ich meine, ich muss doch mindestens einmal im Jahr hin.

»Hören Sie, Dee Dee, ich würde meinen Gynäkologen aufsuchen, doch ich muss Dr. Kriete sehen wegen dieser ...

nebulösen Sache. Und wenn ich schon mal da bin, kann sie auch gleich eine Blutuntersuchung machen. Es ist sehr wichtig. Ich bin den ganzen Tag frei und habe nichts dagegen zu warten.«

Dee Dee unterbricht mein Gequassel. »Dr. Kriete geht heute um Viertel nach vier. Sie sagte, sie würde Sie um vier dazwischenschieben, wenn es nicht warten kann. Doch Sie müssen rechtzeitig kommen.«

»Oh, das werde ich. Vielen Dank, Dee Dee. Wir sehen uns dann. Und noch mal danke.«

Das wäre geschafft. Dr. Kriete wird mir helfen.

Mir fällt auf, dass Dee Dee überhaupt nicht »Gratulation« oder »Wie wunderbar« gesagt hat.

Nicht einmal »Auf Wiedersehen«.

Dr. Kriete ist meine Internistin, seit ich in dieser Stadt wohne, und wenn jemand mir sagen kann, was bei mir im Keller oder auf dem Dachboden los ist, dann sie. Sie ist die Stimme der Vernunft. Sie ist ruhig, besonnen und souverän. Man merkt das schon an ihrem Gang, wie sie sich mit langen, langsamen Schritten bewegt, das Kinn etwas höher als bei anderen. Frisch aufgelegter Lippenstift (sie muss einen im Arztkittel stecken haben). Dabei hat sie eine Leichtigkeit an sich, dazu eine aufrichtige Wärme. Sie blickt einem direkt in die Augen, schenkt einem alle Zeit der Welt, als wäre man der einzige Patient für den ganzen Tag. Ich vertraue ihr vorbehaltlos.

Ich werde Dr. Kriete erzählen, dass ich einen frühen Schwangerschaftstest gemacht habe und dass er positiv ist. Dass ich eine Blutuntersuchung will, um sicher zu sein. Ich werde ihr sagen, dass mein Frauenarzt unerreichbar ist und ich mich sofort von jemandem untersuchen lassen wollte. Soweit ich weiß, bin ich schwanger. Ich kann mich nicht daran erinnern, wann ich meine letzte Periode hatte. Wie auch immer, wenn sie mir Blut abnimmt, werde ich wissen, dass ich noch immer voll ausgestattet bin und der Artikel in der *Hammond Gazette* ein Schwindel ist. Sie würde es ja wissen, wenn ich eine Hysterektomie hatte. Und ich würde dann wissen, dass Lilly und Tessa von mir sind. Wenn sie keinen Bluttest macht, na ja … dann … na ja, ich weiß auch nicht, was dann. Dann werde ich es mir überlegen.

Meine Gedanken beschäftigen sich jetzt damit, jemanden zu finden, der auf die Mädchen aufpasst. Ich kann sie von der Schule abholen und nach Hause bringen. Ich brauche nicht viel Zeit, bis ich bei Dr. Kriete bin.

Meg würde sofort auf die Mädchen aufpassen. Und ich brauche nur eine Stunde – ich könnte sie bei ihr vorbeibringen. Die Mädchen würden mit Delia spielen und es wäre eine Win-win-Situation. Doch ich rufe Meg nicht an. Ich kann sie nicht treffen, wenn ich mich so verletzbar fühle. Ich traue mir nicht.

Man kann sagen, dass das Mami-Netzwerk in dieser Stadt brutal voreingenommen sein kann. Schon allein die Menge an Kategorien, in die man von anderen Frauen gesteckt wird, ist unfassbar: Macht man Sport, ehrenamtliche Sachen, hat man Reinigungspersonal? Lässt man seine Kinder bei McDonalds essen, dürfen sie Filme gucken, die erst ab 13 sind, geht man ins städtische Schwimmbad oder gibt es einen Privatpool? Ist man Mitglied im Country Club, hat man ein Wochenendhaus, ein Strandhaus, ein Skihaus? Wie sieht es mit den Haaren aus: Glättet man sie, lässt man sich Strähnchen machen, die Haare färben? Bekommt man Gesichtsmasken, geht man zum Wachsen, lässt man sich flachlegen?

Das geht so weiter, bis sie einen wirklich kennen.

Mit alten Freunden ist es anders, da hat man seinen Spaß, egal, ob man Cola light oder normale Cola trinkt.

Ist man erst einmal aus dem College raus und liegen die Tage als Single hinter einem, kann man sich glücklich schätzen, wenn man noch mit irgendwelchen alten Freunden zu tun hat – solchen, die man durch sorgfältige Prüfung und Untersuchung ihrer Loyalität und Urteilsfähigkeit handverlesen hat. Denn wenn man diese Busenfreundinnen verliert – zum Beispiel während der rigorosen, zeitraubenden, Engagement einfordernden Karrierejahre, der Ich-habe-wegen-meines-neuen-Freundes-und-seiner-Clique-keine-Zeit-für-dich-Jahre oder der Ich-bin-so-fett-und-depressiv-ich-will-niemanden-sehen-Jahre –, wird man sich die nächste Runde von Freunden nicht selbst auswählen. Das tun die Kinder. Denn es sind die Eltern ihrer Freunde.

Also, viel Spaß dabei. Denn es ist reine Glückssache, wen man da bekommt.

Ich bin wirklich gesegnet mit meiner Gruppe.

Mrs Hildebrand. Das ist diejenige, die ich als Babysitter nehmen werde.

Mrs H, wie wir sie liebevoll nennen, ist eine nette Frau. Die Mädchen bezeichnen sie allerdings als Mrs Mundgeruch. Aus offensichtlichen Gründen halten sie nicht so viel von ihr. Wenn sie nur nicht die Angewohnheit hätte, sie so fest und so lange zu umarmen, dann würden sie sie wahrscheinlich mehr mögen. Sobald ich das Haus verlasse, versperrt sie die Türen und lässt die Jalousien runter. Sie sagt den Mädchen: »Niemand muss wissen, dass eure Eltern nicht zu Hause sind.« Auch wenn sie eine ziemliche Schwarzseherin ist, kann ich damit umgehen. Besser übertrieben vorsichtig. Bedenklicher ist da ihr Dösen während des Aufpassens. Als die Mädchen mir das erste Mal von ihren »geschlossenen Augen« berichtet hatten, dachte ich, das sei ihr Versuch, wieder einen ihrer Teenager-Babysitter anstatt Mrs H zu bekommen. Doch einmal habe ich zu Hause angerufen, um Mrs H daran zu erinnern, Tessa das Hustenmittel zu geben, und Tessa musste sie aufwecken, um den Anruf entgegenzunehmen. Meist sind ihre Nickerchen nur kurz, erzählen die Mädchen, deshalb habe ich keine große Sache daraus gemacht. Ich glaube, mir gefällt die Idee, vor Ort eine Großmutterfigur zu haben.

Andys Mutter hat wie viele Menschen im Mittleren Westen eine Aversion gegen das Reisen, sodass die Mädchen kaum Kontakt zu einer echten Großmutter haben. Mrs H meint es gut mit ihnen. Und zum Glück ist sie fast immer verfügbar.

Als ich in Dr. Krietes Büro eintreffe, telefoniert Dee Dee gerade am Empfangsschalter. Sie nickt mir zu, ohne ihr Gespräch zu unterbrechen.

»Verspüren Sie jetzt die Schmerzen in der Brust?«, sagt sie zu dem Anrufer, und ich fühle mich gleich etwas wohler im Zusammenhang mit ihrem Verhalten an diesem Morgen. Sie ist einfach beschäftigt. Dee Dee hat keine Zeit, um jedem Hinz und Kunz zu gratulieren, der vorgibt, schwanger zu sein. Wie auch immer, ich bin jetzt hier, um Dr. Kriete zu sehen. Und Dr. Kriete ist wie ein Lichtstrahl, der über eine dunkle, neblige Bucht hinausleuchtet. Sie wird mich nach Hause geleiten.

Ich borge mir einen Stift aus der Katzentasse auf Dee Dees Schreibtisch und trage mich als angemeldet ein.

Im Wartezimmer sinke ich auf die gepolsterte Baumwollcouch und nehme mir das mittlere Kissen, da ich hier die Einzige bin. Die Details im Raum waren mir vorher noch nie aufgefallen – die sonnigen, gelben Wände und die antiken Botanikdrucke im Goldrahmen, die dicken, üppig mit Federn gefüllten Stuhlkissen, bezogen mit bunten, blühenden Blumenmustern. Die Einrichtung passt eher zu einer abendlichen Brotzeit auf dem Lande irgendwo in England. Ich nehme mir eine Zeitschrift, um meinen Händen etwas zu tun zu geben, und gehe in Gedanken noch einmal durch, was ich sagen werde.

»Mrs Thompson.« Dee Dee steht vor mir mit meiner Akte in den Händen. Sie führt mich den Flur entlang und legt die Akte in das Kästchen draußen an der Tür. Sie dreht sich um und lächelt zögernd, dann senkt sie den Blick und macht mit dem Arm ein Zeichen, damit ich im Zimmer warte.

»Dr. Kriete wird gleich bei Ihnen sein.« Sie zieht sich zurück und schließt langsam die Tür. Kein Augenkontakt. Kein »Die Schwester kommt sofort.« Kein Wort über mein Gewicht, Temperatur, Blutdruck, oder dass ich in einen Becher pinkeln soll.

Einen Augenblick später kommt Dr. Kriete herein. Sie nimmt meine Akte von der Tür und hält sie vor der Brust, ohne sie anzusehen. Ihr Gesicht ist ungewöhnlich ernst. Ich spähe auf die Uhr, um mich zu vergewissern, dass ich nicht zu spät bin. Ich ziehe den Ärmel meiner weißen Baumwollbluse hoch und mache ein paar Knöpfe auf, um nichts von ihrer Zeit zu vergeuden. Sie bewegt sich versonnen, dann setzt sie sich auf den Stuhl mit Rollen und rollt zum Untersuchungstisch. Sie legt eine Hand sanft auf mein Knie. Von ihrer Hand strömt Wärme aus. Sie trägt einen pflaumenfarbenen Lippenstift, der zu ihrem blassen Hautton und dem dunklen Haar passt. Unter ihrem weißen Laborkittel kann man die Animal-Print-Bluse und den schwarzen Bleistiftrock sehen, die sie trägt.

Ihr Auftreten überrascht mich. Wo ist jene beherzte Dr. Kriete?

Bevor sie ein Wort gesagt hat, springe ich nervös ein. »Dr. Kriete, hier habe ich mir den Kopf gestoßen.« Ich zeige auf das kleine Pflaster über meiner Braue. »An der Unterseite des Waschbeckens. Ich war gerade auf dem Fußboden, und …«

Sie tut das Klemmbrett auf den Tisch und entfernt das Pflaster und legt es neben mich.

»Ich würde so etwas normalerweise gar nicht beachten, doch ich fühle mich in letzter Zeit ein wenig merkwürdig.«

»Was meinen Sie mit *merkwürdig*?« Dr. Kriete visiert mich an, während ihre Hand auf meinem Knie bleibt.

»Na ja, vergesslich«, würge ich hervor. Es fällt mir schwer, das Wort auszusprechen. »Ein bisschen unsicher über alles, irgendwie undeutlich.«

Sie nimmt ein Untersuchungsgerät von der Wand und blickt mir in die Augen, dann fragt sie mich, wann das geschehen sei. »Hatten Sie danach Kopfschmerzen oder haben Sie sich übergeben?« Meine Antworten veranlassen sie dazu, ein CT im Krankenhaus vorzuschlagen. »Es ist wichtig, dass wir innere Blutungen ausschließen. Auch wenn es keine äußeren Blutungen gab, kann es trotzdem zu inneren Blutungen kommen. Sie sollten noch heute zum Krankenhaus fahren. Und ich möchte, dass Sie mir die Ergebnisse telefonisch mitteilen.« Sie hört zu sprechen auf und schreibt etwas in meine Akte, dann sieht sie mich an. Und ich sie. Wir blicken uns lange schweigend an. Auf einmal ist mir unbehaglich zumute.

»Nun, es gibt einen anderen Grund, weshalb ich hier bin«, deute ich an. »Ich bin schwanger.« Ich zwinge mich zu einem Lächeln, um etwas von der Spannung zu nehmen.

Dr. Kriete sammelt sich. Sie spricht langsam und entschieden, als hätte sie dieses Gespräch geplant und alles, was sie sagen würde. Ihr ganzes Auftreten ist abschreckend.

»Caroline«, beginnt sie, »als Dee Dee mir erzählt hat, dass Sie mich sehen wollen, weil Sie glauben, schwanger zu sein, nun, da habe ich erst einmal lange nachgedacht. Sie sind jetzt seit fast sechs Jahren meine Patientin – deshalb werde ich es Ihnen direkt sagen.«

# Kapitel Sieben

*Montag, 25. September 2006, 16.11 Uhr*

Dr. Kriete klingt nicht wie sonst. Was meint sie mit »Ich werde es Ihnen direkt sagen«?

Auf einmal wird mir mein Herzschlag bewusst.

Dr. Kriete hält den Blick auf mich gerichtet. »Caroline, es ist an der Zeit, dass wir einen anderen Arzt hinzuziehen. Wir haben schon darüber gesprochen ...«

Als sie das äußert, greife ich nach dem Pflaster, um es mir wieder an den Kopf zu kleben. Meine Finger fühlen sich dabei komisch an. Fast taub. Kribbelig. Das Gefühl wandert zu meinen Händen und bis in die Füße. Ich versuche, mit den Zehen zu wackeln, doch ich spüre sie nicht länger. Mein übriger Körper fühlt sich an, als wäre er in Millionen winzig kleiner Teilchen zerfallen, die alle auseinandertreiben, weg von dort, wo mein Körper sein sollte.

Dr. Kriete verzieht das Gesicht. Sie wird ernst und starr. »Caroline, Sie haben am Tag Ihres ersten Besuchs vor mehr als fünf Jahren ein Formular über Ihre medizinische Vorgeschichte ausgefüllt. Es ist hier in Ihrer Akte. Sie haben geschrieben, dass Sie zwei Töchter haben, die Sie auf natürlichem Weg zur Welt gebracht haben. Sie haben ›Nein‹ bei Kaiserschnitt angekreuzt und ›Nein‹ bei Hysterektomie. Trotzdem haben Sie eine Narbe.

Und die hatten Sie schon damals. Ich habe sie während Ihrer ersten Untersuchung bemerkt.«

Sie redet weiter. Ihre Worte stupsen sanft an meine Haut, meine Augenlider … und Wangen … und meine Ohren. Sie schleichen sich in meinen Mund und füllen mir die Lungen und die Kehle und knebeln mich – ich beginne krampfhaft zu husten.

Sie greift in ihren Laborkittel und holt eine rahmenlose Lesebrille hervor. Sie öffnet die Akte. »17. Juni 2001 …«, sie fährt mit dem Finger über die Seite, »Hysterektomie-Narbe bemerkt – unauffällig.«

Ich bin in ihren Worten untergetaucht. Ich ertrinke in ihnen. Sie sind wie Blasen in einem Aquarium, blubb, blubb, blubb … Ich bin mir nicht sicher, ob ich atme, doch das tue ich wohl, denn ich höre sie immer wieder. Bruchstücke und Teile von echten Worten schaffen es bis in mein Gehirn.

»Manchmal gehen Patienten diese Formulare schnell durch und kreuzen ›Nein‹ an, ohne wirklich nachzudenken oder sie richtig zu lesen. Deshalb habe ich Ihnen einen Vertrauensbonus gegeben. Doch im November 2003«, sie blickt in die Akte, »haben Sie über Bauchschmerzen geklagt. ›Diagnostische Bauchspiegelung wegen möglicher Verwachsungen angeordnet‹ habe ich geschrieben. Ich habe Sie zu einem Gynäkologen geschickt, danach wurden die Verwachsungen chirurgisch entfernt. Sie sind von der Hysterektomie verursacht worden. Wir haben darüber gesprochen, Caroline.«

Wann war das? Wo war ich da? Ich will ihr diese Fragen stellen, doch ich bekomme die Worte nicht zusammen.

»Ihre Gebärmutter und die Eileiter sind entfernt worden. Ich habe Sie schon vorher danach befragt und den Eindruck gehabt, als wollten Sie nicht darüber reden. Doch jetzt habe ich das Gefühl, dass Sie sich wirklich nicht daran erinnern.

Ist das so, Caroline? Können Sie sich nicht an diesen Eingriff erinnern?«

Ihr Mund bewegt sich nicht mehr, als würde sie auf etwas warten. Dann nimmt sie die Brille ab und legt die Akte beiseite.

»Die Hysterektomie geschah, bevor Ihre Töchter geboren wurden. Es ist unmöglich, dass es nach ihrer Geburt geschehen ist. Die Narbe hätte niemals so ausgesehen. Also, wie kann das sein?«

Ihre Worte fühlen sich nicht mehr wie Blasen an. Jetzt sind sie scharf und spitz und gefährlich und anklagend. Mein Kopf dreht sich, die Gedanken schwirren mir durchs Gehirn, doch ich bin durcheinander, mein Verstand fühlt sich sumpfig an. Ich bekomme nichts heraus.

»Es gibt eine Sache, die ich Ihnen ohne den geringsten Zweifel mitteilen kann: Sie sind nicht schwanger und werden es leider auch nicht in Zukunft sein.«

Ich muss raus. Sie sitzt mir viel zu nah – es erstickt mich. Ich brauche Luft. Ich kann nicht mehr atmen.

»Hören Sie zu, Caroline, Sie haben zwei wunderschöne Mädchen, die Sie sehr lieb haben.«

Wenn sie nicht von mir sind, von wem sind sie dann? Ich wünschte, ich könnte das aussprechen, doch meine Gedanken harmonieren nicht mit meinem Mund.

»Sie haben einen wunderbaren Ehemann. Sie wissen, dass Sie nicht schwanger werden können. Hören Sie auf, sich auf diese Weise zu quälen. Es ist an der Zeit, dass ich Ihnen raten muss, mit einem Psychologen darüber zu reden. Sie verdienen es wirklich, damit ins Reine zu kommen und mit Ihrem Leben fortzufahren.«

Sie neigt den Kopf. »Caroline? Geht es Ihnen gut?«

Ihr Mund bewegt sich nicht mehr. Ihre Lippen legen sich bewegungslos aufeinander und bringen sie zum Schweigen. Gott sei Dank. Sie wird verschonen, was von mir übrig ist und mich gehen lassen. Ich versuche, vom Untersuchungstisch zu rutschen, indem ich mit baumelnden Beinen Schwung hole.

Sie kommt mit ihrem Stuhl herangerollt und hält meine Beine fest. »Natürlich, wenn da etwas ist, worüber Sie gern reden möchten … egal was, dann empfehle ich Ihnen dringend, einen Psychologen aufzusuchen. Ich werde Bescheid sagen, dass Dee Dee Ihnen eine Liste mit empfohlenen Ärzten erstellt. Selbstverständlich kann ich mit demjenigen sprechen, den Sie auswählen.«

In einer Bewegung bringe ich meine Beine neben Dr. Kriete und hebe die Waden gerade hoch genug, um mit den Beinen auf dem Boden zu landen. Doch meine Knie versagen und mir werden die Beine weich. Dr. Kriete fängt mich auf. Und drückt mich auf einen Stuhl, den sie mit dem Fuß herangezogen hat. Sie setzt sich mir gegenüber und hält meine Hände, spricht sanft mit einem freundlichen Singsang. Neigt den Kopf und lächelt. Fragt mich etwas. Das Alter von jemandem? Das Geburtsdatum? Sie hebt eine Hand und schnippt mit den Fingern vor meinem Gesicht. Ich rieche Peroxid oder etwas anderes Scheußliches unter meiner Nase. Sie sagt etwas über »Wasser« und »Ehemann«. »Seine Nummer«. Etwas über »Fahren«. »Entspannen Sie sich.« Sie tätschelt mir das Knie. Sie geht rückwärts zur Tür. Sie öffnet sie und schreit etwas. Sie blickt noch einmal freundlich zu mir und verdrückt sich aus dem Zimmer.

Ich versuche, wieder aufzustehen. Ich halte mich am Untersuchungstisch fest. Meine Augen konzentrieren sich auf den Karton subkutaner Nadeln. Ich stakse aus der Tür und den Flur entlang, schwanke aber kurz, als mein Fuß am Läufer hängen bleibt, der sich am Eingang zum Wartezimmer befindet.

Nicht meine Kinder? Sie sind meine!

Das Zimmer ist wie das Drehtassenkarussell im Disneyland. Da ist eine schwangere Frau, die das Wartezimmer putzt,

Zeitschriften sortiert, Staub wischt. Sie streckt den Arm aus, um mich abzustützen. Ich stelle sie mir auf einem Rettungsboot vor, wie sie über die Seite greift, um nach meiner Hand zu fassen, umsonst, während ich langsam hinaus aufs Meer treibe. Dann fixiere ich den Blick auf ihren rundlichen Bauch.

»Geht es Ihnen gut?«, fragt sie.

Einen Moment später bin ich raus, im Flur, aus dem Gebäude, in meinem Auto.

Die Luft weht mir ins Gesicht. In tiefen Zügen atme ich sie ein. Sie wird Andy anrufen. Das wird mir auf einmal klar. Ich schaue auf meine Armbanduhr, um herauszufinden, wie lange ich bei ihr gewesen bin. Keine Armbanduhr. Ich drehe den Schlüssel im Zündschloss, damit die Uhr auf dem Armaturenbrett angeht, doch ich drehe den Schlüssel zu weit und der Motor startet und würgt ab. Er macht ein grelles, schmerzhaftes Geräusch. Ein alter Mann auf der anderen Seite des Parkplatzes wirft mir einen genervten »Wissen Sie nicht, was Sie da tun?«-Blick zu. Wie kommt er dazu, mir Vorwürfe zu machen? Ich drücke auf die Hupe, mit der ganzen Kraft meiner beiden Hände, sodass es endlos heult. Er springt schnell in sein Auto und fährt davon – mit quietschenden Reifen.

Sie wissen vielleicht noch gar nicht, dass ich weg bin. Ich könnte im Badezimmer sein. Es wird auch ein paar Minuten dauern, um Andys Büronummer in meiner Akte zu finden. Ich schütte meine Handtasche auf dem Beifahrersitz aus und nehme mein Handy, um vom Parkplatz aus in Dr. Krietes Büro anzurufen. Das Telefon rutscht mir aus der schwitzigen, zitternden Hand. Ich nehme es wieder vom Sitz neben mir und halte es mir mit beiden Händen ans Ohr.

Dee Dee antwortet. Sie ist außer sich. »Wo sind Sie denn, Mrs Thompson? Sie sollten nicht allein sein und auf gar keinen Fall sollten Sie fahren …«

Ich nehme eine Hand vom Telefon, um den Rückwärtsgang einzulegen, stelle dann auf »Fahren« und schieße aus dem Parkplatz in Richtung nach Hause. »Hören Sie zu, Dee Dee«, versuche ich, sie zu unterbrechen, doch sie ist wie eine Aufziehpuppe, die gerade aufgedreht wurde. »Hören Sie, Dee Dee ... Dee Dee! ... Hören Sie mir zu! Ich werde auflegen, wenn Sie nicht zuhören.« Stille. »Sagen Sie Dr. Kriete, dass sie meinen Mann nicht anruft. Ich will nicht, dass sie ihn anruft und mit ihm über all das redet. Verstehen Sie? Bitte! Ich bitte Sie. Bitte. Ich brauche nur ein bisschen Zeit. Außerdem bin ich ihre Patientin. Verstehen Sie? Diese Sache geht nur uns etwas an. Sagen Sie ihr das. Wenn sie das mit irgendwem bespricht, nun, dann kann sie sich von ihrer Approbation verabschieden. Verstanden? Sagen Sie ihr das jetzt sofort, bevor sie ihn anruft. Hören Sie mich?«

»Ja, Mrs Thompson.« Dann flüstert sie mit jemandem.

»Außerdem ist er – sehr gestresst. Ich kann ihn einfach nicht ... mit irgendwas von diesem Zeug ... belasten. Sind Sie noch da, Dee Dee? Haben Sie mich gehört?«

Auf eine roboterhafte, beruhigende Weise antwortet sie: »Ja, Mrs Thompson. Ich verstehe. Doch das ändert nichts an der Tatsache, dass Sie nicht in dem Zustand sind, um zu fahren.«

»Dee Dee ...«

»Die Putzfrau hat mir erzählt, dass Sie im Wartezimmer wackelig auf den Beinen waren.«

»Ich bin nicht getaumelt. Ich war in Eile.«

»Was auch immer! Sie machen nicht den Eindruck, als ob ...«

»Dee Dee – ich lege auf. Gehen Sie zu Dr. Kriete, bevor sie noch einen Fehler macht.«

Ich drücke auf »Ende« und werfe das Handy auf den Beifahrersitz, während ich auf die Brightwood Road abbiege.

Ich rase in unsere Einfahrt, ohne langsamer zu werden, und sense fast einen Buchsbaum neben dem Haus um.

Keiner der Schlüssel passt ins Haustürschloss. Ich habe nicht die Geduld, um es weiter zu versuchen. Ich laufe zur Rückseite des Hauses und probiere den Schlüssel dort aus. Die Tür geht auf. Das Haus ist bemerkenswert ruhig, abgesehen von Gekicher aus der oberen Etage. Wo ist Mrs H? Smarty Pants kommt mir in der Küche entgegen und neigt den Kopf zur Seite. Als ich ihn nicht hochnehme, folgt er mir.

Vielleicht haben sie Mrs H auf den Badezimmerboden gezwungen und putzen ihr gegen ihren Willen die Zähne. Womöglich schläft sie ja auch.

Ich ziehe fest an meinem Hemdsaum und schließe schnell die übrigen Knöpfe. Dann eile ich die Stufen hoch, wobei ich zwei auf einmal nehme. Die Badezimmertür ist geschlossen und das Lachen wird lebhafter. Irgendwas stimmt nicht.

Langsam drücke ich die Tür auf.

Als mich die Mädchen in der Tür stehen sehen, erstarren sie, als hätte ich eine Waffe in der Hand.

Sie haben den Duschvorhang so verdreht, dass er in die Badewanne hängt, und sie nehmen den Duschkopf, um ihn nasszumachen, damit sie eine Wasserrutsche für ihre alten Barbiepuppen haben, die jahrelang kein Tageslicht mehr gesehen haben. Lilly steht am Wannenrand und lässt die Barbies von oben auf den Duschvorhang fallen, während Tessa die »Rutsche« nassmacht. Wo zum Teufel ist Mrs H? Das ganze Badezimmer ist ein Freizeitbad. Doch das interessiert mich im Augenblick nicht. Ich will sie nur sehen.

»Mom ...«, ist alles, was Tessa hervorbringt.

Ich hole tief Luft, damit mein Herz wieder langsamer schlägt. Okay. Lilly sieht ganz sicher aus wie ich. Ich bilde mir das nicht ein – die Leute sagen das oft. Unsere Augenbrauen und die Augenform, auch wenn es nicht die gleiche Farbe ist. Unsere

Mimik. Wir ähneln uns bis ins kleinste Detail. Alle sagen, dass Tessa eher nach Andy kommt. Ich umarme sie beide fest und küsse sie hundertmal. Meine Reaktion auf das von ihnen verursachte Chaos macht sie sprachlos, sodass ihre Münder offen stehen. Ich wende mich zum Gehen und rufe: »Ihr habt fünf Minuten, damit der Raum aussieht wie Phoenix im August! Wo ist eigentlich Mrs H? Sagt ihr, dass ich zurück bin.«

Ich muss mich fallen lassen.

Und das tue ich schließlich auch, auf mein Bett. Smarty springt hoch und legt seine Schnauze auf meinen Bauch. Ich weiß nicht mehr, was ich noch denken soll. Was ich glauben soll. Wem ich glauben soll.

Wie viel kann ich noch ertragen, ohne dass ich mich an jemanden wenden kann?

Mein Körper sinkt immer tiefer ins Bett hinein. Die Matratze und mein Körper sind nicht mehr voneinander zu trennen. Meine Augen fallen langsam zu. Ich ruhe, für eine einzige Sekunde.

Da ist etwas auf der Innenseite meiner Augenlider. Sie werden zu winzigen Kinoleinwänden für eine Vision, die mir zugespielt wird. Ein Bild, das so schwach ist, dass ich mich bemühen muss, um etwas zu erkennen. Es ist ein Buch. Eins, das ich schon seit Jahren nicht mehr gesehen habe. Auf dem Buchdeckel ist ein Foto mit einem Neugeborenen, es ist von rosa Schleifen umgeben. Das Baby ist nackt und schläft in einem Federnest. Ich habe es schon einmal gesehen. Schlagartig öffne ich die Augen. Das ist Lillys Babybuch! Du meine Güte, natürlich – Lillys Babybuch! Warum habe ich nicht daran gedacht?

Ich springe aus dem Bett. Smarty macht einen Rückwärtssalto und landet auf dem Boden.

Das ist es – darauf habe ich gewartet. Natürlich – darin ist alles schwarz auf weiß. Lillys Babybuch. Alle Antworten! Die Wahrheit. Danke, danke – wer auch immer mir das geschickt hat. Ich kann es gar nicht erwarten, Dr. Krietes Gesicht zu sehen, wenn ich es ihr sage. Diese Tortur hat mir vielleicht den Lebensgeist ausgesaugt, doch es hat mir sicher nicht die Gebärmutter genommen.

Auf einmal bin ich vor Hoffnung ganz lebendig. Ich wusste, dass ich nicht verrückt bin. Natürlich sind diese Mädchen von mir. Und jetzt ist die Wahrheit – endlich – zum Greifen nah.

Also, wo ist dieses Buch? Ich suche tief in meinem Gedächtnis, um es zurückzuverfolgen. Es müsste auf dem Bücherregal im Arbeitszimmer stehen – doch ich glaube nicht, dass es dort ist. Obwohl mir das unlogisch vorkommt, sehe ich es vor meinem inneren Auge im Schlafzimmerschrank.

Ich reiße die Schranktür auf. Dank einem Anbau, den wir ein Jahr nach unserem Einzug ins Haus vorgenommen haben, ist der Schrank übergroß. Genau genommen haben wir zwei begehbare Schränke geschaffen, einen für den Mann und einen für die Frau, beide nebeneinander. Andy hat seinen nach eigenem Geschmack eingerichtet. Ich meinen ebenfalls. Das ist eine Absicherung für unsere Ehe. Ein hoher Prozentsatz von Scheidungen geht auf die großen Unterschiede bei der Sauberkeit zurück. Außerdem sind diese alten Kolonialstilhäuser nicht mit ausreichend großen Kleiderschränken oder Badezimmern ausgestattet, um eine glückliche Ehe zu garantieren. Ich eile an die Rückseite des Schranks, vorbei an meiner Herbst- und Wintergarderobe zur Rechten und der Frühlings- und Sommergarderobe zur Linken, an einem Bereich zu beiden Seiten, der kleinen Regalfächern mit gestapelten Pullovern und Jeans vorbehalten ist. An der Rückseite befinden sich Regale mit Schuhkartons in den unteren Fächern. Irgendwas zieht mich zum obersten Regalbrett, zu einem Haufen Kissen und Stapeln alter, vergilbter Bettlaken. Ich zerre ein paar Kissen runter und lasse sie auf den Boden fallen, doch die Regale sind besonders tief, weshalb man eine Trittleiter und einen ausgestreckten

Oberkörper braucht, um hinter die Laken greifen zu können. Als ich die Rückseite des Schranks berühre, ertaste ich zwei aufrecht stehende Bücher. Ihre Bindungen zeigen nach hinten. Es sind Lillys und Tessas Babybücher.

Um an das erste zu kommen, muss ich den Kopf neigen, damit ich den Arm bis aufs Äußerste strecken kann. Mit den Fingerspitzen spüre ich den festen Umschlag und ziehe es heran, ohne es zu sehen. Schließlich gelingt es mir, es bis zu mir zu zerren. *Der Weltatlas.*

Was zum Teufel macht der in meinem Schrank? Ich lasse ihn auf den Boden fallen, wobei die Trittleiter von seinem Gewicht schwankt. Der gehört ins Arbeitszimmer. Meine Hand greift nach dem anderen Buch. Wie mit einer Pinzette klemme ich das Buch zwischen die Finger. Auf dem Buchdeckel ist eine Fotografie von Anne Geddes mit einem dicken, pummeligen Neugeborenen auf einem Federbett. Es ist kein Foto von Lilly, doch ich küsse es trotzdem, denn ich weiß genau, was das ist.

Es ist Lillys Babybuch und ich bin überwältigt vor Glück. Ich platze vor Hoffnung. Mein Gott, wie lange ich das schon nicht mehr angesehen habe. Schnell blättere ich es mit dem Daumen durch, während ich noch oben auf der Leiter stehe. Mit geschlossenen Augen umarme ich es fest und küsse es noch einmal. Diesmal blättere ich es langsamer durch. Ich will es riechen. Und die Luft einatmen, die vom Blätterumschlagen tanzt. Ich setze mich auf die mittlere Stufe der Leiter. Beim schnellen Durchschauen scheint es so, als gäbe es nur wenige geschriebene Einträge und noch weniger Fotos, was mich überrascht. Ich dachte, ich hätte mehr gemacht. Doch es stört mich nicht. Es sieht nicht so aus, als ob irgendwas nach ihrem zweiten Geburtstag eingetragen wurde. Hmm, so ist wohl das Leben, denke ich mir. Man beginnt voller Leidenschaft – total enthusiastisch und aufgeregt, um jeden Fortschritt einzufangen, dann vergehen die Tage und Wochen und man wird vom Alltag in

Anspruch genommen. Wenn man zwei Kinder hat, dann ist es sogar noch schwerer, bei diesen Dingen Schritt zu halten.

Die erste Seite zeigt ein schönes Foto von Lilly am Tag ihrer Geburt, auf dem sie ihren blaurosa gestreiften Hut trägt und in die Krankenhausdecke eingewickelt ist.

Ich küsse ihr Foto und schlinge die Arme um das Buch, meine Zuneigung wächst mit jedem Herzschlag. Während es eng an meiner Brust ist, atme ich den Geruch der Vergangenheit ein und schwöre mir, es von jetzt an weiterzuführen. Tessas Babybuch stand nicht auf dem Regal. Ich nehme mir vor, im Arbeitszimmer nachzugucken. Ich blicke wieder auf das Foto von Baby Lilly. Oh Mann, wie konnte ich das nur vergessen? Sie war so lang und dünn. Genauso, wie ich als Baby war, wie mir meine Mutter erzählt hat. Nicht wie diese modellhaften Babys aus der Windelwerbung, mit Speckringen und dicken runden Backen. Sie war mein kleiner dünner Dauerlutscher. Sie war hübsch.

Auf der nächsten Seite steht: »**Krankenhaus: St. John's Hospital, Lanstonville, PA.**« Mein Gott, Lanstonville, das scheint schon eine Million Jahre her zu sein.

Ich blättere ein paar Seiten weiter und komme dahin, wo ich ihr erstes richtiges Essen aufgeschrieben habe: »**Möhren, Erbsen, Bananen**«, da ist auch ein Foto von ihr an dem Tag, als sie diese Dinge zu essen begonnen hat. Die Küche sieht aus, als wäre sie von einer ziemlich großen Kürbisbombe getroffen worden. Alles ist orange bekleckst – wenn man jedoch genau hinschaut, dann entdeckt man zwei blaue Augen, die durch den orangefarbenen Dreck spähen.

Als Nächstes kommt ein Bild von ihr mit einem dieser abscheulichen Stirnbänder. Ich bin schockiert, dass ich ihr eins auf den ziemlich kahlen Kopf gesetzt habe. Vom Schlafentzug war ich wohl nicht ganz bei Sinnen. Ein paar Seiten weiter klebt eine Locke von ihrem ersten Haareschneiden.

Erst auf Seite neun – »**Erste Worte**« – bemerke ich es: Alles Geschriebene ist nicht in meiner Handschrift. Das ist auch nicht die von Andy. Schnell blättere ich das Buch durch, um den Rest zu untersuchen, und entdecke etwas Seltsames an den Fotos. Es sind nicht viele und fast alle sind unvollständig. Es sind Fotos, die abgeschnitten oder -gerissen sind. Fotos, die misshandelt worden sind. Die Köpfe sind von den Körpern geschnitten. Ich kehre zurück zum Anfang des Buches und schaue mir die Seiten an, die ich überblättert habe. »**Mein erstes Foto mit Mami.**« Ich ringe nach Luft. Und lege mir die zitternde Hand vor den Mund. Lilly sitzt auf dem Schoß eines geköpften Körpers. Warum hat jemand einfach mein Gesicht ausgeschnitten? Das ist ja verrückt.

Eine Gänsehaut läuft mir über die Arme. Die Haare gehen hoch, während mir der Schauer in den Nacken läuft. Weiß Andy davon? Hat er das schon gesehen? Alles andere scheint normal zu sein auf dem Foto, ich trage meine typische Uniform von nach der Schwangerschaft – T-Shirt und Jeans. Doch ohne Kopf. Gerade will ich die Seite umblättern, da fällt mir etwas ins Auge. Da stimmt etwas nicht. Am Ringfinger meiner rechten Hand ist JDs Collegering. Warum trage ich JDs Collegering? Es ist der Ring, den meine Mutter ihr gegeben hat, als sie ihren Abschluss in Barton gemacht hat. Er gehörte meiner Mutter und sie hatte ihn an ihrem einundzwanzigsten Geburtstag von meinen Großeltern bekommen. JD hat diesen Ring immer geliebt, als sie noch ein kleines Mädchen war. Sie war so begeistert, als Mom ihn ihr überreicht hat. Eigentlich hat sie ihn nie abgelegt. Niemals. Also, was macht er an meiner Hand?

Es trifft mich wie ein Schlag in die Magengrube. Ich bin das gar nicht. Auf dem Foto. Es ist JD. Das sind JDs Stiefel. Ihre klobigen Holzfällerstiefel habe ich immer gehasst. Ich habe sie angefleht, sie auf einem Modesündenfriedhof zu vergraben, zusammen mit den übergroßen Sweatshirts und ihren

Haargummis. Ich schwöre, sie hat diese Stiefel nur getragen, um mich verrückt zu machen. Die Uhr mit dem Friedenszeichen ist an ihrem linken Handgelenk. Es ist also JD, na gut. Aber was zum Teufel macht sie auf meiner Seite? »**Mein erstes Foto mit Mami**«, nicht »**Mein erstes Foto mit Tante**«.

Mein Herz schlägt heftig, wie ein Zug, der über zerbrochene Schienen rast, bum-bum, bum-bum, bum-bum. Kräftig schlägt es durch meine Brust und bringt meinen Hals zum Pochen. Doch damit hört es nicht auf, es macht unentwegt weiter und schlägt gegen meinen Kopf, bis es zu meinem Hirn durchdringt und fragt: »Kapierst du's nicht? Kapierst du's nicht? Kapierst du's nicht?«

Doch ich kapiere es nicht. Ich kann es nicht kapieren. Ich will es nicht kapieren. Lilly ist nicht von JD. Sie ist von mir. Und von Andy. Ich habe Lilly Thompson auf die Welt gebracht. Ich habe sie neun aufgedunsene, gasförmige Monate lang in mir getragen. Mein Zorn und meine Verwirrung verheddern sich wie die dünnen Metallsträhnen von Stahlwolle.

Ich wühle mich durch das Babybuch und stelle fest, dass jedes Bild geköpft ist. Dann werden die Seiten leer. Nichts an Lillys drittem Geburtstag oder danach.

Ich durchsuche erneut jede Seite von Anfang an – lese sorgfältig jedes Wort – folge jedem Satz mit der Fingerspitze – grase sie nach Hinweisen ab. Bis ich ans Ende des Buchs komme. Dort befindet sich an der Innenseite eine Tasche. Da ist etwas in der Tasche und bildet eine Ausbuchtung, ein kleines Quadrat. Nach all den Jahren hat es sich durch die Tasche gedrückt, die es verbirgt. Ich blicke hinein. Es ist ein zusammengefaltetes Stück Papier. Wenn man es nicht gesucht hätte, dann hätte man nicht gedacht, dass es dort sei. Ich stecke die Finger in die Tasche.

»Autsch!«

Etwas Spitzes sticht mir in den Finger. Neben dem Papierquadrat ist ein winziges Goldkreuz mit einer dünnen rosafarbenen Satinschleife. »Gott, ich blute ja.« Ein winziger Blutstropfen hat sich an meiner Fingerspitze gebildet. Langsam wird er größer. Mit den anderen Fingern nehme ich das sorgfältig gefaltete Papier und falte es auseinander, glätte die Falten mit der Rückseite meiner Hand.

# KAPITEL ACHT

*Montag, 25. September 2006, 16.53 Uhr*

Es ist eine Geburtsurkunde. Durch einen Blutfleck lese ich die Worte:

> **Lilliana Spencer**
> **Geboren am 10. Februar 1998**
> **3260 g**
> **53,34 cm**
> **St. John's Hospital, Lanstonville, Pennsylvania**
> **Mutter: Jane Dory Spencer**
> **Vater:**
> **Ausgestellt: 23. Februar 1998**

Ich ringe nach Luft. So heftig, dass meine Zunge gegen den Gaumen gepresst wird, den Sauerstoff aussperrt, meine Luftröhre blockiert. Ich gerate in Panik. Ich versuche zu atmen – doch nichts kommt durch. Ich bekomme keine Luft.

Ich schnüre mir selbst die Luft ab.

Ich werde hysterisch. Die Angst lähmt mich. Wie ein Schiffbrüchiger rudere ich mit den Armen. Ich kann die Beine nicht bewegen. Ich verkrampfe. Dann breche ich vornübergebeugt zusammen.

Smarty kommt in den Raum geschossen und bellt wie verrückt.

Lilly kommt angelaufen und schreit: »Tessa! Tessa! Mrs H! Hilfe! Mommy ... erstickt!«

Lilly fleht mich an: »Mommy, bitte, bitte stirb nicht ... Hilfe! Mrs H! Oh mein Gott, Mommy ... oh mein Gott. Stirb nicht.« Lilly wirft ihre Arme von hinten um mich und zieht mich hoch. »Keine Sorge. Ich kenne den Heimlich-Griff, weißt du, ich habe es bei den Girl Scouts gelernt, keine Sorge, Mom, ich weiß, was ich tue.«

Leider ist es nur kein Fremdkörper, an dem ich würge. Ich ersticke an meinem eigenen Körper. Doch ich kann ihr das nicht sagen. Lilly stößt ihre Faust schnell und geschickt hoch und unter meinen Brustkorb. Laut atmet sie ein und ich wünschte, ich könnte auch was von der Luft bekommen.

»Mommy, bitte stirb nicht. Bitte nicht ...«

Ich schaffe es, ihre Arme von mir loszureißen und zugleich den ersten Atemzug nach einer Ewigkeit zu machen. Der Schwung wirft mich nach hinten. Ich falle auf Lilly und nagle sie unter mir fest. Ihr Kopf schlägt auf den Holzboden. Ein entsetzliches Wimmern kommt aus ihrem Mund. Unbeholfen drehe ich mich auf die Knie. Lilly bewegt sich nicht mehr, abgesehen von den Tränen, die ihr über das Gesicht laufen und von ihren Wangen auf den Läufer tropfen. Selbst ihr Mund bewegt sich nicht – er ist offen erstarrt, ein quälender Laut kommt heraus.

»Mein Gott!« Meine Brust hebt sich kräftig mit den ersten Atemzügen.

Ich bin vornübergebeugt auf allen vieren, als Mrs Hildebrand in den Raum gestolpert kommt, gefolgt von Tessa.

»Mrs Thompson – Jesus, Maria und Joseph, ich muss wohl – was ist ...?« Mrs Hildebrand flitzt zwischen mir und Lilly hin und her. »Lilly, Liebes, oh meine ...« Sie bückt sich zu Lilly.

»Nicht ... berühren Sie sie nicht ...«, spucke ich, während ich noch nach Luft ringe. Ich kann den Kopf nicht heben. »Rufen Sie ... neun eins eins ... Mrs ... ich ... glaube ... sie hat ... gebro...« Meine Arme geben nach und ich breche wieder zusammen – diesmal vorwärts auf den Teppich.

Smarty flitzt zwei Meter in die eine Richtung, zwei in die andere. Mrs Hildebrand macht eine Kehrtwende aus dem Zimmer, murmelt »Neun eins eins, Jesus, Maria und Joseph« und zieht Tessa mit sich in den Flur. Sie eilt atemlos die Stufen hinunter, die laut unter ihren Schritten dröhnen. »Tessa, Süße – wo hat deine Mutter ihren Brandy, Liebes?«

»Bleib ruhig, Lilly ... okay?«, keuche ich. »Jemand wird ... zu Hilfe ... kommen.« Ich würge nach jedem Wort. Ich blicke zu ihr. Es ist, als würden ihre Augen auslaufen. Ein ständiger Strom fließt an ihren Ohren entlang und macht ihr Haar ganz nass. Sie ist jetzt still. Ihr Körper erstarrt. Die Arme von ihrem Körper ausgestreckt wie ein Kreuz. Ich streiche mit der Hand über ihre Wange, um die Tränen abzuwischen. Als ich sie wegnehme, bleibt ein roter Streifen auf ihrem Gesicht zurück. Ihre Tränen verdünnen den Fleck und er wird vom Strom weggetragen, bevor ich ihn abwischen kann. »Kannst du die Finger bewegen? Die Zehen?« Sie wackelt mit beiden. »Wo tut es weh, Lilly? Dein Kopf?« Sie zeigt auf ihr Schlüsselbein. »Okay. Lass den Arm ruhig. Beweg dich nicht, Süße.«

Langsam neige ich den Kopf zu ihrer Hand und küsse sanft ihre Handfläche, ohne sie zu bewegen.

»Lilly«, flüstere ich, »ich liebe dich ... Ich liebe dich so sehr – weißt du das?« Mein Herz verstopft, zum ersten Mal fürchte ich mich vor all der Liebe, die ich für sie empfinde. Es erschreckt mich. »Egal, was ist – ich liebe dich. Egal, was ist – ich bin deine Mutter.«

Ich krümme mich in embryonaler Haltung neben sie, lege den Arm über ihre Beine. Mein Kopf pocht. Meine Wange berührt leicht ihre Jeans – die noch nass von der Dusche ist. Ich nehme jeden Millimeter von ihr in mich auf. Ihr federleichter Atem fließt schwach in ihren Mund hinein und kommt wieder hinaus. Mrs Hs Stimme dringt in mein Bewusstsein und verschwindet wieder daraus. Doch ich kann nur an Lilly denken. Etwas geht mir durch den Kopf. Eine Erinnerung daran, als die Mädchen ungefähr fünf waren und wir Schulkleidung eingekauft haben. Der Gedanke daran begeistert mich. Eine echte Erinnerung. So deutlich wie ein blauer Himmel. Ich klammere mich an jedes Detail.

Es war das Ende des Sommers in dem Jahr, als die Mädchen in den Kindergarten kamen. Wir waren in der Umkleidekabine eines Geschäftes in der Stadt und probierten Herbstkleidung. Nichts passte so richtig. Alles war zu groß. Ich wollte kleinere Größen holen, und weil der Ständer so nah an der Umkleidekabine war, ließ ich Lilly und Tessa dort warten. »Setzt euch auf die Bank und macht die Tür zu«, sagte ich ihnen. Die Tür war keine drei Meter von der Kinderabteilung entfernt. Ich hätte die Tür auflassen sollen. »Öffnet niemandem außer mir«, sagte ich zu ihnen. »Ich bin gleich zurück, ich gehe nur dort hin, seht ihr?« Ich zeigte es ihnen. Bevor ich die Tür schloss, erwiderte Lilly: »Kein Problem, Mommy!«, während sie mit der linken Hand salutierte. Tessa sank auf der Bank zusammen und verzog die Unterlippe. Sie steckte sich den Daumen in den Mund, um daran zu saugen. Keine Minute später kehrte ich zurück und klopfte leise an die Tür. »Ich bin es, Mommy, ich bin zurück. Macht bitte auf.« Eine von ihnen drehte am Türgriff. Umfasste ihn und drehte. Umfasste ihn und drehte. Doch sie bekamen die Tür nicht auf. Sie war versperrt und klemmte.

Die Geschäftsleiterin kam vorbei, um zu »helfen«. Sie hielt die Nase sehr nah an die Tür, berührte sie fast damit, und schimpfte los, wobei sie gegen die Tür schrie: »Was fällt euch

Mädchen eigentlich ein? Das ist kein Spielplatz. Das ist kein Spiel, wisst ihr. Macht sofort die Tür auf!« Dann wandte sie sich zu mir und fauchte: »Haben Sie Ihre Kinder denn gar nicht im Griff, Ma'am?«

Ich fand es unmöglich, wie sie mit den Mädchen sprach – oder mit mir. Ich wollte sie am liebsten schlagen. Sie stand unangenehm dicht vor mir und Tessa weinte hinter der Tür.

»Sprechen Sie nicht so mit meinen Mädchen ...« Ich fasste an den Türgriff und rüttelte daran. »Da stimmt was nicht mit dieser Tür! Muss ich erst die Polizei rufen oder werden Sie endlich Verantwortung übernehmen und meine Mädchen da rausholen?«

Eine Angestellte kam vorbei und schaffte es irgendwie, die Tür zu öffnen. Tessa hatte sich wie eine Schnecke auf dem Boden zusammengekrümmt. Lilly aber stand auf der Bank, die Füße dicht beieinander, die Hände an den Hüften, und nichts an außer ihrer Unterhose und einem als Umhang um den Hals gebundenen Shirt. Wie Rocky warf sie die Arme triumphierend in die Luft.

»Ich habe es geschafft!«, jubelte Lilly ungläubig. »Ich habe es geschafft – ich habe die Tür dazu gebracht, sich zu öffnen!« Sie bückte sich, um es ihrer Schwester mitzuteilen. »Tessa, Tessa, ich habe es geschafft – ich habe die Tür geöffnet. Guck doch! Komm schon, Tessa – heb mal den Kopf. Mach die Augen auf – siehst du, Mommy ist hier – siehst du, es ist alles in Ordnung – heb den Kopf, Tessie. Mommy, du hättest mich sehen sollen, ich bin mit meinem Supergirl-Umhang auf dieses Ding geklettert und habe gerufen: ›Ich werde husten und prusten und die Tür zusammenpusten!‹ Und sieh nur, was passiert ist, ich habe sie aufgepustet! Kannst du dir das vorstellen? Tessa, wein doch nicht – wir sind frei!«, kreischte sie, als sie mit ausgestreckten Armen von der Bank segelte, offensichtlich im Glauben, sie könne fliegen. Es störte sie nicht einmal, als es nicht klappte. Sie klopfte sich ab und erklärte: »Der Umhang ist noch neu, er braucht etwas Übung.« Sie kniete sich auf den Boden, umarmte Tessa: »Es ist okay, Tessa, ich habe uns gerettet ... und Mommy ist hier. Du kannst aufhören, an deinem Daumen zu lutschen.«

Die Krankenwagensirene durchschneidet alles. Ich kann dieses Geräusch nicht ertragen. Ich presse die Hände auf die Ohren, um es auszusperren. Doch diese Leute sind hier, um Lilly zu helfen. Die Sirene hört auf, als sie vor unserem Haus stehen bleiben.

Ich greife nach Lillys Füßen und streichle ihre Oberseite. Ich achte darauf, ihre Zehen nicht zu berühren, die sie funkelnd blau angemalt hat, denn sie ist sehr kitzelig. Ich liebe sie so sehr, so unglaublich, mit jedem Gramm meiner Existenz. Das Bild des Babybuchs und der Geburtsurkunde in meinem Kopf stößt mich ab. Ein widerlicher Schwall fließt mir in den Magen. Es kümmert mich einen Dreck, selbst wenn es stimmt. Wenn es auch meine Schwester war, die sie auf die Welt gebracht hat ..., es stört mich nicht. Sie ist meine Tochter. Und ich liebe sie. Nichts wird daran etwas ändern.

Nichts kann daran etwas ändern.

Meine Schwester ist tot.

\* \* \*

## Montag, 25. September 2006, 21.42 Uhr

Als wir von der Notaufnahme nach Hause kommen, nachdem festgestellt wurde, dass sich Lilly das Schlüsselbein gebrochen hat – oder korrekter, dass ich Lillys Schlüsselbein gebrochen habe, sitzen wir schweigend und erschöpft am Küchentisch und essen kalte Pizza. Andy ist neben mir, streichelt in großen Kreisen mit der Hand über meinen Rücken und blickt ins Leere.

Er hat keine Ahnung, welche Hölle mich heute verbrannt hat. Meine Seele versengt hat. Das Gewicht ist atemraubend.

Ich wünschte, ich könnte es ihm erzählen.

Ich muss es jemandem sagen.

Ich brauche meine Schwester.

Sie würde wissen, was zu tun ist. JD ist – war – die Sorte Mädchen, die mit dir gesucht hätte, wenn du ihr erzähltest, dass ein Stück des Himmels runtergefallen sei, um dann mit dir zu überlegen, wie man es wieder dahin zurückbekäme, von wo es herabgefallen war. Ohne Fragen zu stellen.

»Heute war es wirklich übel, Leute«, bricht Andy schließlich die Stille, schüttelt den Kopf und lässt die Schultern sinken.

Und das für eine Ewigkeit.

Dann klatscht er in die Hände und springt vom Stuhl. Seine zur Schau gestellte Energie ist schmerzhaft.

»Wer will einen meiner weltberühmten, unglaublich riesengroßen Eisbecher mit Karamellsoße? Mit Extrasahne!« Er blickt mich an, damit ich ihm zustimme.

Großartig. Pizza und Schlagsahne. Ich bin zu müde, um zu streiten. Den ganzen Monat haben wir nicht so viel gesättigtes Fett zu uns genommen. Haben wir überhaupt Schlagsahne im Haus?

»Ich bin zu müde, Daddy«, murmelt Tessa, die Augen geschwollen und rosig. Sie kann kaum den Kopf heben.

»Wie steht es mit dir, Lilly?« Er versucht es noch immer, die Hände in die Hüften gestemmt, als wollte er seiner Mannschaft Schwung für die zweite Spielhälfte verschaffen.

Seit die Krankenschwester Lilly in der Notaufnahme ein Schmerzmittel gegeben hat, hat sie nichts mehr von sich gegeben. Kein einziges Wort. Sie hat den Kopf über ein Stück geschmolzenen Käse gebeugt, ein paar Haare hängen lose in einer Fettlache. Lilly hat den einen Arm wie beim Fahneneid vor der Brust gekreuzt, der von einer Schlinge gehalten wird, um ihr Schlüsselbein zu entlasten. Ihre Augen glänzen vom Codein und die Haut ist so blass, dass ihre Sommersprossen wie gebleicht wirken. Sie ist fertig.

»Lilly?« Andy beugt sich vor und hält sein Gesicht dicht neben sie, um zu prüfen, ob das funktioniert.

»Ich bringe dich nach oben, okay? Es ist Zeit für dich, ins Bett zu gehen. Tessa, warum duschst du nicht kurz oder wäschst dich zumindest und putzt dir die Zähne? Du kannst auch morgen früh duschen. Okay?«

»In Ordnung, Daddy.« Tessa schiebt den Stuhl vom Tisch zurück und geht nach oben.

Es fällt mir jetzt schwer, Lilly anzublicken und nicht JD zu sehen. Ihre Sommersprossen sind von JD und auch ihre langen Wimpern. Es ist verwirrend. Lilly hat mir im Krankenhaus eine Frage gestellt und ich dachte für einen Sekundenbruchteil, sie sei JD. Das war seltsam. Ich weiß, dass ich erschöpft und verschreckt bin. Meine Nerven liegen blank.

Warum ist Lilly bei mir? Was ist mit JD passiert? Und ihr Ehemann? Was ist mit Tessa? Während der vergangenen fünf Stunden war ich wie fixiert auf jede Bewegung von Tessa, auf jedes Wort. Habe in ihrem Gesicht gesucht wie auf einer Landkarte. Habe nach Hinweisen geforscht – nach irgendwas. Woher ist sie bei all dem gekommen? Ihr Name stand nicht in JDs Todesanzeige.

Während Andy Lilly bei den Stufen nach oben hilft, warte ich darauf, dass die Badezimmertür zugeht, und werde zu einem Einbrecher in meinem eigenen Haus, schleiche mich ins Arbeitszimmer, um mir fünf Minuten am Computer zu stehlen.

Ich tippe meinen Namen in das Google-Suchfeld und klicke. Ich kann es nicht lassen. Ich brauche nur fünf Minuten.

Ich scrolle den Bildschirm runter, um JDs Todesanzeige zu finden. Vielleicht habe ich ja Informationen übersehen. Ich habe keine Zeit, um zu suchen, deshalb überfliege ich schnell die Seite.

Trotz meiner besten Vorsätze werde ich von etwas Neuem gebannt.

> Wenn es keine Anzeichen von Selbstmord gibt. Es gibt nicht immer deutliche Anzeichen dafür, wenn jemand einen Selbstmord plant. Als *Psychologie Heute* mit **Elaine Spencer** über den Selbstmord ihrer Tochter **JD Spencer** sprach ...
>
> www.psychologieheute.com/woche962/ selbstmord/.../wenn-es-keine-anzeichen- gibt ...

*Was. Ist. Los?*

Ich glotze auf den Bildschirm. Dann schließe ich den Mund und lese die Seite quer, um mir die wichtigsten Stellen herauszupflücken.

Ein Geräusch kommt von der Tür des Arbeitszimmers. Mein Zeigefinger auf der Maus schießt auf das »x«, um das Dokument zu schließen. Ich erstarre. Beklommenheit kriecht wie eine Ameisenarmee durch meinen Körper. Ich sollte das nicht tun. Ich sollte oben sein und meinen verletzten, zerbrechlichen Mädchen beistehen.

Ich fahre herum.

Smarty schlüpft unter den Sessel und hat etwas im Maul. Er hat es geschlossen, seine Backen sind dick, ein langer, hautfarbener Schwanz hängt zwischen seinen zusammengebissenen Zähnen heraus.

»Smarty Pants, nein! Wo hast du ...« Ein kleines Quietschen unterbricht mein Schimpfen und er schiebt die Gummimaus aus seinem Maul.

»Du und diese schrecklichen Mäuse – du hast mich vielleicht erschreckt.« Er blickt mich verwirrt an. Ich habe diese verdammten Spielzeugmäuse völlig vergessen. Die Mädchen verstecken sie überall, um festzustellen, ob er sie findet. Ich drohe ihm mit dem Finger: »Keine echten Mäuse mehr für dich.« Ich wende mich wieder zum Monitor.

Ein neuer Text erscheint. Es ist nicht der Selbstmordartikel. Ich muss ihn aus Versehen angeklickt haben:

*Lanstonville Press, 14. August 2000.*
CAROLINE SPENCER ERHÄLT DAS SORGERECHT FÜR LILLIANA SPENCER.

Ich lasse mich auf den Stuhl fallen.

Nach den schockierenden Ereignissen erhielt Caroline Spencer, die Schwester der verstorbenen Jane Dory Spencer, das Sorgerecht für ihre Nichte Lilliana Spencer. Das hat Richter William Lenox entschieden.

Als sie darum gebeten wurde, einen Kommentar zu der Entscheidung abzugeben, sagte Mrs Spencer: »Ich habe immer auf unser Rechtssystem vertraut. Meine Schwester hat es so gewollt und die Gerechtigkeit hat gesiegt. Zweifellos soll ihr letzter Wille auch das letzte und einzige Wort dazu sein. Ich werde dafür sorgen, dass meine Nichte in einem liebevollen Zuhause aufwächst. Ich werde sie mit den Erinnerungen und der Güte ihrer Mutter Jane Dory Spencer umgeben, der wärmsten, großzügigsten und loyalsten Person, die jemals in mein Leben getreten ist, und zweifellos die engste und wichtigste Beziehung meines Lebens. Bisher. Ich werde sie schrecklich vermissen.«

Als sie nach dem Vater befragt wurde und ob er eine Rolle im Leben des Mädchens spielen würde, hat Mrs Spencer wie folgt geantwortet: »Für mich und für Lilly existiert er nicht.«

Mrs Spencer hat sich geweigert, etwas über die bizarren Umstände zu berichten, die die kleine Gemeinschaft von Lanstonville monatelang schockiert hat. Als Mrs Spencer gebeten wurde, einen Kommentar dazu abzugeben, hob ihr Anwalt Matthew Bickley die Hand, um Mrs Spencer vom Sprechen abzuhalten, und erklärte nur: »Wir haben dazu keinen Kommentar.«

Mrs Spencers Pläne für die nahe Zukunft bestehen darin, mit ihrer Nichte in einen anderen Bundesstaat zu ziehen und einen »Neuanfang« zu machen. Sie hat keinerlei Andeutungen darüber gemacht, wann oder wohin …

»Caroline!«, blafft Andy. Er steht so nah bei mir, dass meine Haarspitzen von seinem Atem flattern.

Ich springe vom Stuhl auf. »Oh mein Gott!«, schreie ich zurück. »Andy, mein Gott! Was ist mit dir los?« Mein Herz rast. »Sich so bei mir anzuschleichen! Meine Güte. Bist du verrückt? Ich hätte fast einen Herzinfarkt bekommen …« Ich stehe mit dem Rücken zum Computer und verdecke ihn mit dem Körper. Wie lange ist er schon dort und was hat er gesehen? Mir wird der Mund trocken.

»Caroline – was zum Teufel redest du, mich bei dir anschleichen?« Seine Stimme ist beherrscht und gemäßigt. Eine Ader tritt an seiner linken Schläfe vor. »Ich habe deinen Namen durchs ganze Haus gerufen. Von der Treppe. Von der Küche. Vom Flur. Verdammt, ich stand in der Tür des Arbeitszimmers, drei Meter entfernt!« Er zeigt mit dem Arm zur Tür. »Und habe deinen Namen gerufen, verdammt noch mal. Du hast mir kein einziges Mal geantwortet.« Er stemmt die Hände in die Hüften. »Mein Gott, ich habe wirklich angenommen, du würdest irgendwo ohnmächtig liegen. Du hast mich total erschreckt. Was zum Teufel ist eigentlich los?« Unter seinen Augen haben sich geschwollene Halbmonde aus Haut gebildet und lassen ihn älter wirken.

»Nichts ist los …«

Smarty steht jetzt zwischen uns, sein Kopf schießt hin und her und folgt unseren Worten.

»Ich dachte, du wärst oben und würdest dich bettfertig machen …«, sagt er.

»Nun, ich wollte …«

»Was machst du hier eigentlich? Du erschreckst mich wirklich, Caroline – du ignorierst mich einfach, wenn ich wie verrückt brülle, und Lilly ist oben und braucht Hilfe. Tessa ist ebenfalls völlig durcheinander. Hast du die beiden völlig vergessen? Stattdessen hockst du am Computer?« Er schreitet vom Bücherregal zur Couch und wieder zurück, über die ganze Breite des Zimmers. Wedelt mit den Armen. Wie ein krampfender Dirigent. Ich drehe ihm die ganze Zeit meinen Körper zu, damit der Computerbildschirm nicht zu sehen ist. Smarty folgt jedem von Andys Schritten. Was seltsam ist, wenn man drüber nachdenkt. Denn ich habe noch nie wahrgenommen, wie Smarty das tut.

»Was ist los? Und wo wir gerade dabei sind, kannst du mir die Prellung in deinem Gesicht erklären? Und den Schnitt an der Stirn?« Er neigt den Kopf und runzelt die Stirn.

Ich öffne erneut den Mund, doch er fährt fort.

»Ich habe dich gestern Abend danach gefragt. Du hast gesagt, du würdest es mir später erzählen. Und? Jetzt ist später. Ich weiß auch nicht, ich bin jetzt seit vierundzwanzig Stunden zu Hause und alle scheinen zusammenzubrechen? Kannst du mir das erklären?«

Er zerfasert wie ein Wollknäuel, das die Alpen hinunterrollt. Ich will mich zu ihm beugen und ihn halten. Ihn festhalten. Doch ich bin nicht stark genug für zwei. Ich muss mich selbst zusammenreißen. Eine ganze Lebensdauer voll Besorgnis strömt aus ihm heraus – als wäre es ewig eingesperrt gewesen. So habe ich ihn noch nie erlebt.

»Ich konnte keine saubere Wäsche für die Mädchen finden ...«

Wenn er für eine Sekunde still sein würde, dann könnte ich ihm mitteilen, dass ich gerade die Wäsche gewaschen habe.

»... also habe ich Wäsche in die Maschine stecken wollen, doch igitt – Caroline, wie lange war die Kleidung da drinnen? Die Sachen stinken total nach Schimmel. Das ist widerlich!« Seine Schultern sind hoch bis zu den Ohren, während er mich mit seinen Händen und Augen anfleht.

*Ich habe die Sachen gar nicht in den Trockner getan.*

Wer ist dieser Typ überhaupt? »*Also habe ich Wäsche in die Maschine stecken wollen?*« Hallo? Mir war gar nicht bewusst, dass er überhaupt weiß, wo der Wäscheraum ist. Und was soll dieser anklagende Ton?

»Andy, verdammt, ich kann einfach nicht glauben, dass ich ...«

»Du hast gesagt, du bist erschöpft. Und jetzt höre ich, wie du auf der Tastatur herumtippst?«

»Na gut, ich bin …« Mein Körper bebt. Ich frage mich, ob er das bemerkt.

»Ich meine, Jesus, Caroline, ich will wirklich nicht wütend sein, wirklich, das will ich nicht. Doch was machst du hier eigentlich? Schreiben? Shoppen? Was? Was ist das?« Er wartet auf keine Antwort. Besiegt lässt er den Kopf nach vorn fallen. Dann macht er eine kurze Pause und stößt hörbar den Atem aus. »Hör zu, ich verstehe, dass du unbedingt wieder schreiben willst und so, aber ausgerechnet jetzt?«

Er fährt fort, wobei er fast mit sich selbst spricht. Ich muss das unterbinden.

»Ich hätte wohl besser zuerst hier nach dir sehen sollen. Anscheinend klebst du ja derzeit förmlich an dem verdammten Computer.« Er wirft die Hände in die Luft. Dann dreht er sich zurück zu mir und fragt mit sanfterer Stimme: »Aber wirklich, hältst du das jetzt für einen guten Zeitpunkt?« Seine Augen sind so traurig. »Es tut mir leid, dass ich wütend bin … Ich war erschrocken. Verdammt noch mal.« Er lässt den Kopf hängen. Ich denke, dass er fertig ist und vielleicht geht. Ein Augenblick verstreicht, er hebt den Kopf und wird wieder lebendig. Ich muss dringend pinkeln. Ich drücke die Beine zusammen.

»Dieser Tag war verrückt – mit Lilly und allem. Wir haben nicht einmal darüber gesprochen, was mit dir passiert ist … Mein Gott.« Andy fährt sich mit den Fingern durchs Haar, womit er parallele Schneisen hinterlässt. Er macht das mehrmals und hört dann auf, lässt die Hand auf dem Kopf ruhen wie ein männliches Unterwäschemodel, der Bizeps lugt aus dem T-Shirt.

»Weißt du, dass mich Mrs Hildebrand im Büro angerufen hat? Sie hat Margot hysterisch gemacht, was nicht so schwierig ist, wie ich zugeben muss. Sie kam in mein Büro gerannt und erzählte mir, Mrs H sei am Telefon und erzähle, dass du ersticken würdest und Lilly den Heimlich-Griff bei dir versucht hätte und dass du rückwärts auf sie gefallen seist und dass ein Krankenwagen euch beide zum Krankenhaus bringen würde, also bin ich natürlich nicht zu dem Meeting mit Loughner und Sparks gegangen ...«

»Oh nein ... du hast das Meeting verpasst?« Der Zementklotz in meinem Magen stoppt mein Zittern. »Aber du kannst es neu vereinbaren, oder?«

»Nein. Morgen sind sie schon auf dem Weg nach Brasilien. Ich werde ihnen einfach einen Bericht schicken.« Er zuckt mit den Schultern. »Bis sie zurück sind, ist das nicht mehr aktuell.« Andys Unterlippe ist in der Mitte dicker, weshalb es wie ein ständiges Schmollen wirkt, was es schwer macht, zu erkennen, wann er wirklich schmollt.

»Na ja ... sei nicht bescheiden, Andy, in dem Bericht. Du hast allen Grund dazu, dick aufzutragen, Liebling. Komm schon. Du hast ein paar großartige Sachen da drüben gemacht.« Er sieht mich nicht an. Ich lasse die Schultern sinken und ein heftiges Pochen beginnt in meinem Kopf.

Er redet jetzt mit dem Teppich. »Dann bin ich zum Krankenhaus gerast und habe Tessa weinend im Wartezimmer mit Mrs Hildebrand entdeckt, die wie die nächste Kandidatin für eine Krankenliege aussah. Sie sagten mir, dass du und Lilly geröntgt werdet.«

Er hebt den Kopf und sein Blick trifft meinen. »Und da war Tessa, die vor und zurück schaukelte, weinte und sich an ihren Fingern die Haut bis zum Knochen abnagte. Ich habe mich zu ihr gesetzt und den Arm um sie gelegt. Sie murmelte immer nur: ›Wird sie sterben, Daddy? Wird Mommy sterben?‹ Es war schrecklich. Ich werde dieses Bild niemals aus meinem Kopf bekommen – ich kann den Gedanken nicht ertragen. Tessa erzählte mir, dass sie dir im Krankenwagen Sauerstoff geben mussten.« Seine Stimme verstummt. Es scheint, als sei sein Feuer erloschen. Er ist still und reglos. Wie ein Eisblock. Ich sage besser nichts. Bewege mich nicht.

»Dann habe ich mit deinem Arzt gesprochen.«

Was? Was hat er gerade gesagt? »Was?« Jeder einzelne Haarfollikel auf meinem Kopf kribbelt heiß.

»Was meinst du damit?«, sprudelt es aus mir heraus. »Warum sollte Dr. Kriete dich anrufen?«

# KAPITEL NEUN

*Montag, 25. September 2006, 22.20 Uhr*

Ich kann es einfach nicht fassen, dass sich Dr. Kriete einfach so über mich hinweggesetzt hat. Meine Befürchtung wird nur von meinem Zorn übertrumpft. Dafür werden Köpfe rollen.

Ich bin ein totales Nervenbündel.

»Dr. Kriete?« Andy wirkt verwirrt. »Warum sollte sie mich denn anrufen?«

»Weil – ich weiß nicht – ich weiß es nicht. Woher soll ich das wissen?«

»Caroline – dein blöder Arzt im Krankenhaus, schon vergessen? Wir sind gerade vom Mountainview Hospital gekommen. Läutet da bei dir eine Glocke?« Er klopft sich seitlich an den Kopf.

»Ja. Natürlich erinnere ich mich.« Den habe ich völlig vergessen. Ich muss mich zusammenreißen und das Gespräch wieder in seine richtige Bahn lenken.

»Ja, ich habe mit dem Arzt gesprochen – natürlich. Ich habe erfahren, dass du nicht mehr geatmet hast und schnell zur Notaufnahme gebracht werden musstest – da will ich wissen, was los ist. Oder?« Er sieht mich an, damit ich ihm zustimme. »All das zusätzlich zu der Prellung und dem Schnitt ...« Er kommt einen Schritt näher, um mich besser betrachten zu können. Ich weiche unwillkürlich zurück. »Das ist schon beunruhigend. Ich hatte mich bereits auf das Schlimmste vorbereitet, das kannst du mir glauben, als er mit mir geredet hat. Zum Glück war dein CT sauber. Ich hatte mir Sorgen deshalb gemacht. Du etwa nicht?«

»Doch. Ich war auch besorgt.« Leider bin ich jetzt nicht weniger besorgt. Keine Blutung in meinem Schädel. Kein Anzeichen von Brüchen oder Hirnverletzung. Was bedeutet das also? »Nun, mir geht es gut.« Ich wische mir unsichtbaren Dreck von den Händen. »Da ist nichts …« Ich wünschte, er würde gehen. Ich kann nicht länger in sein Gesicht blicken. So zu tun, als wäre alles in Ordnung, ist wie ein schlechter Scherz.

»Süße, wirklich, ich weiß, dass du einen richtig schweren Tag hattest.« Er steht mitten im Raum. Seine Fußabdrücke zeichnen sich noch immer auf dem Teppich ab, ein Pfad von einer Wand zur anderen. Sein Schwung lässt nach und er wirkt verhalten. Sofort verändert sich die Stimmung im Raum, fühlt sich gelöster an. Selbst meine Blase entspannt sich.

»Natürlich will ich dich nicht erschrecken, doch du hättest sterben können.« Seine Stimme wird langsamer und schwerelos. Die Worte sind sanft und mit Gänsedaunen gefüllt, weich und gepolstert. »Du konntest nicht mehr atmen. Das hätte zu einem Hirnschaden führen können. Du kannst das nicht einfach so unter den Teppich kehren. Das werde ich nicht zulassen.«

»Andy, ich hasse Ärzte.«

»Ich weiß, und ich verstehe auch, warum — wenn du weiter an solche Arschlöcher gerätst, die dir irgendwas erzählen, was ihnen gerade in den Sinn kommt. ›Stimmband-Dysfunktion‹? Kannst du das glauben — hat er dir das etwa auch erzählt? Komm schon, ich meine, seit wann haben deine Stimmbänder etwas mit dem Atmen zu tun — bin ich etwa so ein Idiot? Du holst dir ganz schnell eine zweite Diagnose. Das machst du doch, oder?« Er hat die Hände wieder an der Hüfte.

Oh Gott, jetzt versteift er sich auf die Diagnose. Er würde niemals eine ärztliche Diagnose infrage stellen. Das ist doch verrückt. Tessa muss ihn hier rausholen, bevor ich einen echten Herzinfarkt bekomme. Warum suchen sie ihn denn noch nicht?

»Ja ... Ich meine, nein.« Schließlich sage ich doch etwas. »Ich brauche ganz bestimmt keine zweite Meinung. Andy, es ist eine Stimmband-Dysfunktion, das ergibt schon einen Sinn – der Rettungssanitäter hat mir das auch erzählt. Man geht ohnehin nicht zu einem Experten und diskutiert dann darüber, was sie einem sagen. Ich mache das nicht.«

Ich komme im Augenblick gut ohne diese ganze Aufmerksamkeit zurecht.

»Und überhaupt«, füge ich hinzu, »haben sie mir die Brust geröntgt, meine Vitalwerte geprüft und ein EKG gemacht, um herauszufinden, ob ich einen Herzinfarkt hatte – was eindeutig nicht der Fall war. Sie erklärten mir, dass eine Stimmband-Dysfunktion vorübergehend die Atemfähigkeit lähme. Und dass man wieder Sauerstoff aufnehmen könne, wenn der Körper sich ausreichend entspannt. Und das war es, Andy, Fall erledigt, und ich werde das nicht weiter diskutieren – mit niemandem!«

»Caroline, das macht überhaupt keinen Sinn. Der Arzt meinte, das passiert Asthmatikern – du hast kein Asthma.«

»Oder Menschen, die ein plötzliches Trauma erlitten oder etwas Schockierendes beobachtet haben – wie einen Mord!«

Kann es sein, dass es einem in die DNA einprogrammiert ist, stets das letzte Wort zu haben?

Andy gibt auf, hebt die Hände wieder in die Luft, dann lässt er sie zur Seite fallen. »Also hast du jetzt einen Mord beobachtet, oder was?« Er betrachtet mich genau. »Das ist witzig, Caroline. Was zum Teufel kommt als Nächstes? Es ist ja fast so, als würde ich dich nicht kennen. Du benimmst dich total verrückt. Und du machst mich müde. Warum streiten wir überhaupt darüber?« Er nimmt die Hände an den Kopf und lässt sich auf die Couch fallen. Es zerreißt mir das Herz.

»Nein, Süßer, bitte, du hast natürlich recht – ich weiß nicht, was ich daherrede, natürlich brauche ich eine zweite Meinung ...« Ich will zu ihm und ihn berühren, ihn umarmen, doch ich kann mich nicht bewegen.

Warum zum Teufel bin ich nicht eher darauf gekommen, dass ich ihm nur zustimmen muss? Das ist alles, was er hören wollte.

»Gott sei Dank.« Er blickt suchend in mein Gesicht und findet die Frau, die er kennt, und ist seine Sorgen los. Seine Augen wirken müde und die Lider schwer. »Mein Gott – für eine Sekunde dachte ich, ich hätte dich verloren.« Er steht auf und kommt auf mich zu. »Ich bin doch auf deiner Seite, verdammt. Ich will, dass du die besten Ärzte hast. Warum muss sich bei uns manchmal alles so auf den Kopf stellen? Ich liebe dich, Caroline.« Er kommt mit ausgestreckten Armen näher, um mich zu umarmen, doch ich kann diese Geste nicht riskieren, denn dann wird er seinen Kopf auf meine Schulter legen und hat den Computermonitor voll im Blick. Stattdessen nehme ich schnell Smarty hoch und halte ihn mit einem Arm und tätschle Andy mit der anderen an der Brust, wobei ich hoffe, dass er nicht bemerkt, wie komisch das ist.

»Ich weiß. Ich liebe dich doch auch.«

Er lässt die Arme sinken. »Wir müssen nur feststellen lassen, dass bei dir alles in Ordnung ist. Ja?«

»Okay.« Er dreht sich um. Endlich wird er gehen. Ich halte den Atem an.

Er blickt über die Schulter zu mir. »Bitte sei nicht sauer auf mich, ja? Ich muss den Mädchen helfen, wenn sie nicht schon schlafen.« Er kreuzt die Finger und lächelt. Dann zeigt er auf mich: »Heute Abend kein weiteres Schreiben mehr.« Auf dem Weg aus dem Zimmer blickt er auf den Boden und sagt: »Hey, wann kann ich deine Geschichte lesen?« Bevor ich noch erkennen kann, wohin er guckt, bückt er sich und hebt ein Stück Papier hoch, das unter dem Drucker lag.

»Das muss vom Drucker sein. Fehlt dir eine …«

Mit einer schnellen Bewegung reiße ich ihm das Blatt Papier aus der Hand, bevor er es liest.

Er zuckt zurück und fährt zusammen. »Oh – Scheiße! Verdammte …« Er hält sich die Hände an die Brust, windet sich und flucht. »Caroline, Mensch! Was zum Teufel – du hast mich gerade mit dem Papier geschnitten!« Ich schaue auf seine Hand. Der Schnitt ist fast fünf Zentimeter lang, genau in der Mitte seiner rechten Handfläche. Das Blut tropft in zentimeterlangen Intervallen heraus. Er hält die rechte Hand in der linken und verzerrt das Gesicht.

»Oh Gott, Andy. Das tut mir so leid. Ich kann es nicht glauben. Lass mich sehen …« Ich greife nach ihm.

Warum ist er nicht einfach gegangen, bevor das passiert ist?

Er weicht vor mir zurück. »Nein, es ist jetzt okay, Caroline. Es ist schon gut«, schnauzt er und wendet sich ab.

»Aber es blutet.« Ich überlege, ihm ein Pflaster zu holen, doch ich kann ihn hier nicht allein lassen. Ich habe den Artikel aus der *Lanstonville Press* noch nicht geschlossen.

»Du solltest dir dafür ein Pflaster nehmen – und etwas Neosporin.« Ich halte das Papier hinter meinem Rücken in beiden Händen. Ich will weinen, doch ich habe Angst, die Kontrolle zu verlieren, während der Bildschirm sichtbar ist und mein geheimes Leben offenbart.

Ich habe Angst, den Dolch loszulassen. Angst, dass er mich beim nächsten Mal schneidet.

Er dreht sich um und schlurft vornübergebeugt davon, erschöpft und besiegt, der Kopf schlenkert von einer Seite zur anderen. Ich kann mich nicht erinnern, wann er das letzte Mal die Stimme gegen mich erhoben oder die Geduld verloren hat, oder hysterisch geworden ist, oder mich beschimpft hat, oder so besorgt war. Beim Hinausgehen aus dem Arbeitszimmer murmelt er: »Dabei wollte ich nur nachsehen, ob du in Ordnung bist ... Ich dachte, du wärst ohnmächtig ...« Während er um die Ecke biegt, den Flur entlanggeht und bevor seine Stimme leiser wird, höre ich, wie er sagt, er werde den Mädchen mitteilen, dass es mir gut geht.

Ich habe ganz feuchte Wangen und lasse den Kopf nach vorn fallen, als hätte mein Puppenspieler den Faden losgelassen, der an meiner Kopfhaut befestigt ist. Ich bin benommen vom langen Luftanhalten. Doch vor allem tut mir das Herz weh. Ein tiefer, klaffender Schmerz. Es ist das Gefühl, das man hat, wenn man jemanden betrügt. Und man hat ihn verloren und weiß genau, es wird niemals wieder dasselbe sein, weil ab jetzt immer alles infrage gestellt wird, was man tut. Und der Brustkorb fällt in sich zusammen, um sich der neuen Größe des Herzens anzupassen, das jetzt so klein ist wie eine Pflaume, ausgedörrt und verschrumpelt, da ihm das Leben und die Freude entzogen wurden.

Das Papier raschelt in meinen klammen Händen. Er war so kurz davor, es zu lesen. Meine Zähne klappern wie verrückte Becken beim Schlagzeug. Ich drehe das Blatt um.

Beide Seiten sind weiß.

\* \* \*

**Dienstag, 26. September 2006, 7.30 Uhr**

Ich glaube, es ist Dienstagmorgen ... und ich glaube, dass ich wach bin. Aus einem anderen Zimmer kommen Stimmen.

Tessas Zimmer. Falls ich in meinem Zimmer bin, was ich nicht genau weiß, da ich es offenbar nicht schaffe, die Lider auseinanderzubekommen. Mein Kopf ist voll mit neun Bechern fest verpacktem braunem Zucker.

So fühlt sich also ein Schmerztablettenkater an. Ich wollte nur eine Schlaftablette nehmen, doch ich konnte sie nicht finden. Mit solchen Medikamenten habe ich nicht viel Erfahrung. Sie lagen seit damals im Medizinschrank, als Andy seine Knieoperation hatte. Und obwohl ich mich nicht daran erinnere, vorher eine genommen zu haben, weiß ich, dass ich keine zwei genommen habe.

Langsam löst sich das Koma auf. Zuerst werden die unterdrückten Geräusche zu Stimmen, dann zu Worten. Licht dringt durch die Schlitze zwischen meinen bleischweren Augenlidern. Zuerst tut es weh. Ich befeuchte mir die Lippen mit Spucke, damit ich sie auseinanderbekomme, um durch den Mund einzuatmen und nicht durch die Nase. Die Luft, die auf das Innere meiner Wangen trifft, fühlt sich seltsam an, doch zugleich auch belebend. Der Sauerstoff fließt durch mich hindurch und verteilt einen Weckruf, verkündet, dass es Leben außerhalb meines Körpers gibt.

Die Mädchen machen sich für die Schule bereit. Tessa ruft durch den Flur: »Mom, vergiss nicht, dass du heute in der Bücherei aushelfen musst!«

Scheiße. Ich strecke die Hand aus, um mir den heutigen Tagesplan vom Nachttisch zu angeln. Ich brauche eine Bestätigung. Doch da ist kein Ausdruck. Das ist seltsam. Da liegt auch nichts auf dem Boden. Wenn mich mein Kopf nicht umbringen würde, dann würde ich unter dem Bett nachsehen, doch das wird nicht geschehen. Es ist keine große Sache, wenn ich erst unten lesen kann, was ich zu erledigen habe. Ich kann zehn Minuten überleben, ohne die heutigen Ereignisse zu kennen.

Lilly überholt mich auf dem Weg in die Küche und ist überraschend guter Dinge. Andy hat beschlossen, heute später zur Arbeit zu gehen, sodass wir als Familie zusammen frühstücken können und er uns zur Schule begleiten kann.

»Bist du sicher, dass du nicht zu Hause bleiben willst, Lilly?«, fragt Andy, während er seine Müslischüssel ausspült. »Du musst nicht hin. Wenn es dir wehtut, dann solltest du zu Hause bleiben.«

Lilly durchsucht die Kramschublade unter dem Toaster und zieht alle bunten Eddingstifte raus, die sie finden kann. »Ich fühle mich großartig. Tessa, du kannst in Violett unterschreiben, wenn du willst.« Sie gibt Tessa einen Marker, um auf die Schlinge zu schreiben, die ihren linken Arm hält.

»Lilly, unter einer Bedingung kannst du zur Schule: Wenn du irgendwelche Schmerzen spürst, marschierst du sofort zur Krankenschwester und lässt sie Mom anrufen, um dich abzuholen.« Er küsst sie auf den Kopf.

Die Mädchen wollen heute zu Fuß zur Schule gehen. Wir nehmen sogar Smarty mit. Es ist ein schöner »Indian Summer«-Tag. An solchen Tagen bin ich immer glücklich – als wäre es ein Geschenk der Götter. Was kann an einem solchen Tag schiefgehen, der dem Sommer gestohlen ist – vielleicht der letzte, bis schließlich das Pulloverwetter kommt.

Farhaven ist eine schöne Stadt. Perfekt gestutzte Rasen werden von üppigen einjährigen Pflanzen gesäumt, die noch immer in voller, farbenfroher Pracht stehen. Die ausgewachsenen Ulmen am Bürgersteig bilden Laubdächer über den breiten Straßen. Mamis schieben Kinderwagen, während sie ihre Kleinen zum Kindergarten bringen. Die Menschen winken einander zu, uns auch. Andy blickt zu mir und lächelt, während er Lillys Hand hält und ich Tessas. Er ist gesprächig an diesem Morgen und füllt damit jeden ruhigen Moment. Seine flüchtige Episode als aufmerksamer Daddy und Ehemann ist vergangen wie ein Kalenderblatt. Heute scheint er vom Geist eines jungen Mannes erfüllt zu sein, der erkennt, was ihm das Leben alles zu bieten hat. Er wandelt mit einer Leichtigkeit dahin, bei der ich nicht weiß, ob ich eifersüchtig sein oder mich davon anstecken lassen soll.

Die sanfte, warme Luft weht dahin und hebt mir die Haarspitzen an, sodass ich es wie einen Seidenschal im Nacken fühle. Selbst die Vögel frohlocken und spielen zwischen den Bäumen Verstecken. Ich spüre die Wärme von Tessas Hand und bin von Glück überwältigt. Etwas, das sich fast fremd anfühlt.

Dann wird es mir klar. Das ist mein Leben. Es ist alles, wofür ich so hart gearbeitet habe. Es ist alles, was ich geplant habe. Wenn ich das aufgebe, dann bin ich allein dafür verantwortlich.

Ich werde nicht das kleinste bisschen davon aufgeben. Zuvor war ich glücklich. Ich kann auch wieder glücklich werden.

Schließlich waren es nur vier Tage.

Als wir an der Tür der dritten Klasse ankommen, habe ich mich entschlossen. Es ist meine Schuld, dass die Welt sich auflöst. Ich habe die Qualen entfesselt, den Korken gezogen. Ich werde sie einfach wieder in die Flasche stecken. Dann den Korken hineinstoßen und sie ins Meer werfen. Nichts hat sich sonst in meinem Leben geändert – ich habe es unter Kontrolle.

Wenn ich es schon einmal vergessen habe, dann kann ich es auch wieder vergessen. Von diesem Tag an werde ich nicht mehr googeln. Das ist ein Versprechen. Selbst dann nicht, wenn mein Leben davon abhängt.

»Guten Morgen, Gabrielle!«, rufe ich über die Straße, um an meinem Karma zu arbeiten, indem ich der bösen Saat Grüße hinüberträllere, aus der der hässliche Baum entsprungen ist, der mir bis vor sechs Minuten die Terrasse beschattet hat. Jetzt gebe ich den Ton an.

Nach Küssen und Umarmungen spaziert Andy mit Smarty nach Hause und fährt anschließend zur Arbeit. Ich halte am Büro der Krankenschwester, um ihr eine ärztliche Bescheinigung zu geben, dass Lilly vom Sport entschuldigt ist. Dann gehe ich zur Bücherei, während ich »I Got the Sun in the Morning« aus dem Musical *Annie Get Your Gun* summe.

Ich liebe es, durch die Gänge der Lincoln-Grundschule zu wandeln. Oder von irgendeiner Schule. Doch vor allem bei alten wie dieser. Die Gänge sind mit pastellfarbenen Selbstporträts und Postkarten aus den entlegensten Ecken des Globus' gesäumt, wo Schüler und Lehrer in den Sommerferien waren. Es hängen freundliche Ermahnungen an den Wänden, wie »Seid nett zueinander«, »Rechne mit beeindruckenden Dingen aus deinem Gehirn«, »Lass dich inspirieren – lies ein Buch«, und »Lächle und sage Hallo zu den Menschen, die du kennst«.

Die angemalten Betonmauern sorgen dafür, dass die Gänge kühl bleiben, selbst bei einer Hitzewelle. Ich schlendere mit einer Leichtfüßigkeit dahin, die ich seit Tagen nicht mehr empfunden habe. Kinderstimmen schweben wie Bänder durch die Luft, wehen um meinen Kopf und gleiten an meinen Schultern hinab. Lachen, Singen, Fragen, Rufen, unterdrückt und zugleich deutlich, winden sich um meine Arme und Fingerspitzen, drehen sich um meine Beine, lebendig und lebhaft, schieben mich den Gang entlang und leiten mich dahin, wohin ich gehen muss. Die begeisterten Stimmen sind voller Energie, haben ihren eigenen Rhythmus und sind überall, erfüllen den leeren Raum wie Styroporchips.

Als ich zur Bücherei komme, atme ich tief durch die Nase, um den muffigen Geruch alter Bücher in mich aufzunehmen. Es ist so stimulierend, zwischen den vereinten kreativen Genies von Seuss, Carle, Sendak und Rowling und vielen anderen zu stehen. Ich schließe die Augen und denke an all die großen Autoren, die sich vor langer Zeit abgemüht haben, ohne damals schon zu wissen, ob ihre Werke überhaupt jemals gelesen werden würden.

»Hallo, Mrs Thompson, ich bin froh, dass Sie heute zu uns kommen konnten«, grüßt Mrs Wormstock, die Bibliothekarin, auf deren breiten Schultern haufenweise Schuppen liegen.

»Oh, gerne. Ich bin bereit für meinen Marschbefehl. Womit kann ich helfen?« Ich bin so heiter wie eine Schüssel regenbogenfarbener Geleebonbons.

»Nun, schauen wir mal. Wir haben ein paar Rückgaben, die ins Regal gestellt werden müssen.« Sie geht zu einem Rollregal. Die Bücher sind der Größe nach auf die vier Regalbretter verteilt, was wie Orgelpfeifen aussieht. Als sie sich zum Regal bewegt, bebt der Boden unter jedem ihrer Schritte.

»Ich erwarte Miss Lelands Kindergartengruppe um neun Uhr dreißig. Vielleicht können Sie ihnen ein Buch vorlesen?«

»Oh, das würde ich gern tun.«

»Sehr gut. Dann legen Sie mal los.«

Bevor ich mit dem Einräumen der Bücher beginne, hole ich meine Puderdose aus der Handtasche, um einen schnellen Blick auf meine Prellung zu werfen, und pudere sie großzügig ein. Schließlich will ich die Kinder nicht verschrecken.

Die anspruchslose Arbeit ist so befriedigend. Ich summe »These Are A Few Of My Favorite Things …«, während ich zufrieden die Bücher nach dem Dewey-System an ihren richtigen Platz befördere.

Miss Lelands Gruppe soll in ungefähr fünf Minuten erscheinen. Mrs Stanton, die Direktorin, kommt herein und winkt Mrs Wormstock zu sich. Mitten im Gespräch blickt Mrs Stanton in meine Richtung und zeigt auf mich. Mrs Stanton ist altmodisch und ganz Geschäftsfrau. Sie könnte gut einen Teelöffel Wärme und Entspanntheit in ihrem Morgenkaffee gebrauchen. Ich bin mit der letzten Reihe Bücher fast durch, weshalb ich tief am Boden kauere und meine Oberschenkelmuskeln brennen. Neben den Bücherregalen, die bis zum Himmel zu reichen scheinen, fühle ich mich winzig, wie auch jetzt neben Mrs Stanton, die eine Frau von beachtlicher Statur ist.

»Mrs Thompson!«, sagt sie entschlossen. Der Bibliotheksteppich hatte ihr Näherkommen gedämpft, weshalb ich ziemlich überrascht und erschrocken bin, mein Gesicht auf einmal unangenehm nah an ihren Knien zu haben. Ich erinnere mich sofort, warum ich auch ein wenig eingeschüchtert bin. Es ist ihr Bein. Eins davon ist eine Prothese und ich bin noch nie zuvor so nah an einem falschen Bein gewesen. Sie trägt fast nie Hosen, um den Kindern zu zeigen, dass man sich für Behinderungen nicht schämen oder sich davor fürchten muss. Die Kinder haben dieses Konzept noch nicht ganz verinnerlicht.

»Oh, hallo, Mrs Stanton, wie geht es?«

»Gut, gut, danke für Ihre heutige ehrenamtliche Hilfe. Mrs Thompson, da ist noch etwas, worüber ich mit Ihnen sprechen wollte ...« Kinderstimmen erfüllen die Bibliothek und ich weiß, dass die Bibliothekarin bald nach mir suchen wird.

Ich stehe auf und klopfe mir den Staub von den Händen und trete einen Schritt zurück, um einen angenehmeren Abstand zwischen uns zu schaffen, während Mrs Stanton einen erneuten Anlauf versucht: »Ich wollte Ihnen erzählen, dass ich gestern Abend, als ich bei Google nachgesehen habe ...«

Sofort ist meine Aufmerksamkeit bei ihr. Ich reiße meine Augen auf, meine Muskeln, mein Atem und mein Herzschlag erstarren. Hat sie gerade erwähnt, dass sie bei Google nach mir gesucht hat? Was zum Teufel ist hier los? Das ist ja unerhört. Das ist ein Eindringen in die Privatsphäre. Oder etwa nicht? Vielleicht nicht. Das ist mir aber egal, denn das ist – das ist – das ist ja voyeuristisch! Und es ist ihr kein bisschen unangenehm, das auch noch zuzugeben.

Mein Blick schweift über ihre Augen, wobei ich sorgfältig darauf achte, sie nicht direkt anzusehen. Ich will sie nicht noch weiter anstacheln. Ihr Mund bewegt sich nach wie vor, doch ich höre ihr nicht zu. Ich hebe die Hände verlegen an die Ohren und kratze mir nervös den Kopf, während ich darüber nachdenke, wie ich mich verdrücken kann, ohne zusätzliche Aufmerksamkeit zu erregen.

»Ähm, Mrs Stanton«, beginne ich, sie zu übertönen, wobei ich sie damit zu entmutigen hoffe, noch weiter zu sprechen. Wie auch immer, sie hört nicht auf zu reden, und ich deshalb auch nicht. Meine Stimme wird sogar noch lauter. »Es tut mir leid, wenn ich Sie unterbreche – ähm, es ist nur so, dass ...« Was, wenn sie etwas bei Google gelesen hat, das ich nicht kenne? Worüber ich nichts weiß? Mein Hemd klebt mir an den Unterarmen. Meine Dämonen jagen mich überall. Sie sind nicht nur in meinem Haus, in meinem Arbeitszimmer, sondern auch im Baumarkt, in der Arztpraxis, der Schulbibliothek. Wo als Nächstes? Ich habe wieder dieses heiße, kribbelnde Gefühl, es fängt hinter meinen Ohren an und dringt langsam in meine Ohrmuscheln, gleichzeitig kriecht es mir über die Wangen. Es kribbelt sogar im feuchten Teil meiner Augen. Sie sagt »Lilly« und »Vormund«. Ich bin fast gelähmt. Kann sie wissen, dass ich nicht Lillys echte Mutter bin? Mein Gott. Sie könnte den Zeitungsartikel gelesen haben. Mein Herz ist nicht länger erstarrt. Es ist jetzt wie »Der kleine Trommler« auf Speed. Lilly weiß es nicht einmal, verdammt noch mal. Ich muss hier raus, bevor sie noch ein Wort hervorbringt, bevor jemand sie hört oder sie mich um eine Erklärung bittet. Auf der glatten Oberfläche eines Computermonitors zu ihrer Linken spiegelt sich ihr abschätziges Gesicht, zerknautscht wie benutztes Geschenkpapier. Ihr Mund bewegt sich noch immer. Meine Nerven machen mich fertig und ich höre, wie ich summe. »Wenn der Hund beißt, hmm, hmm, hmm, hmm, wenn die Biene sticht, hmm, hmm ...« Mrs Wormstock winkt mich von vorn im Raum zu sich. Gott sei Dank. Sie hält das Buch hoch, das ich vorlesen soll.

Mrs Wormstock steht neben Miss Leland vor den Kindern, die mit gekreuzten Beinen auf dem Teppich sitzen, der mitten auf dem Bibliotheksboden liegt.

»Ich komme, Mrs Wormstock! Entschuldigen Sie, Mrs Stanton«, rufe ich mit viel zu lauter Stimme, dann tauche ich in einen Büchergang und bewege mich in die entgegengesetzte Richtung. Ich bin in Panik und haste immer weiter. Es ist eine lange Regalreihe und ich bin allein darin und durch die Bücher der Sachbuchabteilung – Bücher über die Natur, über Blumen, das Meer – vor den Blicken verborgen. Ich kann nicht nach vorn und das Buch vorlesen. Ich kann es einfach nicht. Ich muss hier raus.

Mrs Wormstock kann mich jetzt von ihrem Standpunkt aus nicht sehen. Sie ruft lauter: »Mrs Thompson, kommen Sie?«

Ich bin am Ende des Gangs und meiner Ideen. Vor mir an der Wand ist ein Feuermelder befestigt. Denk nicht einmal daran! Mein Herz rast mit atemberaubender Geschwindigkeit. Mrs Wormstock wird das Buch selbst vorlesen müssen, ich bin fertig mit meinen Bibliothekspflichten. Ich kann nicht glauben, dass Mrs Stanton, die Schuldirektorin, nichts Wichtigeres zu tun hat, als einen Elternteil auszuhorchen. Jemanden, der seine wertvolle, Freizeit damit verbringt, ehrenamtliche Tätigkeiten zu übernehmen. Wenn man nur an all die Steuern denkt, die wir in dieser Stadt zahlen! Wenn es herauskommt, dass ich nicht Lillys Mutter bin, wird Gabrielle das richtig genießen. Sie wird dafür sorgen, dass ich als Betrügerin und Lügnerin gebrandmarkt werde. Wie werden wohl meine Freundinnen reagieren?

Oh mein Gott – was passiert, wenn es jemand Lilly erzählt? Ich kann nicht zulassen, dass das geschieht. Ich bin auf all das gar nicht vorbereitet.

Ich mache einen großen Schritt vorwärts, um am Bücherregal vorbeizublicken und herauszufinden, wie weit ich von der Tür entfernt bin. Meine Gummisohle bleibt am

Teppich hängen. Ich strauchle und versuche, wieder fest zu stehen. Stattdessen verliere ich aber das Gleichgewicht und falle gegen ein Regal voller Bücher. Viele stürzen vom Regal. Bücher über Flugzeuge, Eisenbahnen und Autos fallen krachend auf den Boden. Eins nach dem anderen, offen und auseinandergespreizt, die Buchrücken brechen, als sich eins über das andere aufstapelt – es scheint endlos zu dauern.

Die Kinder springen auf, drängen aneinander vorbei, um zu sehen, was geschehen ist. Miss Leland klatscht wild in die Hände und dröhnt: »Kinder! Kinder! Bleibt sitzen! Eins, zwei, drei, vier, alle Augen zu mir! Eins, zwei, drei, vier, alle Augen zu mir!«

Sie halten alle inne und antworten perfekt einstimmig: »Ma, me, mi, Augen auf Sie.«

Mrs Wormstock ringt nach Luft. »Oh nein, was ist passiert? Mrs Thompson, geht es Ihnen gut?«

Durch die jetzt leeren Regale sehe ich, dass die Bibliothekstür genau gegenüber von der Stelle ist, wo Mrs Stanton steht. Mein Fluchtweg wäre genau in ihrem Sichtfeld. Der Boden hebt und senkt sich, hebt und senkt sich. Ich weiß, dass Mrs Wormstock näher kommt. Ich bin wie eine umzingelte Laborratte. Ich werde mir diese Blöße aber nicht geben, nicht hier in der Schulbibliothek, vor all diesen Kindern, meinen Kindern. Ausgeschlossen. Gar nicht zu erwähnen die Augen und Ohren und das Verurteiltwerden durch die Erwachsenen.

»Mrs Thompson?« Mrs Wormstocks Stimme nähert sich.

Niemand kann mich sehen. Mir zittern die Beine. Ich muss pinkeln.

»Mrs Thompson?«

Der Feuermelder ist direkt hier. Meine rechte Hand fährt vor und drückt drauf.

Unmittelbar danach bin ich getarnt. Hysterie bricht aus wie ein Flächenbrand. Das ohrenbetäubende Heulen des Alarms verursacht eine sofortige Panik. Miss Leland ist ganz aufgeregt beim Versuch, die Ordnung aufrechtzuerhalten, während sie ihre Gruppe verschreckter Fünfjähriger aus der Bibliothek geleitet. »Haltet euch an eurem Freund fest!« Mrs Wormstock und Mrs Stanton beeilen sich damit, Miss Leland zu helfen, die laut ruft: »Alle zu ihrem Freund! Kein Reden! Folgt Mrs Wormstock!«

Ich kauere am Boden, bis das letzte Turnschuhpaar verschwindet und sich dem Tumult auf dem Gang angeschlossen hat, soweit ich es von meinem Aussichtspunkt aus erkenne. Die Fünftklässler eilen von der oberen Etage die Stufen hinunter; die Lehrer drängen die Schüler nach draußen mit ihrer kollektiven Warnung: »Das ist keine Übung, Leute.« Tessas Lehrerin kommt an der Bibliothekstür vorbei. Da ist Tessa. Ihr ist die Angst ins Gesicht geschrieben. Ich kann es nicht ertragen, sie so zu sehen. Sie kaut die Haut an ihrem Daumen ab. Ich will mich zum Nachdenken in die Bibliothek verkriechen. Doch ich habe keine Zeit zum Nachdenken – deshalb mische ich mich mit gesenktem Kopf zwischen die nach unten strömenden Kinder.

Ich laufe zu einem kleinen Treppenhaus, das zum Ausgang führt. Ein Schild hängt an dem Feuermelder neben der Tür der Erstklässler an der Wand: »Feueralarm darf nur im Brandfall betätigt werden.« Ich muss schlucken. Ich schäme mich für mein Verhalten.

# KAPITEL ZEHN

*Dienstag, 26. September 2006, 9.53 Uhr*

Ich renne den ganzen Weg nach Hause; die Tränen fliegen mir wie Regen auf einer Windschutzscheibe seitlich aus dem Gesicht.

Ich habe die Dinge nicht unter Kontrolle. Wem habe ich da etwas vormachen wollen? Ich kann mein altes Leben nicht einfach zurückbekommen, nur weil ich nicht weiter nach mir googele.

Als meine Nachbarin mit ihrem Hund auftaucht, verlangsame ich meine Schritte nicht. Ich eile schräg über die Straße und tue so, als würde ich sie nicht sehen. Ich muss wie eine Verrückte ausschauen, keuchend, weinend, mit der an meiner Seite hüpfenden Handtasche. Mir ist das egal.

Was soll noch aus mir werden? Wie vielen Leuten kann ich aus dem Weg gehen?

Warum geschieht das jetzt? Diese Artikel sind alt. Alle möglichen Leute hätten seit Jahren darüber lesen können. Diese verdammte Gabrielle! Sie musste ja diese Google-Sache anfangen. Ich hasse sie. Und ihre wichtigtuerischen Tussis. Sie widern mich an. »Kümmer dich gefälligst um deinen eigenen Kram!«, brülle ich los. Der UPS-Mann, der gerade die Straße überquert, reißt den Kopf herum und springt schnell in seinen Wagen. Mir werden die Wangen rot, ich senke den Kopf und biege um die Ecke. Ich bin fast zu Hause.

Ich brauche Andy. Ich muss es ihm erzählen. Das wäre nicht schlimm. Er liebt mich doch. Wir stecken gemeinsam drin. All die Jahre hinweg ist er bei mir und meinen Unzulänglichkeiten geblieben. Er hat vieles toleriert. Meinen Drang, immer das letzte Wort zu haben, dann diese kleine Kontrollsache, die ich habe, meinen inneren Putzteufel. Seien wir mal ehrlich, meine Ideen gefallen ihm nicht immer. Doch er ist sogar bei mir geblieben, als ich die »bösen Fette« aus unserer Nahrung entfernt habe (was nicht schön war). Ich kenne Männer, die ihre Frauen aus dümmeren Gründen verlassen haben. Andy wird mich nicht verlassen, nach allem, was wir durchgemacht haben. Eigentlich haben wir ja nicht so viel durchgemacht. Unser gemeinsames Leben ist in jeder Hinsicht großartig. Diese Sache wird uns auf die Probe stellen. Ich muss ihm einfach vertrauen. Wohl oder übel. Eigentlich sogar viel übler als alles, was ich je für übel gehalten habe.

Ich habe total Angst.

Als ich im Haus bin, eile ich zum Telefon in der Küche und wähle seine Nummer. In Gedanken gehe ich noch einmal durch, was ich ihm sagen werde. JD ist gestorben – vor sechs Jahren – und Lilly ist gar nicht meine richtige Tochter, sondern von meiner Schwester. Damals im College hatte ich eine Abtreibung und eine Hysterektomie.

»Global Enterprises, Büro von Andrew Thompson …« Margaret wartet auf eine Antwort. »Hallo? Global Enterprises …?«

Klick.

Moment mal.

Das Telefon ist wieder an der Wand, meine Hand fest daran. Ich bewege mich nicht. Andy weiß bereits über Lilly Bescheid. Ich habe das Sorgerecht für Lilly bekommen, als ich noch Single war. Als ich ihn geheiratet habe, da hatte ich sie bereits. Es gab uns sozusagen als Komplettangebot. Natürlich weiß er also, dass Lilly nicht von ihm ist. Doch weiß er auch, dass Lilly nicht von mir ist?

Was habe ich ihm damals gesagt?

Gott, ich brauche jetzt eins dieser Schokoküchlein, einen Sno Ball. Machen sie die eigentlich noch? Natürlich würde ich normalerweise keine sieben Gramm gesättigtes Fett in industriell verarbeiteter Form gutheißen, doch diese Situation verdient eindeutig einen solchen Bissen. Ich brauche auch nur einen und würde für den Rest meines Lebens darauf verzichten. Ich stelle mir den kratzigen Zucker vor, wie er meine Zunge berührt, und die klebrige Marshmallowhülle, die weiche Schokolade und den Schaum im Innern. Oh mein Gott! Beim Gedanken daran verdrehe ich verzückt die Augen.

Ich drehe auf der Stelle um und marschiere zur Speisekammer. Das ist Zeitverschwendung oder zumindest unwahrscheinlich. Auf der dritten Stufe des Küchenhockers stehend suche ich über meinem Kopf mit der Hand in der Keksdose, die unsere Nachbarn uns überreichten, als wir eingezogen sind. Ich wollte sie nicht mitten in die Küche stellen. Wer bietet schon Kekse auf der Theke an? Das ist ein Garant für Unheil. Meine Hand findet etwas in der Keksdose, das wie Plastik knistert. Oh mein Gott. Kann das wirklich sein? Ich bekomme es zu fassen. Ja. Ich kann es nicht glauben. Als ich die perfekten rosa Kugeln in meiner Hand sehe, werde ich rührselig. Ich reiße das Miststück auf, stopfe mir so viel wie möglich in den Mund und beiße zu. Einen Bissen. Die übrig gebliebene schmale Sichel packe ich zurück in das Plastik und falte das Pappstück zusammen, damit ich das Plastik fest zumachen kann, um es frisch zu halten.

Bevor ich es in die Keksdose zurücklege, betrachte ich das Verfallsdatum: 6/2002. Das ist vor mehr als vier Jahren.

Ich lasse den Bissen im Mund. An den Innenseiten meiner Wangen läuft Spucke herab und löst den Zucker auf. Es tropft mir in die Kehle. Der Geschmack nimmt mich mit. Meine Zunge bohrt sich durch den fluffigen Kuchen zu der Creme. Ein Grinsen keimt in meinem Magen und sprießt mir über die Lippen.

Jetzt komme ich mit allem klar.

Der Zucker muss mir direkt zu Kopf gestiegen sein, denn siebenundachtzig verschiedene Gedanken flattern mir darin herum. Zuerst schlängeln sie sich ziellos, dann beschleunigen sie wie ein Laubhaufen, der vom Wind aufgewirbelt wird. Sie bewegen sich zu schnell, um sie entziffern zu können. Ich nehme einen und halte ihn fest umklammert. Ein Bild formt sich in meinem Kopf. Es ist der *Psychologie-Heute*-Artikel über JDs Selbstmord. Der Arzt, der den Artikel geschrieben hat, sprach von der Bedeutung der »Trauerbegleitung« für nahe Angehörige und Freunde. Er sagte, es sei wichtig, sich »durch die emotionalen Zustände durchzuarbeiten«. So etwas in der Art. Eine der ersten Reaktionen sei bei Angehörigen das Schuldgefühl – dass man die Zeichen nicht bemerkt hat.

Meine Mutter ist für den Artikel interviewt worden. Sie hat zugegeben, wie schwer es der Familie gefallen sei, zu glauben, dass sich JD das Leben genommen hatte, und wie sie ihre überlebende Tochter – mich –, JDs einzige Schwester, dazu gedrängt habe, einen Therapeuten aufzusuchen, um mit den Dingen klarzukommen. Am Ende des Artikels wird mitgeteilt, dass die Schwester der Verstorbenen keinem Interview zugestimmt hat, weil sie nicht davon überzeugt war, dass ihre Schwester sich umgebracht hat.

Im Arbeitszimmer entriegele ich die untere Schublade der Anrichte und ziehe meinen Rolodex heraus. Unter »D« blättere ich durch eine überraschende Anzahl Doktoren. Ich finde Zahnärzte, Dermatologen, und Allgemeinmediziner, bis ich die Visitenkarte eines Psychologen entdecke. Sie ist an einer Rolodex-Karte befestigt und trägt am Rand eine handschriftliche Notiz meiner Mutter.

*Dr. Francis Sullivan, PhD*
*Zugelassener Psychologe*
*Spezialgebiet Angstzustände, Depression, Trauma*

Die Notiz meiner Mutter lautet: »Liebes, ruf den Doktor an.« Daneben ist ein Pfeil, deshalb drehe ich die Karte um: »Es war für uns alle verdammt schwierig. Sprich besser mit jemandem, der dir helfen kann.« Ich frage mich, ob sie selbst jemals mit einem Psychologen gesprochen hat. Meine Mutter starb im November 2000 kurz vor Thanksgiving, wenn sie also dort gewesen ist, dann war es vor November.

Ich nehme das Telefon von meinem Schreibtisch und starre auf die Zahlen. Diese Ärztin ist womöglich nicht einmal mehr da – schließlich sind sechs Jahre vergangen. Falls sie es ist, wird sie sich nicht mehr an meine Mutter erinnern. Smarty sitzt auf dem Läufer, sieht zu mir hoch und beobachtet jede meiner Bewegungen. Seine Ohren sind zurückgelegt. »Was ist los, Smarty?« Er ist immer bei mir, durch dick und dünn. Ich flüstere ihm zu, während ich darauf warte, dass jemand antwortet. »Wer ist mein bester Freund?« Er bellt auf Kommando.

Ich kratze ihn zwischen den Ohren. »Alles wird …«

»Praxis von Dr. Sullivan«, meldet sich eine Frau am anderen Ende.

»Oh.« Ich hatte nicht erwartet, dass jemand antworten würde. In dem Moment merke ich, dass ich gar nicht weiß, warum ich anrufe oder was ich sagen soll. »Ich, ähm …«

»Wer spricht da, bitte?«

»Oh, ich? Nun. Mein Name …«

Ein Telefon klingelt im Hintergrund. »Können Sie einen Moment warten, bitte?«

Sie schiebt mich in die Warteschleife, bevor ich noch etwas äußern kann.

Eine Sekunde später fragt sie: »Sind Sie noch da?«

»Ja, ja. Ich bin noch da – hier.«

»Okay. Gut. Tut mir leid, wie war noch gleich Ihr Name?«

»Caroline Thomp... Spencer. Ich ...«

»Sagten Sie Caroline Spencer?«

»Ja.«

»Hmm«, murmelt sie, während sie tippt. »Aha. Nun, sehen wir mal. Haben Sie noch dieselbe Nummer?«

»Meinen Sie meine Mutter?«

»Heißt sie auch Caroline Spencer?«

»Nein. Ihr Name ist Elaine. War Elaine.«

»Nun, ich frage nach Ihrer Nummer. Ist es noch dieselbe, die wir in der Akte haben?«

»Ich verstehe nicht.«

»Sind Sie Caroline Spencer vom Cumberland Drive? Dr. Sullivans Patientin?« Sie beginnt erneut zu tippen.

»Ja, Cumberland Drive«, wiederhole ich, meine Stimme kaum hörbar. »Das bin ich.« Ich habe mal im Cumberland Drive 16 gewohnt.

»Okay. Wunderbar. Rufen Sie wegen eines Termins an?«

»Äh. Nun, ja. Das ist eine gute Idee.« Ja, ich sollte mich mit dieser Frau treffen. Sie kennt mich. Und hat Dr. Kriete nicht gemeint, das sei der nächste Schritt, »mit einem Psychologen zu sprechen, um die Dinge zu klären«? Auf einmal durchfährt mich ein Gefühl, dass ich gerettet bin.

»Sehen wir mal, wir haben regelmäßige Patienten, wissen Sie, wöchentlich, zweiwöchentlich und so weiter. Eigentlich nehmen wir gerade keine neuen Patienten an. Technisch gesehen sind Sie ja nicht neu, doch es ist schon eine Weile her.«

Man kann hören, wie Seiten umgeblättert werden. Plötzlich bin ich begierig darauf, sie zu sehen. Das ist eine gute Nachricht. Ich war ihre Patientin.

»Ich bin da sehr flexibel, wann immer sie kann ...«, füge ich hinzu.

»Sie? Sie meinen *er*. Richtig? Wir reden doch über Dr. Sullivan? Oder nicht?«

»Doch. Natürlich, er. Habe ich *sie* gesagt? Ich glaube nicht, dass ich SIE gesagt habe. Ich meine, das ist okay, ich – er ...« Ich klinge verrückt. Ich bin mir sicher, dass sie riesige neonfarbene Sternchen neben meinen Namen malt, als Geheimcode für *Psycho*. Eine Träne fällt auf den Schreibtischkalender, der offen und bereit vor mir liegt und die ganze Woche präsentiert.

»Der nächste Termin, den er hat, wäre der sechsundzwanzigste Oktober.« Sie wartet auf meine Antwort, doch ich sage nichts. Das ist in einem Monat. Bis dahin kann ich einen Nervenzusammenbruch haben. Ehrlich gesagt wäre das vielleicht nichts Schlechtes. So käme ich schneller rein.

»Mrs Spencer?«

»Ja, ich nehme ihn. Danke schön.«

»Merken Sie sich, sein regulärer Patient ist in Urlaub – deshalb können Sie diesen einen Termin haben, doch wir können es nicht wöchentlich machen. Verstehen Sie?«

»Ja, ich verstehe.«

Ich nenne ihr meine Handynummer, schreibe den Termin in meinen Schreibtischkalender unter »Francis« und tippe ihn in meinen Online-Plan.

Ich lehne mich auf meinem Schreibtischstuhl zurück. Ich weiß nicht, ob ich bis dahin durchhalte.

\* \* \*

Als ich das Frühstück in der Küche abgeräumt habe, gehe ich hoch in mein Schlafzimmer. Meine Schranktür ist angelehnt. Ich lasse sie nie so. Oder Dinge in Unordnung. Die Kissen liegen auf dem Boden verstreut. Es ist seit gestern so. Von dem Notfall. Ich habe es nicht zurückgepackt.

Schnell sammle ich die Kissen auf, um sie aufs oberste Regalbrett zu stapeln. Lillys Babybuch befindet sich aufgeklappt auf dem Boden, wo ich es gestern Abend fallen gelassen habe. Ihre Geburtsurkunde liegt darunter. Mein Blutdruck schnellt hoch, wenn ich nur daran denke, was geschehen wäre, wenn Andy sie gefunden hätte. Ich halte abrupt inne. In Windeseile bin ich wieder oben auf der Trittleiter. Ein weiterer Blick nach Tessas Buch.

Selbst ganz oben auf der Trittleiter bin ich gerade hoch genug, um zu erkennen, was sich am Rand des Regalbrettes befindet. Da ist kein Buch. Ich zerre ein paar alte Decken runter, komme zu einem Stapel Laken und reiße an der Ecke des untersten Lakens, sodass sie auf den Boden fallen. Nichts. Nirgendwo ein Buch. Ich wische mit dem Arm über das Regalbrett, dann stelle ich mich auf Zehenspitzen, um einen Blick nach hinten zu werfen. Kein Buch. Ein Feuerlöscher. Eine Daunendecke. Eine Notfallleiter, um im Brandfall aus einem Fenster in der oberen Etage zu flüchten. Außer natürlich, wenn das Feuer im Schrank ist. Und da steht ein großer, zugeklebter Umzugskarton in der Ecke des Regals. Mit »Schlafzimmerschrank« hat ihn jemand beschriftet. Warum habe ich dort einen noch nicht ausgepackten Karton stehen? Mit den Armen über dem Kopf ausgestreckt ziehe ich an der Ecke des Kartons. Vielleicht ist er ja leer. Doch er bewegt sich kaum. Ich nehme einen Holzbügel und schubse gegen die Ecke des Kartons, um ihn ein wenig näher zu bekommen.

Der Karton hat sich gedreht. An der Seite ist jetzt ein anderes Wort in meiner Handschrift zu lesen, »TAVIRP«.

Mein Herz setzt kurz aus.

Ich bin unbeweglich wie ein Stein mit dem ausgestreckten Arm und dem Bügel in der Hand. *Tavirp* ist ein ausgedachtes Wort, das JD und ich als Kinder erfunden haben. Wir haben es nur miteinander benutzt. Es bedeutete »geheim« oder »privat«. Eigentlich ist es das Wort »privat« rückwärts. Wir waren klein, als wir es uns ausgedacht hatten. Wir hielten das damals für clever.

Ich stelle die Trittleiter um, damit ich einen besseren Winkel habe, und klettere wieder hinauf. Wenn sie nur eine Sprosse höher wäre. Der Bügel lockt den Karton in winzigen Bewegungen von hinten heran. Übelkeit kriecht mir in den Magen.

Endlich ist der Karton weit genug vorn, sodass ich ihn mit beiden Händen fassen kann. Er beult am Boden aus und testet so die Stabilität seiner Seiten. Wie eine dicke Frau im Korsett. So fühlt es sich auch an, als sei womöglich eine dicke Frau drin. Vorsichtig steige ich rückwärts von der Leiter mit dem unhandlichen Karton in den Armen, mein Kinn oben aufgestützt. Der Karton ist staubbedeckt, wovon mir etwas in die Nase steigt. Ein heftiges Niesen lässt den Karton ein wenig aus meinem Griff rutschen. Er ist so groß, dass ich gerade mit den Fingerspitzen um die hinteren Ränder komme.

Auf dem Boden angekommen, knie ich mich neben den Karton und fahre mit der Hand über die Oberseite, um den Staub abzuwischen. Mehrere Lagen Klebeband mühen sich damit, den Inhalt im Innern zu lassen. Oder die Welt außen vor. Da sind Streifen von transparentem, nicht vergilbtem Klebeband, die über den schmalen Spalt gepappt sind, wo die zwei Seitenlaschen zusammentreffen, um den Karton zu verschließen. Sie kleben nicht mehr gut und sind nicht viel mehr als ein Hinweis auf einen Moment in der Vergangenheit. In entgegengesetzter Richtung ist Malerkrepp aufgeklebt und erweist sich inzwischen als genauso ineffektiv im Sichern des Kartons. Drei Streifen blaues Malerkrepp wirken wie Verbände und verlaufen wieder senkrecht. Alle drei sind an der Öffnung des Kartons durchgeschnitten. Silbernes Isolierband versiegelt es rundum und ein Stück glänzendes schwarzes Klebeband – ungefähr dreißig Zentimeter lang und über die Mitte verlaufend – hält die Laschen zusammen. Es sieht aus, als würde es einen Mund zum Schweigen bringen. Mit Leichtigkeit reiße ich das schwarze Band ab und schiebe die Finger Stück für Stück unter das dicke, faserige Isolierband um den Karton, bis ich es gelöst habe. Ich hebe den Kartondeckel an der einen Seite hoch. Es kommt ein moderiger Luftschwall heraus. Als würde der Karton ausatmen. Es riecht alt. Diese Luft hat seit Jahren kein Tageslicht mehr gesehen. Der Mief gelangt in meine Lungen und zwingt mich zum Husten. Ich ziehe die andere Lasche zurück und der Inhalt liegt frei vor mir. Ich blicke hinein und mir wird schwindlig. Vielleicht aufgrund des Staubs oder des Gewichts des Kartons oder des Gefühls von Enge in dem Schrank. Ich gucke wegen der Uhrzeit auf mein Handgelenk, doch ich trage keine Uhr. Wahrscheinlich ist es an der Zeit, die Mädchen von der Schule abzuholen, oder zumindest kurz davor. Es ist kein guter Zeitpunkt, um sich einem alten Karton voll Gerümpel zu widmen. Ich klappe die zwei Seiten runter, um ihn wieder zu schließen, und drücke das schwarze Klebeband fest, doch es haftet nicht mehr. Ich trete aus dem Schrank. Die Uhr auf meinem Nachttisch zeigt 11.49 Uhr.

Was sich wie Tage angefühlt hat, seit ich die Mädchen verabschiedet habe, waren nur drei Stunden gewesen.

Ich habe andere Dinge zu erledigen. Botengänge und so. Genug mit dem Schrank und altem Zeugs. Ich muss weitermachen. Doch zuerst räume ich auf.

Anstatt den Karton wieder aufs Regal zu heben, schiebe ich ihn mit dem Fuß so weit unter die hängenden Kleider nach hinten, wie es geht, wobei ich mich mit beiden Händen an der Wand abstütze. Schuhkartons versperren den Weg, weshalb der Karton zu weit herausragt. Ich bücke mich, hebe ihn ein Stück vom Boden und drücke ihn nach rechts, wo Platz ist. Mit aller Kraft schiebe ich mit der Seite meines Arms und der Schulter. Dafür brauche ich viel zu viel Zeit. Mit zusammengebissenen Zähnen setze ich mich auf den Boden und presse den Karton mit beiden Beinen, ramme ihn schließlich bis in die Ecke des Schrankes, bis mir vor Anstrengung die Tränen kommen.

Erinnerungsstücke sollten einen mit Wärme und Nostalgie erfüllen. Süße Dinge, wie Zeitungsausschnitte von deinem Bühnenauftritt an der Highschool, alte Liebesbriefe von Freunden aus der Teenagerzeit. Besondere Geschenke, die wichtige Ereignisse markieren, wie den Schulabschluss. Meine letzten Blicke in die Vergangenheit waren bestenfalls abstoßend gewesen.

Es ist mir egal, was sich in dem Karton befindet. Wenn ich dieses Zeug jahrelang nicht angeschaut habe, dann scheine ich es offensichtlich auch nicht zu vermissen. Das wandert direkt in den Müll. Bleibt ungesehen.

Ich bewege die Finger unter die zwei Laschen, beiße die Zähne zusammen und zerre den Karton wieder zu mir zurück. Alles wandert in den Müll. Ich werde alles loswerden. Ich starre auf den verklebten Mund. Es ist lächerlich, vor einem Karton Angst zu haben. Ich hatte eine schöne Kindheit. Ich hatte die wunderbarste Schwester der Welt und wir waren ein umwerfendes Paar. Wie ein Schloss und ein Schlüssel. Einer nutzlos ohne den anderen. Auf einmal sehne ich mich schrecklich nach meiner Jugend. Ich sinke auf den Boden und lasse den Kopf in die Hände fallen. Ich flehe mich selbst an, mich an irgendwas zu erinnern. Wohin gehen die Erinnerungen, wenn man sie verliert?

Ohne weiter nachzudenken, klappe ich die Seiten auf und blicke erneut in den Karton. Mein Herz schlägt aufgeregt.

Obenauf ist eine dicke Lage Zeitungsausschnitte. Ein stolzes Lächeln breitet sich auf meinem Gesicht aus. Ich wusste, dass sie hier sein würden. Als ich ein Kind war, habe ich in allen Aufführungen der Schule mitgespielt. Ich liebte es, zu schauspielern und zu singen. Als Highschool-Senior hatte ich die Hauptrolle in dem Musical *Anything Goes*. Mein Bild war sogar in der Zeitung. JD hatte es ausgeschnitten und für mich aufbewahrt. Alle Nachbarn überließen uns ihre Ausgaben. Für die Rolle musste ich die Haare in Pin Curls tragen. Das hier sind meine Sachen.

Sorgfältig nehme ich die Zeitungsausschnitte und lege sie mir auf den Schoß. Ich habe die Beine unter mir gefaltet. Für eine Sekunde halte ich inne, um zu spüren, wie wunderbar es sich anfühlt. Smarty kommt in den Raum geschossen und entdeckt mich im Kleiderschrank. Er leckt über die Seiten des Kartons und springt hoch, sodass seine Pfoten oben aufliegen und er hineinblicken kann, während er wie besessen schnüffelt. »Leck das nicht ab, Smarty!« Ich klatsche in die Hände. »Komm da runter. Husch! Sabber nicht auf meine Sachen!«

Er zieht sich aus dem Schrank zurück und legt sich auf den Boden, um mich zu beobachten.

Ich kann es gar nicht erwarten, den Mädchen von meiner Zeit am Theater zu erzählen und ihnen diese Ausschnitte von mir auf der Bühne zu zeigen. Das waren ein paar der größten Momente meiner Kindheit. Vorsichtig hebe ich die Zeitungsausschnitte nacheinander hoch, um mein Foto zu finden.

Es gibt da nur ein Problem: Alle Ausschnitte sind Todesanzeigen.

Einer nach dem anderen. Anzeigen von Verstorbenen. Ich drehe sie um, da auf der anderen Seite normalerweise Lokalveranstaltungen abgedruckt sind. Nein, nur Kleinanzeigen. Ich blättere den ganzen Stapel durch. Es sind seitenweise Todesanzeigen. Hunderte. Könnte es sein, dass es die Todesanzeigen von JD sind – in großen Mengen?

Ich recke den Hals, um mir etwas im Karton anzusehen, das meine Aufmerksamkeit erregt. Die ausgetrockneten Ansteckblumen von meinem Abschlussball. Die Fransen vom Lenker meines violetten Fahrrads. Mein Softballhandschuh aus der sechsten Klasse. Was ist das für ein Müll? Warum mache ich das? Warum werfe ich nicht den ganzen Karton samt Inhalt in den nächsten Müllcontainer?

Ich schnappe mir die Zeitungen und werfe sie in den Karton. Es spielt keine Rolle, dass sie nicht ordentlich gestapelt sind und die Ecken umknicken. Ich werfe sie einfach rein. Auf der obersten Zeitung ist eine Todesanzeige mit rotem Stift umkreist. Vielleicht ist sie von JD. Ich lese sie schnell: Es ist nicht JDs. Ich habe keine Ahnung, von wem sie ist. Ich habe den Namen noch nie zuvor in meinem Leben gehört. Aus reiner Neugierde sehe ich nach, ob die anderen identisch sind. Sie sind es nicht. Sie sind alle anders. Andere Leute, andere Städte. Sogar andere Staaten. Keiner ist aus Lanstonville oder irgendwo sonst in Pennsylvania. Es müssen fünfzehn bis zwanzig Zeitungen in dem Haufen sein, alle aus anderen Staaten: Maryland, Delaware, Connecticut, New Jersey und ein paar aus New York. Nach dem Datum stammen sie aus einem Zeitraum von September bis Dezember 2000. Alle Seiten sind mit dicken roten Kreisen um ausgewählte Todesanzeigen verziert. Ich lese jede. Ich habe noch nie von diesen Leuten gehört. Von keinem davon.

Doch sie haben alle etwas gemein. Alle Todesanzeigen sind für junge Frauen, die in ihren Zwanzigern starben. Tragische, vorzeitige Tode. All diese jungen Frauen waren verheiratet. Sie waren alle Mütter überlebender Töchter. Zufall oder nicht, doch die Töchter waren alle zwei Jahre alt. Gelb unterstrichen sind das Datum, die Uhrzeit und der Ort der Trauerfeier und Beisetzung. An den Rändern der Zeitungen sind handgeschriebene Notizen.

Mit rotem Marker. In meiner Handschrift. Auf vielen steht nur ein Wort: »Nein.« Manche Notizen sind aufwendiger: »Passt nicht«, »Arbeitet im Familiengeschäft«, »Spricht kein Englisch« oder »Zu hässlich«. Oder »Zu clever«. Ein paar lauten »Vielleicht«. Bei den »Vielleichts« gibt es ein zusätzliches Blatt liniertes Papier mit weiteren Notizen wie »Mittwoch Treffen der Selbsthilfegruppe ohne Partner« oder »Auf einen Kaffee getroffen – zu neugierig«.

Mir kommen unangenehme Gedanken.

Es kann nicht das sein, was ich glaube. Was es zu sein scheint. Ich habe ein seltsames Gefühl in der Magengrube, wie das Klirren aneinanderstoßender kalter Murmeln.

Mit lauter Stimme ermahne ich mich: »Lass dich nicht ablenken. Du wolltest Ramsch wegwerfen.« Ich staple die Zeitungsausschnitte ordentlich übereinander und stopfe sie zurück in den Karton.

Ich will gerade die Vergangenheit endgültig zum Schweigen bringen und die Kartonlaschen nach unten klappen, da wandert mein Blick unbeabsichtigt zu der obersten Zeitung. Ein fettes Sternchen ist darauf gemalt. In großen Blockbuchstaben steht über dem oberen Teil: »Mr. Right!« Ich senke den Blick, ohne mich sonst zu bewegen. Mein Kopf und meine Augen streiten sich darüber, ob ich noch ein weiteres Wort lesen soll. Die Augen gewinnen. Die Todesanzeige, die wie mit einer leuchtendroten Schlinge eingekreist ist, stammt aus Spellington, Delaware, und lautet:

Debra Thompson, 29. Debra Anne Thompson, geliebte Ehefrau und Mutter. Hinterlässt Ehemann Andrew, zweijährige Tochter Tessa …

An dem Ausschnitt ist ein liniertes Blatt mit einer Notiz in meiner Handschrift befestigt:

»Andy ist perfekt. Gut aussehend und charmant. Nicht sehr hell oder wissbegierig. Aufmerksam, doch unachtsam. In jeder Hinsicht perfekt. Trauert um seine Frau, doch er muss ihren Platz schnell wieder füllen. Gibt zu, dass er fürchterliche Angst davor hat, Tessas einziger Elternteil zu sein. ›Braucht eine Mutter für Tessa.‹ Mir als alleinstehender Mutter gegenüber einfühlsam. Fragt kaum nach meinem ›verstorbenen Ehemann‹. Tessa wird im nächsten Juli drei – der perfekte Zwilling für Lilly. Andy ist der Richtige!«

# KAPITEL ELF

**Dienstag, 26. September 2006, 14.07 Uhr**

Ich sitze hinter dem Lenkrad meines Autos, das ich unter einer im Wind schwankenden Ulme vor unserem Haus geparkt habe. Ich blicke dahin, wo ich wohne. Auf das Leben, das ich mir ausgemalt habe. Ich will sterben, doch ich kann die Kinder nicht in der Schule lassen, vor der Tür zum Klassenzimmer der Drittklässler, wie sie all die anderen Kinder und ihre Eltern weggehen sehen.

Allein und verlassen.

Doch ich kann sie auch nicht abholen. Ich kann es einfach nicht. Ich habe die letzte halbe Stunde damit verbracht, die Seiten des Schulverzeichnisses durchzugehen, das die Kinder in Lillys und Tessas Klassen auflistet. Ich habe Telefonnummern angerufen, um jemanden zu finden, der sie von der Schule nach Hause bringen kann. Eine richtige Mom. Ich bin nicht bereit dafür oder habe sie mir verdient, die Mutterschaft. Ich bin eine Lügnerin. Und eine Heuchlerin. Sie kennen mich nicht. Und ich kenne mich selbst nicht.

Doch es scheint so, als wären heute alle richtigen Mütter bei der Maniküre. Oder Pediküre. Nicht einmal das mache ich richtig. Ich lasse mir nie die Nägel machen.

Ich blicke auf unseren Rasen, über den ich mich geschleppt habe, um zum Auto zu gelangen. Jeder Schritt hat die munter aufrecht stehenden Grashalme niedergedrückt. Ein Rasen, der sagt: *Hier wohnt eine respektierte, privilegierte und anständige Familie.* Selbst den Rasen habe ich zum Lügner gemacht.

Mein verkrampfter Griff am Lenkrad verwandelt meine Handknöchel in einen Kamm aus Bergspitzen mit kleinen Schneekappen. Das Auto ist im Leerlauf, wartet auf mich. Ich fahre vom Bordstein und mache mich auf den Weg. Ich weiß nicht, wohin, und es ist mir auch egal. Mein Kopf kippt zweimal nach vorn. Ich kann mich nicht auf die Straße konzentrieren. Ich fahre das Auto wieder an den Straßenrand. Meine Augenlider verlieren den Kampf, aufzubleiben. Sie fühlen sich so schwer an. Meine Augen tragen das Gewicht von allem Bösen, das sie gesehen haben. Wie kann ich ihnen die Schuld dafür geben, dass sie zugehen?

Ich suche im Fußraum nach einer Wasserflasche, um mir etwas Wasser ins Gesicht zu spritzen.

Selbstmordversuche sind eigentlich ein Hilfeschrei, oder nicht? Diese Leute wollen nicht wirklich sterben, sie wollen, dass man sie findet und aus dem Morast des Kummers herausholt. Es ist der klassische Hilferuf, heißt es nicht so? Ich frage mich, ob JD eigentlich gerettet werden wollte, doch dann kam niemand, um ihr zu helfen. Niemand hat die Zeichen erkannt. Wo zum Teufel war ich denn? Vielleicht wollte sie ja doch sterben.

Ich kenne das Gefühl.

Mit geschlossenen Augen greife ich zum Becherhalter und taste nach einer Wasserflasche.

In meinem Becherhalter ist immer eine Wasserflasche. Wasser, Vitamine, Zahnseide, und Handlotion sind Basics im Auto. JD hat mir diesen Tipp gegeben. Sie hat ständig mit mir geschimpft, weil ich nicht genug Wasser trank. Sie war den

Großteil ihres Lebens Diabetikerin und konnte genug trinken, um sich darin zu ertränken.

Meine Hand findet eine Flasche im Handschuhfach. Sie ist leer.

Ich liebe das Geräusch, das entsteht, wenn man in eine leere Wasserflasche bläst. Wenn die Lippen richtig positioniert sind. Ein einsames Nebelhorn. Es ist so beruhigend – ein Nebelhorn. Es ruft dich nach Hause, wenn du dich verlaufen hast. Oder es neblig ist. Es tönt unermüdlich weiter, um dir den Weg zu zeigen.

Das ist der Anfang vom Ende, das weiß ich jetzt.

Ich will sterben.

*Aber ich will nicht sterben …*

Mein Brustkorb stößt gegen das Lenkrad. Ich lasse mich gehen. Scheiß auf die Hupe.

Diesmal dämpfe ich es nicht oder unterdrücke es. Es ist kein höflicher, zittriger Schrei, oder so einer, der wie die Luft aus einem angestochenen Ballon zischt. Er ist schmerzhaft und tragisch und raubt mir alle Kraft.

Ich denke an die Mädchen und an Andy. Wie ein Super-8-Film kommen Bilder in meinen Kopf: unsere Party am Sonntag, die Reise, die er und ich nach Aruba planen, Abendessen mit Sylvie und George, der Winter, Weihnachten, das Haus schmücken, Lillys Tanzaufführung – *Der Nussknacker*. Am Ende des Films weint meine Familie und trägt düstere Kleidung. Lilly und Tessa tragen Grau oder Schwarz – ich kann es nicht genau erkennen –, doch sie sehen schrecklich aus, erschöpft. Sie klammern sich mit den Händen aneinander. Ich bin nicht bei ihnen. Andy hat die Hand zur Faust geballt, schlägt sich damit wiederholt aufs Knie. Lilly und Tessa sind vornübergebeugt und zittrig und zerbrechlich – ich kann es nicht ertragen, sie anzusehen.

Die Dämonen können nicht bleiben. Es ist Zeit, dass sie weggehen. Ich bin nicht bereit, das Handtuch zu werfen.

Ich lege die Hände erneut ans Lenkrad. Meine Augen sind offen. Mein Sitz vibriert von dem leise summenden Motor.

Also, was ist, wenn es stimmt? Wenn ich also wirklich versucht habe, einen passenden Partner für mich zu finden, der ein Vater für Lilly sein konnte? Und ich hatte die Geistesgegenwart, an ein Geschwisterchen für meine verlassene Nichte zu denken. Immerhin war ich ja außerstande, eigene Kinder zu haben. Und sie brauchte eine Schwester. Jeder tut das.

Ich hatte eine Verantwortung gegenüber Lilly, der Tochter meiner verstorbenen Schwester.

Ist das so falsch?

Ich kann sagen, was es ist: Es ist geradezu brillant. Abgesehen davon, dass es auch äußerst verantwortungsbewusst ist. Ich habe getrauert, um Himmels willen. Meine geliebte Schwester, die gerade erst von uns gegangen war. Die mich dazu auserwählt hat, der Vormund ihrer Tochter zu sein. Wenn das nichts bedeutet, was dann? Sie hat darauf vertraut, dass ich die richtigen Entscheidungen treffe.

Über Nacht war das Gewicht der ganzen Welt auf meinen Schultern gelandet. Ich muss schreckliche Angst gehabt haben. An einem Tag noch eine sorgenfreie junge Frau mit ersten romantischen Erfahrungen und auf einer atemberaubenden Karrierelaufbahn, am nächsten Tag unbeabsichtigterweise Ersatzmutter der zweijährigen Tochter ihrer Schwester, herausgerissen aus dem alten Leben. Außerdem waren meine Mutter und mein Vater bereits tot. Wie viel Tragödie konnte ich ertragen? Wie konnte ich Lilly aufziehen? Ich war selbst noch so jung und schlecht vorbereitet auf die Mutterschaft.

Also habe ich es so gemacht. Ich habe mir einen Ehemann gekauft. Mit äußerstem Pragmatismus. So etwas habe ich bereits millionenfach getan – flache Schuhe, hohe Absätze, Wildleder, Leder, Pumps, Slingbacks. Ich weiß, was ich tue. Ich bin eine Wissenschaftlerin und die Mall ist mein Labor. Vielleicht sollten mehr Frauen so vorgehen. Immerhin sind wir jetzt seit … rund sechs Jahren verheiratet.

Das macht mich doch zu keiner Verbrecherin. Ist das etwa illegal, was ich getan habe? Habe ich jemanden umgebracht? Ich musste tun, was zu tun war. Ich schäme mich nicht dafür. Es ist sehr darwinistisch, wenn man sich das mal überlegt. Und darauf sollte ich stolz sein.

Ich greife nach dem Schalthebel und setze das Auto in Bewegung. Wische mir das Gesicht am Ärmel ab und gleite sanft über die Straßen der Stadt, schlängle mich durch vertrautes Gebiet. Ich stelle fest, dass ich auf den Parkplatz des Lebensmittelgeschäftes in der Nähe der Schule fahre, ohne dass ich mich bewusst dafür entschieden hätte, überlege mir aber nun, wann ich das letzte Mal gegessen habe.

Mittags war es nicht. Oder zum Frühstück.

Es ist verrückt, denn es sind vierundzwanzig Stunden vergangen, seit ich zuletzt etwas gegessen habe. Gestern Mittag. Frittata mit Spargel. Die Tasse Kaffee heute Morgen und der Bissen Sno Ball zählen gewiss nicht. Kein Wunder, dass ich mich nicht mehr beherrschen kann. Ich sehe auf die Uhr – ich habe noch sechsundzwanzig Minuten Zeit, bis ich die Mädchen abholen muss. Ich werde mir nur ein paar Sachen holen. Ich brauche Essen, Protein und etwas, um meinen Blutzucker hochzubekommen. Etwas zu trinken.

Mit entschlossenem Schritt gehe ich ins Geschäft. Ich habe einen Plan. Zu essen. Ein kleiner Plan, aber immerhin etwas. Ich nehme mir einen Einkaufswagen. Die Bee Gees singen gerade »If I Can't Have You«, und ich werde von einem Gefühl der Zufriedenheit überschwemmt, als ich sehe, wie die jungen Mütter mit ihren Kleinkindern Bananen und Erdbeeren einkaufen. Es ist alles so normal. Der Geruch frisch gebackenen Brotes berauscht mich.

Ich greife mir auch eine Banane und Erdbeeren, als würde mich die Normalität durch diese Zuordnung durchdringen. Neben Bonbontüten sind Äpfel zu einer Pyramide gestapelt – Gut und Böse vereint auf einem Quadratmeter des Lebensmittelgeschäftes. Ich marschiere an ihnen vorbei und komme auf dem Weg zur Frischetheke an der Milchabteilung vorbei, wo ich mir einen Pfirsich-Smoothie nehme, dann bestelle ich ein paar Scheiben Putenaufschnitt, um sie im Auto zu essen.

Es fehlt bloß die Romantik. Ist es das? Fühle ich mich deshalb so schlecht? Ich denke darüber nach, wie Andy und ich uns begegnet sind. Es ist deprimierend. Weiß er überhaupt, dass ich … wie es wirklich war? Ohnehin spielt es keine Rolle. Wir haben den Test bestanden. Wir sind verliebt und führen eine wunderbare Ehe. Ich werde mich deshalb nicht quälen. Und wenn ich etwas unkonventionell vorgegangen bin, ja, und? Wenn es nicht so verstörend wäre (und sich um das Leben von jemand anderem handeln würde), dann wäre es eine großartige Idee für ein Buch. Ich speichere es in meinem Kopf für meinen nächsten Kurs. Ich meine, wir sollen uns doch vom wirklichen Leben inspirieren lassen, oder?

Auf dem Weg zum Ausgang des Geschäftes komme ich durch den Gang mit den Grußkarten. Es gibt Geburtstagskarten für »Ehefrau« und »Ehemann«. Ich lese ein paar davon und hoffe, mich mit den Gefühlen zu identifizieren. Diese Paare haben sich kennengelernt, wie es normale Menschen tun. Haben mit einem Schwärmen für den anderen begonnen und sind beim lebenslangen Treueschwur gelandet. Mein Blick wandert langsam zu den Geburtstagskarten für »Tochter«. Solche Karten habe ich verlogenerweise seit Jahren gekauft. Oder trügerisch? Ich habe keine Töchter. Sie sind nicht von mir. Ich habe keine Kinder. Dieser Gedanke ist wie ein Schlag gegen den Kopf und er bleibt mir wie ein Legostein in der Kehle stecken. Auf der ersten Karte, die ich nehme, steht: »Tochter, an dem Tag, als du geboren wurdest, schien die Sonne etwas heller, der Himmel war etwas klarer, der …« Ich halte es nicht aus. Ich stoße die Karte zurück in den Plastikhalter, aus dem ich sie genommen habe. Wer schreibt solchen Scheiß? Ich sehe auf die Uhr. Oh mein Gott, gleich klingelt die Schlussglocke.

Während ich im Eiltempo zur Kasse haste, quietscht mein Einkaufswagen wie verrückt und schert nach links aus. Ich bekomme immer diese Wagen. Ich brauche meine ganze Kraft, um gegenzusteuern, damit er weiter geradeaus fährt. Ich peile drei verschiedene Kassen an, bis ich endlich eine ohne Warteschlange finde.

Hastig krame ich in meiner Handtasche nach dem Portemonnaie. Es ist nicht da. Verdammt. Ich öffne die Handtasche, so weit es geht, und stecke diesmal den Kopf hinein. Wie kann es sein, dass ich mein Portemonnaie nicht dabeihabe? Ich habe mein Portemonnaie immer dabei. Ich leere die ganze Tasche in den Einkaufswagen aus. Eine dumme Idee. Die Hälfte der Sachen rutscht durch die Löcher auf den Boden. Mist! Kein Portemonnaie. Meine Sachen fallen klappernd in alle Richtungen. Auf den Knien mühe ich mich, meine Lippenstifte und Kleingeld aufzusammeln, suche nach jeder einzelnen Münze und hoffe, dass dabei eine ausreichende Summe zusammenkommt.

Siebenundzwanzig Cents. Damit kann ich mir nicht einmal eine Banane kaufen. Ich schwinge den Einkaufswagen herum. Ich muss jetzt etwas essen. Das ist eine Frage der medizinischen Notwendigkeit. Ich kann ohne Essen nicht weg.

Meine Füße übernehmen die Kontrolle, als hätten sie einen eigenen Verstand. Der verdammte Einkaufswagen schert weiter nach links aus – das Ding geradeaus zu halten, fühlt sich an, als würde man mit einem Alligator kämpfen. Mitten in Gang Elf bleiben meine Füße stehen: Es ist die Auto-Abteilung.

In der Auto-Abteilung ist nie jemand. Gott allein weiß, warum sie überhaupt eine haben. Mitten im Gang halte ich zwischen Bodenmatten und Lufterfrischern dicht am Motorenöl, kratze mir den Nacken und drehe mich um. Niemand ist da. Auch links oder rechts ist niemand. Ich reiße die Plastikverpackung aus der Frischeabteilung auf und stopfe mir alle drei Scheiben Putenaufschnitt in den Mund, während ich den Joghurt-Smoothie öffne und ihn herunterkippe, bis meine Lippen ein Sauggeräusch machen, als nur noch Luft aus der Flasche kommt.

Das ist kein Ladendiebstahl. Es ist ein Akt des Überlebens. Und der Kinderfürsorge. Ich drücke die Verpackung vom Putenaufschnitt in die leere Smoothieflasche und schiebe sie hinter einen Kanister Pennzoil 10W40, während ich mir mit dem Handrücken einen Tropfen vom Kinn wische.

Bevor ich den Einkaufswagen zurücklasse, merke ich, dass im Wagen eine Packung Sno Balls liegt. Wie ist die da hineingekommen? Habe ich das gemacht? Das ist verwirrend. Aber da ich es jetzt sehe, kann ich einem Bissen nicht widerstehen. Nur einem. Ich reiße die Verpackung auf und stecke mir einen Sno Ball so tief in den Mund, wie es geht. Doch nicht alles. Nur einen Bissen. Den Rest lege ich in das Plastik und schiebe es hinter eine Öldose, dann gehe ich auf direktem Weg zum Parkplatz.

Ich bin fast am Auto, als mein Handy klingelt. Ich ziehe das Telefon aus dem Außenfach meiner Handtasche. Ich kenne die Nummer nicht.

»Hallo?«, melde ich mich.

»Mrs Thompson?«

»Wer spricht da?«

Ich sehe mich auf dem Parkplatz um. Er ist leer. Abgesehen von dem Cowboy, der die Einkaufswagen hütet. Er blickt auf und sieht, wie ich ihn dabei beobachte, dass er die Einkaufswagen-Schlange zum Laden zurückschiebt.

»Hier ist Tina Wiggins von der Lincoln-Grundschule.«

Tina Wiggins? Oh Gott. Es geht um den Feueralarm.

»Ja ...«, sage ich zögernd. Wenn ich auflege, dann rufen sie einfach wieder an. Oder schicken sogar die Polizei.

»Ich bin die Vertretungskrankenschwester. Mrs Robin ist heute nicht da, deshalb bin ich eingesprungen.«

»Oh. Das ist ja toll.«

»Ich will Sie nicht erschrecken, aber Tessa hatte einen Unfall.«

»Tessa?«

»Es wird alles wieder gut – wirklich. Es war hier heute ziemlich hektisch. Sie wollten, dass die Kinder einen normalen Nachmittag hätten, deshalb sind sie für den Sportunterricht nach draußen gegangen. Sie ist zurück in die Schule gelaufen und gestolpert. Die Ziegeltreppe hat ihren Sturz abgefangen. Leider hat sie sich wohl beim Laufen auf die Lippe gebissen und ihre Schneidezähne haben sich, nun ja, durch die Lippe gedrückt.«

»Was ...?«

»Keine Sorge. Wir sind bereits auf dem Weg zur Notfallambulanz am Mountainview General. Könnten Sie dort hinkommen?«

»Was meinen Sie damit? Sind Sie im Krankenwagen?« Oh Gott, nein, nicht Tessa in einem Krankenwagen. Sie dreht bestimmt durch. Wenn es doch nur Lilly wäre, die würde es einfach cool finden. »Wie geht es ihr?« Ich habe eine sehr niedrige Toleranzschwelle, was die Schmerzen meiner Kinder betrifft. »Kann ich mit ihr sprechen?«

»Sie kann gerade nicht so gut sprechen. Ihre Lippe ist fest verbunden, um die Blutung zu stoppen. Wir sind in ein paar

Minuten im Krankenhaus. Ihr geht es gut ...« Dann flüstert sie: »... so ziemlich.«

Ich laufe schnell zum Auto. »Sagen Sie ihr, dass ich gleich da bin, ich bin nicht weit weg – ich bin schon auf dem Weg.« Das eine Mal, wo ich es in Ordnung finden würde, wenn sie auf ihren Nägeln kaut, ist sie dazu körperlich nicht in der Lage.

»Danke, Mrs Thompson. Machen Sie sich keine Sorgen, sie ist in guten Händen, die Sanitäter sind großartig. Ich werde sie nicht verlassen, bis Sie hier sind.«

»Ich bin sofort da ... Oh nein, ich muss noch Lilly abholen ...«

»Oh, keine Sorge. Sie geht mit Delia Henry nach Hause. Wir konnten Sie nicht zu Hause oder auf dem Handy erreichen, deshalb haben wir Mrs Henry angerufen. Sie steht auf Ihrer Notfallkarte im Büro.«

Ich hatte mein Handy die ganze Zeit bei mir. Es hat überhaupt nicht geklingelt.

»Mrs Henry meinte, Lilly kann bei ihnen bleiben. Ich habe Ihren Mann auf der Arbeit angerufen, als ich Sie nicht ans Handy bekommen habe. Er war in einem Meeting, deshalb habe ich seiner Assistentin eine Nachricht hinterlassen. Übrigens, bevor ich das vergesse, Sie sollten wissen, dass Tessa sich einen Zahn angeschlagen hat ...«

»Oh mein Gott ...«

»Nein, wirklich, es ist nicht so schlimm. Man sieht es kaum. Ich bin mir sicher, man kann es so lassen und niemand wird es je ...«

»Nein, nein, man kann das nicht so lassen. Wir werden es von einem Zahnarzt untersuchen lassen – so kann das nicht bleiben.«

»Wie auch immer. Ich wollte bloß nicht, dass Sie überrascht sind und entsprechend vor Tessa reagieren. Sie ist deswegen ein wenig besorgt.«

»Ich brauche keine fünf Minuten. Ich bin praktisch schon im Auto.« Ich lege auf, doch bevor ich das Telefon wieder in die Handtasche tue, sehe ich nach meinen letzten Verbindungen. Zwei verpasste Anrufe von Tina Wiggins. Verdammtes Handy.

Ich fahre auf den Parkplatz der Notaufnahme, den zweiten Tag in Folge, und parke auf einem markierten Platz mit dem Hinweis »Nur für Notaufnahme, 15 Minuten«. Ich eile zu den Schiebetüren. Hoffentlich kümmert man sich schnell um Tessa, damit ich Lilly bei Meg abholen kann und wir zur normalen Zeit abends nach Hause kommen. Vielleicht schaffen wir es sogar, vor Andy daheim zu sein, damit es wie ein typischer Dienstagabend aussieht. Ich mache eine unserer Lieblingsmahlzeiten. Das brauchen wir jetzt. Uns bei einem guten Essen in unserer Routine zu entspannen. Normalität. Ich nehme mir fest vor, mich ganz auf Lilly und Tessa und Andy und alles das zu konzentrieren, was uns zu einer glücklichen Familie macht. Ohne Computer.

Tessa sitzt in einem Rollstuhl in der Kindernotaufnahme und wird in einen Raum gebracht. »Tessa!« Sie biegt gerade um die Ecke in den Raum, da fährt ihr Kopf zurück und ich kann einen Blick auf ihre ängstlichen Augen werfen. Der Rest ihres Gesichts ist mit einem blutigen, weißen Stoff und offenbar einer Kühlkompresse verdeckt. Ich eile über den Flur.

»Mommy.« Ihre Stimme ist gedämpft.

»Es ist alles gut, Tessa. Du wirst wieder gesund.« Ich werfe einen Blick unter die Kühlkompresse und versuche, den Schreck in meinen Augen zu verbergen. Ihre zwei oberen Schneidezähne haben die Haut direkt unter ihrer Unterlippe durchtrennt. Es ist angeschwollen und blutig. Und erschreckend und grauenhaft. »Kannst du den Mund öffnen und mir deine Zähne zeigen?« Sie versucht, den Mund zu öffnen, und zuckt zusammen. Ich stelle fest, dass ich dabei mit dem Finger über meine eigenen oberen Zähne fahre. »Okay, Tessa, ruh dich einfach aus. Der

Arzt kommt sofort. Bevor du es merkst, sind wir schon wieder zu Hause. Okay, Süße?«

Sie schüttelt den Kopf und umklammert meine Finger mit ihrer freien Hand.

»Mrs Thompson? Ich bin Tina Wiggins.« Ein junges Mädchen, das kaum älter als Tessa wirkt und mit einem Angestellten im Gespräch ist, dreht den Kopf zu mir.

»Oh, Tina.« Ich bin überrascht, wie jung dieses Mädchen aussieht. Sollte ich sie Mrs Wiggins nennen? »Vielen Dank, dass Sie sich um Tessa gekümmert haben.« So kleiden sich neuerdings die Schulkrankenschwestern?

Mein Telefon klingelt. »Entschuldigung.« Ich ziehe es aus der Seitentasche meiner Handtasche und bete, dass sonst niemand verletzt ist. Tessa fasst erneut nach meiner Hand.

»Mrs Spencer?«

Mein Kopf fährt hoch. Ich blicke mich im Raum um. Hat das jemand gehört? »Wer?«, sage ich, ohne den Mund zu bewegen. Ich lasse Tessas Hand los, zeige ihr den »Eine Minute«-Finger und gehe auf den Flur.

»Wer ist da?« Mein Herzschlag ist gerade von null auf neunzig geschossen. Ich halte meine Stimme gedämpft, damit Tessa und Tina Wiggins mich nicht hören. »Suchen Sie nach JD? Woher haben Sie diese Nummer?« Ich sehe mir die Nummer des Anrufers an.

»Nein, ich suche nach Caroline Spencer. Hier ist Dr. Sullivans Büro – sie hat heute hier angerufen.«

Dr. Sullivan ... »Ah – ja.« Ich nehme das Telefon für eine Sekunde vom Mund, um meinen Atem zu verlangsamen, und spreche dann mit Flüsterstimme weiter. »Hier ist Caroline Spencer. Es tut mir leid wegen der Verwirrung«, entschuldige ich mich bei Dr. Sullivans Assistentin, »es ist nur, dass ich gerade ungefähr vier Gespräche gleichzeitig führe – ich weiß einfach nicht, warum in aller Welt Kinder immer erwarten, dass man sie hört, während man mit dem Tankwart spricht und jetzt sind Sie auch noch am Telefon.« Ich nehme das Telefon wieder vom Mund und drohe mit dem Finger einem unsichtbaren Kind. »Süße, ich bin jetzt am Telefon – warte, bis ich fertig bin, dann rufen wir Delia für einen Spieltermin an.« Tina Wiggins steht in der Tür von Tessas Zimmer und sieht zu mir.

»Alles okay?«, fragt sie stumm.

»Oh ja, mit mir? Fein. Tut mir leid – ich musste das annehmen. Ich bin gleich fertig.«

Tina zeigt auf ihr Handgelenk, wo sie keine Uhr hat, und gibt zu verstehen, dass sie gehen will. Ich mache ein Okay-Zeichen.

Zurück zu meinem Anruf: »Entschuldigung wegen der Unterbrechung.«

»Mrs Spencer, wenn es keine gute Zeit ist, dann können Sie mich auch zurückrufen …«

»Nein, nein, der Zeitpunkt ist gut, bitte …« Ich blicke in Tessas Raum und lächle sie breit an und hebe den Daumen.

»Also, Folgendes: Dr. Sullivan hat seine Anrufe von heute Morgen durchgeschaut und war sehr überrascht, als er sah, dass Sie angerufen haben. Fazit, er würde Sie sehr gern sehen. Er würde Ihnen sofort Zeit zur Verfügung stellen. Sie können also das Datum im Oktober löschen. Er würde heute oder morgen Abend nach seinen Terminen länger bleiben, oder an irgendeinem Abend, der Ihnen recht ist. Das hat er gesagt, nicht ich. Ich bin dann natürlich nicht mehr da. Ich habe nämlich um fünf Feierabend. Sie werden allein hineingehen und im Wartezimmer Platz nehmen müssen, bis er herauskommt, um Sie zu holen. Sie kennen den Ablauf, Sie waren ja schon mal hier.«

Das ist verrückt. Vor fünf Stunden war ich noch die Verfolgerin, jetzt bin ich die Verfolgte. Irgendwas daran fühlt sich schlecht an.

»Mrs Spencer?«

»Ja ...«

»Gibt es einen Abend, an dem es Ihnen passt?«

Wir einigen uns auf morgen. Ich schiebe das Telefon in meine Jeans und kehre zu Tessa zurück. Ich ziehe mir einen Stuhl an ihr Bett und halte ihre Hand. Wir warten schweigend gemeinsam auf den Arzt. Es wäre gut, wenn ich mich entspannen würde und ihr ein Gefühl von Ruhe vermitteln könnte. Doch meine Geheimnisse werden stündlich mehr. Diejenigen, die ich aufdecke, und diejenigen, die ich verberge. Sie sind wie Matroschkapuppen. So sicher, wie eine zum Vorschein kommt, so sicher gibt es eine weitere, die nicht weit dahinter auftaucht.

Eine Krankenschwester erscheint, um Tessa das Blut vom Gesicht abzuwischen. Ich bin beschäftigt und sage nichts zu der Krankenschwester. Moment. Morgen ist Mittwoch. Ich wollte zu einer Buchhandlung nach New York fahren, wo mein Dozent vom Schreibkurs aus seinen frisch veröffentlichen Memoiren vorliest. Ich hatte es schon seit Wochen geplant. Eigentlich ist das gut. Ich habe bereits Mrs H angefragt, um auf die Kinder aufzupassen (Gott, hilf uns allen), und Andy weiß, dass ich weg bin. Ich werde nicht lügen müssen. Irgendwie. Er erwartet vielleicht, dass ich das jetzt absage, im Licht der familiären Verletzungen dieser Woche, doch er wird sich bestimmt nicht mehr daran erinnern und ich werde ihn auch nicht darauf hinweisen.

Es ist besorgniserregend, wie leicht mir derzeit das Lügen fällt. Wahrscheinlich würde ich mir mehr Sorgen darüber machen, wenn ich nichts anderes hätte, worüber ich mir Sorgen machen müsste.

Als alles in der Notfallambulanz gesagt und getan ist, wird Tessa mit neunundreißig Stichen durch drei Körperschichten – Muskel, Nerven und Haut – von einem Facharzt für plastische Chirurgie genäht, der ewig braucht, bis er endlich kommt.

Tessa ist eine wahre Heldin. Die ganze Zeit still und stoisch. Dabei sind unsere Hände fest aneinandergedrückt. Wir kommen nach acht nach Hause. Tessa bekommt nur mit Mühe eine Portion Frozen Yoghurt runter, bevor sie ins Bett geht und sofort in tiefen Schlaf fällt. Ich wünschte, ich könnte dasselbe von mir behaupten.

Als der Morgen anbricht, bin ich fast begierig darauf, aus dem Bett zu kommen. Lilly geht mit einer Nachbarin zur Schule und Tessa leistet mir für den Tag zu Hause Gesellschaft, um sich zu erholen, während ich koche, sauber mache und alles Mögliche tue, um mich zu beschäftigen und nicht an mein Treffen mit Dr. Sullivan zu denken, was in ein paar Stunden ist. Ich will positiv bleiben. Ich versuche es zumindest. Doch am Ende sagt mir mein gesunder Menschenverstand, dass ich nur ein Geisterhaus gegen ein anderes tausche.

# KAPITEL ZWÖLF

*Mittwoch, 27. September 2006, 18.19 Uhr*

Dr. Sullivans Praxis ist mit dunklem Holz getäfelt – ein Überbleibsel der Siebziger, als Dr. Sullivan angefangen hat, als Psychologe zu praktizieren. Hoffen wir, dass er in der Zwischenzeit genug Erfahrung gesammelt hat.

Gerahmte Fotos säumen die getäfelten Wände – Bilder von ihm mit seinen Kumpels, wahrscheinlich hauptsächlich beim Angeln. An einer Wand hängt ein fetter, ausgestopfter Fisch. Eine Forelle, glaube ich ... oder ein Barsch. Es könnte auch ein Hai sein. Die Schuppen schimmern blaugrau. Seine Augen starren auf mich herab.

Hinüber zur Couch zu gehen, um herauszufinden, ob sie mir folgen, ist wahrscheinlich kein guter Gedanke, kurz bevor man eine Sprechstunde bei einem Psychologen hat.

Doch nach dem Symbol auf der Fensterscheibe würde ich glatt annehmen, dass es ein alter Yachtclub ist. Wenn sich die Bürotür öffnet und Maat Gilligan aus der Fernsehserie »Gilligans Insel« auftaucht, werde ich nicht mal mit der Wimper zucken.

Im Wartezimmer riecht es wie in einem leeren Kühlschrank und der uralte Lufterfrischer narrt niemanden – sie werden schon seit Ewigkeiten nicht mehr mit diesem Design hergestellt. Ein dunkles, ockerfarbenes Glühen wird hinter einem schweren, genoppten Lampenschirm aus Sackleinen erstickt und die Couch ist so bequem, als säße man auf einem verbrannten Toast.

Ich kann mich nicht daran erinnern, jemals hier gewesen zu sein. Und langsam gewöhne ich mich daran.

In der Zimmerecke steht unter einem sperrigen hölzernen Beitisch eine Rauschmaschine, die das Geräusch eines sanften Regenfalls nachahmt. Trotzdem ist hinter der geschlossenen Tür eine gedämpfte Stimme zu hören.

Dr. Sullivans Assistentin ist bereits gegangen, wie sie mir mitgeteilt hatte. Es ist sehr still im Raum. Gemessen an den Umständen bin ich recht ruhig. Ich bin wahnsinnig erleichtert, dass ich nur noch Minuten davon entfernt bin, mich jemandem anzuvertrauen. Und mir damit einen Verbündeten schaffe. Jemand, der mir helfen wird, die Last all dieser Absurditäten zu tragen.

Die Auswahl an Zeitschriften – *National Geographic, Outdoor Life, Sports Illustrated* – weckt bei mir keine Neugierde. Ich ringe in Gedanken damit, was ich ihm sagen werde. Der einzige Grund, weshalb ich eigentlich hier bin, ist, dass er das Reden übernimmt. Es gibt Lücken, die zu füllen sind. Die Tatsache, dass ich vorher schon einmal hier gewesen bin, ist sowohl erschreckend als auch rein zufällig. Da ist nichts an diesem Raum oder diesen Bildern, was mir vertraut erscheint. Doch wenn ich schon einmal hier gewesen bin, dann hat er vielleicht Aufzeichnungen. Ich habe ein Anrecht auf Einsicht. Zumindest muss er mir sagen, was drinsteht.

Die Tür geht auf und zu meiner Überraschung erscheint wer? Der Skipper. Oder zumindest sein Ebenbild. Ohne Hut. Sein Lächeln wirkt aufrichtig, als er meine Hand mit seinen beiden ergreift. Er steht so nah bei mir, dass ich mir für eine Sekunde nicht sicher bin, ob er eine Umarmung erwartet. Was es noch unangenehmer macht, ist die Tatsache, dass wir praktisch dieselbe Größe haben. Er ist nicht klein, doch ich bringe ein paar Längengrade zusammen. Ein Geschenk meiner Eltern. Sein Gesicht kommt mir irgendwie bekannt vor. Das kann allerdings auch an den Fotos von den Wänden liegen.

Seine Hände sind warm, aber nicht kräftig, mehr umschließend als irgendwas anderes. Gepolstert.

»Es ist schön, Sie zu treffen, Caroline. Sie sehen großartig aus.« Er wirft den Kopf zurück, um seinen verwilderten Pony aus den Augen zu bekommen, und macht ein Zeichen in Richtung Sprechzimmer. Ich schaue mich nach der anderen Person um, mit der Dr. Sullivan gesprochen hat, doch der Raum scheint leer zu sein.

»Ebenfalls.« Sobald mir das Wort über die Lippen kommt, merke ich, dass es nicht mein Wort ist. Es gehört meiner Mutter. Ich hasse es, wenn ich das tue. Wenn ich mich ängstlich fühle, dann benutze ich Worte, die nicht in meinen Mund gehören. Er merkt es wahrscheinlich, wenn jemand nicht authentisch ist.

Dann erinnere ich mich daran, dass er kein Hellseher ist, sondern Psychologe. »Danke, dass Sie mich so kurzfristig empfangen können.« Ich setze mich auf einen Tweed-Stuhl mit blassen Holzlehnen und zwinge meine Kehle dazu, einen Spuckepfropfen zu schlucken. Meine Ruhe muss im Wartezimmer geblieben sein.

Sein Gesicht ist freundlich, fleischig und rund. Seine Augen sprühen vor Interesse und Wärme, obwohl sie müde wirken. Das Weiße ist etwas vergilbt und seine Haut ein wenig trocken. Es ist schwierig, seine stark geäderte Nase nicht zu bemerken – winzige geplatzte Blutgefäße bedecken das ganze Ding. Es ist ziemlich hässlich. All die vielen Stunden ohne Sonnenschutz in der heißen Sonne angeln. All die glücklichen Stunden. Es ist eine Schande, wirklich.

»Wie geht es Lilly?«, fragt er so ehrlich wie ein Onkel, während er die Hände faltet. Der schmerzvolle Ausdruck auf meinem Gesicht bringt ihn dazu, sofort nachzufragen: »Sie ist doch okay, oder?«

Erneut habe ich dieses Gefühl, im Dunkeln zu stehen. Es ist so erschreckend. Die Menschen nicht zu kennen, die mich kennen. Über mich Bescheid wissen. Ich habe keine Ahnung, wie viel er weiß. Doch ganz sicher weiß er mehr als ich.

Ich bin gekommen, um mir helfen zu lassen. Es ist an der Zeit, die Rüstung abzulegen.

»Dr. Sullivan, ich weiß nicht genau, wie ich das ausdrücken soll ... wie ich erklären kann, was mit mir geschieht.« Jede Art von Vorbereitung war eine riesige Zeitverschwendung. Nichts hätte mich darauf vorbereiten können, wie entblößt ich mich fühle. »Ich muss Ihnen etwas sagen, bevor wir beginnen.« Ich umfasse die Armlehnen des Stuhls und drücke diese, wie ich es bei einer Wurzelbehandlung tue. »Ich kann mich nicht daran erinnern, jemals hier gewesen zu sein. Ich kann mich nicht daran erinnern, dass Sie mein Therapeut waren oder dass ich Ihnen jemals begegnet bin.«

Er hört mir zu, ohne mich zu unterbrechen. Ohne auch nur zu blinzeln. Es vergeht ein langer Moment der Stille. Ich denke darüber nach, noch mehr zu sagen, ihm auf die Sprünge zu helfen, doch ich habe nicht mehr. Er muss den Ball annehmen. »Ich verstehe.« Er bewegt sich auf seinem Sitz. Das Knarzen des Kunstleders unter seinem großen Körper ist das einzige Geräusch im Zimmer. Er lehnt den Kopf zurück und hebt leicht das Kinn. »Hmm«, grummelt er, obwohl ich glaube, dass es nur für ihn selbst gedacht ist. Das Funkeln in seinen Augen ist verschwunden. Es ist von etwas anderem ersetzt worden.

»Warum vergessen Sie das nicht einfach für einen Moment, Caroline. Warum bringen Sie mich nicht einfach auf den Stand der letzten paar Jahre – wie lange ist es her?« Er zwingt sich zu einem Lächeln und blickt auf den Umschlag mit dem rosa Aufkleber, garantiert der Farbcode für »verrückt«.

»Oh, es sind schon sechs Jahre? Können Sie das glauben? Ich hätte nicht gedacht, dass es so lange her ist. Nun, dann erzählen Sie mir über die sechs Jahre. Geben Sie mir ein paar Höhepunkte. Die Jahre waren doch gut, zumindest die meisten?«

»Ja, das waren sie.« Es ist erleichternd, das zu erkennen.

Nach meiner Zusammenfassung der letzten sechs Jahre – der Tod meiner Eltern, die Heirat mit Andy und so weiter – berichte ich ihm sachlich, dass ich durch »verschiedene Quellen« festgestellt habe, dass es Teile meiner Vergangenheit gibt – Erinnerungen an wichtige, manchmal erschütternde, sogar tragische Lebensereignisse –, die ich offensichtlich vergessen habe.

»Wie haben Sie diese Erinnerungslücken zuerst bemerkt, Caroline?«

Ich denke eine Sekunde darüber nach. Das ist peinlich.

Scheiß was auf peinlich! Ich habe echte Probleme. Und wenn ich es nicht Andy oder Meg gestehe, dann muss ich es jemand anderem erzählen. Jemandem, der es nicht weitertratschen kann. Der ultimative Geheimnisbewahrer, richtig? Das ist der Typ, der mir jetzt gerade gegenübersitzt. Er kann sich nicht von mir scheiden lassen oder mit den anderen Frauen in der Stadt über mich klatschen. Deshalb bin ich hier. Weil ich mich öffnen kann, ohne Folgen befürchten zu müssen.

»Ich habe mich selbst gegoogelt.«

Zunächst ist unser Gespräch ganz sachlich, nüchtern, ohne Emotion. Dann beginnt das Nachbohren. Fragen, auf die ich keine Antwort habe. Er hält mir eine Schachtel Taschentücher hin. Ich versuche, mich zusammenzureißen. Ich will fortfahren. Er befragt mich über meine Beziehung zu Andy, einen typischen Tag, meine physische Verfassung.

Wir beschließen, dass es am besten wäre, wenn wir ein paar passende alte Aufnahmen durchgehen. Zu hören, dass es Audiokassetten gibt, ist unglaublich. Ich hatte etwas Schriftliches erwartet. Eigentlich hatte ich gehofft, dass überhaupt irgendwas existiert, da ich weiß, dass manche Psychologen einfach dasitzen, ohne Stift oder Notizblock, nichts, um die Sitzungen jenseits ihrer eigenen Erinnerung festzuhalten. Keine Papierspuren. Ich bin froh, dass er keiner von denen ist und auch niemand, der sich einfach Notizen macht. Audiokassetten sind ein unverzerrtes Portal in die Vergangenheit.

Er braucht etwas Zeit, um sie zu beschaffen und ihren Inhalt durchzugehen, um zu entscheiden, ob ich dafür emotional bereit sei oder nicht. Was in aller Welt soll das bedeuten?

Es fühlt sich an, als wollte er die Sitzung beenden, doch ich bin gerade erst gekommen. »Was ist mit heute Abend, Doktor, gibt es da nichts, womit wir anfangen könnten, mit … Ich …« Mir versagt die Stimme.

Er sucht in meinem Gesicht nach etwas. Wonach? Er neigt den Kopf zur einen Seite und dann zur anderen, wie ein Huhn. Er blättert ein paar Seiten in meiner Akte durch – die insgesamt recht dünn ist. Ich rede mir ein, dass das ein gutes Zeichen ist.

Dr. Sullivan schließt die Akte, streicht sich die sandfarbenen Fransen aus der Stirn, dann faltet er die Hände auf dem Ordner und blickt mich an. Seine müden, freundlichen Augen geben ihm zusammen mit den dicklichen Wangen das Aussehen eines Mopses.

»Caroline, wenn wir mit unseren Sitzungen fortfahren wollen, dann müssen Sie wissen, dass es für Sie nicht leicht sein wird, manche dieser Aufnahmen zu hören. Damit meine ich die Ereignisse in Ihrer Vergangenheit, es waren … harte Zeiten. Sie werden vielleicht Schwierigkeiten beim Anhören … des Inhalts bekommen. Vielleicht sogar wegen Ihres Auftretens. Das war recht verschieden davon, wie Sie heute wirken. Ich freue mich so, Sie jetzt zu sehen, viel ruhiger und weniger … nun … Es interessiert mich, wie Sie Ihr altes Selbst beschreiben würden. Es ist Ihr Wohlbefinden, um das ich besorgt bin.«

Was zum Teufel will er damit ausdrücken? Okay, er äußert es ohne jede Spur von Herablassung oder Missbilligung. Aber dabei höre ich mich ja fast wie eine Verrückte an. Ein langes, gefasstes Seufzen entweicht mir. Das fühlt sich nicht gut an. Wie in einem Horrorfilm, wenn sich die Musik auf einmal verändert. Irgendwas kommt da. Nur, dass es kein Film ist, sondern das echte Leben. Meins.

Es könnte noch ein ganzes Stück schlimmer werden, bevor es besser wird.

Trotzdem bin ich irgendwie zuversichtlich, dass es die richtige Entscheidung war, herzukommen. Ich vertraue diesem Typ. Ich weiß nicht, warum, doch ich tue es.

Wen habe ich auch sonst?

»In diesem Zusammenhang erwarte ich, dass Sie sich von einem Arzt untersuchen lassen. Wir müssen dem Gedächtnisverlust auf den Grund gehen, indem wir zunächst einmal physische Erkrankungen ausschließen. Wenn Sie eine körperliche Untersuchung hatten, werde ich mich mit Ihrem Arzt beraten – deshalb brauche ich seine oder ihre Kontaktinformationen.« Er notiert etwas.

»Nun, ich bin von einem Arzt untersucht worden. Von meinem Kopf ist auch ein CT gemacht worden.« Er schaut mich beunruhigt an. »Sogar letzte Woche. Ich hatte diese Atemsache und einen Unfall mit dem Küchenhocker. Sie haben alles überprüft. Ein CT auf innere Blutungen und Trauma sowie ein EKG. Das alles. Und alles ist sauber.« Ich werfe die Hände wie ein Zauberer in die Luft.

»Ich verstehe. Das muss aber ein ganz schöner Sturz gewesen sein. Das sind gute Nachrichten. Ich hätte gern eine Kopie des Befundes, Caroline. Können Sie mir die zukommen lassen?« Er notiert etwas in meiner Akte. »Sieht so aus, als hätten Sie sich auch das Gesicht geprellt?« Er hebt den Kopf für eine Sekunde und blickt über seine Lesebrille hinweg. »Irgendwo hier ...«, er deutet auf seine eigene Stirn und neigt den Kopf erneut, um sich eine Notiz zu machen.

Mit dem Blick fest in meiner Akte fährt er fort: »Also haben Sie den Gedächtnisverlust auch mit Ihrem Allgemeinmediziner besprochen?«

»Na ja ... ja. Sie hat mir empfohlen, einen Psychologen aufzusuchen.« Ich habe Dr. Kriete völlig vergessen.

»Hat sie dazu geraten, einen Neurologen aufzusuchen?«

»Wegen der Schwangerschaft?«

»Sie sind schwanger?« Er nimmt die Brille ab.

»Ach so, der Gedächtnisverlust! Nein, das hat sie nicht.« Meine Wangen glühen vor Verlegenheit. Ich sehe zu Boden. Ich brauche einen Ablaufplan. Wörtlich. Wenn ich nach Hause komme, dann muss ich einen Plan aufstellen, um meine Ärzte, Symptome, Diagnosen zu sortieren. Und einen anderen für die Lügen.

»Caroline, glauben Sie, dass Sie schwanger sind?«

»Wer, ich? Nein.« Ich schüttle ein Dutzend Mal den Kopf.

Er setzt die Brille wieder auf und schreibt ein paar Dinge, die ich niemals lesen möchte. »Ich würde auf jeden Fall einen Neurologen empfehlen. Haben Sie einen?«

Mein Kopf und die Füße schütteln sich im Gleichklang.

»Keine Sorge«, ein zuversichtliches Lächeln schafft eine kurze Pause, »sobald das fertig ist ...«

»Aber ... warten Sie, ich ...«

Er legt den Stift hin und lehnt sich zurück, nimmt dann die Brille ab. »Ich verstehe Ihre Ungeduld, Caroline, ganz bestimmt. Wie auch immer, ich brauche Zeit, um Ihre Akte und die Kassetten durchzusehen. Was ich gern sofort tun werde.

Ich habe heute Abend, nachdem Sie gehen, sogar etwas Luft, um mir ein paar anzuhören.«

Meine gefalteten Hände ruhen in meinem Schoß und ich sitze aufrecht auf dem Platz. »Bitte verstehen Sie, wie dankbar ich Ihnen bin – das müssen Sie wissen –, dass Sie mich so kurzfristig in die Sprechstunde genommen haben, gar nicht zu erwähnen, dass Sie sich sogar an mich erinnern, und ich bin mir sicher, dass Sie eine bestimmte Vorgehensweise haben, der Sie folgen, wenn alte Patienten … ein System …«

»Caroline …«

»… viele Ihrer Patienten leiden – natürlich weiß ich das, Sie haben andere Patienten mit Problemen. Glauben Sie mir, ich würde niemals deren Notlage unterschätzen, doch ich … ich …« Ich rutsche nach vorn und sitze am Rand meines Stuhls und hole tief Luft – der Atemzug bleibt mir eine Sekunde in der Kehle stecken.

»Caroline …«

»Ich … ich … ich will keine bevorzugte Behandlung, Doktor, das ist es nicht, was ich vorschlage – das würde ich niemals vorschlagen. Ich will nur … Ich will nur …« Meine Schultern fallen nach vorn. »Ich kann nicht nach Hause gehen …« Es ist, als würde ich von meinen eigenen Gedanken Schläge in die Magengrube erhalten. Die Härte zerreißt mich in der Mitte. Meine vorgeschobene Stärke zerbröckelt in ihre Bestandteile.

Ich beuge mich vor und greife nach der Tischkante. Er fährt in seinem Stuhl zurück. »Ich kann nicht zurück. Ich kann meinen Mann nicht ansehen – oder meine Mädchen. Ich kann einfach nicht mehr so tun …«

»Caroline, bitte …« Er hebt die Hand, um mich zum Schweigen zu bringen.

Meine Augen weichen seinem Blick aus. »Ich, ich falle auseinander. Ich falle völlig auseinander und ich weiß nicht, was ich …« Ich lasse den Kopf in die Hände sinken.

»Bitte, Caroline, bitte, geben Sie mir nur eine Minute – bitte.«

Er blickt erneut in die Akte und fährt mit dem Finger über die Seite, wobei er blinzelt. Ohne hinzusehen tastet er auf dem Schreibtisch nach seiner Brille, setzt sie auf und liest weiter. Langsam steht er auf, schiebt den Stuhl mit dem Fuß beiseite, dann beugt er sich über den Schreibtisch und stützt sich mit beiden Händen auf. Ich kann nicht erkennen, ob er liest oder nachdenkt. Er richtet sich wieder auf und legt sich eine Hand an die Rundung seines Bauches, als würde er auf den Tritt eines Babys warten.

Ich nehme mir eine Zeitschrift vom Beistelltisch und umklammere sie, *Fisch und Fang*, lege die Arme darum, um meinen Herzschlag zu dämpfen.

Nach wie vor tief in Gedanken versunken geht Dr. Sullivan zur Tür und neigt den Kopf in meine Richtung, während er den Blick auf den Flur draußen gerichtet hält. »Ist Ihnen kalt?«

Eine andere Tür schließt sich. Erst als winzige weiße Punkte vor meinen Augen auftauchen, bemerke ich, dass ich die ganze Zeit den Atem angehalten habe. Die andere Tür öffnet und schließt sich. Er kehrt mit etwas in der Hand zurück, was ich nicht erkennen kann, denn er hat die Finger darumgelegt. Wieder am Schreibtisch zieht er etwas aus einer oberen Schublade. Einen Minikassettenrekorder.

Ich schließe die Augen und setze mich auf meine Hände, versuche, mich wieder ins Gleichgewicht zu bringen. Er hat seine Meinung geändert. Er wird eine Kassette abspielen.

»Caroline, ich bin bereit, etwas zu versuchen«, erklärt er mit einer gewissen Beklommenheit. »Während des Zeitraums Ihrer Besuche hatte ich Ihre Mutter und Ihren Vater gebeten, für eine Sitzung zu kommen, jeden einzeln, natürlich mit Ihrer Erlaubnis. Sie und ich hatten uns bereits mehrfach getroffen. Ich erklärte Ihnen, dass es hilfreich für Ihre Behandlung sei, wenn ich in der Lage wäre, mir aus der Perspektive anderer Angehöriger ein Bild über Ihren Familienhintergrund zu machen. Ihre Mutter kam für einen Termin, doch leider habe ich Ihren Vater nicht kennengelernt.«

Ich kann nicht glauben, dass wir wirklich den Gedanken gehegt hatten, dass mein Vater der Einladung Folge leisten würde. Vor allem, um mit einem Psychologen zu sprechen. Sicherlich habe ich Dr. Sullivan erzählt, dass mein Vater nur in Notfällen redete. Meine Mutter auf der anderen Seite war bestimmt vor Freude hochgesprungen, dass sie praktisch ununterbrochen eine Stunde lang quasseln durfte.

»Ich glaube, wir können mit der Sitzung Ihrer Mutter beginnen. Sie hat zugestimmt, dass Ihnen der Inhalt offengelegt wird. Was immer ich für hilfreich erachtet hätte. Ich hatte nie die Gelegenheit, Ihnen das vorzuspielen, weil, na ja … Sie haben Ihre Behandlung früher beendet … als erwartet. Es liefert Hintergrundinformationen, die vielleicht … nun, ein Durchbruch irgendeiner Art wäre sehr ambitioniert, doch sagen wir mal, es könnte helfen.« Er macht eine Pause und sieht mich nachdenklich und prüfend an. »Natürlich können wir jederzeit aufhören, Caroline. Sobald Sie sich bei irgendwas auch nur ein klein bisschen unbehaglich fühlen.«

Danke, Mom. Mich durchfährt ein Gefühl der Dankbarkeit. Vielleicht hat sie sich doch um mich gesorgt. Sie wird mir helfen. Ich habe eigentlich nie daran geglaubt – wie es manche Leute tun –, dass Menschen auf eine spirituelle Weise weiterexistieren, nachdem sie die Welt in physischer Hinsicht verlassen haben, und wie ein Engel auftauchen, um einen in seinen dunkelsten Stunden zu unterstützen. Jetzt tue ich es.

Er schiebt die Minikassette in den winzigen Rekorder auf seinem Schreibtisch und drückt die Abspieltaste mit seinem pummligen Zeigefinger. Während er auf den Anfang wartet, beugt er sich über den Schreibtisch und tippt in schneller Abfolge mit den Fingern seiner linken Hand auf die Tischplatte. Sie wirken wie Frühstückswürstchen und machen ein dumpfes Geräusch auf der Lederoberfläche des Schreibtisches. Ich stecke mir einen Finger zwischen die Zähne, um ihr Klappern zu stoppen.

Als die Stimme beginnt, setzt er sich schwerfällig auf den Stuhl. Luft kommt aus den Polsternähten heraus.

> **Dr. Sullivan**: Erzählen Sie mir, Mrs Spencer, erzählen Sie mir etwas Einprägsames über Carolines Kindheit. Können Sie sich an eine Geschichte aus ihrer frühen Kindheit erinnern, die Sie mit mir teilen möchten? Irgendwas, es muss nicht tiefgründig oder vielsagend sein, nur irgendwas, was Ihnen in den Sinn kommt.
> **Elaine**: Oh, mein Gott, Doktor, das ist, ähm, na ja, hmm, mal sehen, meine Tochter Caroline, was kann ich sagen, sie ist …

Was zum … Teufel? Ich umklammere die hölzernen Armlehnen und drehe den Kopf abrupt zu Dr. Sullivan. *Er verarscht mich wohl.*

Er hält das Band an. »Was ist los, Caroline? Geht es Ihnen gut?«

»Wer ist das? Wer spricht da auf dem Band?« Mein Körper ist angespannt wie ein Flitzebogen, meine Stimme bebt.

Er blickt mich völlig verwirrt an. »Das ist Ihre Mutter. Erkennen Sie ihre Stimme nicht?«

»Nein. Das tue ich nicht …« Die Worte schmecken geronnen, während ich sie ausspreche. »Weil …« Ich zeige mit starrem Finger auf den Kassettenrekorder, »das nicht meine Mutter ist – meine Mutter ist britisch.«

»Ihre Mutter ist britisch?« Er neigt irritiert den Kopf.

»Nein.« Ungeduldig schüttle ich den Kopf. »*Sie* ist nicht britisch. Ihre Stimme meine ich. Sie hat einen englischen Akzent. Einen falschen englischen Akzent«, stoße ich durch zusammengebissene Zähne hervor. Mir ist übel, übel vor Empörung, wie konnte sie mir das nur antun? All die Jahre, die sie uns so beschämt hat, und dann lässt sie den gefälschten Akzent einfach weg an dem Tag, an dem sie Dr. Sullivan trifft.

»Es tut mir leid, Caroline. Ich kann Ihnen da nicht folgen.«

Ich erzähle ihm die infame Geschichte, wie es anfing, während sie in den Dreißigern war. Die ganze Zeit habe ich das Gefühl, als hätte ich es ihm schon einmal mitgeteilt, er weiß es bereits oder er glaubt es mir nicht. Das stinkt mir gewaltig. Ich schmecke die Galle in meinem Magen. Warum würde sie mir sagen, dass ich herkommen soll, wo sie genau wusste, dass sie mich so betrogen hat?

Sie wollte nicht, dass Dr. Sullivan glaubt, sie sei verrückt. Eine Irre mit einer überaktiven Vorstellungskraft. Nein. Sie hat das für mich und JD und meinen Vater aufgehoben. Um uns zu demütigen. Sie würde nicht die Schuld auf sich nehmen für das, was aus mir geworden war. Ich atme schwer durch die Nase. Meine Nasenflügel blähen sich, meine Augen sind auf Dr. Sullivan fixiert, ohne ihn zu sehen. Plötzlich verschwindet der Gedanke, dass dieser Kerl mich jemals retten würde, so schnell, dass es sich schon wie der nächste Tag anfühlt.

Er schenkt mir einen angemessenen Sprühregen von »Ahas« zusammen mit dem Kopfnicken eines Wackeldackels, während meine Gedanken rasen. Ich kann das nicht ertragen. Testet er mich etwa?

»Wann haben Sie das letzte Mal mit Ihrer Mutter gesprochen?«

»Sie ist ,... von uns gegangen, sie ... ist tot.«

»Ach ja, das stimmt. Tut mir leid, Caroline.«

»Doch ich kann Ihnen Folgendes sagen«, presse ich hervor, während ich mich an der Kante meines Stuhls abstütze, meine Entschlossenheit steif vor Zorn. »Bis zum Tag ihres Todes war ihr Akzent so dick wie Streichkäse.«

Die Worte meiner Mutter hängen noch in der Luft, verschmutzen Dr. Sullivans Büro, jedes davon in Betrug gewickelt.

»Das muss sehr verwirrend sein, Caroline ...«

Er muss von ihr gewusst haben. Ich muss ihm von dem lächerlichen britischen Ding erzählt haben. Wusste er nicht, was das mit mir machen würde – sie so zu hören? Ich hatte mich schon fast geöffnet. Was soll ich jetzt tun? Er war meine letzte Hoffnung. Wie kann ich noch an irgendwas davon glauben?

Ich springe vom Stuhl und greife nach meiner Handtasche.

»Verwirrend? So werde ich mich nicht gängeln lassen. Ich sage Ihnen, wie ich mich fühle: Getäuscht! Manipuliert! Ich werde mich nicht diesem scheinheiligen Scheiß aussetzen«, schreie ich ihn an, die Adern an meinen Schläfen treten hervor. »Stecken Sie auch dahinter?« Ich steche mit dem Finger in seine Richtung.

»Haben die Leute Ihre Mutter dafür verurteilt, für diesen ... diesen Akzent?« Er spricht ruhig und reagiert gar nicht auf meinen Ausbruch, was mich noch mehr erbost. Ruhig wie eine Sommerbrise. Die einzigen Anzeichen von Stress sind kleine weiße Punkte auf seinem blauen Hemd, welche kleine Ellipsen bilden und sein weißes Unterhemd durchscheinen lassen.

Er spricht mit mir, als würde ich Limonade schlürfen, während ich die Füße auf seinem Tisch habe.

»Ja, Sie haben verdammt recht damit, dass sie sie verurteilt haben. Es war verrückt! Hat sie jemals daran gedacht, wie das für ihre Kinder war?« Mein Gesicht glüht. Meine Brust schäumt.

Ich muss hier raus. Ich drehe mich abrupt zur Tür, wobei ich die Handtasche in einem Kreis um mich herumschwinge und versehentlich die Tischlampe zu Boden stoße. Das Geräusch des Aufpralls ist erschreckend, doch meine Nerven sind bereits übersteuert. Ich drehe mich zurück zu ihm und fahre wieder mit dem Finger durch die Luft. »Das ist ein totaler Schwindel! Ich kann nicht glauben«, dass ich darauf hereingefallen bin!«, schreie ich durch meine Tränen. »Ist dies das ›klein bisschen unbehaglich‹, was Sie gemeint haben? Sie sollten sich schämen.«

Ich drehe mich wieder zur Tür und lege die Hand stützend auf den Türknauf. Ich kann gehen, doch ich tue es nicht. Das Einzige, was mir im Wege steht, um dieser Tortur zu entgehen und in die Tortur auf der anderen Seite einzutreten, ist dieses dünne Stück rissiges Holz. Ich habe den Kopf tief gesenkt. Ich schreie gegen die Tür, die nur wenige Zentimeter vor meiner Nase ist. »Ich bin verzweifelt. Wissen Sie das nicht? Begreifen Sie das? Ich bin verzweifelt.« Mit zusammengepressten Augen drehe ich mich wieder zu ihm. »Ich habe Ihnen vertraut – ich brauche Hilfe. Ich weiß nicht, wohin ich sonst gehen soll … oder mit wem ich … sprechen kann …« Ich verberge mein Gesicht in meinen bebenden Händen. »Was geschieht mit mir?« Fort sind jede Energie und der Wille zu gehen. »Zu denken, dass meine eigene Mutter … so etwas tun würde. Es war ihre Idee, dass ich herkomme, als JD starb«, murmele ich. »Ich habe ihr vertraut …«

Ich lehne mich gegen die Tür, um meinen kraftlosen Körper zu stützen. »Und Sie geben vor, sich um mich zu kümmern …, dass Sie nach all der Zeit … in der Lage wären, mir zu helfen … Sie waren meine letzte Hoffnung … Was bin ich für ein Trottel …« Es gibt nichts mehr zu sagen. Ich bin erledigt. Ich kann mein eigenes Gewicht nicht mehr halten. Meine Knie geben nach, mein Körper sinkt zu Boden. Ich schrumpfe in mich zusammen und weine.

Dr. Sullivan sitzt neben mir auf dem muffigen Flauschteppich. Es ist Zeit vergangen. Sein Rücken ist gegen die Wand gelehnt, er hat die Beine ausgestreckt. Seine zwei Slipper formen den Buchstaben »V«. Ich sitze in derselben Haltung. Eine Schachtel mit Taschentüchern mit einem gehäkelten Überzug und dem aufgestickten »Dr. Sullivan« in Laubgrün steht zwischen uns.

Leise sagt er: »Ich habe überhaupt keinen Grund, Ihnen nicht alles zu glauben, was Sie mir erzählen. Sie sind meine Patientin, Caroline, und ich habe Ihre Mutter nicht eingeladen, um mit mir zu sprechen, damit sie Sie in Verruf bringt. Ihre Mutter hat sich entschieden, diese Seite von sich nicht mit mir zu teilen, aus welchem Grund auch immer. Doch das muss uns nicht weiter kümmern.«

Ich kann mir nicht vorstellen, mich noch schlimmer zu fühlen. Und wenn ich bleibe, dann weiß ich, dass es schlimmer werden wird. Doch ich weiß auch, dass ich nicht weggehen kann.

Langsam stehe ich auf und blicke zur Tür. Ich ziehe an den Aufschlägen meiner Ärmel und räuspere mich. Dann setze ich mich wieder auf den Tweed-Stuhl in gebranntem Orange mit den blassen Holzlehnen und treffe eine Entscheidung, ohne Dr. Sullivan anzusehen. »Ich will hören, was sie zu sagen hat.«

# KAPITEL DREIZEHN

*Mittwoch, 27. September 2006, 19.21 Uhr*

> **Elaine**: Nun, Sie müssen wissen, dass Caroline
> eine unglaublich loyale Schwester war. Sie
> hätte alles für JD getan.

Vor meinem inneren Auge rufe ich ein Bild meiner Mutter auf. Sie ist wie ein Pudel in einer Hundeshow. Wie sie auf Dr. Sullivans Couch sitzt, herausgeputzt in einem Kostüm, mit Strumpfhose und dunkelblauen Lederschuhen, die mit der Schleife an den Zehen und einem kleinen Absatz, um die »Wade zu betonen. Denn eine Frau mit schönen Beinen sollte sie nicht in einer Hose verstecken«, frischem Lippenstift und ihrem »Tagesschmuck«, als würde sie von irgendwo kommen. Doch sie kam nicht von irgendwo. Und sie würde auch nicht irgendwo hingehen. »Es ist nichts dagegen einzuwenden, wenn man auf sein Äußeres achtet.«

> **Elaine**: Ich glaube, ein Teil ihrer Loyalität
> stammt daher, was ich ihnen immer gesagt
> habe: »Freunde kommen und gehen, doch
> Schwestern sind für immer.« Ich habe es
> gemocht, ihnen Charakterstärke zu vermitteln,
> wann immer ich konnte.

Diese Stärke ist kurz davor, sich über Dr. Sullivans Teppich zu ergießen.

> **Elaine**: Ich bin mir sicher, der Rest hatte seinen Ursprung in ihrer Einbildung, dass sie und JD Zwillinge waren. Ich weiß nicht, ob sie Ihnen diese Geschichte erzählt hat – natürlich wäre es eine andere Version, denn sie behauptet selbst heute noch, dass sie und JD Zwillinge waren und dass ich die ganzen Jahre darüber gelogen habe.

Mit aufgerissenen Augen drehe ich mich zu Dr. Sullivan. Mir ist der Mund offen stehen geblieben, doch ich schließe ihn schnell wieder. Er blickt rüber zu mir. Keiner von uns beiden äußert etwas. Er lässt das Band weiterlaufen und macht sich eine Notiz in meiner Akte.

> **Dr. Sullivan**: Die Mädchen sind also keine Zwillinge?
>
> **Elaine**: Himmel, nein. Sie sind ein Jahr auseinander geboren – auf den Tag genau –, was für manche verrückt genug klingt. (Lachen.) Selbst ich war ziemlich schockiert, als ich herausfand, dass ich mit JD schwanger war. Es war mehr als ein Schock. Ich denke, Sie könnten sagen, ich war … nicht unbedingt so erfreut, wie ich es hätte sein sollen. Caroline war gerade drei Monate alt. Und sie war selbst ein Unfall gewesen. Walter und ich hatten wirklich nicht geplant, so früh eine Familie zu haben. Wir waren ja frisch vermählt. Sogar noch in den Flitterwochen.

Ich kann nicht glauben, dass sie ihn Walter nennt. Sie hat ihn niemals Walter genannt. Niemand nannte ihn so.

**Elaine:** Ich hatte mich kaum daran gewöhnt, eine Mom zu sein, und dann – diese Neuigkeit. Doch ich kann Ihnen versichern, dass sie bestimmt keine Zwillinge waren. Gott weiß, dann hätte ich bestimmt wesentlich mehr Gewicht zugelegt als einundzwanzig Kilo. Das war eine Sache, die ich mir versprochen hatte: Ich würde nicht eine dieser Fetten werden, die den Schrank leerfressen und dann Jahre brauchen, um den Babyspeck wieder loszuwerden.

Dessen ungeachtet, wie oft ich es auch Caroline erklärt oder ihr die Geburtsurkunden gezeigt habe, worauf sie mir unterstellte, dass ich sie gefälscht hätte, blieb sie unnachgiebig und behauptete, ich hätte JD wegen irgendeiner Krankheit all die Monate im Krankenhaus gelassen, beschämt, weil sie sich nicht normal entwickelt hatte. Sie meinte, dass Walter und ich JD schließlich nach Hause geholt hätten, weil die Ärzte im Krankenhaus darauf bestanden hätten. Eine ganz schön verrückte Geschichte, die sie sich da ausgedacht hatte – und in so einem jungen Alter –, sie war ungefähr vier oder fünf, als sie damit begann, diese alberne Geschichte herumzuerzählen. Caroline besaß eine sehr lebendige Fantasie. Sie konnte sich alles Mögliche einreden.

Ich habe ihr sogar die Fotos von dem Tag gezeigt, als ihre Schwester aus dem

Krankenhaus nach Hause gekommen war. Darauf ist deutlich zu sehen, dass JD neben der genau einjährigen Caroline ein Neugeborenes war, ganz winzig und schrumpelig wie eine Erdnuss.

**Dr. Sullivan**: Warum hat sich Caroline das Ihrer Meinung nach ausgedacht?

**Elaine**: Oh, das kann ich Ihnen nicht sagen, Doktor. Zuerst dachte ich, es sei nur ein Kinderspiel. So etwas wie ein erfundener Freund? Doch Caroline war besessen von Zwillingen – und das war kein vorübergehendes Interesse. Sie schrieb Schulaufsätze zu dem Thema – wissen Sie, während ihrer Grundschulzeit. Sie muss fast zwanzig Bücher über Zwillinge gelesen haben, vielleicht auch mehr.

Sie hatte ein tiefes Bedürfnis, dass JD genauso war wie sie. Zuerst war JD bereit, sich dem zu unterwerfen, als sie noch ziemlich jung war. Welches kleine Mädchen will nicht wie seine große Schwester sein? In jenen Tagen trugen sie dieselbe Kleidung, hatten dieselben Interessen, dieselben Freunde. Ich zog ihnen das Gleiche an. Ich fand es niedlich. Jeder fand sie so lieb in ihrer zueinander passenden Kleidung. Doch als Caroline anfing, allen zu erzählen, dass sie Zwillinge wären, machte ich der Sache mit den passenden Kleidern ein Ende. Es wurde geradezu peinlich für mich. Sie hätte es besser wissen müssen. Manchmal stritten wir darüber in der Öffentlichkeit.

Als JD jung war, ließ sie sich mitziehen. Doch dann begann JD, sie selbst zu werden, sie entwickelte ihre eigene Persönlichkeit, ihren Stil und hatte eigene Freunde – oh, ich sollte nicht vergessen zu erzählen, dass eine Krankheit alles noch komplizierter machte, die Caroline mit ungefähr fünf hatte. Als sie im Kindergarten war, bekam sie eine Lungenentzündung. Sie war mehrere Monate sehr krank. Wir stellten eine Krankenschwester an, die bei uns wohnte, eigentlich eine Schwesternschülerin. Walter konnte sich keine examinierte Schwester leisten. Ich war wie erstarrt vor Sorge, selbst eine Lungenentzündung zu bekommen. Davon kann man sterben, wissen Sie.

**Dr. Sullivan**: Ja. Das ist leider wahr.
**Elaine**: Also stimmten Walter und ich Carolines Erziehern zu, dass es das Beste wäre, wenn sie ein weiteres Jahr im Kindergarten bliebe. So kamen Caroline und JD in dieselbe Klasse und hatten ja ohnehin am selben Tag Geburtstag. Nun, das war genug für Caroline.

**Dr. Sullivan**: Sie hatten angefangen zu erzählen, dass JD in einem bestimmten Alter »ihre eigene Persönlichkeit« entwickelte. Was meinen Sie damit?
**Elaine**: Ach ja, das stimmt. Sie war … ungefähr … in der ersten Klasse, als es anfing, am Ende jenes Jahres, wenn ich mich recht daran erinnere. Sie hatte eine Freundin, die total verrückt nach Sport war. Suzi irgendwas oder

so. Das Mädchen war ein ziemlicher Wildfang, und, sagen wir mal so, ihre Kleiderwahl zeigte das auch. Da wollte JD auch keine Kleider mehr tragen. Sie wollte Jeans und Hosen und einfache Jungshemden – keine Blümchen oder Herzen darauf. Sie kümmerte sich sowieso nie so viel um aufgeputzte Sachen – das war immer Caroline, bei der es so war. Nun, diese Suzie war ein liebes Kind, doch seien wir mal ehrlich, ihre Kleidung war scheußlich. Zuerst dachte ich, dass es auf Gottes grüner Erde völlig ausgeschlossen ist, dass ich meine Tochter so anziehe, doch dann, muss ich zugeben, Doktor, habe ich mich damit gerühmt, die Reise meiner Töchter zu ihrem eigenen Selbst unterstützt zu haben. Glauben Sie mir, ich hatte nie von ihnen erwartet, dass sie genau wie ich sein wollten. Und ich erkannte, selbst wenn es so wäre, würden sie es womöglich erst bemerken, wenn sie schon viel älter wären. So beschloss ich, JD nachzugeben und sie diesen neuen Abschnitt ihrer Kindheit entdecken zu lassen.

Ich hatte mir nicht gedacht, dass Caroline so schlecht damit umgehen würde. Sie war am Boden zerstört von JDs Veränderung. Sie war persönlich beleidigt und fühlte sich betrogen. Sie konnte nicht verstehen, weshalb ihre Schwester nicht wie sie sein wollte. Und es entsetzte sie doppelt, dass JD wie jemand anderes sein wollte.

Es war eine schwierige Zeit für Caroline, vor allem auch wegen ihres Gewichtsproblems.

Die vielen Käseflips blähten sie auf. Das war nichts, was ich gutheißen konnte, das können Sie mir glauben – ich hatte sie auf strikte Diät gesetzt. Sie musste von irgendwo Essen stibitzt haben. Manchmal erwischte ich sie mit einem rosafarbenen Zuckerrand um den Mund von diesen ekelhaften Kugeln. Sie wissen schon, welche. Creme und Biskuit und Lebensmittelfarbe. Sie inhalierte sie förmlich, bevor ich auch nur erkennen konnte, was es überhaupt war. Ich weiß nicht, wie sie an die gekommen ist. In unserem Haus waren sie nicht erlaubt. Doch man konnte sie an der Tankstelle kaufen! Arme Leute aßen sie sogar zum Frühstück!

Wirklich, ich verstehe fette Menschen nicht. Wie sie sich so gehen lassen können. Natürlich, Caroline war ein Kind, und ich war für sie verantwortlich. Ich erklärte ihr, dass ich nicht einfach danebenstehen und zusehen würde, wie sie wie ein Reifenmännchen aufgeht. Ich glaube, sie hatte keine Freunde, weil sie so dick war. Kinder mögen pummelige Mädchen nicht. Fette Menschen sind unsichtbar, wissen Sie. Ist das nicht der Ausbund an Ironie? Je dicker Leute werden, desto unsichtbarer sind sie. Ich sagte ihr, wenn sie nicht aufhören würde, sich so vollzufressen, dann würde sie niemals auch nur einen Freund haben. Vielleicht war es deshalb für sie so wichtig, sich an JD zu hängen.

**Dr. Sullivan**: Wie hat sich Carolines Reaktion manifestiert?
**Elaine**: Nun … sagen wir mal, sie wurde … verzweifelt.

Ich konnte hören, wie meine Mutter das Wort »verzweifelt« in ihrem Mund herumdrehte wie ein hartes Bonbon, und dachte, wenn sie die Zunge genug bewegen würde, dann würden die Ränder vielleicht aufweichen.

**Dr. Sullivan**: Wie meinen Sie das?
**Elaine**: Nun, wie kann ich das erklären? Also … sie muss sich gedacht haben, natürlich hat sie mir das niemals gesagt, doch ich habe immer versucht, mich in meine Kinder einzufühlen. An ihrem Verhalten konnte ich erkennen, dass sie gedacht haben muss: »Wenn man sie nicht besiegen kann, dann schließ dich ihnen an.« Und genau das hat Caroline getan. Zuerst war es ganz unschuldig. Sie kleidete sich genau wie JD, keine Röcke, Blumen oder Haarreifen mehr, keines dieser Mädchendinge, die sie zu tragen gewohnt war. Sie räumte diese Sachen aus ihrem Schrank und den Schubladen und tat sie in Säcke für die Heilsarmee. Das war mir immer wichtig – meinen Kindern ein Gefühl von Verpflichtung zu geben, den Mittellosen zu helfen. Man sollte so etwas früh im Leben lernen, finden Sie nicht? Wie auch immer, Caroline wollte jetzt Kleidung wie JD.

**Dr. Sullivan**: Würden Sie bestätigen, dass Caroline glaubte, dass sie in gewisser Weise ihre Identität änderte?

**Elaine**: Nun … vielleicht … Ich denke, man könnte es so erklären. Doch für mich bedeutete das, dass Caroline damit etwas von sich selbst verlor, indem sie das tat, und ich denke nicht, dass sie es so empfunden hat. Wenn man Caroline gefragt hätte, dann hatte sie geglaubt, dass ihre Identität darin bestand, ein Zwilling zu sein, egal, welche Form das annahm. Es spielte für sie wirklich keine Rolle, ob sie ein Kleid oder Shorts trug. Und ich meine, im Rückblick, sie hatte keine emotionale Beziehung zu diesen Dingen. Die wahre Beziehung bestand zu ihrer Schwester. Sie war ein sehr entschlossenes junges Mädchen. Wissen Sie, das erinnert mich an das Highschool-Jahrbuch der Mädchen. Sie wissen schon, wo jeder irgendeinen Titel erhält, wie »Wird wahrscheinlich …«. Nun, JD erhielt »Wird wahrscheinlich das Richtige tun« und über Caroline schrieben sie »Wird wahrscheinlich das bekommen, was sie will«.

Meiner war damals übrigens »Wird wahrscheinlich zur Homecoming Queen gewählt«. Was ich übrigens auch wurde.

**Dr. Sullivan**: Sehr schön. Gratulation.

**Elaine**: Danke. Es war so ein prächtiger Abend. Ich erinnere mich daran, als wäre es gestern gewesen. Mein Kleid war saphirblau.

Man sagte, ich hätte wie Audrey Hepburn ausgesehen. Eine junge Audrey Hepburn.

**Dr. Sullivan**: Sehr schön. Sehr schön.
**Elaine**: Wie auch immer, JDs Freundschaft mit dem Wildfang hielt nicht sehr lang. Es gab ein Missverständnis auf der Schule – JD wurde angeklagt für etwas, was sie nicht getan hatte. Wir beschlossen, dass es für sie das Beste sei, Abstand zu dem Mädchen zu halten.

**Dr. Sullivan**: Sie sagten, dass Caroline »verzweifelt« wurde. Ist es das, was Sie damit meinten, als sie ihre Kleider wegwarf?
**Elaine**: Sie hat sie den Bedürftigen gegeben.

**Dr. Sullivan**: Ach ja, natürlich – mein Fehler.
**Elaine**: Nun, da ist eine besondere Sache, an die ich gedacht habe …, aber ich bin mir nicht sicher, ob ich das alles erzählen soll … jetzt …

Meine Mutter klingt zum ersten Mal, als wäre ihr unbehaglich zumute. Ich kann mir vorstellen, wie sie die Beine übereinanderschlägt und wieder nebeneinanderstellt und dann wieder überkreuzt. Ich kann fast das leise Wischen ihrer Nylons hören, während sie wie besessen unsichtbare Flusen von ihrer Jacke klaubt.

**Dr. Sullivan**: Mrs Spencer, wir – Sie und ich und natürlich Ihr Ehemann – wollen Caroline helfen. Informationen über ihr Verhalten oder ihren Geisteszustand zurückzuhalten, fühlt sich vielleicht zunächst beschützend an, könnte aber den gegenteiligen Effekt haben.

**Elaine**: Nun, ich weiß auch nicht. Vielleicht sollte sie Ihnen diese Geschichte schildern. Es kommt mir nicht richtig vor, wenn ich es mache. Ich werde nicht – sie war an keinem guten Ort, wissen Sie – und vielleicht ... nun, es war, wie auch immer, etwas davon, meine ich. Ich bin nicht perfekt, wissen Sie, obwohl ich so auf andere zu wirken scheine. Ich ... vielleicht hätte ich aufmerksamer sein sollen, oder so, doch ich ...

Walter und ich kratzten alles zusammen, was wir hatten, um ihnen ein gutes Leben zu bieten. Sicherlich besser, als wir es je hatten, und besser, als wir es uns eigentlich leisten konnten, wenn Sie wissen, was ich meine. Ich versuchte, mich einzufügen in ... diesen erwarteten Lebensstil ... von den Leuten um uns herum. Ich war nicht vertraut mit diesen eingebildeten Leuten. Wir dachten, wir könnten uns integrieren, dass wir uns ändern könnten. Ich habe es versucht, das müssen Sie wissen, Sie können Caroline fragen. Es war nicht immer einfach für die Mädchen, doch ich habe es versucht. Walter nicht. Ich meine, er schloss sich manchmal meinen Ideen an, wenn er dachte, es würde unserem Ansehen nützen. Doch er ging kein Risiko ein. Er hatte einfach nicht das Rückgrat – oder irgendein anderes Körperteil –, was man dafür brauchte. Und, nun ja, ich ... konnte nicht alles allein machen. Ich konnte nicht alles für jeden sein.

Ich wusste nicht einmal, wer ich war oder was ich wollte. Was, wenn ich keine Kinder wollte? Ich meine, ich war so ... ich weiß gar nicht, worüber ich rede ... Ich denke, ich sollte vielleicht gehen. Ich glaube, ich gehe besser.

Es folgt eine lange Stille – doch das Band läuft weiter. Keiner von ihnen äußert etwas. Das leise Summen fährt fort und etwas, das wie Dr. Sullivan klingt, der Papiere auf dem Tisch verschiebt. Das Gespräch hat aufgehört, doch ich höre nicht, dass meine Mutter aufsteht und den Raum verlässt. Ich höre nicht, wie sich die Tür öffnet oder schließt; niemand sagt »Wiedersehen«, »Noch ein schönes Wochenende«, »Viel Glück beim Angeln« oder irgendwas in der Art. Ich kann mir nur vorstellen, dass sie beide einfach schweigend dasitzen. Ich blicke für irgendeine Erklärung zu Dr. Sullivan, doch sein Kopf ist nach oben geneigt. Er starrt vor sich hin auf die Stelle, wo die Decke an die Wand stößt. Ich drehe mich, um zu sehen, wohin er blickt, doch da ist nichts. Er stiert unverändert hinauf.

Ich will gerade etwas sagen, als das Gespräch auf dem Band fortfährt. Die Stimme meiner Mutter setzt wieder ein.

Sie ist nicht gegangen.

**Elaine**: Natürlich will ich ihr helfen, Dr. Sullivan. Es ist nur so, dass – (beginnt zu weinen), dass sie JD so sehr geliebt hat. Vielleicht sogar zu viel, wenn das möglich ist. Das klingt vermutlich verrückt für Sie. Die Ironie bei all dem ist, dass Caroline dachte, JD würde ihre Liebe nicht erwidern. Sie sah JDs Bedürfnis, ein Individuum zu sein, als persönlichen Affront – doch JD wollte einfach nur sie selbst sein. Es hatte überhaupt nichts mit Caroline zu tun.

Ehrlich gesagt liebte sie Caroline mehr, als Caroline je geglaubt hätte, doch es wäre nie gut genug gewesen. JD dachte, dass sie es Caroline für den Rest ihres Lebens beweisen müsste. Dass Caroline sie für immer verurteilen und ihr die Loyalität niemals glauben würde. Caroline ist einfach ein unglaublich empfindliches und bedürftiges Mädchen. Ich glaube, dass sie ohne JD verloren sein wird. Ich habe wirklich … Angst … (weint erneut).

Wenn sie wie jemand sein wollte, warum hätte sie nicht stattdessen mich wählen können? Ich hätte ihr zeigen können, wie sie genauso sein könnte wie ich … Ich hätte … Wollten sie denn wirklich nicht wie ich sein … keine von ihnen?

Oha! Mir wird schwindlig. Ich versuche, mich während ihrer Stille zu sammeln. Ich will nicht, dass er das Band anhält. Ich blicke zu Boden. Sie putzt sich die Nase. Dr. Sullivan sagt nichts zu ihr. Er wartet. Sie fährt kurz danach fort.

**Elaine**: Es spielt keine Rolle mehr. Sie müssen ihr helfen. Sie ist so kompliziert. Das haben Sie doch inzwischen bemerkt, oder? Haben Sie das inzwischen bemerkt?

**Dr. Sullivan**: Sie ist … vielschichtig.
**Elaine**: Ja, vielschichtig, ja, tatsächlich. Ganz genau.

**Dr. Sullivan**: Und mit jeder Schicht, die aufgedeckt wird, sind wir in der Lage, sie besser zu verstehen, und können ihr so helfen.
**Elaine**: Natürlich.

Sie schnieft. Es folgt eine weitere stille Phase. Dann räuspert sie sich.

**Elaine**: Als JD ungefähr acht war, hat sie sich auf dem Fahrrad verletzt. Sie fuhr mit ein paar Freunden auf dem Asphalt des Parkplatzes der Mittelschule, der auf der anderen Straßenseite unseres Hauses ist. Unsere Nachbarn, die Krakows, ihr Sohn und ihre Tochter waren da und natürlich Caroline, sie spielten auf der anderen Straßenseite mit ihren Fahrrädern. Sie absolvierten eine Art Hindernisparcours oder so einen Quatsch, wie es Kinder eben tun. Sie mussten schnell fahren – das war der Punkt. JD war sportlich. Vertun Sie sich da nicht. Das hat sie von mir. Ich war in der Leichtathletikmannschaft – Uniauswahl –, natürlich haben Sie das wegen meiner langen Beine schon geahnt.

**Dr. Sullivan**: Wirklich?
**Elaine**: Wie auch immer, JD war in keiner Weise ehrgeizig. Sie mochte Sport wegen des Sports. Nicht so sehr wegen des Wettkampfes – um jemanden zu schlagen oder zu gewinnen. Ich sehe keinen Sinn darin, doch so war JD. Sie war an der Reihe. Sie hatten eine Rampe zusammengebaut.

Zuerst musste sie Geschwindigkeit aufnehmen, indem sie im Kreis fuhr, und ich glaube, dass JD davon ein wenig schwindlig wurde, und als sie zur Rampe kam, verlor sie das Gleichgewicht. Weil sie so schnell fuhr, wurde sie in die Luft geschleudert und landete auf dem Gesicht. JD brach sich die Nase und schlug sich einen Zahn an.

Caroline schrie, daran erinnere ich mich genau, denn ich konnte sie durchs Küchenfenster hören, deutlich über die Straße hinweg. Ich wusste, dass etwas Hässliches passiert war. Überall war Blut und Caroline sprang voll Panik zurück ins Haus, um mich zu holen. Sie war völlig verstört.

Noch Tage nach dem Zwischenfall war Caroline ungewöhnlich leise und nachdenklich. Sie blieb für sich allein, verbrachte eine ganze Weile im Keller.

Mehrere Tage später habe ich die Mädchen zum Essen gerufen. JD war oben in ihrem Zimmer und machte Hausaufgaben. Caroline war im Keller. Da unten gab es ein Spielzimmer, aus der Zeit, als die Mädchen noch klein waren, mit ihren Spielsachen und allem Möglichen. Deshalb habe ich mir nichts Besonderes dabei gedacht. Doch nachdem ich mehrfach nach unten gerufen hatte, um sie zum Essen zu holen, und sie nicht antwortete, wurde ich unruhig. Hauptsächlich, weil ich wollte, dass die Mädchen früh aßen. Es war Mah-Jongg-Abend in unserem Haus. Das Essen musste abgeräumt sein, bevor ich

225

aufbauen konnte. Die Damen kamen um sieben. Ich war bereits spät dran. Ich musste sie drei oder vier Mal gerufen haben. Ich schickte JD zu ihr nach unten, und als Nächstes hörte ich, wie JD schrie: »Caroline ist tot!«

Ich lief die Stufen hinunter. Ich dachte, ich würde einen Herzinfarkt bekommen. Da wurde mir bewusst – was wäre, wenn ich wirklich einen Herzinfarkt bekomme? Was passiert dann? Wie komme ich ins Krankenhaus? Würde JD wissen, wie man einen Krankenwagen ruft?

Nun, zum Glück bekam ich keinen Herzinfarkt. Doch wenn man zurückblickt, dann ist es verwunderlich, dass ich verschont blieb. Ich fand Caroline im Arbeitsraum, ohnmächtig auf dem Zementboden in einer Blutlache. Sie hatte einen von Walters Hämmern genommen und sich damit gegen die Zähne geschlagen. Ich kann noch immer nicht glauben, dass sie so etwas tun konnte. Doch Kinder tun die verflixtesten Dinge, oder? Sie musste mehr als einen Schlag gegen den Zahn gemacht haben, oder der eine Schlag war sehr fest gewesen, denn, wie sie mir später sagte, hatte sie eigentlich nur vorgehabt, einen Zahn zu beschädigen, doch stattdessen hatte sie sich damit zwei ganze Zähne ausgeschlagen. Wir fanden sie in dem Blut neben ihrer Nase. Caroline verlor so viel Blut. Sie musste von dem Schock ohnmächtig geworden sein.

Ich weiß gar nicht, wie ich das überlebt habe.

Natürlich hatten wir an jenem Abend kein Mah-Jongg. Ich musste die Sauerei im Keller sauber machen, als wir aus dem Krankenhaus zurückkehrten. Das Blut und die Zähne. Der Arzt in der Notaufnahme sagte, wir hätten die Zähne mitbringen sollen. Sie hätten sie wieder einsetzen können, wenn wir schnell genug gewesen wären. Doch ich brachte sie nicht mit. Dachte nicht einmal daran. In jener Nacht warf ich die Zähne auf den Müll. Um dann am nächsten Morgen Caroline dabei zu entdecken, wie sie den Eimer durchwühlte, um sie auszugraben. Seltsam, finden Sie nicht, dass sie die Zähne behalten wollte?

Wir mussten das Mah-Jongg auf den nächsten Monat verschieben. All das gute Essen war verschwendet.

Ich habe immer tolle Partys gemacht, wissen Sie. Man sagte, dass meine Partys die besten in der Stadt seien. Ich war bekannt für meine russischen Eier. Es war mein Lieblingsgericht – obwohl Caroline es hasste, wenn ich sie machte. Sie konnte den Geruch hart gekochter Eier nicht ertragen. Sie schmeckten bei mir anders als bei anderen wegen einer bestimmten Zutat … niemand hat es je herausgefunden. Aber … na ja, ich kann es Ihnen verraten, wenn Sie es wissen wollen, bleibt ja unter uns. Jetzt, wo ich Sie neugierig gemacht habe: Chilipaste. Die Orientalen hatten es. Sie hatten einen Markt,

der ein paar Orte weiter war. Dort konnte
man die verrücktesten Dinge finden. Nun ...
Ich schätze, das Geheimnis ist jetzt raus!

Sie schlägt sich mit den Händen auf den Schoß und kichert.

**Dr. Sullivan**: Und Caroline?
**Elaine**: Hmm? Ach so, Caroline. Nun, sie hat
da jetzt zwei falsche Zähne. Doch das geschah
nicht sofort. Zuerst musste das Zahnfleisch
verheilen. Am nächsten Tag, als sie aufwachte,
sprang sie aus dem Bett, als ob Weihnachten
wäre. Ich räumte gerade die Wäsche ein, als sie
ins Badezimmer lief. Sie ging ganz nah an den
Spiegel und öffnete den Mund sehr weit – ich
weiß nicht, wie sie sich so ansehen konnte. Mit
den Augen so groß wie Untertassen warf sie
die Fäuste in die Luft, wie es Läufer tun, wenn
sie über die Ziellinie kommen. Sie rief: »Ich
habe es getan. Genau wie bei JD.« Sie strahlte.
Blut auf den Wangen und dem Nachthemd.
Beim Gedanken an ihren blutigen, zahnlosen
Mund zucke ich noch immer zusammen. Sie
ging aus dem Badezimmer und rief: »Zwillinge
für immer!«

Natürlich stieß sie sich noch einen dritten
Zahn an. Ganz schön frech, finden Sie nicht?
Der Vertrauenslehrer empfahl, dass wir sie
zu jemandem bringen, wissen Sie, einem
Psychologen. Doch das haben wir nicht getan.
Wally hat es nicht gewollt.

# KAPITEL VIERZEHN

*Mittwoch, 27. September 2006, 19.51 Uhr*

Als ich im Auto sitze, klappe ich als Erstes die Sonnenblende runter und sehe in den Spiegel. Mit dem Finger fahre ich mir über die Schneidezähne. Sie sehen aus wie die anderen. Es ist unmöglich, zu erkennen, ob es Implantate sind. Ich ziehe an ihnen. Fest. An so etwas würde ich mich doch erinnern, oder etwa nicht? Ich klappe die Sonnenblende hoch und schließe den Mund, der die letzten dreißig Minuten offen stand. Vielleicht bilde ich mir das ja nur ein, doch ich schmecke auf einmal Blut in meinem Mund. Ich wische mit der Zunge über die oberen Zähne. Mein Zahnfleisch pocht. Und ich schmecke Blut.

Ich will es um jeden Preis beschützen, dieses kleine Mädchen, von dem meine Mom gesprochen hat. Doch ich kann nicht. Es ist zu spät. Sie brauchte ... etwas. Warum hat das niemand erkannt? Es scheint fast so, als hätte niemand sie verstanden oder sich die Zeit genommen, es zu versuchen.

Doch eins weiß ich: Sie ist nicht mehr klein.

Meine Kindheit war verkorkst. Wenn ich an die Geschichte meiner Mutter denke, dann schmerzt es mich in der Brust. Oder vielleicht ist es mein Herz. Es fühlt sich

lädiert an. Oder hohl. Irgendwas. Ich kann es nicht genau aus-
machen. Es würde mich nicht wundern, wenn mir eines Tages
jemand mitteilt, dass mir ein Teil des Herzens fehlt. Wenn
sich auf einem Röntgenbild oder einer Sonografie zeigt, dass
es nicht vollständig ausgeformt oder entwickelt ist. Ein Herz
mit Löchern. Vielleicht wächst ein Herz nur, wenn es Liebe
empfindet. Und wenn Schmerz die Liebe ersetzt, dann erset-
zen Löcher das Herz.

Warum hat meine Mutter nicht erkannt, dass ein
Eingreifen unerlässlich war? Es war ihr unvorstellbar, sich über
die Weigerung meines Vaters hinwegzusetzen. »Frech«? Das war
alles?

Dr. Sullivan war klug genug, mir keine Fragen zu stellen,
als das Band stoppte. Er nannte mir einen Termin am Freitag,
den jemand anders abgesagt hatte, und meinte, dass wir dann
darüber reden würden. Das würde mir Gelegenheit geben, das
zu verarbeiten. Oder nicht wiederzukommen.

Die Wahrheit ist, dass ich mich an ein paar der Dinge erinnern kann, die sie gesagt hat. Ich bin nicht in den Raum getreten und habe mich sofort daran erinnert, doch als meine Mutter
diese Geschichten erzählt hat, tauchten Erinnerungsfetzen auf.
Wie Pilze, die sich durch das feuchte Gras drücken.

Auf dem ganzen Weg nach Hause fahre ich wie benebelt.
Ich erinnere mich nicht einmal daran, was ich dort gesucht habe.
Doch das war es jedenfalls nicht. Ich hatte niemals gedacht,
dass es mich weiterbringen würde, Dr. Sullivan aufzusuchen,
oder dass ich mich mit diesem Besuch mitten ins Zentrum des
Sturms begeben würde. Er meinte, das würde passieren, doch
ich habe ihm das nicht geglaubt. Ich hatte nicht gedacht, dass
wirklich Sitzungen stattgefunden hatten. Plural. Wie dumm.
Einen Schritt vorwärtszugehen und dabei fünf Schritte zurück-
zumachen, das war nicht auf meinem Radar.

Der Nebel aus dem Auto folgt mir bis ins Haus. Lilly und Tessa schlafen bereits. Andy ist noch nicht zu Hause. Nachdem ich Mrs H bezahlt habe, gehe ich sofort nach oben und spüle mir den blutigen Geschmack aus dem Mund, dann krieche ich ins Bett.

\* \* \*

### Donnerstag, 28. September 2006, 7.30 Uhr

Ich bin froh, dass Andy bereits zur Arbeit gegangen ist und ich wegen des Abends nicht lügen muss. Am Telefon zu lügen wird ein klein bisschen leichter sein. Außerdem ist es ohnehin nur eine unschuldige Lüge, damit ich den Blick besser aufs Ziel richten kann, bis ich mein Leben wieder in die Spur bekomme. Ich tue das nur für uns.

Mitten am Nachmittag ruft er an und weckt mich aus einem Nickerchen auf der Couch. Nachdem ich die Mädchen an diesem Morgen zur Schule gebracht habe, habe ich mich bemüht, aus dem Arbeitszimmer und vom Computer wegzubleiben. Ich habe mich auf die Couch gesetzt, um den Kopf für eine Minute auszuruhen. Jetzt ist der halbe Tag vergangen. Andy hat angerufen, um mich an die Veranstaltung heute Abend für das Kinderkrankenhaus zu erinnern. Nichts könnte mir derzeit ferner liegen. Der Gedanke, eine Dusche nehmen zu müssen, mich schick anzuziehen und den Abend mit Sylvie und George zu verbringen, ist fast abstoßend. Ich wünsche mir, ich könnte die Energie für eine Dusche aufbringen. Doch ich schaffe es nicht und es kümmert mich auch nicht. Es wird sowieso niemand bemerken – ich binde mein Haar einfach zu einem Pferdeschwanz und kämme mir den Pony in die Stirn.

\* \* \*

Sylvie tritt durch unsere Eingangstür und sieht wie immer fantastisch aus. Ihr Mann George und Andy sind alte Collegefreunde. Sie hatten sich seit Jahren nicht mehr gesehen, aber vor drei Jahren hat Andy ihn im Lebensmittelgeschäft getroffen. George und Sylvie hatten sich zufälligerweise auch in Farhaven niedergelassen. Da haben Andy und George ihre Freundschaft wieder aufleben lassen und sind seitdem wie zwei Zinken an einer Gabel.

»Du siehst toll aus, Sylvie.« Es ist wahr. Ihr langes, vorzeitig silbergraues Haar beeinträchtigt ihre jugendlichen Züge nicht – klare Augen, eine stromlinienförmige Nase, ein Lächeln wie aus der Zahnpastareklame. Sie braucht kein Make-up und trägt nur etwas Himbeergloss auf den Lippen.

»Es tut mir leid, wenn ich von dir nicht das Gleiche behaupten kann. Was zum Teufel ist passiert? Was ist mit deinem Haar? Es sieht ja aus, als wolltest du die Garage ausräumen.« Sie hat eine wunderbare Gabe, genau das auszusprechen, was ihr durch den Kopf geht – fast wie eine Fünfjährige. Es muss unglaublich befreiend sein.

Wie ein Aal gleitet sie durch den Eingangsflur in Richtung Küche. »Bitte gib mir einen Drink, dieser Mann ist ein Wahnsinniger«, schimpft sie. »Achtzig Stundenkilometer auf Nebenstraßen! Die ganze Zeit! Ich habe im Auto gebetet, dass uns ein Cop anhält. Andy fährt heute Abend, tut mir leid, oder ich komme nicht mit. Dann wäre es mir sogar egal, wenn ich die Wahrsagerin verpasse – selbst wenn sie Patrice das Leben gerettet hat. Ich habe dir die Geschichte erzählt, oder? Du weißt schon, die Vorahnung über ihren Ex. Erinnerst du dich?«

Ich verziehe das Gesicht.

»Ich werde dem Kinderkrankenhaus einfach einen Scheck schicken und fertig. Ich muss nicht so unbedingt zu dieser Sache gehen«, sagt sie nachdrücklich über die Schulter in Richtung George. George kommt rein, als Sylvie hinzufügt: »Und ich nehme mir ein Taxi nach Hause. Wirklich, George, bring das Ding zurück nach Deutschland, ja? Ich glaube, mir wird schlecht.« Sie stolziert zur Toilette.

Andy kommt kichernd von hinten und drückt Sylvie einen flüchtigen Kuss auf die Wange, als sie an ihm vorbeigeht. Dann streckt er George die Hand hin. »Hast dich kein bisschen verändert, was, George? Gott sei Dank, sonst würde ich hier niemanden verstehen.«

Vielleicht würde er hier jemanden verstehen, wenn er einmal an zwei zusammenhängenden Tagen im vergangenen Monat daheim gewesen wäre. Er weiß, dass ich heute Abend zu Hause bleiben will. Ich habe schreckliche Kopfschmerzen und bin erschöpft. Und ich wollte die Mädchen nicht schon wieder mit einem Babysitter zurücklassen. Wir gehen alle auf dem Zahnfleisch; wir brauchen jetzt Familienzeit. An einem anderen Ort als der Notfallambulanz.

Doch es ist die Frau eines Kunden von Andy, die das Fundraising des Krankenhauses leitet, und er meinte, »es würde nicht sehr vorteilhaft aussehen«, wenn wir es verpassen.

Sylvie kommt aus dem Badezimmer und begegnet mir im Flur. Wir schlendern gemeinsam zur Küche. »Es tut mir leid, dass wir so spät sind, Süße, doch ich musste ein Bikiniwaxing einschieben, und mein übliches Mädchen dafür in New York ist im Urlaub, weshalb ich zu dem Laden in der Stadt gegangen bin. Tu dir einen Gefallen und geh niemals zum Waxing in der Vorstadt – du läufst eine ganze Woche wie ein Cowboy herum.« Ihr Blick verharrt auf mir, wobei sie über die rotgerahmten Gläser blickt, die sie an ihrer Nase herunterrutschen lässt, dann sieht sie an mir hinauf und hinunter. »Ziehst du dich noch um?«

»Wer, ich? Ich … wollte eigentlich das tragen.« Ich sehe an mir runter, um herauszufinden, was ich anhabe.

»Wirklich? Das ist … ein bisschen …« Sylvie wirkt, als würde ihre Nase einem Stück Roquefort zu nahe gekommen sein. »Geht es dir gut?«, fragt sie, während ich ihr ein Glas Wein reiche. Jetzt beäugt sie die Seite meines Gesichtes. Sie schiebt mir mit den Fingern die Haare beiseite, die aus dem Pferdeschwanz gerutscht sind. »Hat dich jemand geschlagen?«, fragt sie leise.

»Mich geschlagen? Nein.« Zuerst denke ich, dass sie verrückt ist. Dann erinnere ich mich an den Affen. Ich habe das ganz vergessen. Es scheint Monate her zu sein. »Natürlich hat mich niemand geschlagen.« Nun, das ist wohl etwas, wofür man dankbar sein muss. »Ich bin nur hingefallen.«

»Scheibenkleister, Caroline, du siehst völlig fertig aus«, bemerkt sie leise.

»Mir geht es gut. Wie geht es dir?«

Für eine Sekunde hält sie inne und blickt mir prüfend ins Gesicht, dann glättet sie mit ihrem Finger vorsichtig das Make-up um meine Prellung. »Abgesehen von meinem Schoß geht es mir gut«, antwortet sie. »Ich bin einfach froh, euch zu sehen, Leute. Glaube ich.« Sie runzelt die Stirn. Sie drückt mir die Hand und biegt um die Ecke in die Essecke, wo die Mädchen gerade ihr Essen mit Rachel – ihrer Babysitterin – beenden.

»Hey, Mädels! Oh mein Gott, was zur Hölle … äh, im Himmel ist euch zwei denn passiert? Donnerwetter, habt ihr etwa alle mit Rollerderby angefangen?«

»Sylvie!«, kreischen die Mädchen einstimmig und laufen zu ihr, um sie mit ihrer Zuneigung zu ersticken.

Tessas Lippe ist noch immer geschwollen. Ich muss den Arzt deswegen anrufen.

»Meine Güte, ihr seht ja schrecklich aus«, ruft sie aus und löst sich aus der Umarmung, um sie sich genauer anzusehen.

»Sylvie – die Mädchen sehen gut aus«, korrigiere ich sie.

»Willst du auf meinem Verband unterschreiben, Sylvie, du kannst auch etwas malen, wenn du willst?«

»Sicher, Lillylein, aber warum erledigst du nicht zuerst das Hähnchen?«

»Ihr Mädchen beendet euer Abendessen. Sylvie wird später unterschreiben, wenn wir wieder nach Hause kommen.«

Tessa blickt mich an. »Ziehst du dich noch um, Mommy?«

Ich wünschte, alle würden aufhören, mir immer wieder diese Frage zu stellen. »Iss auf, Tessa.«

Sylvie tätschelt Lilly am Po und sagt: »Wir quatschen später, okay?« Sie dreht sich zu mir. »Wir sollten vielleicht los – ich will Madame Troia nicht verpassen.« Sie wühlt in ihrer Handtasche und sucht nach etwas. Ohne Spiegel trägt sie sich etwas Lipgloss auf und hält ihn mir dann hin. »Auch etwas? Das hilft vielleicht.«

»In Ordnung …«

»Ich habe dir schon erzählt, dass es dieselbe Hellseherin ist, bei der Patrice war, oder?«

Ich hoffe, Andy erwartet nicht, dass ich heute Abend gesellig bin.

»Das habe ich dir erzählt, oder, Caroline?«

»Was?«

»Hörst du mir überhaupt zu?«

»Was? Ja. Natürlich höre ich zu.«

»Das ist diejenige – die Wahrsagerin der Stars. Patrice hat sie bei einer Filmpremiere auf dem Tribeca Film Festival kennengelernt. Alle haben sich die Zukunft lesen lassen, De Niro, DiCaprio, alle. Tad war auch da, mit seiner neuen Freundin LuLu, die j'adore! Zum Glück ist er diese eiskalte Sinclair losgeworden. Lass mich bloß mit diesem Namen in Ruhe.«

Worüber redet sie überhaupt? Ich nicke großzügig. Ich weiß selten, auf wen sie sich bezieht. Ich habe Patrice, Tad, LuLu oder Sinclair nie getroffen oder auch nur von ihnen gehört. Ich hatte immer gedacht, dass ich sie kennen müsste, als wären es Leute, die sie mir vorgestellt hat, oder schlimmer: Prominente aus dem *People*-Magazin. Doch dann habe ich Sylvie besser kennengelernt. Das sind Leute aus ihren verschiedenen Kreisen, die mir nie begegnet sind und es wahrscheinlich auch nie werden. Doch das hält sie nicht davon ab, über sie zu sprechen, manchmal sogar recht intim. Es kommt mir so vor, als ob sie selten zweimal über dieselben Leute redet.

»Hör zu, Sylvie, ich muss dir was sagen. Ich weiß, wir haben euch schon eine ganze Weile nicht gesehen, doch Andy und ich müssen heute Abend einen Kurzauftritt machen.«

»Wie kommt das?«

»Wir hatten eine höllische Woche. Die Mädchen sind angeschlagen und Andy ist gerade aus London zurückgekehrt, er hat bis spät gearbeitet ...«

»Und?«

»Und was?«

»Süße, echt jetzt? Wenn ich es dir nicht sage, wird es niemand tun. Du siehst aus wie eine Obdachlose. Die gerade aus dem Irrenhaus getürmt ist.«

Ich blicke wieder an mir runter, um mich unterhalb des Kinns zu betrachten. Ich fand nicht, dass ich so schlecht aussehe. Ich würde beleidigt sein, wenn ich die Energie dazu aufbringen könnte. Doch, das muss ich ihr zugestehen, sie wird langsam warm mit dem verrückten Landstreicher. Sie fährt fort, ohne auf eine Antwort zu warten: »Ich meine es nett. Glaub mir. Hör zu, ich bin nur besorgt, das ist alles. Ich habe dich so noch nie gesehen – so wie jetzt. Deine Haare, dein Gesicht, dein ... das Ding, was du da anhast. Was ist das überhaupt, was du da trägst?«

»Caroline, seid ihr Mädels bereit?«, ertönt Andys Stimme aus dem Wohnzimmer, wo die Männer die ekelhaft stinkenden kubanischen Zigarren rauchen, die er hortet.

»Scheiße – das bedeutet getrennte Autos.« Sylvie sieht mich nervös an und leert dann den Rest ihres Weins. »Ich schwöre dir, er bringt mich eines Tages noch um in diesem Auto. Wenn er etwas für seine Midlife-Crisis gebraucht hat, dann hätte ich wirklich eine Geliebte bevorzugt.«

»Ich fahre! Lass sie zusammen losziehen. Wir müssen sowieso zwei Autos nehmen«, schlage ich vor.

»Brillant.« Sie erfasst mich an beiden Armen. »Du bist heute Abend vielleicht kein Hingucker, aber du hast sie trotzdem noch alle beisammen.«

Sie ist jetzt so kühl wie die Tundra.

Ich gehe hinüber zum Tisch, um den Mädchen einen Abschiedskuss zu geben.

»Rachel, wir werden nur eine Stunde weg sein, also sind wir zu Hause, bevor die Mädchen zu Bett gehen.«

»Okay, Mrs Thompson. Dürfen sie fernsehen, wenn sie ihre Hausaufgaben gemacht haben?«

»Ähm, ja, klar.«

»Fernsehen an einem Donnerstag?« Lilly springt vom Stuhl auf.

»Pst, Lilly.« Tessa ergreift sie am Arm und zieht sie zurück.

»Heute ist Donnerstag?«, staune ich, während ich aus der Küche gehe. Ich nehme meine Handtasche von der Bank im Eingangsflur. Andy legt den Arm um mich und flüstert mir ins Ohr.

»Geht es dir gut?«

»Warum fragt mich das die ganze Welt?«

»Nun, du siehst nicht so aus wie sonst.«

»Ich habe Kopfschmerzen. Ich bin erledigt und will eigentlich nur meinen Schlafanzug anziehen und ein Bad nehmen.«

»In dieser Reihenfolge?« Er drückt mich und mahnt: »Komm schon, Caroline, wir müssen los, wir haben das schon durchgesprochen.«

237

»Na gut, dann lass uns fahren. Ein Drink und wir sind wieder weg. Sylvie kommt mit mir. Ich werde dein Auto nehmen. Wir treffen uns dann dort.«

»Bist du sicher, dass du mit Sylvie fahren willst? Ich meine, wir sind schon eine Weile nicht mehr zusammen aus gewesen.«

»Sie hasst es, in dem Porsche zu fahren. Du kannst dich ein wenig mit George austauschen.« Er küsst mir die Wange.

Sylvie rutscht auf den Ledersitz in Andys Auto. »Hast du gehört, was Georges Nichte Emma passiert ist? Sie ist im Kindergarten der Lincoln-Grundschule – Moment, gehen nicht Tessa und Lilly auch dorthin?«

»Ja ...«, erwidere ich zögernd.

»Oh, dann weißt du sicher von der Abriegelung. Nun, das ist wegen Emma, kannst du dir das vorstellen? Emma ist das Mädchen, das sie gesucht haben.«

»Was meinst du, sie haben sie *gesucht*? Die Mädchen haben mir nichts von einer Abriegelung erzählt. Wann war das denn?«

»Ähm ... ich glaube, es war Dienstag? Ich weiß es nicht mehr genau – vielleicht erinnert sich George daran. Frag die Mädchen. Sie wissen das bestimmt.

Es begann mit einem Feuer – einem angeblichen Feuer. Sagen wir mal einfach, der Alarm heulte los, doch es war keine Übung, deshalb dachten sie, es sei echt.«

Das war der Tag, an dem ich in der Bibliothek ausgeholfen habe. Mein Magen zieht sich zusammen. »Ach ja«, nicke ich, »die Mädchen haben mir von einer Feuerübung erzählt. Sie haben aber keine Abriegelung erwähnt.« Ich zwinge einen Tennisball die Kehle hinunter.

»Übrigens, ich habe diese Geschichte von Georges Schwester Donna, und du weißt ja, wie sie ist.«

Ich habe keine Ahnung, wie sie ist.

»Du musst die Lücken vielleicht mit etwas weniger Zweifelhaftem ausfüllen.« Sylvie dreht den Kopf, um aus dem

Fenster zu blicken, und zeigt zum Restaurant an der Ecke der Mountain Avenue. »Sie haben dort großartiges Fondue. Du solltest mal Lilly und Tessa hinbringen, sie werden es lieben …

Wie auch immer, wo war ich gleich … ach ja, also sind alle Kinder aus dem Gebäude geströmt.« Sylvie dreht sich zu mir: »Ich kann nicht glauben, dass die Mädchen dir nicht davon erzählt haben, es war eine große Sache, wie Donna meinte. Alle Lehrer drehten durch und erklärten den Kindern, dass es keine Übung sei, sondern echt. Völlig ruhig und gefasst.« An einer roten Ampel blicke ich zu Sylvie, die die Augen verdreht. »Also war Emma natürlich wie versteinert, denn – vergiss das nicht – sie ist ja noch traumatisiert von dem Feuer, das sie im letzten Jahr in ihrem Haus hatten. Anstatt das Gebäude mit dem Rest ihrer Klasse zu verlassen, hat sie sich unter einem Schreibtisch in der Bibliothek versteckt. Doch ihre Lehrerin hat nicht bemerkt, dass sie fehlte, bis die Kinder alle draußen waren und sie durchgezählt hat. Da geriet Mrs Arschlochlehrerin in Panik, denn sie konnte nicht zurückgehen und nach Emma suchen, bevor die Feuerwehr kam und das Gebäude nach Brandherden durchforstet hatte. Sie wusste, dass sie im Arsch war. Als sie dann grünes Licht bekam, um ins Gebäude zurückzukehren, gab es eine Abriegelung, damit das Gebäude nach Emma durchkämmt werden konnte. Währenddessen alarmierten sie die Polizei, um die Umgebung zu durchsuchen, für den Fall, dass sie schon vom Schulgelände getürmt war, oder schlimmer – mitgenommen worden war. Krass, oder? Dann haben sie Donna angerufen.

Schließlich haben sie das arme Kind zitternd unter einem Tisch in der Bibliothek entdeckt. Und stell dir vor – George hat mir erzählt, dass die Schulleiterin gestern bei Donna angerufen hat, um ihr zu berichten, dass es gar kein Feuer gab. Dass der Alarm von jemandem ausgelöst wurde. Jetzt sei es oberste Priorität, herauszufinden, wer das war. Und jetzt kommt der Hammer: Die Direktorin hat Donna gefragt, ob sie sich vorstellen könne, dass Emma den Alarm ausgelöst und sich dann unter dem Tisch verkrochen hat.

Caroline!« Sylvie ergreift meinen Arm und gräbt ihre Nägel durch den Stoff in meine Haut. »Wo zum Teufel fährst du hin? Bleib auf deiner Straßenseite. Das ist hier nicht London.«

Ich lenke schnell zurück auf die rechte Straßenseite und sende ein stummes Gebet, dass ich nicht das entgegenkommende Auto gerammt habe.

»Caroline – was zum Teufel ist los?«

Sylvies Blick brennt mir von der Seite Löcher ins Gesicht.

»Fahr an den Rand, Süße. Ich fahre.«

»Sylvie. Ich fahre nicht ran. Es tut mir leid. Mir geht es gut. Ich bin nur … eine Sekunde in Gedanken gewesen. Ich bin wieder in der Spur. Vertrau mir.«

»Mein Gott. Das hat mich zu Tode erschreckt. Ich mag es nicht, das zuzugeben, doch vielleicht bin ich heute Nacht doch sicherer bei George.«

»Das arme Mädchen. Ich fühle mich schrecklich.«

»Wer, Emma? Na ja. Verkorkste Angelegenheit. Ehrlich, aber lass dir davon nicht den Abend verderben. Du brauchst dir keine Sorgen mehr zu machen.« Sie beugt sich vor, um meinen Arm zu berühren. »Es ist ja nicht so, als wäre es deine Schuld.«

Für einen Abend mitten in der Woche ist es ein recht gutes Ergebnis für das Charity-Dinner. Die Einnahmen des Abends gehen direkt an das High-Hopes-Kinderkrankenhaus.

Es ist ein warmer, sternenklarer Abend draußen auf der Pine Terrace, wo Cocktails serviert werden. Der Sound der dreiköpfigen Band schwebt wie große, bauschige Kumuluswolken durch die Luft. Am Rand der Terrasse kann man den mit Tischen übersäten Rasen sehen. Verziert mit weißen Leinendecken warten sie auf das Essen. Das Silberbesteck glitzert zurück zu den Sternen. Die Mitarbeiter huschen leise vorbei, um die Suppe und Rindermedaillons für zweihundert fette Geldbörsen bereit zu haben.

Ich kümmere mich darum, Andys Kunden und seine Frau zu begrüßen und sie Sylvie vorzustellen, die sie zu den beeindruckendsten Personen erklärt, die sie je getroffen hat, bevor sie von meiner Seite geht, um die Party zu überwachen. Ich bin überhaupt nicht hungrig, doch ich nehme mir ein paar Bruschettas, um mich zu beschäftigen, und trinke den letzten Schluck meines Chardonnays.

Andy und ich einigen uns darauf, dass wir jetzt gut gehen können, nachdem wir auf ein paar Artikel auf dem Versteigerungstisch mitgeboten haben, weshalb ich nach Sylvie suche, um ihr eine gute Nacht zu wünschen. Sie steht in der Mitte einer endlosen Reihe aufgedrehter Frauen, die durch den ganzen Ballsaal verläuft. Sie sehen aus wie kleine Kinder am Eiswagen. Außer Sylvie, die in dieser Menge fehl am Platz wirkt. Die meisten Leute finden es überraschend, dass Sylvie und George im Vorort leben. Zum einen haben sie keine Kinder, zum anderen arbeiten beide in New York und tragen die Raffinesse der Stadt wie eine Ehrennadel mit sich herum. Meine Theorie ist, dass Sylvie sich allen gegenüber anders fühlen muss, und das ist es, was ihr der Vorort bietet.

»Hey, Sylvie.«

»Oh, da bist du ja. Komm her. Stell dich vor mich, wenn niemand hinsieht.«

»Warum? Ich kann nicht. Andy und ich gehen. Ich bin gekommen, um mich zu verabschieden.«

»Was? Was meinst du damit? Lässt du dich nicht lesen?«

»Was lesen?«

»Das hier ist die Warteschlange für Madame Troia. Ich habe es dir doch erzählt, Caroline. Ich wusste, dass du mir nicht zugehört hast. Du musst wissen, du hattest den ganzen Abend diesen abwesenden Traumlandausdruck auf dem Gesicht. Was ist mit dir los?«

Ich seufze laut. »Ja, Madame Troia, ich weiß. Nein, ich werde mich nicht lesen lassen. Wir gehen.«

»Jetzt? Du musst jetzt gehen? Verstehst du nicht, wer sie ist? Ich glaube, das weißt du wirklich nicht. Was glaubst du, wie Jennifer das mit Brad und Angelina herausgefunden hat? Sei kein Narr! Hier, stell dich vor mich, ich lass dich vor. Du darfst dir das nicht entgehen lassen.«

»Ich bin nicht in der Stimmung, Sylvie. Wirklich nicht.«

Das laute Gerede vom Anfang der Reihe schwillt an und dringt bis zu uns.

»Was heißt das, sie macht eine Pause?«, platzt jemand vor uns raus und entfacht damit fast einen Aufstand. Die Menge, die auf Madame Troia wartet, ist am Rand eines Aufstands. Sie hat gerade angekündigt, dass sie wegen einer schwierigen Lesung eine Pause macht.

»Das ist empörend. Ich stehe seit fast einer Stunde hier«, knurrt Sylvie vor sich hin. »Halt bitte für uns die Stelle, ja, Süße?«, sagt sie zu der Frau hinter ihr in der Reihe. »Ich muss mal Pipi machen.«

Ich gehe mit ihr zur Toilette, wo bereits ein paar Frauen in der Schlange warten. Ich stelle mich hinter jemanden in grauem Nadelstreifenkostüm und kurzem Haar. Ich könnte schwören, dass es ein Mann ist, doch niemand wundert sich über seine/ihre Anwesenheit. Sylvie beendet ein Gespräch mit jemandem hinter ihr, dreht sich um und erfasst meinen Arm mit der festen Absicht, ihn aus dem Gelenk zu drehen – zumindest fühlt es sich so an.

»Mein Gott – sieh nur, wer da vor dir steht!«

»Das ist ein Mann, oder?«

»Oh, entschuldigen Sie«, sagt Sylvie zu dem Mann vor mir. Ich überlasse es Sylvie, ihn zu vertreiben. Welcher Mann würde in einer Schlange zur Frauentoilette anstehen? Sylvie schiebt sich vor mich.

In dem bodentiefen Spiegel zu meiner Rechten erhasche ich einen Blick auf mich und nehme meine Umgebung in seiner Spiegelung wahr. Der rosafarbenen Toilette gegenüber befindet sich eine Reihe kleiner Frisierstühle mit Taftbespannung. Der Raum riecht nach dem Parfüm alter Frauen. Die Kerzenleuchter werfen ein sanftes Licht. Ich scheine knietief in dem pinkfarbenen Plüschteppich zu versinken. Alle Frauen sprechen im Flüsterton. Es kommt mir vor, als wäre ich im Traum von jemand anderem.

Ich blicke erneut in den Spiegel. Der Affe auf meiner Wange ist kaum noch zu erkennen. Zumindest nicht als ein Primat. Es ist nur noch eine pflaumenförmige Prellung an meiner Wange, auch der Schnitt über der Braue ist kleiner geworden und mit Schorf bedeckt.

»Das ist meine Freundin Caroline«, stellt Sylvie mich vor, als ich den Blick vom Spiegel wende und die Hand schüttle, die mir entgegengestreckt wird.

Ich drehe mich, um auf meine Uhr zu blicken, und sage: »Freut mich, Sie kennenzulernen.« Ich will einfach nur zur Toilette und dann raus hier. Wenn meine Blase nicht gleich platzen würde, wäre ich jetzt schon zu Hause. Die Warteschlange dauert ewig. Andy hat wahrscheinlich bereits einen Fahndungsaufruf abgeschickt. Ich hebe den Arm, um auf die Uhr zu sehen, und merke, dass Sylvies Freund meine Hand noch nicht losgelassen hat. Jetzt blicke ich auf, aus eigennützigem Interesse. Es ist der Typ im Anzug. Doch es ist kein Typ. Er ist eine Sie. Und ihr scheint es überhaupt nicht unangenehm zu sein, dass sie noch immer meine Hand hält. »Es tut mir leid, dass ich Ihren Namen nicht gehört habe«, bedauere ich.

»Caroline, was ist nur mit dir los?«, räuspert sich Sylvie mit verlegenem Kichern. »Es tut mir so leid, Madame Troia – meine

Freundin ist ein wenig beschäftigt.« Im nächsten Moment tritt sie mir gegen das Schienbein. Mein Reflex, mir an das schmerzende Schienbein zu fassen, wird dadurch unterbunden, dass diese Person noch immer meine Hand hält. »Caroline wollte gerade gehen, doch ich sagte ihr, dass sie nicht gehen könne, ohne Sie kennenzulernen. Habe ich Ihnen erzählt, dass Sie wirklich das Leben meiner Freundin gerettet haben? Patrice Summer. Sie haben sie wegen ihres Mannes gewarnt – jetzt ihr Ex-Mann –, bei der Filmpremiere auf dem Tribeca Film Festival. Erinnern Sie sich – oh, natürlich, bestimmt erinnern Sie sich. Sie hatten recht mit dem Geld.«

Meine Gedanken vollführen ein Tauziehen in drei Richtungen: Warum sollte eine Wahrsagerin sich dafür entscheiden, eine Toilettenpause einzulegen, wenn sie doch »weiß«, dass es eine Schlange gibt? Warum hat mir meine sogenannte Freundin gerade gegen das Bein getreten? Und wie genau kann ich meine rechte Hand zurückfordern? Ich kann nicht glauben, dass das Madame Troia ist. Sie sieht aus wie ein Buchhalter mit weiblichen Zügen.

»Sie bleiben nicht fürrr ein Lesen?«, unterbricht Madame Troia meinen inneren Monolog, während sie meinen Blick mit ihrem einfängt.

»Nein, tut mir leid, aber ich kann nicht.« Sie hält nach wie vor meine Hand, jetzt eingeklemmt in ihre beiden. »Ich muss wirklich los …« Ich drehe den Kopf von ihr weg und bewege diesmal meinen ganzen Körper nach rechts, sodass sie loslassen muss. Sie tut es jedoch nicht.

Sie beugt sich zu mir und flüstert: »Glauben Sie nicht alles, was Sie lesen.«

# KAPITEL FÜNFZEHN

*Donnerstag, 28. September 2006, 21.10 Uhr*

Was? Hat sie mit mir gesprochen?

»Entschuldigung?«, erwidere ich.

Das bringt Sylvie dazu, ihren Arm über meinen Rücken zu legen und den Kopf zwischen uns zu stecken, damit sie nichts verpasst.

»Sie werrrden getäuscht«, bemerkt Madame Troia nüchtern.

Ich blicke zu Sylvie und dann zurück zu Madame T. Macht sie jetzt gerade ihre Sache, hier vor der Damentoilette? Ihr Gesicht ist weiterhin wie versteinert. Sie hat nicht mal mit einem Haar gewackelt. Es sieht so aus, als hätte sie auch nicht den Mund bewegt.

»Sie werrrden bald entdecken, was Sie schon immerrr gewusst. Anderrre Dinge glauben Sie zu wissen, doch sind falsch.«

Eine Toilettenkabine öffnet sich; die Dame in dem Anzug dreht mir ihren Rücken zu, geht in die Kabine und schließt die Tür. Und einfach so – ist sie weg. Kein »Doswidanja« oder nicht einmal ein »Viel Glück dabei!«. Garrr nichts.

»Also, das war jetzt schräg«, sage ich laut zu mir selbst, während ich herauszufinden versuche, was gerade passiert ist. Ich streiche mir über die Arme, um die abstehenden Haare zu glätten.

»Caroline, oh mein Gott, hast du gehört, was sie gesagt hat? ›Sie werrrden getäuscht.‹ Ist das nicht fantastisch? ›Sie werrrden bald entdecken, was Sie schon immer gewusst.‹ War es das? Erinnerst du dich daran, was sie gesagt hat? Ich meine, ich wusste nicht einmal, dass sie dich gelesen hat. Ich dachte, sie würde einfach nur daherquatschen. Verdammt, sie ist so gut. Keine Karten, überhaupt nichts.«

Ich flüchte aus dem Toilettenbereich, ohne zu pinkeln. Ich werde sie auf keinen Fall noch einmal meine Hand halten lassen, vor allem nicht auf ihrem Weg von der Toilette. Meine Schenkel sind den ganzen Weg nach Hause zusammengepresst, damit mir kein Missgeschick passiert. Andy weiß, dass er nicht mit mir sprechen soll, wenn meine Blase kurz vor dem Platzen ist. Oder eher, nicht erwarten, dass ich mit ihm spreche. Alle meine Konzentration ist darauf gerichtet, nicht ins Höschen zu machen.

Ich habe noch nie an Hellseher oder Medien irgendeiner Art geglaubt. Keine Tarotkarten, Wünschelruten, schwarze Katzen oder Horoskope. Keine gefallenen Wimpern, Marienkäfer und nicht einmal die magische Super-8-Kugel. Auch keine gefalteten Papierwahrsager, die meine Freundinnen und ich als Kinder gebastelt haben.

Ich glaube nicht einmal an Geburtstagskerzen.

Ich habe immer daran geglaubt, dass ich die Kontrolle über mein Schicksal habe. Ich laufe ganz sicher nicht herum und gebe meinem Sternzeichen die Schuld für meine Fehler.

\* \* \*

Meg rief gestern Abend an, um herauszufinden, ob Lilly und Tessa heute nach der Schule Lust hätten, sich zum Spielen mit Delia zu verabreden, was perfekt ist. Ich werde rechtzeitig von Dr. Sullivan zu Hause sein, um sie gegen 17.30 Uhr abzuholen, und werde niemandem erklären müssen, wo ich gewesen bin.

Sylvies Geschichte über die Abriegelung liegt schwer in meinem Bewusstsein. Als ob ich mich nicht schon schuldig genug fühlen würde, dass ich diesen verdammten Alarmhebel gezogen habe. Ich habe dabei auch noch bei einer Fünfjährigen psychologischen Schaden angerichtet. Jetzt ist sie eine der Verdächtigen. Dann muss ich noch mit dem Hokuspokus von Madame Kristallkugel umgehen. *»Sie haben recht bei manchen Dingen, und unrecht bei anderen.«* Hallo, geht's noch? Obwohl ich am liebsten die ganze Geschichte verdrängen würde, habe ich es ganz gern gehört, als sie gesagt hat: »Glauben Sie nicht alles, was Sie lesen.«

Ich versuche, an mein Leben zu denken, als es noch normal war. Vor einer Woche. Was habe ich mit mir gemacht? Was würde ich tun, wenn ich keinen Internetvorwürfen ausweichen, belanglose Verbrechen im Supermarkt begehen, zur Notfallambulanz rasen und mich in der Grundschule danebenbenehmen würde? Ich habe mal Coupons ausgeschnitten.

Während ich die Mädchen zur Schule fahre, bin ich in Gedanken bei meiner heutigen Sitzung mit Dr. Sullivan. Ich habe den Bluttest nicht gemacht, den er erbeten hatte, um meinen B12-Level zu testen. Ich gehe nicht zu Dr. Kriete, das ist sicher. Ihre Praxis hat diese Woche bereits zwei Nachrichten für mich hinterlassen, doch das interessiert mich nicht. Vielleicht finde ich in der Gegend von Dr. Sullivans Praxis eine Klinik.

Ich halte mit dem Auto an der Schule und entdecke in der Ferne Gabrielle. Sie schreitet mit der Selbstgefälligkeit

247

von jemandem in meine Richtung, der Neuigkeiten zu verhökern hat. Man erkennt es an ihren Schultern. Vielleicht hat sie ihre Tratschgranate bereits bei einem Haufen ahnungsloser Unschuldiger fallen gelassen. Sie könnte jetzt eben aus einer Wolke Granatsplitter kommen, hinter sich ein Ballett aus offen stehenden Mündern. Besser, sie hält Abstand zu mir. Ich kann sie schon nicht ertragen, wenn mein Rückgrat intakt ist. Sie wird doch nicht mit Neuigkeiten über Sylvies Nichte herausplatzen, oder doch? Das kleine Mädchen war die ganze Zeit in der Bibliothek. Hat sie mich etwa gesehen? Weiß sie, wer ich bin? Könnte sie mich verraten haben?

Ich hätte heute besser die Nachbarin bitten sollen, die Kinder zur Schule zu bringen.

Es ist fünf nach halb neun und die Glocke läutet in fünf Minuten. Die Schülerlotsin bekommt fast einen Schlaganfall, während sie ihre Pfeife zu den Kindern bläst, die sich gefährlich zwischen den Autos hindurchschlängeln. Andere bewegen sich im Zickzack über den Schulrasen. Hupen quäken. Lilly und Tessa plappern über den Kuchenbasar und zetern wegen Geld. Jeden Morgen werden meine Sinne attackiert. Mein Körper verspannt sich auf dem Weg in Erwartung des Angriffs. Ich muss früher herkommen, bevor alle anderen auftauchen. Wenn es verlassen und ruhig ist und ich niemandem begegne.

Gabrielle rückt mit jeder Nanosekunde näher und macht betonte Langlaufschritte auf mein Auto zu. Besorgnis kribbelt mir unter der Haut. Aus dem Augenwinkel registriere ich eine andere Gestalt, sie wirkt genauso entschlossen wie Gabrielle und steuert von der anderen Schulseite in meine Richtung. Es ist Mrs Stanton. Sie fokussiert mich; ihr Zeigefinger steigt in die Luft, um mir zu suggerieren, dass ich dort warten soll. Drei Tage bin ich diesem Finger schon erfolgreich aus dem Weg gegangen.

Meine Besorgnis schlägt jetzt Blasen.

Mrs Stanton schwingt ihren Arm wie ein Speedskater, um mehr Schwung zu bekommen. Ich kann nur hoffen, dass sie und Gabrielle auf dem Weg zu mir zusammenstoßen, anstatt mich zu beschuldigen beziehungsweise zu ärgern.

Atme ein. Atme aus. Ich danke meinem Glücksstern für die Aussteigespur an der Schule. Sie hält dich in ständiger Bewegung. Man hält neben der Reihe geparkter Autos am Bordstein vor dem Schuleingang, deine Kinder springen heraus, du schließt die Tür und bist wieder auf dem Weg. Dabei hat man eigentlich keine Interaktion mit irgendwem. Es gibt kein Erklären, Gestehen, Verteidigen, Entschuldigen. Es ist unmöglich zu verweilen. Es ist gegen die Regel. Man muss einfach weiterfahren. Ich bin hier weg, bevor man sagen kann: »Verhaftet diese Frau.«

Wenn nur dieses Auto vor mir weiterfahren würde. Im Rückspiegel sehe ich eine Reihe von Autos, die sich hinter mir sammelt, und von links kommen noch mehr. Moment. Warum kommen sie von links? Scheiße. Ich bin gar nicht auf der Aussteigespur. Ich bin auf der Parkspur. Mist, wie zum Teufel ist das passiert? Und als wäre das nicht genug, um wie ein Geier auf mein bereits angeschlagenes Nervensystem einzuhacken, ist das Auto zu meiner Linken im Leerlauf und ohne Fahrer. Es kann nur der Frau gehören, die über die Wiese rennt und eine Batman-Brotschachtel in der Hand hält und dabei »Kyle!« ruft.

Ich bin in der Falle. Ich bin in der beschissenen Falle.

Ich kann es nicht glauben. Es ist völlig ausgeschlossen, dass ich dabei zusehe, wie Gabrielle ihren mit Burberry-Kleidung bedeckten Körper heranschlängelt, um mich zu fangen. Oder schlimmer: Mrs Stanton hätte gerade genug Zeit, um die Polizei über meinen Aufenthalt zu informieren, damit sie mich schnell verhaften. Ich schwitze in meinem Shirt.

So viel zum Thema schmerzhafter Zusammenstoß. Sie haben gerade ihre Kräfte vereint und nähern sich jetzt gemeinsam. Sie könnten sich genauso gut unterhaken. Sie schirmen die ganze Zeit ihre Augen ab, als könnten sie nichts vor sich erkennen. Das ist eine gute Sache. Die Sonne knallt in meine Frontscheibe. Eine weitere gute Sache. Vielleicht sehen sie gar nicht, wie ich hier sitze. Ich kann nicht glauben, dass ich mich nicht darauf vorbereitet habe. Ich meine, ich hätte sicher damit rechnen müssen, dass jemand mit mir über jenen Morgen reden würde. Es muss eine Möglichkeit geben, herauszufinden, wo genau der Alarm ausgelöst wurde. Sie könnten Fingerabdrücke haben, um Himmels willen. Kann man gegenüber dem Schuldirektor die Aussage verweigern? Wäre das verdächtig? Mir kommen jetzt gerade richtig schreckliche Gedanken. Wirklich, wirklich schreckliche. Wenn ich Sylvies Nichte den Wölfen zum Fraß vorwerfe, dann bin ich viel schlechter, als ich angenommen hatte.

Entweder muss ich jetzt aus dem Wagen und in die andere Richtung laufen, oder ... Wo ist Kyles Mutter, um Himmels willen?

Ich kann mich nicht dazu durchringen, das Auto zu verlassen, denn wenn ich jetzt aufstehe, dann mache ich mir in die Hose. Ich muss mich verstecken. Ich bin in der Parkreihe, deshalb würde es nicht auffallen, dass das Auto leer ist, wenn sie herankommen.

Schnell schiebe ich den Sitz so weit zurück, wie es geht. Ich stelle den Fahrtregler ein, damit das Lenkrad weit herausragt. Hastig gleite ich in die kleine Lücke unter dem Armaturenbrett. Es ist nicht so leicht, wie es sich anhört. Während ich mich auf den Boden runterlasse, wickle ich mich mit den Armen zusammen, drücke die Zehen unter das Bremspedal und stecke den Kopf zwischen die Knie. Sie werden mich nicht sehen.

Ich könnte wirklich etwas Sauerstoff gebrauchen, doch mein Bauch hat keinen Platz zum Ausdehnen. Kleine Atemzüge. In dieser Haltung werde ich sicherlich nicht pinkeln. Meine Blase ist irgendwo unter meiner Achsel. Auf einmal hört man ein hektisches Klopfen gegen die Scheibe. Scheiße.

»Caroline? Caroline! Bist du das?« Verdammt. »Was machst du da unten? Caroline? Ich kann dich sehen.« Scheiße. Muss sie so verdammt laut sein? »Mädels, warum versteckt sich eure Mutter unter dem Lenkrad?«

Mädels? Oh, mein Gott, ich dachte, sie wären schon ausgestiegen. Mist … sie sind noch im Auto? Nicht möglich … um Himmels willen. »Mädchen«, sage ich im lauten Flüsterton, ohne den Kopf zu drehen, was ich ohnehin nicht kann, »seid ihr etwa noch da?« Mein Gott, muss Gabrielle jeden in Nordamerika wissen lassen, dass ich mich vor ihr verstecke? Sie führt sich unmöglich auf und sie beschämt die Mädchen. Ich rühre mich mit millimeterkleinen Bewegungen und hebe schließlich den Kopf. Lilly und Tessa (die rot im Gesicht ist) warten. Ich flüstere: »Ich wusste nicht, dass ihr noch da seid.«

»Was machst du denn da? Versteckst du dich vor Mrs Callis, Mom?«, fragt Lilly, halb feixend.

»Du hast uns gesagt, dass wir warten sollen, während du nach Geld für den Kuchenbasar guckst. Erinnere dich, du hast gemeint: ›Lasst mich ranfahren und euch etwas Geld geben.‹«

»Ich dachte, da wäre Geld auf den Boden gefallen und du würdest nach unten kriechen, um es zu holen«, fügt Tessa hinzu.

»Mom, wir sind spät dran. Die Kinder sind schon in Zweierreihen hineingegangen.«

»Oh … ja, ähm, lasst mich …« Ich versuche, den Kopf zu bewegen. Zumindest Lilly hat den Anstand, mich nicht daran zu erinnern, dass ich vergessen habe, etwas für den Kuchenbasar zu backen. »Na gut, in Ordnung, könnt ihr – ich … Steht sie noch immer da?«

»Ja, Mom, sie ist noch da und sie sieht ziemlich wütend aus«, flüstert Tessa.

Langsam löse ich den Knoten meines Körpers aus dieser lächerlichen Idee. »Ich suche nur meine Kontaktlinse!«

»Du trägst Kontaktlinsen?« Gabrielle spricht noch immer durchs Fenster. »Nun, das ist mir neu. Wie kannst du sie so finden?«

Ich kämpfe mich zurück auf den Sitz und gehe meine Handtasche durch, um etwas Geld als Entschädigung für die Mädchen zu finden.

Lilly greift von hinten zum Vordersitz.

Tessa fragt: »Mom, hast du meine Brotdose da – ich habe sie nämlich nicht.«

»Ich habe meine auch nicht.«

»Oh, Jesus, habe ich euch kein Essen gemacht? Mein Gott ... na gut, das ist schon in Ordnung, hier ist etwas Geld.« Ich blicke in mein Portemonnaie. »Kauft euch was Großes. Ihr könnt euch Nachtisch zum Essen nehmen und heute Abend bekommt ihr Mittagessen ... irgendwie so ...« Ich ziehe zwei Scheine raus. »Hier – hier ist etwas Geld. Ich weiß nicht, was das Spezialangebot kostet. Ich habe immer den Nachtisch genommen, als ich ein Kind war. Vor allem in der Schule. Und ganz viel davon.«

Ich wende mich zu den Mädchen, die einander anblicken und offenbar herausfinden wollen, wessen Augen weiter hervortreten können. Dann betrachten sie das Geld in meiner Hand.

»Fünf Dollar für jeden!«, jubeln sie einstimmig. Sie blicken einander an und Lilly zuckt mit den Schultern: »Für mich ist das okay. Du bist die beste Mommy auf der Welt!«

Lilly umarmt mich und fragt leise: »Trägst du wirklich Kontaktlinsen?«

»Eigentlich nicht«, flüstere ich zurück.

»Oh, der war gut, Mom. Ich liebe dich!«

Ich strecke den Hals aus, um Tessa einen Kuss zu geben, als sie aus dem Auto steigt, dann schließt sie schwungvoll die Hintertür.

Gabrielle ist noch immer da.

Sie steckt die Finger in die schmale Fensteröffnung, dann geht ihr Blick zu mir, sie überlegt es sich noch einmal und zieht die Finger zurück.

»Caroline«, höhnt Gabrielle durch den Fensterschlitz, »ich habe gerade etwas sehr Interessantes entdeckt, weißt du …«

Mrs Stanton ist nirgendwo zu sehen. Sie muss nach drinnen gegangen sein, als die Glocke geläutet hat.

»… etwas, was du vielleicht erfahren möchtest …«

Ich presse den Fuß aufs Gaspedal und fahre von der Bordsteinkante weg. Gabrielle gibt ein Kreischen von sich, das Tote aufwecken könnte.

»Hab keine Zeit zum Quatschen, Gabrielle. Ich habe es schrecklich eilig …«, rufe ich zu ihr zurück, während ich den Blick auf die Straße vor mir gerichtet halte. Ich spähe in den Rückspiegel. Sie winkt wild mit den Armen.

»Bist du verrückt, Caroline? Ich habe an deinem Auto gelehnt! Caroline, hast du mich gehört? Ich wollte dir etwas erzählen!«

Als ich wieder zu Hause bin, setze ich mich in die Küche und blicke zur Uhr über dem Herd. Die Zeiger scheinen festgetackert zu sein. Ich überlege mir, dass ich einfach schon einmal zu Dr. Sullivans Büro fahren sollte, da ich das Warten nicht aushalte.

Es werden keine anderen Patienten da sein, weil er von einem Außentermin kommt. Sullivans Empfangsdame hat den Tag frei, um zu einer Beerdigung zu gehen. Mir wurde gesagt, ich solle läuten.

Als ich ankomme, finde ich einen gelben Klebezettel an der Tür.

»C. S.: Ich bin in einem wichtigen Telefongespräch. Ich bin bald fertig. Ich komme und hole Sie, wenn ich so weit bin. Ich hoffe, es stört Sie nicht, im Auto zu warten. Vielen Dank für Ihr Verständnis. F. S.«

Nach ungefähr fünfzehn Minuten öffnet sich die Bürotür und er eilt heraus, um mich zu begrüßen. Er wirkt nervös. Er geht und spricht schneller als beim letzten Mal. Dabei blickt er mir nicht einmal in die Augen.

Er marschiert zügig in sein Büro zurück und legt direkt los, bevor wir uns noch hingesetzt haben. So sehr ich seinen Ansatz des Keine-Zeit-Verschwendens schätze, bin ich von seiner Abruptheit ein wenig überrascht. Die Flitterwochen dauern hier offenbar nicht sehr lange. Es hätte ihm nicht wehgetan, mir vorab ein »Wie geht's?« oder »Schöne Schuhe« oder dergleichen zuzuwerfen.

»Caroline, nach unserer letzten Sitzung habe ich mir etwas Zeit genommen, um alte Notizen und Aufnahmen durchzusehen. Ich habe ein paar ausgewählt, von denen ich denke, dass sie für Sie hilfreich sind, um sich ein Bild von der Vergangenheit zu machen. Wenn es Ihnen beim Hören dieser Kassetten an irgendeiner Stelle zu viel wird oder es zu verstörend ist und Sie wünschen, dass ich unterbreche, dann müssen Sie mir das mitteilen, da ich sie sonst weiterlaufen lasse. Es ist möglich, dass Sie manchmal gerade aufgrund einer Phase erhöhter Emotion – so turbulent es auch sein mag – zu maßgeblichen Ergebnissen gelangen können. Ich glaube, Sie wissen nach Ihrem letzten Besuch, dass es nicht leicht sein wird. Denken Sie daran, dass wir uns diese alten Bänder überhaupt nicht anhören müssen. Es gibt auch andere Wege, wie wir bei Ihrer Behandlung vorgehen können.«

Er faltet die Hände, bevor er fortfährt. »Ich würde uns gern am Ende unserer heutigen Sitzung etwas Zeit lassen, damit wir darüber reden, was Sie denken – Ihre Reaktion auf das, was

Sie gehört haben. Beim letzten Mal hatten wir überhaupt keine Gelegenheit dazu.«

Ich sitze nicht besonders ruhig da und nicke. Ich unterbreche ihn nicht und lenke ihn auch nicht ab. Ich will nur, dass wir mit dem Band anfangen.

»Caroline, bevor wir beginnen, würde ich Sie gern fragen, ob das, was Sie neulich auf dem Band von Ihrer Mutter gehört haben, neu für Sie war? Oder haben Sie Erinnerungen an diese Ereignisse?«

Ich atme tief aus und sammle meine Gedanken. »Ähm ...« Ich atme wieder tief ein. Ich weiß nicht, womit ich anfangen soll. »Nun, ich ... ich, es ist – unmöglich für mich. Es ergibt überhaupt keinen Sinn. Ich meine, lebe ich in einer Scheinwelt?« Ich kontrolliere mich, meinen Tonfall. Ich will nicht emotional werden. »Ich frage mich die ganze Zeit: ›Was ist mit mir passiert?‹« Ich rutsche auf dem Sitz herum. »Da sind Riesenlöcher in meiner Erinnerung. Ganze Teile meines Lebens. Wie kann das sein? Ich erinnere mich nicht daran, Übergewicht gehabt zu haben. Das tue ich nicht.« Für eine Sekunde schließe ich die Augen und atme ein. »Ich erinnere mich daran, wie ich von anderen Kindern geärgert wurde, als ich jung war. Ich könnte aber nicht sagen, warum sie mich verspottet haben. Doch ich weiß, dass ich immer versucht habe, eine passende Retourkutsche parat zu haben, wenn Sie wissen, was ich meine.« Ich blicke zu Dr. Sullivan. »Deshalb war ich nicht beschämt, wenn sie etwas gesagt haben, das meine Gefühle verletzt hat. So fühlte ich mich etwas härter, selbst wenn ich kurz vor den Tränen war. Ich bin manchmal, wenn ich nach der Schule niemanden zum Spielen hatte, in meinem Zimmer geblieben und habe mir Ideen für Retourkutschen aufgeschrieben, bis mir etwas richtig Gutes eingefallen ist. Etwas Cleveres, damit sie mich in Ruhe ließen. Es wurde zu einer Art Spiel. Etwas, das ich kontrollieren konnte. Es beschützte mich.

Was meine Mom betrifft, da hatte ich wohl immer das Gefühl, dass sie mich nicht sehr mochte. Also, das wäre jetzt bestätigt. Aber warum? Ist es, weil ich übergewichtig war und sie sich für mich geschämt hat? Ich weiß es nicht – vielleicht war das ein Teil davon.

Doch als ich gehört habe, wie sie behauptete, dass JD und ich ...« Meine Schenkel beginnen zu zittern, meine Zähne klappern aufeinander. Ich kneife die Beine zusammen, damit sie ruhig bleiben. »Zu hören, wie sie sagte, wir seien keine Zwillinge – nun, das ... das kann nicht sein. Es kann einfach nicht stimmen. Es ist überhaupt nicht möglich, dass ich mir das ausgedacht habe. Ich habe eine so klare Erinnerung, dass ich den Arm ausstrecken und danach greifen könnte. Sie handelt von zwei kleinen Mädchen im Kindergarten. Es waren eineiige Zwillinge. Sie sind sich nie von der Seite gewichen. Und sie sprachen mit niemandem außer miteinander. Ich dachte, es wären die glücklichsten Mädchen auf der Welt. Als ich älter war, gab es Momente, in denen ich an diese Mädchen dachte, doch ich konnte mich nicht an ihre Gesichter erinnern – ich wusste nicht, ob ich wirklich an JD und mich dachte. Ich meine, natürlich müssen wir das gewesen sein, oder nicht? Doch jetzt frage ich mich langsam, ob das nicht zwei andere Mädchen waren. Und nicht wir. Oder ob das womöglich nur die Puppen aus meinem Puppenhaus waren.«

Dr. Sullivan macht sich eine Notiz in meiner Akte.

»Die Geschichte, die meine Mutter über meine Zähne erzählt hat, das ...« Ein Hustenanfall bleibt mir im Hals stecken. Es sticht und fühlt sich an, als hätte ich einen Zahnstocher quer in der Kehle. Ohne Vorwarnung treten mir Tränen in die Augen. Ich habe sie gar nicht kommen bemerkt.

»Das ist okay, Caroline«, beruhigt mich Dr. Sullivan und reicht mir die Taschentuchschachtel. »Diese Gefühle sind nicht an der Oberfläche. Sie kommen von woanders.«

»Es hat mir das Herz gebrochen ...« Der nächste Atemzug fühlt sich richtig gut an, als würde alles Hässliche auf seinem Rücken davonreiten. »Ich weiß nicht, was ich sonst noch sagen soll.«

Dr. Sullivan blickt nach unten, um die Schrift auf der Kassette zu lesen, die er in den Rekorder stecken will. Er notiert sich etwas.

»Als ich von hier weggefahren bin, ist etwas ganz Seltsames im Auto geschehen«, sage ich, bevor er auf »Start« drückt. »Ich habe Blut in meinem Mund geschmeckt. Die ganze Zeit bis nach Hause habe ich Blut geschmeckt.«

»Ich weiß, dass wir noch ein paar physische Dinge ausschließen müssen, was Ihren Gedächtnisverlust betrifft, doch ich will eine mögliche Erklärung erwähnen. Es könnte sein, dass es unterdrückte Erinnerungen sind, oder Erinnerungen, die Sie wegen eines Traumas unbewusst abgeblockt haben. Denn selbst in ihrer Abwesenheit können diese Erinnerungen Sie auf einer Bewusstseinsebene beeinflussen. Es ist gut möglich, dass Sie während der Behandlung unterdrückte Erinnerungen zurückerlangen, wenn das gewünscht ist. Aufgrund der Dinge, die Sie mir bisher erzählt haben, scheint es mir so, dass hier unterdrückte Erinnerungen am Werk sein könnten. Eine andere Möglichkeit ist Abspaltung, worüber wir zu einem anderen Zeitpunkt ausführlicher sprechen werden. Wenn etwas davon Ihren Gedächtnisverlust erklärt, dann sollten Sie sich bewusst sein, dass es einen Grund dafür geben wird, weshalb Sie es unterdrückt haben.«

»Deuten Sie damit an, dass ich es so belassen soll? Ich kann so nicht weiterleben. Dass ich mich ständig frage, was noch unter der Decke lauert. Was ist, wenn jemand etwas über mich weiß, was ich nicht kenne? Nein, ich muss es wissen. Alles. Ich werde schon mit den Folgen klarkommen.«

Dr. Sullivan liefert dazu keinen Kommentar ab. Etwas verändert sich in seinem Blick. Doch nicht einmal sein Ausdruck ändert sich. Obwohl er damit etwas mitgeteilt hat. Ich habe nur keine Ahnung, was es ist.

Er schiebt das Band rein.

> **Dr. Sullivan**: Sie glauben nicht, dass jemand versucht hat, ihr wehzutun, oder? Es war ein Unfall, richtig?
> **Caroline**: Hören Sie – das ist nicht der Punkt. Ich will nicht darüber reden. Ich will Ihnen von der Aufnahme erzählen. Und was macht es für einen Unterschied, ob es ein Unfall war oder nicht – was ist los, sind Sie auf einmal Inspektor Columbo?

Ich habe die Beine übereinandergeschlagen und mein Fuß hüpft wie der Plastikball an der Angelschnur, der auf- und abspringt, wenn etwas angebissen hat. Der Tonfall der Stimme vom Band – die von mir stammt – ist entwaffnend.

Ich hebe die Hand. »Dr. Sullivan, ich verstehe nicht, was hier los ist. Wovon ist die Rede? Sind Sie sicher, dass es der Anfang des Bandes ist? Es klingt, als hätte ich etwas verpasst. Als hätten Sie mittendrin angefangen.«

Er blickt auf das transparente Plastikfenster des Kassettenrekorders und betätigt einen Knopf, den ich als Rückspulknopf ausmache. Die Kassette stoppt. Er drückt auf »Start«. Sie fängt an genau derselben Stelle an wie zuvor. Er unterbricht.

»Caroline, wenn ich mich richtig erinnere, dann werden Sie mir die ganze Geschichte später in der Sitzung erzählen. Warum hören wir nicht einfach noch ein wenig zu und schauen uns an, wohin es führt. Okay?«

Ich atme aus. »In Ordnung.«

**Caroline**: JD bat mich, zu unserem Elternhaus zu gehen, sie wohnte zu der Zeit dort mit Lilly im Keller, in einer Art Wohnung, die sie dort hatten. Sie wollte, dass ich ihre Post hole und ein paar Kleidungsstücke, um sie zum Krankenhaus zu bringen, wo sie auf einer Pritsche neben Lilly geschlafen hatte.

Insgesamt wohnte sie dann zwei Wochen im Krankenhaus. Es hätte wahrscheinlich noch länger gedauert, wenn die Dinge nicht so geendet wären, wie sie es dann taten. Am letzten Tag ging sie für eine Stunde weg, um mit jemandem einen Kaffee zu trinken. An diesem Tag änderte sich alles. Sie bat mich, während ihrer Abwesenheit bei Lilly im Krankenhaus zu bleiben. Nur für den Fall, dass etwas geschah.

Und es geschah etwas. Aber nicht mit Lilly. JD kehrte nie zurück. Das war der Tag, an dem sie starb.

# KAPITEL SECHZEHN

*Freitag, 29. September 2006, 12.17 Uhr*

Ich löse den Blick vom Kassettenrekorder und blicke hinüber zu Dr. Sullivan. Ich kann nicht anders und denke, dass sie heute noch leben würde, wenn ich an jenem Tag nicht im Krankenhaus aufgetaucht und JD nicht für einen Kaffee weggegangen wäre.

> **Dr. Sullivan**: Wie lange sind Sie im Krankenhaus gewesen, bevor Sie wussten, dass etwas geschehen war?
> **Caroline**: Ich war mehrere Stunden dort. Ich habe öfters versucht, sie auf dem Handy zu erreichen, ohne jedoch eine Antwort zu erhalten. Schließlich habe ich so gegen sechs meine Mutter angerufen. Vorher hatte ich sie nicht angerufen, da ich annahm, dass sich JD amüsierte. Es war seit Wochen das erste Mal, dass sie aus diesem Krankenhauszimmer raus war. Ich wollte ihr nicht gleich hinterherlaufen. Das war das Mindeste, was ich für sie tun konnte.

Hören Sie, Sie werden nichts davon begreifen, bis ich Ihnen von dem Tag mit Lillys Unfall erzähle. Und dem Tag, als ich ein paar Tage später zu JDs Wohnung kam. JD hatte sich wegen des Unfalls Vorwürfe gemacht, doch es war natürlich nicht ihre Schuld. Sie wusste, wer das Auto gefahren hatte. Sie hat es mir selbst erzählt. Sie sah das Auto und sie sah den Fahrer. Doch sie wollte nicht verraten, wer es war. Fragen Sie mich nicht, warum sie die Person schützen wollte, die fast ihr eigenes Kind umgebracht hätte. Wir hatten sie alle darum gebeten. Selbst die Cops. Es spielte keine Rolle. Ihre Lippen waren versiegelt. So war JD, wenn sie sich etwas in den Kopf gesetzt und eine Entscheidung getroffen hatte, dann konnte nichts sie umstimmen.

**Dr. Sullivan**: Gab es Zeugen?
**Caroline**: Nein. Denn es geschah nicht auf der Straße. Es passierte auf dem Parkplatz hinter dem Schuhgeschäft, wo JD Schuhe für Lilly gekauft hatte. Man musste durch eine schmale Gasse zwischen den Geschäften gehen, um hinzukommen. JD berichtete, hinten hätten nur sehr wenig Autos gestanden und da sei auch niemand außer einem Mitarbeiter des Imbissladens gewesen, der gerade Müll in eine Tonne warf. Doch er sei ins Restaurant zurückgekehrt, bevor irgendwas geschah. Sie wollten die Schuhe ins Auto bringen und für Lilly einen Sweater herausholen, bevor sie sich ein Eis kauften. Wissen Sie was, wenn JD

und Lilly direkt nach Hause gefahren wären, anstatt sich ein Eis zu holen, dann wäre der Unfall nie passiert.

Wie auch immer, JD warf die Einkaufstasche auf den Rücksitz. Lilly trug ihren Teddybären unter dem Arm und trällerte dem Ballon etwas vor, den sie in der Hand hielt. JD ließ Lillys Hand los, um den Sweater aus dem Auto zu holen. In dem Sekundenbruchteil muss der Ballon Lilly aus der Hand geglitten sein, weshalb sie vom Auto weg auf den Parkplatz sprang, um ihn zu fangen. JD hat nicht gesehen, was als Nächstes passiert ist – doch sie hat es gehört. Als sie vom Auto wegschnellte, sah sie Lillys Körper durch die Luft fliegen. JD meinte, Lilly habe wie eine Flickenpuppe ausgeschaut und ihr Teddy sei auch durch die Luft gesegelt. Und obwohl es sich wie Zeitlupe anfühlte, geschah es viel zu schnell, als dass JD etwas hätte tun können. Lilly fiel aufs Dach eines geparkten Autos und rutschte auf den Kofferraum, bevor sie auf den Boden schlug. Das arme kleine Mädchen hat sich so viele Knochen gebrochen. Man kann sich gar nicht vorstellen, wie viele Operationen nötig waren. Ihr Leben hing am seidenen Faden. Am nächsten Tag brachte ihr die Polizei Cheeky, ihren Teddybären, ins Krankenhaus. Seine beiden Plastikaugen waren zerbrochen.

JD befürchtete, sie würde ihr Kind verlieren. Lilly hatte sich gerade von den Herzproblemen erholt, die sie seit ihrer Geburt hatte, und jetzt das. Sie kam aber durch, dieses tapfere Kind. Wer hätte gedacht, wie sich das entwickeln würde? Stattdessen haben wir JD verloren.

**Dr. Sullivan**: Das ist schrecklich, Caroline. Wie schmerzhaft muss das für Sie alle gewesen sein. Sie wollten mir etwas von einer Aufnahme erzählen?

**Caroline**: Dazu komme ich gleich. Als Lilly eingewiesen wurde, wich JD nicht von ihrer Seite. Sie zog quasi mit ihr ein. Nach ein paar Tagen bat sie mich, ihre Post und ein paar Kleider aus ihrer Wohnung zu holen. In der Wohnung roch es übel. Es lag noch immer schmutziges Geschirr vom Tag des Unfalls in der Spüle und der Müll musste rausgetragen werden. Es wäre schön gewesen, wenn meine Mutter mal nach dem Rechten gesehen hätte. Finden Sie nicht? Ich räumte also auf und packte eine kleine Tasche für JD, ein paar Kleider und Shampoo und solche Sachen. Ein paar von Lillys Lieblingsspielsachen. Ich nahm die Post und wollte gerade gehen und zurück zum Krankenhaus fahren, als ich das rote Licht an ihrem Anrufbeantworter blinken sah.

JD hatte ungefähr neun oder zehn Nachrichten, die meisten von Freunden, eine war von ihrem Boss, und dann war da die letzte. Zuerst war ich verwirrt, denn die Stimme kam mir vertraut vor. Doch aus dem Zusammenhang gerissen. Ich reagierte unmittelbar darauf – mich überkam eine Welle der Aufregung. Ich hatte diese Stimme so lange nicht mehr gehört, doch in einem Augenblick kam alles zurück, als hätte ich nur darauf gewartet. Allerdings war der Tonfall anders, als ich mich erinnerte. Wütend und anklagend. Er schrie JD an. »Droh mir niemals, JD. Ich will nichts mehr von dir hören. Sei kein Idiot.«

Es war Timothy Hayes. Er und ich waren vor langer Zeit verlobt gewesen und wollten heiraten. Ich konnte einfach nicht glauben, dass er es war. Ich hatte seine Stimme schon seit Jahren nicht mehr gehört. Ich hatte auch nicht mehr an ihn gedacht. Warum sollte er JD anrufen? Sie hatten einander kaum gekannt. Ich meine, natürlich kannte sie ihn, aus der Zeit, als wir zusammen waren, doch sie hatten keine Beziehung zueinander gehabt. Eigentlich mochte sie ihn nicht einmal. Ich bin mir nicht sicher, ob Timothy JD auch nicht gemocht hatte. Das hätte für mich ein Warnzeichen sein sollen – JD mochte eigentlich jeden – und umgekehrt. Als es zwischen Timothy und mir ernst wurde und ich bei ihm einzog – nun, da überlegte ich mir: »Könnte sie womöglich eifersüchtig sein?« Zu dem Zeitpunkt hatte sie nämlich keinen Freund. Sie sagte, sie wolle keinen. Ich meine, sie hat über die Jahre immer wieder für verschiedene Jungen geschwärmt, doch es war nichts Ernstes. Sie wollte sich angeblich auf die Schule konzentrieren. Aber wenn man es sich überlegt, dann ist das einfach nicht normal.

Timothy und ich waren dreieinhalb Jahre zusammen. Wir sind im Sommer unseres ersten Jahres zusammengekommen. Timothys Dad gefiel die Idee, dass er mit einem Mädchen zusammen war. Er dachte, es würde ihn nur ablenken, wenn er während des Jurastudiums mit vielen Mädchen ausgehen würde. Mr Hayes war so froh darüber, dass er Timothy eine Wohnung in Hammond kaufte. Wir hatten vor, während des Jurastudiums dortzubleiben, da Timothy für seinen Abschluss in der Stadt leben wollte. Nach seinem Abschluss wollten wir heiraten.

In der ganzen Zeit, als wir zusammen waren, hatte JD kaum Kontakt zu ihm. An jenem Tag in JDs Wohnung, als ich erkannte, dass Timothys Anruf nicht für mich, sondern für JD war, da war ich – ich fühlte mich … betrogen. Wir waren nicht einmal mehr zusammen, doch mein erster Gedanke war, dass ich ihn erwischt hatte. Oder meine Schwester. Dass sie etwas taten. Ich wusste nicht, was. Ich hielt die Aufnahme an, um mir einen Reim darauf zu machen. Ich versuchte, mich daran zu erinnern, wie es war, als wir das letzte Mal alle zusammen gewesen waren. Als ob das etwas beweisen würde! Während JD auf der Rechtsfakultät war und nachdem Timothy und ich uns getrennt hatten, hatte sie mir ein paarmal erzählt, dass sie ihn auf Partys gesehen hätte, auch wenn er auf ein anderes College ging.

Ich ließ die Nachricht von Anfang an ablaufen. Als sie zu Ende war, spielte ich sie erneut ab. Und noch einmal. Ich kann sie noch immer in meinem Kopf hören.

Seine Stimme war bebend ruhig. Als würde er sich um Fassung bemühen. Auf harter Typ machen.

Er sagte: »Okay, JD, du hast das Geld – die beschissenen Fünfhunderttausend sind mehr, als du je brauchen wirst.« Er verlangte von ihr, ihn nicht mehr anzurufen. Er sagte: »Sorg dafür, dass du die Einzige bist, die etwas darüber weiß – denk nicht mal im Traum daran, es deiner Schwester zu erzählen.« Danach drohte er ihr: »Wenn du es irgendwem sagst, dann wirst du es so schnell zu spüren bekommen, dass du gar nicht merkst, was dich trifft.« Sein Vater würde sich »um sie kümmern«, wenn sie es jemandem verraten würde, dann würde er »sie vernichten«. Als Letztes knurrte er: »Halt bloß dein verdammtes Maul! Ich will nie wieder etwas von dir hören. Wir haben eine Abmachung. Ich habe mich an meinen Teil gehalten, jetzt bist du dran.«

Das Telefon auf Dr. Sullivans Schreibtisch klingelt und wir fahren beide erschrocken hoch. Er hält die Kassette an und streicht über seinen Pony. »Entschuldigen Sie, Caroline, es tut mir leid, ich muss das annehmen ... Vielleicht ist es wichtig.« Er blickt zum Telefon und räuspert sich, dann antwortet er: »Hallo, Dr. Sullivan. Ich verstehe. Wie ist ihr Zustand? Ja. Natürlich. Sie müssen mir zwanzig Minuten geben. Ich bin so schnell da, wie ich kann. In Ordnung.

Caroline, es tut mir leid, das tun zu müssen. Vor allem jetzt. Leider muss ich gehen. Es ist ein Notfall, sonst hätte ich sie niemals so zurückgelassen – mittendrin.« Er bläst die Backen auf – zwei straffe Ballons, die hörbar platzen. Sein gequälter Ausdruck ist kein Trost.

Ich lasse den Kopf fallen und fange ihn mit den Händen. Während ich auf einem dünnen Drahtseil schwanke, nimmt Dr. Sullivan seine Tasche.

Er ist bereits aufgestanden und schiebt Papiere im Kreis herum. »Caroline, ich werde Sie später anrufen. Ich schiebe Sie sofort wieder ein – wie es Ihnen passt, in Ordnung? Es tut mir leid. Ich muss los. Ich bringe Sie zu Ihrem Auto.« Er hastet hinter seinen Schreibtisch und kramt nach etwas. Vom Boden nimmt er einen braunen Lederrucksack und steckt eine Akte hinein. Er dreht sich zum Kassettenrekorder, holt das Band heraus und steckt es in seine vordere Hosentasche. »Und wenn Sie ein wenig am Telefon reden wollen – bitte –, wie es Ihnen am besten passt, wir müssen das besprechen, was Sie gerade gehört haben.« Er hört mit dem Herumgehen auf und ich spüre seinen Blick auf mir. »Caroline?«

Ich blicke zu Boden, anscheinend hypnotisiert von dem Teppich. Er bewegt sich so schnell und ich kann mich offenbar überhaupt nicht rühren.

Zeit zu gehen. Er muss weg. »Caroline?«

Ich sitze in meinem Auto und weiß nicht, wie lange. Ich begreife nichts von alledem. Es ist bereits zu viel; ich fühle mich so langsam, als würde mein Verstand mit Verzögerung arbeiten, sodass die ganze Wahrheit mich nicht auf einmal trifft.

Die Geschichte über Lilly. Meine süße Lilly! Mein ganzer Körper zuckt zusammen.

Der Teil mit Timothy ist verblüffend. Wenn er derjenige wäre, dem man den Unfall vorwirft, derjenige also, der das Auto gefahren hat … JD sah das Auto und sagte, sie kannte den Fahrer. Sie muss gedroht haben, es der Polizei zu erzählen. Und er hat JD bestochen, damit sie den Mund hält. Ein solcher Skandal hätte ein paar Sprossen auf seiner Karriereleiter zerbrochen.

Doch warum sollte JD ihn in Schutz nehmen? Und weshalb konnte sie mir nichts davon erzählen?

Vielleicht hat sie es mir ja berichtet. Vielleicht wusste ich es.

Ich sollte vor Zorn aus der Haut fahren. Doch ich schaffe es nicht.

Ich habe Erinnerungsfetzen. Ich kann mich an Bruchstücke erinnern. Es sind deutliche, massive Berge in meinem Kopf. Sie sind schwer und gut verankert. Doch ein dichter, feuchter Nebel zieht heran und verdeckt die Hälfte der Hügel und alle Berggipfel.

Während ich durch Dr. Sullivans Stadt fahre und mich dabei bemühe, die Spinnfäden der Erinnerungen zu verknüpfen, kreise ich unbeabsichtigt dreimal durch dieselbe Gegend. Ich schwitze durch mein Shirt, unter den Armen und am Rücken, obwohl die Luft kühl ist. Ich fahre auf den Parkplatz eines ehemaligen Stoffgeschäftes und stelle den Motor aus. Timothy und ich hatten uns im April 2000 bereits getrennt, als der Unfall geschah. Was hat er an jenem Tag in Lanstonville gemacht? Lanstonville ist nicht gerade der Ort, wohin Leute kommen oder durchfahren. Er liegt an der Kreuzung von Nie-da-gewesen und Wollte-niemals-hin.

Das seit Kurzem vertraute Gefühl der Furcht gleitet mir den Hals hinab und füllt meinen Magen. Ich bete, dass ich nichts damit zu tun hatte.

Es ist fast halb sechs, als ich bei Meg ankomme, um die Mädchen abzuholen. Sie telefoniert gerade mit ihrer Mutter. Ich bestehe darauf, dass sie meinetwegen nicht auflegt. Ich bin so froh, die Mädchen zu sehen. Obwohl ich weiß, dass ich mich nicht wie sonst benehme. Ich versuche, normal zu sein, doch ich merke, dass ich sie mit anderen Augen betrachte. Manchmal ist meine Aufmerksamkeit fast erstickend, zu anderen Zeiten bin ich in Gedanken ganz woanders.

Wer bemerkt diese Veränderung an mir? Lilly sicher nicht, doch ich bin überrascht, dass mich Tessa noch nicht darauf angesprochen hat. Unabhängig davon fühlt es sich gut an, zu Hause zu sein.

Nachdem wir Putenfrikadellen gegessen haben, die ich aus dem Tiefkühler geholt habe, sitzen wir drei vornübergebeugt am Tisch, still, unbeweglich, satt. Es war eine lange Woche. Der Wasserhahn in der Küche ist undicht, weshalb es jedes Mal ein langsames, anhaltendes Ping macht, wenn die Tropfen auf einen Edelstahldeckel am Boden der Spüle treffen. Ich blicke auf meinen Tagesplan, den ich heute Morgen auf dem Tisch liegen gelassen habe, ohne ihn zu lesen oder mich danach zu richten. Den Klempner wegen der Spüle anrufen; Elektriker wegen der Funken aus der Steckdose anrufen; Maurer wegen des Steins an der Treppe anrufen und um 13.30 Uhr Friseur.

Lilly möchte die Schlafsäcke vom Dachboden holen, damit wir alle zusammen in ihrem Raum kampieren können. Ich stimme zu, wenn sie etwas Platz auf ihrem Boden macht.

Andy ist noch immer auf der Arbeit, als wir unsere müden Körper in die Schlafsäcke wickeln, deshalb lege ich ihm einen Zettel neben sein Essen in der Küche. Smarty findet eine Lücke zwischen Lilly und mir und drückt sich dazwischen. Wir sehen wie Raupen mit baumelnden Armen aus, die Händchen halten. Die Mädchen schlafen vor mir ein. Jedes Mal, wenn ich den Kopf hebe, um auf die Uhr zu sehen, geht auch Smartys Kopf hoch – schief und sich wundernd.

Das Haus fühlt sich zerbrechlich an. Es ist eine windige Nacht, es zieht durch die Poren des Hauses und pfeift unheimlich. Die Wände stöhnen und drängen den Wind zurück.

Lillys Bauch hebt und senkt sich von ihrem leichten Atmen. Ich streiche über ihr Haar auf dem Kissen. Rosa-gelber

Gingan. Ihre kleinen Finger mit der zartesten Haut liegen in meiner Hand. Niemand wird jetzt loslassen. Das verspreche ich dir, Lilly.

Es ist Morgen und das Sonnenlicht dringt durch die offenen Jalousien an dem kleinen Fenster in der Zimmerecke, sodass Lichtstrahlen hindurchscheinen und mein Gesicht streifen und mich aus unruhigem Schlaf reißen. Alles im Raum ist von der Sonne durchdrungen und gebleicht. Die normalerweise kräftigen Farben wirken wie ausgesaugt.

Die alten Fliegengitter an Lillys Fenster bauschen sich in kurzen Schlägen im Wind auf, der heute Morgen anders klingt. Letzte Nacht war er aggressiv, hat brüsk die Richtung gewechselt, unbändig und unentschlossen. Heute Morgen zischt er nur. Wie eine Schlange. Ein langer, schwacher Laut, dann ein Schlag des Fliegengitters. Geheimnisse, Geheimnisse, Geheimnisse.

Ich springe vom Boden auf. Es klingt, als würde der Wind mit mir sprechen, und es macht mir Angst. Ich schnippe mit den Fingern an meinem Ohr, um den Wind zu übertönen. Smarty flitzt aus dem Ende des Schlafsacks und verlässt den Raum. Ich mache die Dusche des Badezimmers im Flur an, springe hinein und greife nach dem Schwamm, um mir die Haut abzureiben, bis sie rosa ist, grabe mit einem eingeseiften Waschlappen unter meinen Nägeln und in meinen Ohren, um die Geheimnisse in meinem Kopf zu eliminieren. Ich will nichts von all diesen Dingen wissen. Ich dachte, ich wollte es. Doch ich will es nicht. Ich kann dieses permanente Gefühl nicht abschütteln, als würde mein Körper geisterhafte Parasiten beherbergen. Sie saugen meinen Geist aus, rauben mir die Kraft, atmen meinen Sauerstoff und vergiften meine Seele.

Wenn ich es muss, dann werde ich bis in meine Haut graben und die Schichten wegreißen, oder mir die Haare schneiden, bis ich kahl bin, oder mir die Zähne putzen, bis das Zahnfleisch blutet. Ich werde sie loswerden. Die Klinge rasiert jeden Follikel von der Achselhöhle bis zu den Knöcheln. Ich wasche mir dreimal die Haare. Beim ersten Mal schäumt das Shampoo nicht einmal. Mein Haar ist zu lang. Ich wünschte, ich hätte den Termin nicht verpasst. Ich kann nicht klar denken mit all den Haaren. Meine Gedanken werden von ihnen gefangen und verdreht. Ich versuche, mit den Fingern durchs Haar zu kämmen. Sie bleiben in den Knoten und Wirren hängen.

Mit der Schere in der Hand schneide ich mir vor dem Badezimmerspiegel das Haar. Ich denke nicht darüber nach. Die Fingernagelschere ist langsam, doch das Geräusch ist befriedigend. Mein Herz schlägt wild gegen meinen Brustkorb. Die langen, dünnen Mauseschwänze fallen und liegen schlaff im Waschbecken. Meine Finger bewegen sich frei durch das gekürzte Haar. Die Enden kitzeln so gerade meine Schultern. Ich schlüpfe leise in den Waschraum und nehme mir ein paar Kleider von Haufen, die ich nicht weggeräumt habe.

Ich sehe auf die Uhr. Andy wird bald auf sein. Doch ich habe genug Zeit, um eine Sache auf dem Computer zu überprüfen. Ich breche mein Versprechen nicht, denn ich googele nicht mich selbst.

Ich googele Timothy.

Es würde mich nicht wundern, wenn er mit seiner Fahrerflucht davongekommen wäre. Falls JD überhaupt jemals Anzeige erstattet hat. Er ist ein Schwein. Ich bin mir sicher, dass er inzwischen selbst Kinder hat. Wie wäre das für ihn, wenn jemand fast eins davon töten würde? Ich bin mir sicher, dass Hayes & Hayes denjenigen fertigmachen würde.

Auf halbem Weg die Treppe hinunter werde ich von Kaffeearoma begrüßt. Gott, wie ich diesen Duft liebe!

Ich kann von der Treppe aus in die Küche sehen. Da sind Spuren von Frühstück. Auf der Kücheninsel liegen Eier und Spargel. Andy muss schon auf sein. Mist. Der Fernseher im Familienzimmer ist an. Der Sportkanal. Oder vielleicht ist es auch Spiel Nummer vier der American League Play-offs von 1996 auf Video, das er sich regelmäßig ansieht. Mir wurde erklärt, dass ich es verstehen würde, wenn ich Fan der Baltimore Orioles wäre.

Ich gehe um die Kücheninsel zum Arbeitszimmer, wobei ich jeden Augenblick damit rechne, dass er aus dem Familienzimmer kommt, um sich Kaffee nachzuholen.

Ich ziehe mich wohlbehalten ins Arbeitszimmer zurück – meine Schritte werden vom tobenden Jubel eines achten Inning-Homeruns übertönt. Langsam drehe ich den Türgriff, während ich die Tür leise hinter mir zumache, dann laut seufze und mich zum Schreibtisch drehe.

»Andy!« Mein Kopf zuckt zurück und schlägt gegen die Tür.

Er springt aus dem Stuhl auf und kippt dabei seinen Kaffee um. »Caroline!« Überall ist Kaffee. »Du hast mich vielleicht erschreckt!« Hektisch greift er nach dem Keyboard und der Maus. »Beeil dich – hol was. Wenn was ins Keyboard kommt, dann ist es im Eimer.«

»Oh, Gott, nein.« Ich drehe mich hilflos herum. »Ähm, ähm …«

»Hol ein paar Taschentücher.«

Ich laufe zum Bücherregal und schiebe die Hand in die Taschentuchschachtel. »Sie ist leer …« Ich reiße mir das Shirt runter und werfe es auf den Kaffeefleck, während er das Keyboard in die Luft hält. »Meinst du, es ist kaputt?«

»Ich weiß es nicht, Caroline – Mensch …« Er zieht am Saum seines T-Shirts, um die Tropfen aufzufangen, die von der Ecke des Keyboards rinnen. Mein T-Shirt ist völlig durchnässt. Das bringt Andy dazu, sein eigenes auszuziehen und es um das Keyboard zu wickeln, während er leicht mit der Hand darauf drückt, um es abzutupfen. Er dreht sich zu mir und bemerkt, dass ich von der Taille aufwärts nur einen Sport-BH trage.

273

»Caroline …«, grinst er jetzt, »wenn du in Wahrheit für mich strippen wolltest – dann hättest du nicht vorher den Computer ruinieren müssen.« Er wackelt mit den Brauen. Dann ruht sein Blick auf meinem Haar. Die zwei kleinen vertikalen Linien zwischen seinen Brauen werden tiefer.

Ich wische mit meinem Shirt über den Tisch, was den Kaffee nur weiter verteilt, deshalb nehme ich das Shirt und drücke es an mich. »Ich werde das hier schnell los und hole mir ein anderes Shirt. Meinst du, er läuft noch?«

»Na ja«, seufzt er und lässt sich auf den Stuhl zurücksinken, »ich weiß es nicht. So oder so ist es wahrscheinlich nicht das Schlimmste auf der Welt. Du weißt ja, dass wir ohnehin alle zu viel Zeit mit diesem Ding verbringen. Wir verwandeln uns in soziopathische Außenseiter, die vergessen haben, wie man mit Menschen umgeht.« Er drückt auf die Tasten, doch nichts passiert auf dem Computermonitor. Dann dreht er das Keyboard erneut um und es läuft noch mehr Kaffee heraus. »Sind die Mädchen eigentlich süchtig nach diesem dummen Spiel, wie heißt es noch gleich? Sie brauchen ein Zeitlimit, oder? Und du bist mehr dran als wir alle.« Er dreht sich zu mir und verzieht erneut das Gesicht, während er mein Haar betrachtet. »Ich weiß, du hast eine offizielle Ausrede.« Er hebt die Hand.

»Genau.« Was soll das eigentlich heißen?

»Worum geht es überhaupt in deinem Buch? Und wann kann ich etwas davon lesen?« Andy zuckt mit den Schultern. »Du weißt ja, es muss nicht perfekt sein. Ich verspreche dir auch, keinen roten Stift in der Hand zu halten. Lass mich nicht warten, bis du mit dem Schreiben fertig bist.« Er grinst, dann sieht er wieder auf mein Haar. »Hey, was hast du eigentlich mit deinem Haar gemacht? Wann hast du das … bekommen?«

»Das hier?« Ich fühle nach meinem Haar, erinnere mich an seine neue Länge, während ich zur Tür gehe. »Kannst du noch mal das Keyboard überprüfen? Ich muss da weitermachen.«

In der Küche ist Tessa gerade bei einer archäologischen Grabung durch den Kühlschrank. Ich vergesse Timothy besser und versetze mich in den Samstagmodus. Alle sind zu Hause. Das bedeutet Zeit mit der Familie.

»Tess, du bist ja früh auf.«

»Oh, hi, Mom – was gibt es zum Frühstück?« Sie nimmt die Milch und dreht sich zu mir. Ihr Mund geht auf und die Milchpackung rutscht ihr aus der Hand. Sie fällt auf den Boden. Der rosa Plastikdeckel löst sich. Die Milch verteilt sich über den Boden. Und noch mal von vorn!

»Oh, Mom, tut mir leid …« Tessa packt den Plastikgriff und reißt ihn hoch, womit sie einen Becher Milch oder zwei rettet.

Ich lasse mich auf einen Sitz an der Insel fallen und schiebe ein Küchentuch mit Schwung über die Arbeitsplatte, sodass es am anderen Ende hinunter und zu Boden fällt. »Daddy hat gerade seinen Kaffee auf der Tastatur ausgeschüttet. Wir sollten Lilly holen, dass sie es mal mit dem Orangensaft probiert«, seufze ich, während Tessa mit dem Fuß mit dem Lappen herumwischt.

»Was macht die Lippe?«, frage ich.

»Der geht's gut.« Sie starrt auf meinen Kopf. »Was ist mit deinen Haaren passiert?«

Warum sind alle so aufgeregt wegen meiner Haare? »Ich habe sie geschnitten.«

»Du selbst? Oh. Es ist kurz. Kurz ist … gut.« Sie nickt und nimmt das Tuch vom Boden. »Soll ich das in den Wäscheraum tun? Mom?« Sie schlendert um die Insel herum. »Mom, gibst du mir das? Du siehst ja aus, als hättest du dir in die Hose gepinkelt.« Mein feuchtes Shirt hat meine grauen Leggins nass gemacht und einen dunklen, feuchten Fleck auf meinem Schoß hinterlassen.

»Gern.«

Ihr Blick geht nach unten. »Warum trägst du einen BH?«

»Das ist ein Sport-BH.«

Tessa steht wie erstarrt da. Sie glotzt auf mein Haar, mein Oberteil, meine Beine, dann zuckt sie mit den Schultern. »Aha.« Sie bringt die nassen Sachen zum Wäscheraum.

Fünfhunderttausend Dollar sind eine Menge Geld. Was hat sie damit gemacht? Ich stehe auf, um nachzusehen, ob Andy Fortschritte gemacht hat.

»Wohin gehst du?« Tessa kehrt zurück. »Ich dachte, du machst Frühstück.«

»Oh, vielleicht kann Daddy French Toast machen.«

»Hey, Mom?«

»Ja?«

»Daddy hat gesagt, er geht heute mit uns ins Kino und …«

Wahrscheinlich hat sie das Geld für Krankenhausrechnungen gebraucht. Wer weiß, ob sie überhaupt versichert war? Ich marschiere zum Arbeitszimmer und Andy sitzt noch immer am Schreibtisch. »Wie läuft es?«

»Ich habe es hinbekommen«, antwortet er, ohne sich umzudrehen.

»Würdest du ein paar French Toasts machen, Andy? Für die Mädchen?«

»Ach, Liebling, könntest du das tun, ich brauche hier nur eine Minute.«

So viel zum Thema Computerboykott.

Eine Stunde später taucht er aus dem Arbeitszimmer auf und legt die Computerregeln von Familie Thompson fest. Wozu ein Zeitlimit gehört, das er bereits um das Vierfache übertreten hat.

Die drei ziehen endlich ihre Schuhe an, um zur Autowäsche und dann ins Kino zu fahren. Ich lehne ihre Einladung ab und erkläre, dass ich einkaufen und aufräumen muss. Ich schreite durch die Küche und wische über dieselben Stellen auf der

Arbeitsplatte, während sie an der Eingangstür ihre Schuhe binden.

»Tschüss, Mom!«

»Tschüss, Caroline!«

Die Tür schlägt zu. Ich bin am Schreibtisch und googele nach Timothy Hayes noch bevor sie aus der Auffahrt raus sind. Andy hat den Stuhl vom Schreibtisch weggeschoben, doch ich habe keine Zeit, ihn zurückzuholen. Stattdessen bleibe ich stehen – da es ja schnell geht. Diesmal werde ich nicht lange bleiben.

Es erscheint eine erschreckende Menge an Treffern. Eilig überfliege ich sie, um etwas zu finden, was dem nahekommt, was ich suche.

**Timothy Byron Hayes III. zu 25 Jahren Gefängnis verurteilt.**

# KAPITEL SIEBZEHN

*Samstag, 30. September 2006, 10.37 Uhr*

Heilige Scheiße! Dreimal lese ich die fett gedruckten, unter-
strichenen Worte. Ich halte mich am Schreibtisch fest und
klopfe zweimal darauf, dann klatsche ich mir auf die Wange,
um sicher zu gehen, dass ich wach bin. Bevor ich es erneut lese,
muss ich mich hinsetzen. Es dauert wohl doch länger, als ich
gedacht habe. Ich lasse mich in den Stuhl sinken, doch mein
Körper trifft nicht dort auf den Stuhl, wo er ihn treffen sollte.
Das liegt daran, weil der Stuhl nicht unter mir ist. Ich rudere
mit den Armen und greife um mich. Suche irgendwo nach
Halt. Das Mousepad, die Tastatur, mein Schreibtischkalender,
ein Becher voller Bleistifte – der in eins der Kabel verwickelt
ist. Alles fällt auf mich herab. Außer der Tastatur, die an einem
dünnen schwarzen Kabel vom Schreibtisch baumelt. Als ich auf
dem Boden lande, kippt der Papierkorb um und spuckt seinen ganzen Inhalt aus. Ich nehme die Stifte aus meinem Schoß
und greife nach einem Stuhlbein, um den Stuhl zu drehen. Steif
setze ich mich hin. Ich bin hellwach.

*Fünfundzwanzig Jahre für Fahrerflucht?*

Klingeling …

Nicht das blöde Telefon. Ich werde nicht abnehmen. Es ist
mir egal, auch wenn es ewig klingelt. Es ist mir egal, auch wenn

es *Yankee Doodle Dandy* klingelt. Ich gehe nirgendwohin, bevor ich das gelesen habe. Nach dem zweiten Klingeln springt der Anrufbeantworter an – verdammt, warum können die Leute nicht einfach auflegen – jetzt muss ich den Anruf erwidern. Es ist Pastor Owens.

»Scheiße.« Ich springe vom Stuhl und laufe zur Küche.

»Ach, hallo, Pastor. Tut mir leid, ich war oben, und …«

»Hallo, Caroline. Entschuldigung, dass ich störe.« Er spricht schnell. »Aber wir konnten die Geschenkkörbchen nicht finden und …«

Shit! Die Geschenkkörbchen. Ich habe die Benefizveranstaltung vergessen.

»Du meine Güte – ich habe sie. Sie sind in meinem Keller.«

»Oh, gut. Bringen Sie sie dann jetzt vorbei, ja? Wir erwarten die Leute in weniger als einer Stunde.«

»Jetzt? Oh, ja, natürlich brauchen Sie sie jetzt.« Ich sehe zur Uhr. »Nun …«

Da ist jemand im Haus. Ich höre, wie sich die Haustür öffnet. Sofort taucht Lilly auf. Sie schwebt durch die Küche und streift den Flur entlang zum Arbeitszimmer, ohne ein Wort zu sagen. Ohne in meine Richtung zu blicken.

Ich nehme für eine Sekunde das Telefon vom Ohr. »Lilly, was machst du hier?«

»Was meinst du damit? Ich wohne hier, vergessen?«, kichert sie und lacht sich fast tot. Doch sie bleibt nicht stehen. Sie geht einfach weiter.

»Lilly! Wohin willst du?« Ich folge ihr, doch nur so weit, wie es das Telefonkabel erlaubt. »Was ist mit dem Film? Wo ist Daddy?«

Sie murmelt etwas, das ich nicht hören kann.

»Lilly, ich rede mit dir. Lilly?«

Nichts.

»Geh nicht ins Arbeitszimmer, Lilly! Verstanden?« Sie hört mir nicht zu. »Um Himmels willen ...« Sie ist im Arbeitszimmer. »Timothy!«

Das hat sie gehört. Sie tritt aus dem Arbeitszimmer und schaut mich über den Flur an. »Wie hast du mich genannt?«

»Lilly.«

»Nein, hast du nicht. Du hast mich Timothy genannt. Mit wem redest du?« Sie zeigt zu dem Telefonhörer, den ich noch in der Hand halte.

»Oh, lieber Gott, der Pastor! – Hallo, Pastor, sind Sie noch da?«

»Ist alles in Ordnung, Caroline?«

»Oh ja, alles ist in Ordnung, wirklich ... Es tut mir leid wegen dem ...« Lilly verschwindet im Arbeitszimmer.

»Lilly! Hast du mich gehört – ich habe gesagt – geh nicht ins Arbeitszimmer!« Das Telefon wird jetzt zu einem Zeigestock, ich benutze es auf dramatische Weise, um aufs Arbeitszimmer zu weisen, was sinnlos ist, da wir alle wissen, wo das Arbeitszimmer ist, und Lilly ist sogar drin, während ich spreche.

»Mommy«, sie kommt raus und überquert die Türschwelle, dann deutet sie auf etwas am Boden. »Was ist mit dir los? Ich brauche doch nur meine Brille für den Film. Sie ist in meinem Rucksack. Er steht da auf dem Boden.« Sie spricht mit Händen und Füßen.

»Pastor?« Ich überprüfe, ob er noch da ist.

»Caroline, ist das gerade kein guter Zeitpunkt?«

»Ja, nein. Es ist kein guter Zeitpunkt.« Ich signalisiere Lilly mit der Hand das Stoppzeichen und mache ein entschiedenes Gesicht, um ihr mitzuteilen: »Rühr dich keinen Zentimeter.«

»Warum schicke ich nicht einfach Mrs Cochran vorbei, um die Geschenkkörbchen abzuholen? Sie ist gerade hier bei mir und sie würde gerne helfen.«

»Ach, wirklich? Könnte sie das machen? Ich lasse sie auf der Terrasse. Das ist großartig. Wir sehen uns dann am Sonntag.«

»Vielen Dank für Ihre Hilfe, Caroline.«

»Überhaupt kein Problem. Gern geschehen. Was immer ich tun kann. Auf Wiederhören.« Ich lege auf. »Dein Rucksack ist nicht im Arbeitszimmer.«

»Mom, ich sehe ihn von hier. Er ist violett. An ihm hängt eine Blumenschlüsselkette«, äußert sie in einer Art spöttischem Singsang. »Warum regst du dich so auf? Ist da Atommüll drin – brauche ich eine Sauerstoffmaske?« Sie bedeckt ihren Mund und krächzt. »Houston, wir haben ein Problem.« Sie stolziert ins Arbeitszimmer, nimmt ihren Rucksack und kehrt zurück. »Du musst dich wirklich entspannen, Mom.«

Sie hält am Kühlschrank, nimmt sich einen Apfel und beißt hinein, ohne ihn abzuspülen. Ich sage nichts, denn ich »entspanne«. Das Telefon klingelt erneut, als Lilly ihre Brille und einen weißen Umschlag aus dem Rucksack zieht.

Ich nehme den Hörer in die Hand. »Ja …«, melde ich mich im korrekten Telefonton.

»Ist da Caroline?«

»Ja, Caroline hier.«

»Hier ist die Praxis von Dr. Cooper, Sie hatten heute einen Termin zur Zahnreinigung. Wir hatten uns gefragt, ob Sie wohl schon unterwegs sind?«

Mist, der Zahnarzt! »Oh mein Gott, das ist heute? Sind Sie sicher?« Ich blicke auf die Uhr. »Ähm, ja, ich bin so schnell wie möglich da. Danke für den Anruf.«

»Okay, doch wenn Sie nicht bald kommen, werden Sie warten müssen.«

Ich drehe mich um. »Lilly, das war der Zahnarzt. Ich habe meinen Termin vergessen.« Ich drehe mich erneut um und suche nach meinem Tagesplan. »Mein Gott – ohne dieses Ding kann ich nicht funktionieren.« Ich richte den Blick auf Lilly. »Wo ist Daddy? Wartet er draußen auf dich?«

»Nein. Daddy wollte Eintrittskarten besorgen, bevor sie ausverkauft sind. Er will, dass du mich zum Kino bringst, um sie zu treffen.«

»Meine Güte! In Ordnung, beeilen wir uns. Nimm deine Brille. Ich bin spät dran für den Zahnarzt. Oh, warte eine Sekunde! Du musst mir dabei helfen, die Geschenkkörbchen nach oben zu bringen. Wir müssen sie auf der Terrasse lassen. Beeil dich.«

»Ich habe ganz vergessen, dir das hier zu geben.« Lilly hält mir einen Umschlag hin. Ich sehe ihn misstrauisch an. »Er kommt von Mrs Stanton. Sie meinte, du seist schwer zu erwischen oder so etwas.« Ich blicke runter auf den Umschlag in Lillys Hand, nehme ihn aber nicht. Falls es eine Zwangsvorladung ist.

Kann eine Minderjährige eine Zwangsvorladung überreichen?

»Mom, hier, er ist für dich. Du kannst ihn ruhig berühren. Er ist nicht vergiftet.« Wieder dieser Singsang. Großartig. Meine eigene Tochter übergibt mir eine Zwangsvorladung.

»Okay. Gut. Was auch immer!« Ich pflücke ihn aus Lillys Hand und lasse ihn in meine Handtasche gleiten. »Ich habe jetzt Wichtigeres zu tun.« Lilly wirft mir einen dieser Bist-du-vom-anderen-Stern-Blicke zu, an die ich mich langsam gewöhne. »Komm jetzt, Lilly! Lass uns diese blöden Geschenkkörbchen holen.«

\* \* \*

Vor dem weißen Haus im Kolonialstil, das sowohl als Zahnarztpraxis als auch als Wohnhaus dient, ist ein freier Parkplatz. Ich lasse den Motor im Leerlauf. Mit dem Zeigefinger fahre ich über meine oberen Zähne. Ich möchte den Zahnpfleger fragen, ob meine Zähne Implantate sind, doch ich weiß nicht, ob ich mich dazu durchringen kann. So eine verrückte Frage wird sich in Windeseile in der ganzen Stadt herumsprechen.

Es ist ganz schön seltsam, wenn Menschen sterben – wegen Herzversagen oder Hirnversagen oder vielleicht hat sie irgendein heimtückischer Krebs von Kopf bis Fuß vergiftet, und sie liegen in der Erde, zwei Meter tief, verschrumpelt und verfallen –, dass ihre Zähne intakt bleiben.

Der Brief von Mrs Stanton wartet auf dem Beifahrersitz auf mich. Ich nehme ihn zum vierten Mal in die Hand. Diesmal schiebe ich den Finger unter die zugeklebte Lasche.

> Hallo Mrs Thompson –
> ich habe diese Woche mehrfach erfolglos versucht, Ihre Aufmerksamkeit außerhalb der Schule zu erheischen. In einem Moment sehe ich Sie, dann im nächsten nicht mehr. Jedenfalls hatte ich es an dem Morgen zu erzählen begonnen, als Sie in der Bibliothek ausgeholfen haben. Doch was wurde das dann für ein verrückter Tag! Ich war sehr überrascht, Ihren Namen zu entdecken, als ich letzte Woche etwas im Computer gesucht habe.
>
> Ich wusste gar nicht, dass Sie eine Bäckerin sind. Obendrein auch noch eine preisgekrönte Bäckerin! Ich bin übrigens auch Bäckerin! Nun, ich konnte mein liebstes Apfelkuchenrezept nicht finden, weshalb ich nach einem gegoogelt habe, das meinem ähnelt. Dabei stieß ich auf einen Zeitungsartikel, der berichtete, dass Sie im letzten Herbst den ersten Preis beim Apfelkuchenwettbewerb von Witmans' Farms gewonnen haben. Gratulation!

Ich wollte Ihnen nur mitteilen, dass ich das Rezept ausgedruckt und es am Wochenende ausprobiert habe. Es ist fantastisch. Ich liebe die Cranberrys. Eine sehr interessante Note!

Es ist mir eine große Freude, unsere Eltern auf so positive Weise in der Gemeinde engagiert zu sehen.

Mit freundlichen Grüßen,
Edith Stanton

Der Brief fällt mir den Schoß. Genau wie meine Hände.

Apfelkuchenwettbewerb? Ich habe letztes Jahr den Apfelkuchenwettbewerb von Witmans' Farms gewonnen. Ich. Ich habe gewonnen.

Das stimmt.

Ich nehme mein Telefon aus der Handtasche und ruf die Zahnarztpraxis an, um ihnen mitzuteilen, dass ich meinen Termin nicht wahrnehmen kann. Mir ist etwas dazwischengekommen. Mal ehrlich: Im Vergleich zum Rest von mir sind meine Zähne in ziemlich gutem Zustand.

Ich fahre vom Parkplatz in Richtung Lebensmittelgeschäft.

Ich bin in der Stimmung für Kuchen. Es kommt schließlich nicht jeden Tag vor, dass eine Google-Suche solche Nachrichten enthüllt. Ja, es ist an der Zeit, dass Caroline Thompson sich eine Schürze umbindet und etwas Kuchen backt!

Anstatt für das Rezept nach Hause zu fahren, werde ich improvisieren – schließlich ist es nur ein Kuchen, um Himmels willen. Heute wird ein großartiger Tag!

Als ich im Laden in der Frischeabteilung bin, begutachte ich die verschiedenen Apfelsorten vor mir. Alle guten Apfelkuchen bestehen aus verschiedenen Apfelsorten, deshalb muss in diesem Rezept eine Kombination von Äpfeln sein.

Der Mitarbeiter der Abteilung packt gerade Blumenkohl aus.

»Hallo, entschuldigen Sie, Sir. Darf ich Ihnen eine Frage stellen?« Das wird nur eine Minute dauern.

Der Obst-und-Gemüse-Typ blickt zu mir hinüber, legt den letzten Blumenkohl auf die Pyramide zu den anderen, anschließend neigt er den Kopf, fährt sich mit der Zunge über die Schneidezähne und saugt an ihnen, als würde er versuchen, eine widerspenstige Rindfleischfaser zu entfernen. Mit beiden Händen erfasst er seinen braunen Ledergürtel und zieht sich die Hose hoch. Er bewegt sich wie in Zeitlupe.

»Sicher, Schätzchen, was kann ich für Sie tun ...?« Er spricht in derselben Geschwindigkeit, wie er sich bewegt.

»Ich möchte einen Apfelkuchen machen, für den ich eine Mischung von Äpfeln benötige, zwei von jeder Sorte, glaube ich. Ich habe nur vergessen, welche.« Ich fühle mich kribbelig. Ich glaube, das kommt von der Aufregung.

»Mal langsam, Sie sprechen ja schneller als ein Versicherungsvertreter, hahaha ...«

Er legt die Hände an seine knorrigen Hüften und blickt hoch zur Decke. »Also, Sie sagen Apfelkuchen, das sagten Sie doch, oder ...? Zunächst einmal ist es eine großartige Jahreszeit für Apfelkuchen, hauptsächlich deshalb, weil jetzt gerade Apfelzeit ist. Das ist die oberste Regel – arbeiten Sie immer mit der Jahreszeit.«

Ich beginne, auf der Stelle zu hüpfen, um etwas mit meiner Energie zu machen. Ich will nur, dass er mir die Sorten nennt. Dann bin ich hier weg.

»Hoppla, bereiten Sie sich auf den Kuchen vor oder sind Sie Boxer im Leichtgewicht? Hahaha ...«

»Ich bin ein wenig knapp mit der Zeit – ich muss nur wissen, welche Äpfel ich nehmen soll.«

»Nun, man kann einen guten Kuchen nicht übereilen, das müssen Sie wissen, doch ich sag Ihnen was, ich würde mit Romeo anfangen.« Er zerrt erneut an seinem Gürtel, diesmal wie bei einer Wippe, zuerst kommt die eine Seite hoch, dann die andere. Warum machen Männer das? Richten sie sich selbst aus? Haben Sie Juckreiz? Das ist ja abstoßend.

»Meinen Sie Cameo? Oder meinen Sie Romeo?«, will ich wissen und hüpfe rüber, um eine Tüte von der Rolle zu reißen.

»Genau. Das ist es.«

»Ja – beide?«

»Halten Sie sich von den McIntyres fern – die sind zu weich und machen aus Ihrem Kuchen einen großen Matsch. Sie wollen es bestimmt fest.«

»McIntosh?« Mein Gott, um Himmels willen. Ich fange an, ein paar Äpfel einzutüten. Ich entscheide mich für Golden Delicious, Cameo und Braeburn, hauptsächlich deshalb, weil sie direkt vor mir liegen. Ich packe sie in drei verschiedene Tüten.

»Wie viele Kuchen wollen Sie denn machen? Das sind ja eine ganze Menge Äpfel!«

»Vier.« Ich halte inne, um laut zu zählen, wobei ich die Finger benutze. »Nein, fünf. Sechs Äpfel für jeden Kuchen, mal fünf Kuchen, macht dreißig. Also brauche ich zehn von jeder Sorte. Großartig.«

»Ich werde natürlich nicht bei Ihnen in der Küche sein.« Er hält inne, um zu sehen, ob ich was dagegen einwende. »Machen Sie also Ihre Scheiben dick, ein gutes Stück, die gerade hochstehen …«

»Danke, danke für alles.«

Ich jogge rüber zu dem Gang mit den Aluschalen und nehme mir ein paar und höre von hinten den Obsttypen rufen: »Guten Appetit!« Neben den Trockentüchern und Ofenhandschuhen hängen ein paar rot-weiß gestreifte Schützen. Ich nehme je eine für Lilly und Tessa. Sie werden ausflippen wegen des Kuchenbackens. Wir werden einen richtigen Thompsonfamiliennachmittag haben. Voller Familie und Fröhlichkeit und Zusammensein.

Auf der Fahrt nach Hause spielt das Radio nacheinander alle meine Lieblingslieder. Das geschieht sonst nie. Ich nehme das als kosmisches Zeichen für gute Nachrichten. Die Sterne verbinden sich. Es fühlt sich fantastisch an, aus voller Kehle zu singen und die Texte zu kennen. Mein Gott, ich bin immer wieder überrascht, wie gut ich beim Trommeln bin. Ich habe den perfekten Rhythmus. Und wahrscheinlich wird niemand das je über mich wissen. Ich wünschte, die Leute würden ein paar meiner guten Qualitäten bemerken. Vor lauter Singen höre ich fast das Telefon nicht. Eine neue SMS. An der nächsten roten Ampel lese ich sie mir kurz durch. Sie stammt von Andy.

»Wir sind nicht ins Kino gegangen. Ausverkauft.«

Wie eine Machete schneidet das Bild des Zeitungsartikels von Timothys Verurteilung durch meine positive kosmische Aura. Ich trete mit Schwung auf die Bremse. Ein Kerl hinter mir lehnt sich auf seine Hupe und lässt nicht mehr los. Zum Glück hat er mich nicht gerammt. »Es tut mir leid. Es tut mir leid«, sage ich in meinen Rückspiegel, doch er kann mich weder hören, noch meine Lippen lesen. Er glaubt wahrscheinlich, dass ich eine lausige Fahrerin bin, was nicht stimmt. Ich bin eine großartige Fahrerin. Ich bin beleidigt wegen seiner Unterstellung. Wahrscheinlich hat er mich bereits in die Alle-Frauen-sind-schlechte-Fahrer-Kategorie eingestuft. Das ärgert mich wirklich.

»Ich bin eine verdammt gute Fahrerin!« Ich brülle das in den Rückspiegel und trete das Gaspedal durch. Dieser verdammte Artikel ist nach wie vor auf dem Computerbildschirm. Ich habe ihn nicht geschlossen. Lilly war zuletzt drin und hat ihren Rucksack geholt. Gemeinsam haben wir dann das Haus verlassen.

Das wäre typisch Andy, ins Haus zu kommen und direkt zum Computer zu gehen. Mit angezogenen Schuhen. Er hat es inzwischen sehen können. Er hat nachlesen können, dass Timothy fünfundzwanzig Jahre bekommen hat, weil er Lilly fast getötet hat. Er weiß, dass Lilly ... ist ... war ..., dass JD in Wahrheit ...? Scheiße. Ich weiß nicht, was er weiß. Meine Güte.

Mir kribbelt die Kopfhaut. Das ist meine Kampf-oder-Flucht-Reaktion. Das Kribbeln fühlt sich heiß an, hundertfach elektrisch geladen. Ich halte in unserer Auffahrt. Andys Auto ist nirgendwo zu sehen. Das ist gut.

Doch die Haustür ist unverschlossen. Bevor ich die Tür öffne, halte ich inne. Sein Auto steht in der Garage. Er parkt immer in der Garage, nachdem er es waschen lässt. Ich öffne halb die Tür ... langsam. Mit gekünstelter Ruhe strecke ich einen Fuß über die Schwelle, wobei ich die Hand am Türknauf lasse. Ich recke den Hals um die Tür. Lillys Rucksack steht im Eingangsflur neben der Bank. Es riecht, als würde etwas kochen. Doch das Haus ist seltsam ruhig.

Wie einen Schild halte ich die Tür schützend vor meinen Körper, ohne zu wissen, ob ich bleiben oder gehen soll. Und niemals zurückkehren. Ich will so nicht weiterleben. Ich hasse es. Ich will, dass es aufhört. Ich will, dass es weggeht. Doch ich weiß nicht, wie. Mein Handy klingelt. Tränen sickern aus dem Hintergrund meiner Augen. Die Spuren vorgetäuschten Mutes lösen sich auf. Ich antworte schnell, bevor noch jemand im Haus das Telefon hört und weiß, dass ich zu Hause bin. Falls ich doch noch weglaufen will.

»Hallo«, flüstere ich, bewege mich dabei nach draußen und ziehe die Tür fast zu.

»Caroline, bist du das? Hier ist Andy, kannst du mich hören? Ich muss dich was fragen.«

»Ja.« Ich stehe auf der Fußmatte und stottere. »Wo bist du? Bist du zu Hause?« Etwas tropft an meinem Bein herunter.

»Wir haben eine schlechte Verbindung. Wo bist du?«

»Ich bin … Ich … Ich kann dich nicht hören. Bist du zu Hause? Wo sind die Mädchen?«

»Wir sind im Imbiss.«

Ich sacke auf die Ziegelstufen hinunter und still laufen mir Tränen die Wangen hinab. »Seid ihr … direkt vom Kino hingegangen?«

»Was?«

»Ich fragte, ob ihr direkt vom Kino gegangen seid? Oder seid ihr zuerst nach Hause gekommen?« Mein Herz wartet auf eine Antwort.

»Nun, die Mädchen waren richtig hungrig, deshalb haben wir zuerst hier gehalten.«

Ein Schwall heißer Luft entfährt meinem Mund.

»Mist. Ich hätte dich anrufen sollen, damit du dich uns anschließt. Hör zu, sie hatten ihre Burger bereits. Aus irgendeinem Grund ist es hier rasch gegangen. Stell dir vor. Wie auch immer, ich habe angerufen, um zu fragen, ob du etwas willst. Willst du einen Veggieburger oder was anderes?«

Atme ein, atme aus. Atme ein, atme aus. Ich müffele nach Körpergeruch. Mein Shirt klebt an mir. Ich ziehe es unter meinen Armen weg.

»Caroline? Süße?«

Ich wische mir mit dem Ärmel über die Wangen und unter meinem Kinn herum.

»Bist du noch da? Caroline …?«

Als ich im Haus bin, versperre ich hinter mir die Tür. Mit Riegel und Kette. Sie werden klingeln müssen.

Der Artikel über Timothy ist noch immer auf dem Monitor, sodass ihn die ganze Welt lesen kann. Eine kalte Front bläst wie ein Nordostwind durch meinen Körper, woraufhin ich in meiner Kleidung zittere.

> Timothy Byron Hayes III. wurde gestern wegen vorsätzlichen Mordes zu 25 Jahren Haft verurteilt. Er wurde für schuldig befunden, Jane Dory Spencer, 28, ermordet zu haben, was zunächst wie ein Selbstmord aussah, sich aber später als Arsenvergiftung herausstellte. Ein Antrag auf bedingte Haftentlassung kann frühestens nach 18 Jahren gestellt werden.

Ich sehe die Worte. Ich füge sie eins nach dem anderen in der Reihenfolge zusammen, in der sie geschrieben sind. »Mord« und »überführt« und »ermordet« und »Arsen«. Und all die anderen Worte, die sie flankieren, sie in unfassbare Aussagen verwandeln. Doch mein Gehirn ist wie erstarrt. Es ist ein Eisblock. Nichts geht hinein. Oder wird verstanden. Mein ganzer Körper ist unbeweglich. Ich sitze da und starre auf den Monitor.

Die Mädchen rufen: »Mommy! Mom? Mommy?« Ich springe vom Stuhl und hocke mich an die Ecke des Tisches, umklammere meine Handtasche und verdecke den Monitor. Wie sind sie reingekommen? Die Hintertür ist von meinem Schreibtisch aus zu erkennen. Ich hätte sie doch gesehen. Ich rufe auch.

»Ja?«

Stille. Niemand.

»Mädels?« Ich stottere.

Nichts. Ich weiche zurück, meine Handtasche ist auf meinem Schoß.

»Caroline …« Jetzt ist es Andy. Ich springe wieder vom Stuhl auf und stehe mit den Händen an den Hüften da – mein Rücken verdeckt den Monitor – die Handtasche fällt zu Boden.

»Ja? Andy? Bist du das?« Meine Stimme bricht.

Keine Antwort. Keine Stimmen, nur die Geräusche des Hauses. Das Gurgeln des Aquariums. Der tiefe, unregelmäßige Klang des Windspiels an der Veranda, während es in einer schwachen Brise schwingt. Das fast nicht wahrnehmbare Atmen des Computers unter dem Schreibtisch. Ich blicke mit Verachtung darauf. Ich hasse das beschissene Ding. Ich hasse es. Ich trete heftig dagegen. »Ich hasse dich! Du ignorantes Stück Scheiße.« Er jammert sofort – ein gutturales Knurren. Ich lasse mich auf den Boden sinken und werfe die Arme darum, drücke meine Brust gegen die strukturierte Metallplatte. »Es tut mir leid, es tut mir leid, es tut mir leid, bitte, bitte stirb nicht, ich brauche dich, ich ... brauche ... ich habe niemanden ... ich bin ... tut mir leid ...« Ich krieche vor dieser beleidigenden, ausfälligen, höhnischen, charakterlosen, beschissenen Kiste. Sein Komplize, mein anderer Peiniger, sitzt auf dem Schreibtisch und erzählt mir alles – mit seinem unverfrorenen offenen Gesicht hält er nichts zurück. Es kümmert ihn nicht, wie zerbrechlich ich bin, wie einsam ich mich fühle, wie verzweifelt ich werde.

Wieder ist es Andy, diesmal näher. »Caroline?« Dann Gelächter.

»Andy!«, belle ich ins Haus. Ich hocke zusammengekauert unter dem Schreibtisch. »Wo bist du? Hör auf, mit mir zu spielen!«

Nur mein Echo kehrt zurück. Dann Stille. Ich setze mich wieder auf den Stuhl. Im Monitor ist eine Spiegelung meiner Hände. Sie schweben über der Tastatur, zittern wie ein Junkie beim Entzug.

Das Handy klingelt in meiner Handtasche.

»Hallo«, kämpft es sich aus mir heraus. Ich höre Dr. Sullivans Stimme, sacke zusammen und schluchze.

»Sieht so etwa ein Nervenzusammenbruch aus? Was, Doktor?« Ich bettle ihn um Antworten an, ohne dass ich innehalte, um sie zu hören. »Sagen Sie, sieht das so aus? Oder ist es schlimmer, was ich habe, bin ich … verrückt …?« Ich kann kein Wort von dem verstehen, was er antwortet. Er hätte eins oder beides bestätigen können. Vielleicht hat er eine andere Diagnose im Angebot, die noch grauenhafter ist. Ich kann mich nicht beruhigen. Ich will, dass es vorbei ist. Ich will endlich, dass es vorbei ist.

»Caroline …« Seine Stimme dringt zu mir durch. »Hören Sie zu, Sie müssen sich beruhigen – damit ich mit Ihnen reden kann. Können Sie mich hören, Caroline?«

Ich wusste, dass JD keinen Selbstmord begangen hat. Ich wusste, sie hätte das nicht tun können. Es war völlig ausgeschlossen, dass sie sich töten und ihre Tochter allein lassen würde. Nicht JD. Sie war … ausgeglichen und verantwortungsbewusst … und glücklich. Sie fühlte sich wohl in ihrer Haut. Es gab für sie keinen Druck von außen. Nicht einmal auf der Highschool, als die Mädchen alle »Gloria Vanderbilt«-Jeans trugen – sie ging zum Secondhandladen und kaufte etwas Altes, wovon sonst niemand gehört hatte. Sie kümmerte sich nie darum, was die anderen Mädchen von ihr dachten. Sie war nicht einmal neugierig darauf. Sie schaute durch all diese überheblichen Mädchen einfach hindurch. Über sie hinweg. Es spielte für JD nie eine Rolle, bewundert zu werden. Und die Ironie war, dass sie deshalb mehr als jeder andere bewundert wurde. Wir sehnten uns alle danach, so zufrieden mit uns selbst zu sein. Sie wusste es nicht und sie brauchte es nicht.

»Caroline? Sind Sie noch da? Caroline? Sagen Sie mir, was los ist. Was machen Sie gerade?«

Timothy hat sie umgebracht, weil sie die Einzige war, die wusste, dass er Lilly umgemäht, sie fast getötet hatte. Niemand hat gedacht, dass Lilly durchkommen würde. Deshalb musste er JD loswerden, bevor das geschah. Bevor sie es jemandem erzählte.

»Caroline, sind Sie da? Bitte reden Sie mit mir, was tun Sie gerade? Wo sind Sie?«

Ich kann nicht fassen, dass sie diesen Mistkerl nicht verraten hat. Das war ihre Gelegenheit, um ihn fertigzumachen. Er gab ihr eine halbe Million Dollar, um den Mund zu halten.

»Caroline …«

»Ja.«

»Wo sind Sie?«

»Ich weiß Bescheid über JD …«

»Das tun Sie?«

»Ja. Ich … weiß … was wirklich geschehen ist …«

# KAPITEL ACHTZEHN

*Samstag, 30. September 2006, 13.16 Uhr*

Ich habe keine Wahl. Ich ringe nicht mit der Entscheidung. Ich denke nicht nach oder reflektiere. Oder denke überhaupt daran, wirklich nicht. Ich steige einfach ins Auto und fahre auf sein Drängen hin zu Dr. Sullivan. Was gibt es da nachzudenken? Es ist nicht so, dass mich hier jemand braucht. Wofür? Um den Mädchen dabei zu helfen, ihre Girl-Scout-Kekse zu verkaufen? Oder Essen zu machen? Oder ihnen neue Badeanzüge zu kaufen? Ich glaube nicht. Andy kann die Mädchen hinbringen, sodass sie Popcorn verkaufen oder Geschenkpapier oder den Blödsinn des Tages, um Geld für irgendeine Gruppe zu sammeln, die in dieser Woche an der Reihe ist. Er kann Smarty zum Hundefriseur kutschieren – oder sein Fell wachsen lassen. Es kümmert mich nicht. Sie können sich Essen bestellen. Er kann die Mädchen zum Schwimmunterricht fahren oder zum Pferdereiten oder zu dieser Geburtstagsfeier bei der Töpferei. Falls diese Party heute ist. Wenn irgendwas davon heute ist. Scheiß was auf den Tagesplan! Stand eigentlich mein Nervenzusammenbruch auf dem Plan?

Meine Familie braucht mich nicht. All die Jahre, was zur Hölle habe ich da getan? Jeder kann Putensandwiches machen.

Als ich bei Dr. Sullivan ankomme, sind da zwei freie Parklücken, die die Eingangstür zu seinem Büro flankieren. Dr. Sullivan wartet draußen, er trägt eine Baseballkappe und sitzt auf einem dieser billigen Klappstühle mit Nylongewebe um einen Aluminiumrahmen. Ich erinnere mich aus meiner Kindheit an diese Stühle. Die Eltern unserer Nachbarin Mrs Gemelli, ältere Italiener, kamen zu Besuch und hockten auf ihrem Vorderrasen auf genau diesen Stühlen. Sogar diese Farbe, abgesehen von der Stelle, wo ein neuer Nylonstreifen eingesetzt wurde, um ein altes, abgenutztes Stück des Gewebes zu reparieren. Jedes Mal, wenn sie ihre Tochter besuchten, zogen sie diese angeschlagenen Stühle aus dem Kofferraum ihres Autos. Es spielte keine Rolle, dass ihre Tochter schicke Holzrasenstühle mit gestreiften Kissen für sie hatte. Sie brachten ihre eigenen mit. Ich hörte einmal, wie sie über die Stühle stritten. Mrs Gemelli sagte: »Warum bringt ihr immer diese schäbigen Stühle her, den ganzen Weg von zu Hause. Ich habe schicke Stühle. Neue Stühle. Müsst ihr diese immer mitschleppen und mich beschämen? Warum macht ihr das?« Da schrie ihre Mutter etwas auf Italienisch zurück und ruderte wie ein Krake mit den Armen. Manchmal riss sie sich die Schürze ab, die sie um ihre dicke Taille gebunden hatte, und warf sie zu Boden, der Vater thronte einfach auf seinem grünen Stuhl und las *Il Giorno* und Mrs Gemelli stürmte ins Haus.

Ich stelle mir vor, dass Sullivan diesen Stuhl von seinem Boot holt, wenn die Sommerangelzeit vorbei ist, und ihn zu seinem Büro bringt.

Ich wähle den Parkplatz zu seiner Linken und er nimmt die Zeitung runter. Sie ist zur Hälfte gefaltet und dann noch einmal, sodass er darüber oder zur Seite spähen kann. Neben seinem Fuß befindet sich eine Dose Dr. Pepper auf dem Boden.

Er steht langsam auf und wartet auf mich. Als ich näher komme, blickt er neugierig auf meine Füße, weshalb ich es auch tue. Ich trage keine Schuhe. Ich drehe mich zurück zum

Auto und hoffe, dass ich dort ein Paar habe. Sie liegen an der Beifahrerseite auf dem Boden. Ich schlüpfe mit den Füßen hinein. Er streckt die Hand aus, als wollte er meinen Arm berühren, dann ändert er seine Meinung. Er betrachtet mich genau. Um daraus seine Schlüsse zu ziehen. Seine Augen wirken schwer und müde. Seine Wangen sind rötlicher als sonst, was ihm im Vergleich zu der Blässe seiner restlichen Haut ein Aussehen wie ein Clown gibt.

»Ich bin froh, dass Sie gekommen sind. Caroline. Ich bin sehr froh.« Er macht mir ein Zeichen, vor ihm durch die offene Tür zu gehen.

Auf dem Weg zu seinem Schreibtischstuhl bleibt er an der Kommode stehen und beugt sich vor, späht in das untere Fach.

»Möchten Sie etwas Wasser?«, fragt er, ohne mich anzusehen.

Als er mir die Flasche reicht, trinke ich sie halb aus und stelle sie dann auf den Tisch neben mich, umschließe sie aber weiter mit der Hand. Ein Anker für meine Hand.

»Ich würde gerne mit Ihnen über gestern reden, Caroline.« Er verharrt hinter seinem Schreibtisch. »Zuerst möchte ich mich aber noch einmal aufrichtig dafür entschuldigen, Sie zu einem so kritischen Zeitpunkt verlassen zu haben. Es tut mir leid, dass es so geschehen ist, und ich weiß Ihr Verständnis zu schätzen.«

Zum ersten Mal seit gestern denke ich an seinen anderen Patienten.

»Also dann, da waren ja viele Informationen – auf dem Band. Reden wir darüber.« Er setzt sich auf seinen Stuhl, der quietscht. »Wussten Sie von Lillys Unfall oder dass Sie zu JD gegangen sind und die Telefonnachrichten abgehört haben?« Mit seiner dicklichen Hand wischt er sich die Haare von den Augen.

»Nein.«

Er mustert mich besorgt. »Wie hat sich Lilly entwickelt, in körperlicher Hinsicht? Hat es irgendwelche gesundheitlichen Nachwirkungen bei ihr gegeben? Hat sie Rückschläge gehabt aufgrund der Verletzungen, die sie davontrug?«

Ich denke eine Weile darüber nach. Es fällt mir noch immer schwer, meine Lilly in dem kleinen Mädchen auf den Bändern zu erkennen, das vom Auto angefahren wurde und zu JD gehörte. Es kommt mir jetzt so vor, als wären diese Bänder ein Prequel zu meinem Leben, wie ich es kenne. »Nein, Gott sei Dank geht es ihr gut.« Ich bin erleichtert, als ich erkenne, dass die Dinge wesentlich schlechter sein könnten.

»Das ist großartig. Das ist wirklich gut zu hören. Da kann sie glücklich sein. Nun, dann reden wir einmal über den Tag, an dem Sie zu JD gegangen sind und die Nachricht von Timothy gehört haben. Wussten Sie von ihrer Kommunikation?«

Ich schüttle den Kopf, ohne aufzusehen.

»Machen wir einen Schritt zurück. Erzählen Sie mir von Timothy … und Ihrer Beziehung zu ihm.«

»Was möchten Sie wissen?«

»Alles. Alles, woran Sie sich erinnern können.«

Wenn er mich das vor einer Woche gefragt hätte, wäre es eine andere Geschichte gewesen. Doch in den letzten sieben Tagen sind alle Erinnerungen an Timothy in Stacheldraht gewickelt worden. Um zu dem Timothy vorzudringen, den ich kenne, braucht man mehr als eine Schere.

»Es ist jetzt schwer zu sagen. Vielleicht habe ich ihn ja nie gekannt. Alles, woran ich mich aus unserer gemeinsamen Zeit erinnere, nun, es – er – scheint nicht so, als wäre es dieselbe Person. Also, ich kann Ihnen verraten, was ich von ihm gedacht habe, woran ich mich bei ihm erinnere, aber vielleicht sind das nur die Gedanken eines verblendeten Schulmädchens.«

»Das ist okay. Ihre Beziehung zu ihm war real. Wie war sie?«

»Nun, ich erinnere mich, wie ich das Gefühl hatte, dass wir uns sehr ähnlich sind. Wir fühlten uns vom Anfang an zueinander hingezogen – vom ersten Wochenende meines ersten Jahres. Wir verliebten uns und blieben fast bis zum Ende zusammen.« Ich sage das, ohne nachzudenken.

»Zum Ende von was?«

»College. Er machte mir während des Sommers vor unserem vorletzten Jahr einen Antrag. Ich konnte mir nicht vorstellen, glücklicher zu sein als mit ihm. Wir machten Pläne für die Zukunft – viele Pläne. Unsere Flitterwochen sollten in Griechenland sein. Wir planten, in Greenwich, Connecticut, zu wohnen, fünf Kinder zu bekommen – wir gaben ihnen sogar schon Namen.« Ich halte inne und denke darüber nach, wie leicht mir diese Erinnerungen einfallen. Es ist, als würde man einen alten Karton mit Weihnachtsdekoration auspacken, den man auf dem Dachboden vergessen hat. Dinge, die ich jahrelang nicht gesehen und an die ich nicht mehr gedacht habe, doch während ich sie aus ihrem Papier wickle, erinnere ich mich an alles und verspüre eine Welle an Gefühlen.

»Was haben Sie auf dem College studiert?«

»Ich hatte im Hauptfach Englisch, Timothy Politikwissenschaft. Er hatte Pläne, auf die Rechtsfakultät zu gehen, um in die Fußstapfen seines Vaters und Großvaters zu treten und in der Familienfirma in New York zu arbeiten. Er sprach sogar davon, irgendwann ein öffentliches Amt zu übernehmen. Ich erinnere mich an die Wohnung, die Mr Hayes für Timothy gekauft hat, nachdem wir unsere Verlobung bekannt gegeben haben.« Erneut eine Welle der Euphorie. »Ich war begeistert davon, aus meiner vollgestopften Wohnung zu kommen. Ich teilte sie mir mit zwei Mädchen. Sie kostete mich zweihundert Dollar im Monat und war alles, was ich mir leisten konnte. Meine Mutter stritt nicht einmal mit mir, als ich mit

Timothy zusammenzog. Sie war froh, dass ich diese Wohnung verlassen konnte. Sie war ganz aufgeregt wegen der Verlobung.

Es war alles zu schön, um wahr zu sein.

Ich erinnere mich daran, wie mir klar wurde, dass ich das Mädchen war, das sich Timothy Byron Hayes geschnappt hatte. Was die anderen Mädchen nicht davon abhielt, es weiter zu versuchen. Er sah gut aus – dazu die Art, wie er sich kleidete, nicht wie ein typischer Collegeschüler, immer mit Kragenhemd und Chinos. Er war charmant. Er sagte stets das Richtige. Mit seinem Charme erreichte er letztlich ständig eins von zwei Dingen: in Schwierigkeiten zu geraten oder sich damit herauszumanövrieren.«

»Sie sagten, Sie waren mehr als drei Jahre zusammen. Also endete Ihre Beziehung vor dem Abschluss?«

»Nun, ich … Ja. Ich habe keinen Abschluss gemacht.«

»Ach so, ich verstehe. Warum das?«

»Ich weiß es nicht.«

»Sie können sich nicht daran erinnern?«

»Nun, ich, nein, ich habe mich nicht erinnert – aber ich … habe es kürzlich herausgefunden.«

»Wie haben Sie das herausgefunden?«

»Ich habe online einen alten Zeitungsartikel gelesen. Ich habe das College nicht beendet, weil ich am Ende des vorletzten Jahres eine Operation hatte.«

»Ich verstehe.«

»Ich glaube, es war eine Hysterektomie.«

»Caroline, es tut mir leid, das zu hören. Was meinen Sie mit ›Sie glauben‹? Erinnern Sie sich nicht an die Operation?«

»Nein. Ich habe die Bruchstücke zusammengefügt. Nachdem ich den Artikel gelesen hatte, musste ich wegen meines Sturzes zu meiner Ärztin. Sie hat die Hysterektomie bestätigt.«

»Warum eine Hysterektomie, waren Sie krank?«

»Ich wurde schwanger. Ich habe eine Abtreibung durchführen lassen ... als ... nun ja ... Der Kerl war kein Arzt. Ich wäre fast gestorben.«

»Und Timothy, war er ...?«

»Ja.«

»Wie ist er mit all dem umgegangen?«

»Ich weiß es nicht genau, nur dass er den Typen für mich gefunden hat, der die Abtreibung durchgeführt hat.«

»Was ist nach der Operation passiert?«

»Ich kann mich nicht daran erinnern, jemals wieder mit Timothy gesprochen zu haben. Ich bin wieder bei meinen Eltern eingezogen. Ich habe die Schule nicht beendet.«

»Und Timothy?«

»Ich habe gehört, dass er auf die Rechtsfakultät gegangen ist.«

»Das muss sehr schmerzvoll gewesen sein.« Er sieht mich an und spricht nicht weiter. Und ich rede auch nicht weiter. Ich sitze einfach da mit meinen halben Gedanken. Bewege die Quadrate eines Zauberwürfels, um herauszufinden, ob die Farben passen.

»Was haben Sie dann getan, nachdem Sie die Schule verlassen haben?«

Ich denke darüber nach, bevor ich antworte. »Ich weiß es nicht genau. Ich bin mir nicht sicher, wie mein Zustand war ... emotional. Oder körperlich. Ich habe eine Erinnerung, dass meine Eltern sich viel gestritten haben. Meine Mutter wollte, dass ich einen Psychologen aufsuche, als ich wieder nach Hause gezogen war, doch mein Vater meinte, ich würde da schon allein ›rauskommen‹. Er pflegte zu sagen: ›Sobald sie einen neuen Jungen kennenlernt, wird es ihr gut gehen. Sie braucht nur einen Job. In der Mall suchen sie immer nach jungen Leuten. Da wird sie auch einen Jungen kennenlernen.‹ Ich glaube nicht, dass er überhaupt wusste, was ich am College studiert habe. Oder dass ich die Herausgeberin unserer Schulzeitung war und wöchentlich Artikel über unsere Stadt schrieb. Meine Mutter erwiderte dann: ›Sie wird nicht in der Mall arbeiten, sie ist ein kluges Mädchen.‹ Das werde ich nie vergessen. Es war selten, dass meine Mutter etwas Schmeichelhaftes über mich äußerte. Ich denke, ich war überrascht darüber, dass sie es überhaupt bemerkt hatte. Das war das einzige Mal, wo ich so etwas wie Bewunderung von ihr verspürt hatte.«

»Haben Sie Timothy geliebt?«

»Ja.«

»Aber dann haben Sie Andy kennengelernt.« Sullivan lächelt sanft.

Als er Andy sagt, klingelt mein Handy in der Handtasche auf dem Boden. Die Nerven in meinem Nacken summen und sprühen Funken wie Feuerwerkskörper. Ich schaue nicht nach der Nummer oder auch nur zum Telefon. Ich weiß, es ist Andy. Ich habe meine Familie völlig vergessen. Ich habe ihm keine Notiz oder Nachricht hinterlassen, dass ich irgendwo hingehe.

»Wollen Sie rangehen, Caroline?«

»Nein.« Es klingelt noch ein paarmal, dann hört es auf. Einen Moment später zeigt ein anderer Klang den Eingang einer Nachricht an.

Wir sitzen für eine Minute in der Stille. Ich muss mir um sie keine Sorgen machen. Ihnen geht es gut. Ich bin nicht in der Lage, mich um eine einzige Person zu kümmern, geschweige denn um vier. »Sie haben gestern das Band gestoppt, bevor es zu Ende war.«

»Ja, ich weiß. Ich habe es an die Stelle gespult, wo wir aufgehört haben. Wir können uns das jetzt anhören, wenn es nicht noch etwas anderes gibt, worüber Sie gern sprechen möchten.«

»Nein.«

Er öffnet die mittlere Schublade, rollt zunächst auf dem Stuhl zurück, um seinen Bauch aus dem Weg zu bekommen, und steckt die Hand nach der Kassette hinein. Er schiebt das Band in den Rekorder und drückt auf »Start«. Ich lege meine Arme auf die Armlehnen und umklammere das dicke Holz. Es geht los.

**Caroline**: Dann sagte Timothy: »Es interessiert mich nicht, ob sie wie mein Klon aussieht, dir wird sowieso niemand glauben.« Ich dachte, die Nachricht war vorbei, ich dachte, er würde auflegen. Es kam eine lange Pause, doch er sprach weiter, als hätte er sich gerade an etwas erinnert. Er sagte es leise, fast zu sich selbst. »Wie viele Jungs können das von sich behaupten, dass sie Schwestern geschwängert haben …« Dann rang er nach Luft. Als hätte er sich dabei erwischt, etwas ausgesprochen zu haben, was er eigentlich nur denken wollte, denn er begann auszuflippen – wissend, dass es auf dem Anrufbeantworter war. So ein Idiot! Das blöde Arschloch versuchte, es zurückzunehmen. Er wurde panisch: »Ich meine, ich meinte nicht – ich habe nicht gesagt – JD, hör mir zu – lösch diese Nachricht. Hörst du mich? Wenn du weißt, was gut für dich ist. Ich will dich nicht bedrohen, JD.« Etwas in der Art. Dann sagte er ihr, sie solle die Nachricht löschen und sich etwas Schönes kaufen, bevor er ihr drohte. »Zwing mich nicht dazu, jemanden vorbeizuschicken, um das Band von dir zu holen. Ich will nie wieder von dir hören. Selbst wenn sie stirbt.«

Und das war es.

Klon?

Geschwängerte Schwestern?

Was. Zum. Teufel?

Das Band schleppt sich weiter. Träge und schläfrig. Meine Stimme. Dr. Sullivans Stimme. Ich kann nichts davon verstehen. Ich bin beschäftigt mit einem Gefühl in meinem Hals. Er fühlt sich eng an. Gedrückt und verdreht, so eng, da ist kein Luftkanal hinein oder hinaus. Ich bekomme keine Luft. Wo sind die ganzen Fenster? Da sind keine Fenster in diesem Büro. Die Tür. Aus welcher bin ich gekommen? Es gibt drei. Welche führt zum Flur? Ich schnappe mir meine Handtasche vom Boden und erhebe mich ungeschickt vom Stuhl.

»Caroline – wohin gehen Sie?« Sullivan stellt sich mit ausgebreiteten Armen hin, wie ein Bauer, der ein Schwein fangen will. »Caroline, gehen Sie nicht einfach so … Wir müssen darüber reden. Deshalb sind Sie hier, deshalb sind Sie zu mir gekommen …«

Endlich entdecke ich die Tür und eile in ihre Richtung, bevor er ein weiteres Wort sagt. Ich kann es nicht ertragen, ihn reden zu hören. Seine Stimme ist jetzt in Stereo, da das Band noch immer läuft. Eigentlich reden drei Leute. Zwei von ihm und einer von mir. Es ist wie ein Irrenhaus. Seine Stimme macht mich krank. Ich greife nach dem Türknauf und ziehe mit aller Kraft, doch die Tür öffnet sich nicht. In mir baut sich Druck auf. Als würde ich mich mit Dampf füllen – heiß und schwer drückt es von innen gegen mich. Mein Kopf kann den Druck nicht ertragen, meine Brust oder mein Herz auch nicht. Ich schlinge meine Finger um die schmale Stelle des Türknaufs und würge ihn mit beiden Händen – drehe und wende ihn in entgegengesetzte Richtung.

Nichts.

»Haben Sie die gottverdammte Tür abgeschlossen? Öffnen Sie diese Tür! Öffnen Sie sofort diese beschissene Tür!« Ich schlage mit der Faust dagegen. »Öffnen Sie sie!«

»Caroline.« Er kommt langsam hinter dem Schreibtisch hervor zu mir.

»Sie wussten es die ganze Zeit, Sie beschissener Verlierer. Sie wussten, wer Lillys Vater war. Doch trotzdem mussten Sie mich fragen? ›Liebten Sie Timothy? Erzählen Sie mir von Ihrer Beziehung zu Timothy.‹«

»Caroline – Sie sollten nicht in Ihr Auto steigen. Sie müssen sich beruhigen. Warum setzen Sie sich nicht wieder hin?«

»Öffnen Sie jetzt diese beschissene Tür, bevor ich …« Ich will ihm gerade körperlich drohen, als ich noch einmal kräftig an der Tür reiße und auf die andere Seite falle. Er kommt hinter mir her, doch ich springe hoch, eile durch die nächste Tür und schaffe es zum Auto. Meine Schlüsselfernbedienung piept und gehorcht mir, indem sie die Tür entriegelt. Ich lege den Rückwärtsgang ein und fahre zum letzten Mal aus dieser Gedächtnisspur für Verrückte.

Im Rückspiegel beobachte ich, wie Sullivan die Bürotür schließt und zu seinem Auto rennt, wobei sein Bauch hin und her wackelt. Mein Blick schießt vom Spiegel weg. Ich will ihn nie wiedersehen. Über mehrere Blocks hinweg bemerke ich immer wieder sein Auto in meinem Rückspiegel, wie es mir folgt. Hin und wieder kommt ein anderes Auto zwischen uns, doch früher oder später ist er wieder hinter mir. Aber ich kann mir jetzt über diesen Heuchler keine Gedanken machen. Ich habe andere Heuchler im Kopf.

Kein Wunder, dass JD den »Namen des Vaters« auf Lillys Geburtsurkunde nicht eintragen wollte. All die Dinge, die ich noch immer von JD und Timothy habe. Sachen, die ich all die Jahre aufgehoben habe. Ich kann einfach nicht glauben, dass ich den ganzen Mist behalten habe. Ich hasse sie. Sie haben beide bekommen, was sie verdient haben. Ich muss mein Haus und meine Seele von all ihren Sachen reinigen. Ihr ganzer schmutziger, hässlicher, betrügerischer Mist.

Andy ruft mich unentwegt auf dem Handy an und sucht nach mir. Er und die Mädchen sind besorgt. Wo ich sei und ob es mir gut ginge und wann ich nach Hause komme und was ich mache. Er spricht auf Band, dass er die Mädchen ins Bett bringt, auf mich warten will und wir uns zusammen einen Film ansehen könnten. Sollte ich nichts von mir hören lassen, werde er die Polizei benachrichtigen.

Ich schreibe ihm zurück: »Ich bin ausgegangen. Warte nicht auf mich.« Ich verrate nicht, wohin. Ich schulde niemandem irgendwas.

Stundenlang fahre ich herum. Schlängle mich durch Straßen, die ich nicht kenne und durch die ich nie wieder fahren werde. Ich verfahre mich zweimal, doch das stört mich nicht. Ich bin es leid, meine eigenen Gedanken zu hören, deshalb nehme ich einen Apfel aus der Tüte am Boden und beiße hinein. Das Knirschen wirkt hypnotisierend. Ich esse einen nach dem anderen.

Als es spät genug ist, um sicher zu sein, dass alle schlafen, fahre ich nach Hause. Andy schläft bei laufendem Fernseher auf der Couch. Ich laufe direkt zum Kleiderschrank. Zu dem Karton. Zu den Briefen. Und den getrockneten Blumen. Und den Versprechen auf Briefpapier von Hayes & Hayes.

# Kapitel Neunzehn

*Sonntag, 1. Oktober 2006, 12.01 Uhr*

Irgendwer knetet das Fleisch an meinem Arm wie Brotteig.

»Mommy, Mommy …«, fleht Lilly, die neben mir im Bett auf der Decke kniet.

Ich sehe sie durch die schmalen Schlitze meiner Augen. Bevor ich sie wieder schließe, nehme ich ihre Hand von meinem Arm und küsse sanft die Handfläche. Sie hätte meine Tochter sein sollen. Vielleicht ist sie aus einer betrügerischen Verbindung entstanden – doch man sieht ja, was aus ihnen geworden ist. Fast hätte er seine eigene Tochter getötet. Stattdessen hat er die Mutter seiner Tochter getötet. Ich sollte mich glücklich schätzen.

Das sollte ich.

»Mommy – steh auf. Steh endlich auf.« Sie hebt meinen schlaffen Arm und er fällt zurück aufs Bett. »Komm schon. Raus aus den Federn. Wir müssen uns fertig machen.« Sie rutscht zu Andys Bettseite und zerrt an meinem Arm, darauf hoffend, dass ihr mein restlicher Körper folgt.

»Lilly, Süße, nicht jetzt, ich muss schlafen. Bitte.« Ich lege mir die Hände auf die Ohren.

»Du musst aber, Mommy. Sie kommen schon bald. Komm schon. Du musst deinen Pyjama ausziehen.« Sie reißt mir die

307

Bettdecke weg. »Mommy, warum schläfst du denn in deiner Kleidung? Wo ist dein Pyjama?«

»Wie sehe ich aus?« Tessa kommt pirouettendrehend ins Zimmer. Ein Bastrock schwingt ihr um die Hüfte. »Daddy meint, wir können die hier tragen. Ich bin ein Hulamädchen! Ist das nicht schön? Wah waaah wah waah ...«

»Bitte.« Ich ziehe mir die Decke bis zum Hals. »Mach die Tür zu. Geh und zeig es Daddy. Ich muss schlafen.«

»Wie lange denn noch? Was ist mit der Party?«

»Daddy kann euch bringen.«

»Wohin bringen?«

»Zu der Party.«

»Die Party ist hier.«

»Unsere Party, Mom.« Tessa hört auf, sich zu drehen. »Sie ist heute.«

»Alle werden bald hier sein.«

Ich spähe über den Kissenberg neben mir, um einen Blick auf die Uhr zu werfen. Es ist Mittag.

»Süße, geht es dir gut?« Andy taucht plötzlich in der Tür auf. »Du siehst schrecklich aus.« Er kommt an die Bettseite und legt mir den Handrücken auf die Stirn. »Was war gestern mit dir? Ich habe so lange gewartet, wie ich konnte. Wo warst du? Was ist los?«

»Ich erzähl es dir später. Ich kann nicht zu der Party, tut mir leid. Ich kann mich nicht bewegen ...« Meine Augen gehen zu.

»Oh, Caroline – meinst du das ernst? Komm schon – du brauchst diese Party. Eigentlich ist sie ja für dich. Du musst etwas Spaß haben. Du warst in letzter Zeit so gestresst. Ich werde deinen Arzt anrufen. So habe ich dich noch nie gesehen. Du machst mir Sorgen. Hast du noch deine Kleider an?«

»Ruf nicht den Arzt. Andy, ich meine es ernst. Versprich es mir. Jetzt sofort!« Ich hebe den Kopf ungefähr einen Zentimeter vom Kissen, doch er ist zu schwer und fällt wieder runter.

»Okay. Okay. Ich verspreche es.« Nachgebend hebt er die Hände. »Wenn du dir Sorgen wegen des Aufbauens und so machst, darum kümmere ich mich schon. Du musst nur kommen und lächeln. Wir erledigen den Rest. Wir schaffen das! Richtig, Mädels?«

»Ja, Mommy, wir schaffen das.« Lilly spannt ihren Bizeps, während Tessa die Strohhalme ihres Rocks flicht.

»Soll ich Ihnen was zu trinken holen, Mrs Thompson?« Lilly tut so, als würde sie auf einen unsichtbaren Notizblock schreiben.

Ich rühre mich nicht. Smarty springt aufs Bett und legt mir den Kopf auf den Bauch.

»Vielleicht brauchst du nur eine heiße Dusche. Lilly – tu mir einen Gefallen und mach für Mommy die Dusche an.«

»Nein, Andy. Ich brauche keine Dusche. Ich will, dass ihr geht.«

Er tritt einen Schritt zurück. »Lassen wir Mom allein. Und du schläfst, Süße.« Er legt den Arm um die Mädchen. »Du wirst dich besser fühlen, wenn du aufwachst. Die Party fängt in ungefähr anderthalb Stunden an. Ein Nein wird nicht akzeptiert.« Er kehrt zurück an meine Seite und küsst mich auf die Stirn. Während er zur Tür geht, flüstert er den Mädchen zu: »Wisst ihr, wo Mommy die großen Eiseimer aufbewahrt?«

Lilly wispert: »Ich weiß nicht. Meinst du, sie wird bis morgen aus dem Bett kommen? Wir müssen zum Skulpturengarten.«

»Ich weiß es nicht, Liebling.«

»Wenn wir nicht gehen, dann bekomme ich dieses Abzeichen nicht und habe dann nur elf, was bedeutet, dass Alexandra noch immer eins mehr hat als ich.«

»Es ist nur ein dummes Girl-Scout-Abzeichen, Lilly.«

»Halt den Mund, Tessa.«

»Pst. Könnt ihr beiden aufhören?«, zischt Andy.

Sie schließen die Tür hinter sich. Lilly steckt noch einmal den Kopf herein. »Oh, Mommy, Smarty hat hinten noch eine Maus gefangen. Er hat sie reingebracht, aber …«

»Lilly! Was habe ich dir gesagt?«

* * *

Die warme Luft an meiner Wange kommt von Tessa, die ungefähr einen Zentimeter von meinem Gesicht entfernt atmet. »Mommy? Mommy, geht es dir besser?«, flüstert sie. Sie wischt mir die Haare, die mir ins Gesicht gefallen sind, zurück aufs Kissen. Dann drückt sie mir einen sanften Kuss auf die Wange. Ich öffne langsam die Augen. Sie hat sich neben mir unter der Decke eingekringelt. Sie richtet sich auf, als sie bemerkt, wie ich die Augen öffne.

»Mommy, du bist wach! Es ist Zeit, dich umzuziehen. Ein paar Leute sind schon hier.« Sofort hat sie ihre Lautstärke höher gestellt und den Motor auf Touren gebracht. Ich wünschte, ich hätte die Augen geschlossen gehalten. Der Geruch von Crab Cake und Muscheln schlägt mir ins Gesicht. Normalerweise liebe ich diese Gerüche.

»Süße … Ich kann nicht«, murmele ich zu Tessa. »Es tut mir leid.«

Sie kniet sich aufs Bett, wobei ihre Arme schlaff zur Seite hängen. Smarty ist neben mir und sitzt in derselben Position. »Du kommst nicht aus dem Bett? Du kommst nicht zur Party?« Sie kann es nicht fassen. »Warum nicht?«

Ich schüttle den Kopf.

»Ohne dich ist es keine richtige Party.« Ihre Augen füllen sich mit Tränen.

»Doch, das ist es«, hauche ich.

»Nein, ist es nicht. Wenn du nicht gehst, dann will ich auch nicht.« Sie lässt den Kopf auf Andys Kissen fallen, zieht sich die

Knie hoch bis ans Kinn und schiebt die Füße wieder unter die Decke. Die Basthalme ihres Rocks werden nach oben gedrückt und legen sich um ihre Schultern. Smarty lässt den Kopf auf die Decke sinken und blickt mich an.

Ich kann nicht fassen, dass sie das tut. Mit mir. Schließlich bin ich die Großmeisterin der umgekehrten Psychologie.

»Tessa.« Ich versuche, ein Körnchen Energie aufzubringen. »Was machst du da? Du kannst nicht hierbleiben.«

»Doch, das kann ich.«

* * *

Als ich das nächste Mal die Augen öffne, kommt ein sanftes Leuchten von den Vorhängen an den Frontfenstern.

Tessas Gesicht liegt im Schatten. Sie schaut durch ein Fernrohr, das sie aus einer Hand geformt hat, und studiert eingehend die Zimmerdecke, während sie auf den Pflastern kaut, die um die Fingerspitzen ihrer anderen Hand gewickelt sind. Andy taucht am Fußende des Bettes auf.

»Daddy!«, ruft Tessa.

»Süße, ich flehe dich an. Zieh dir bitte das hier über. Hier!«, er streckt den Arm mit einer Jeans und einem weißen Shirt aus. »Alle fragen schon nach dir. Nur für einen kurzen Augenblick. Außerdem musst du etwas essen. Es ist halb drei. Wirklich. Komm runter. Ja?«

Ich rieche den Duft von Essen, das ich nicht essen will. Unverständliches Gerede kommt von Leuten, die ich nicht sehen will. Ich habe ihnen nichts zu sagen. Und ich will nichts von dem hören, was sie mir zu sagen haben. Warum wollen sie mich so unbedingt sehen? Ich will mich nicht sehen.

Oder ich sein.

Andy und Tessa werden nicht weggehen, bevor ich nicht nachgebe.

Meinetwegen. Es ist doch sowieso egal.

Auf dem Weg nach unten begegnet mir Lilly mit einem Hotdog in der Hand und umarmt mich innig. Es riecht nicht wie ein Puten-Hotdog, es riecht wie ein echter Hotdog. Zu meiner Überraschung läuft mir das Wasser im Mund zusammen.

»Oh, Mommy – komm schon, bevor du noch mehr verpasst. Rate mal, wer hier ist? Nicole! Das neue Mädchen, das in unserer Straße eingezogen ist. Daddy traf ihren Vater, als wir mit Smarty rausgegangen sind, und hat die ganze Familie eingeladen!« Sie nimmt mich an der Hand und zerrt mich die Stufen hinunter, blickt dann kurz zu mir zurück und fragt: »Kann Nicole morgen beim Girl-Scout-Ausflug bei uns mitfahren? Sie hat sich unserer Gruppe angeschlossen!« Sie runzelt die Stirn. »Willst du dir nicht die Haare kämmen, Mommy?«

»Was?«

»Oh nein.« Auf einmal bleibt sie stehen, mit weit aufgerissenen Augen – so groß wie Vollmonde – wandert ihr Blick an meinem Shirt hinunter. Zerknirscht sagt sie: »Ich habe dir Ketchup auf dein Shirt gemacht. Es tut mir wirklich leid.«

»Das ist okay, Liebling. Keine Sorge.« Ich tätschle ihr den Kopf und hoffe, dass sie sich wieder umdreht und weitergeht.

»Willst du nicht dein Shirt wechseln?«

»Klar …«

Sie bewegt sich nicht, deshalb gehe ich an ihr vorbei die Stufen hinunter.

Lilly ruft von hinten: »Willst du dich jetzt umziehen? Ich warte auch auf dich …«

Ich bleibe auf der letzten Stufe stehen, um von da aus in die Küche zu spähen.

»Mom, das ist ein ziemlich großer Fleck«, erinnert mich Lilly, als sie zu mir kommt. Sie nimmt die Serviette von ihrem Hotdog und reibt damit über mein Shirt, wodurch der Fleck noch größer wird. Der Ketchup dringt durch den Stoff und macht meine Haut kalt und feucht.

Ich ziehe das Shirt von ihr weg. »Mach dir keine Sorge. Das ist schon okay.«

In der Küche entdeckt Andy mich zuerst. Er kommt zu mir und küsst mich auf die Wange. »Ich bin so froh, dass du runtergekommen bist, Caroline.« Er streicht mir über das Haar. »Nimm dir was zu essen. Es schmeckt toll.« Er flüstert mir ins Ohr: »Du hast einen großen roten Fleck auf deinem Shirt. Ich habe das gar nicht gesehen, als ich es aus deinem Schrank genommen habe, tut mir leid.« Dann ruft er durch die Küche: »Hey, Vicki, hier ist sie. Wir mussten ihr sagen, dass ihr erst gehen würdet, wenn sie runterkommt.« Er lacht über seinen eigenen Scherz und klopft mir ungewollt fest auf den Rücken, was mich von der Stufe in die Küche wirft. Ganz offiziell.

Vicki rutscht rüber, als ich mich auf einen Stuhl setze und die Hände in den Schoß lege. »Es sieht so aus, als hättest du bereits deine Portion Salsa gehabt!« Sie stupst mich mit dem Ellbogen an. »Caroline, großartige Party. Mensch, Andy ist wirklich ein toller Gastgeber. Du hast es ihm gut beigebracht, Schätzchen.« Sie drückt sich noch näher an mich. »Bist du okay? Andy hat mir erzählt, dass du eine üble Woche hattest. Du musst wissen, dass ich dich jeden Tag angerufen habe.«

»Mir geht es gut.« Draußen setzt sich ein Vogel auf einen Zweig, doch Vicki versperrt mir die Sicht auf den Baum, sodass es aussieht, als säße der Vogel auf ihrem Kopf.

Ich blicke sie wieder an. Sie wirkt verärgert.

»Caroline, hast du mich gehört?« Vicki kommt mit dem Gesicht näher. »Hörst du mir zu?«

»Ja.«

»Ich sagte, du hättest mich anrufen sollen, wenn du nicht zum Bunko kommst. Ich hätte einen Ersatz für dich finden können.«

»Was?«

»Warum bist du am Donnerstag nicht zum Bunko gekommen? Es war bei mir zu Hause. Ich habe dich so gegen halb acht angerufen, doch du hast nicht geantwortet. Und hast auch nicht zurückgerufen. Ich mein ja nur.«

»Ich weiß auch nicht.«

»Ach, vergiss es einfach. Was ist mit dir los? Bist du auf Medikamenten oder so was? Du bist ja völlig abwesend.«

Sie ergreift die Rückenlehne meines Stuhls. »Caroline. Ich habe dich gefragt, ob ich dir einen Teller zusammenstellen soll?«

»Bin ich auf Medikamenten?«

»Bist du?«

»Ich glaube nicht.«

Sie lässt den Stuhl los. »Ich hole dir was zu essen. Bleib einfach hier sitzen. Ich stelle dir einen Teller zusammen. Und bringe Drinks. Einen für dich, zwei für mich. Du verwirrst mich.«

Sie trudelt außer Sichtweite in den Garten. Meine Nachbarin steht an der Pooltreppe, winkt mich durch die Schiebetüren zu sich. Vielleicht winkt sie auch jemand anderem. Das sind unsere Freunde? So viele haben wir doch gar nicht. Wieso waren die so kurzfristig verfügbar? Andy hat sie vor sechs Tagen angerufen. Das müssen ja richtige Verlierer sein. Man sollte nicht von sich auf andere schließen. Ich hasse Partys.

Alle Münder bewegen sich simultan. Keiner hört zu. Alle reden. Worüber reden sie überhaupt? Es ist bemerkenswert, wie Leute so lange ein Gespräch aufrechterhalten können, ohne über irgendwas zu sprechen. Ich hasse Small Talk. Das ist so ein Blödsinn.

Die Köpfe heben und senken sich. Wie Synchronschwimmer. Falsches, breites Grinsen mit allen Zähnen. Riesiges Gelächter. Köpfe werden zurückgeworfen. Hände aufs Herz gelegt. Hände auf den Mund gelegt. Ich kann mir nicht vorstellen, was da so lustig ist. Diese Leute sind nicht einmal witzig. Drinks gehen zu Lippen. Gläser werden angestoßen. Noch einer? *Ich gehe zu jemand anderem, um mich abzuschießen.*

Sie betrinken sich nie bei sich zu Hause.

Auf dem Weg zum Badezimmer nehme ich das Telefon vom Kühlschrank und denke an die anderen Mädchen in der Girl-Scout-Gruppe. Ich werde nicht zum Skulpturengarten fahren. Jemand anders soll sie mitnehmen. Ich wähle Dianes Nummer. Ich ziehe so weit wie möglich am Kabel, damit ich mich in die Flurecke neben der Küche stellen kann. Sie nimmt beim ersten Klingeln ab.

»Hi, Diane, hier ist Caroline.«

»Caroline? Hallihallo!«, sagt sie in übertrieben dramatischer Weise, als wäre ich eine Zweijährige. Ich höre, wie sie jemandem mitteilt: »Das ist Caroline!« Es folgt ein Glucksen. »Gehst du mir eigentlich absichtlich aus dem Weg?«, kichert sie.

»Na ja, nein, deshalb rufe ich an. Ich war nicht – egal – tut mir leid, dass ich nicht angerufen habe.«

»Ich meine heute, hier …«

»Wo hier?«

»Auf deiner Party, Dummerchen, ich stehe hier neben dem Grill. Kannst du mich nicht sehen? Ich sehe dich. Du stehst im Flur mit diesem Kabeltelefon!« Ein weiteres Gin-Tonic-Kichern.

Ich blicke durch die Hintertür. Diane steht neben dem Grill und winkt. »Ja, ich sehe dich.«

»Caroline, du bist wirklich verrückt, warum rufst du mich denn an? Warum kommst du nicht einfach rüber? Andy – rate mal, mit wem ich spreche?« Diane lacht mit ihm darüber, wie verrückt ich bin. Dann erklärt sie sich einverstanden, die Mädchen zu nehmen. Ich lege auf, während sie sich noch immer am Pool darüber amüsieren, wobei Andy ein wenig unbehaglich zu sein scheint.

315

Ich gehe den Flur entlang zum Esszimmer, um die Vordertreppe zurück auf mein Zimmer zu nehmen.

»Da bist du ja. Wie läuft es?« Andy muss den anderen Weg durchs Familienzimmer gewählt haben sein. Sein Blick geht nach unten und er betrachtet mein Shirt. »Hör zu, wir haben kein Eis mehr. Ich kann es nicht fassen, doch der Caterer hat nur vier Beutel gebracht. Da du jetzt hier bist, fahre ich mal kurz zum Laden.« Er nimmt die Schlüssel aus dem Schälchen vom Tisch neben der Haustür. »Der Caterer kann auf niemanden verzichten, deshalb bin ich gleich zurück. Geh und rede mit Meg. Sie sucht dich schon.«

Ich ergreife ihn am Unterarm. »Bitte lass mich gehen. Ich hole das Eis. Ich muss etwas machen.« Ich versuche, ihm die Schlüssel aus der Hand zu ziehen, indem ich seine gekrümmten Finger einzeln umdrehe.

»Nein, Caroline. Du bist gerade erst runtergekommen. Das steht völlig außer Frage.« Er ballt die Faust und nimmt meine Hand von seinem Arm. »Diese Party war für dich – für uns – für uns vier, um – ich weiß auch nicht. Caroline ...« Er lässt den Kopf sinken. »Auf einmal scheint es eine schrecklich dumme Idee gewesen zu sein. Ich meine, mit deinem Verstecken da oben und jetzt hier unten, wo du allen aus dem Weg gehst. Was ist nur los? Musst du mal zum Arzt? Oder zu einem – du weißt schon – oder irgendwas? Müssen wir? Sollte ich irgendwelche Rückschlüsse daraus ziehen? Du musst mit mir reden.«

»Das ist eine tolle Party, Andy.«

»Warum gehst du dann nicht raus und genießt sie?« Er macht eine wischende Handbewegung zur Küche. »Du verdienst es, Süße. Geh und sprich mit Meg, um Himmels willen. Sie ist wirklich besorgt. Sie hat mir gesagt, dass sie dich die Woche fünfmal angerufen hat und du hast dich nicht gemeldet.«

»Bitte. Ich kann das Geschnatter jetzt nicht ertragen. Okay?«

Er sieht mich genau an. »Ich weiß nicht, was das bedeuten soll. Was bedeutet das, Caroline? Das sind doch deine Freundinnen.«

»Ich meine es ernst.« Ich blicke zu Boden. »Ich, ich muss … etwas machen. Ich flehe dich an, bitte. Entweder das Eis oder ich bin wieder oben.«

Er blickt mich schweigend an. Dann runzelt er die Stirn, wobei sich seine Augenbrauen über der Nase in einen Krater verwandeln. Sein Blick ist verwirrt. Er tut mir leid. Schrecklich leid. Es tut mir im Herzen weh. Meine Herzschmerzen verschwinden derzeit gar nicht mehr. Sie sind chronisch. Von einem Tag zum nächsten legt sich eine Schicht über die vorherige, wird dicker, wie Hornhaut.

»Na gut … Caroline. In Ordnung. Ich kann nicht glauben, dass ich das tue, aber, na gut. Ich verschiebe das mit dir. Oh, Mann. Du darfst die Eisbeutel aber nicht heben. Lass das diesen Typen bei Siedermann's machen. Versprich es mir.«

»Ja, okay. Ich werde nichts anheben.« Ich strecke die Hand nach den Schlüsseln aus.

»Und der Caterer holt sie aus dem Wagen. Fahr vorsichtig. Bist du dir wirklich sicher, dass du das machen willst?«

»Ich bin sofort zurück. Du wirst gar nicht mitbekommen, dass ich überhaupt weg war.« Ich lasse ihn kopfschüttelnd zurück, die Hände an der Hüfte, besiegt und unsicher.

* * *

Als ich bei Siedermann's vorfahre, kann ich nicht sagen, ob sie offen oder geschlossen sind. Durch die Fenster wirkt es dunkel im Innern. Aber solche Läden sehen immer dunkel aus. Ich nehme mein Portemonnaie aus dem Handschuhfach. Die kleine Klappe klickt auf befriedigende Weise zu. Ich liebe Türen. Sie geben einem ein Gefühl von Ordnung.

317

Wenn ich nur ein Pfefferminz auftreiben würde, dann würde ich mich pudelwohl fühlen. In der Konsole zwischen den Vordersitzen entdecke ich eine Karte, Pflaster, Erdnussbutterkekse, ein Malbuch, Buntstifte ..., kein Pfefferminz.

Da ist eine ekelhafte Menge Bonbonpapier, geöffnete Sonnenmilchtuben, eine Kassette, die unordentlich mit dem eigenen Band umwickelt ist, und ein angekauter Dauerlutscher. Seit wann ist das hier schon so ekelig? Ich schaufle den Inhalt in beide Hände und werfe ihn auf den Beifahrersitz neben mich. Sortieren ist eine meiner Lieblingsbeschäftigungen. Es ist so dankbar. Die Belohnung erfolgt sofort. Der Müll wandert in eine leere Mülltüte und die guten Sachen kommen zurück in die Konsole. Die Karten werden geglättet und an ihren gottgegebenen Falten zusammengeklappt. Saftpackungen jenseits ihres Haltbarkeitsdatums – weg. Mandarinenschalen, die so hart sind, dass sie Teil eines Straußes getrockneter Früchte sein könnten – weg. Kleine Papierzettel mit Telefonnummern und keinen Namen – weg. Partyeinladung zum 4. Juli – weg. Oh, das ist wunderbar. Ich bin fast durch, als ich eine Plastikverpackung in die Hände bekomme, die wie ein Schlafsack zusammengedreht ist. Es ist eine fast nicht mehr zu erkennende Packung Sno Balls. Ich drehe sie auf. Da ist ein kleines, zerdrücktes Stückchen Sno Ball drin. Ich nehme den winzigen rosa Halbmond aus dem Plastik. Da ist keine Creme. Nur rosa überzuckerter Kuchen. Er ist verkrustet und hart. Gott allein weiß, wie alt er schon ist. Ich lege ihn vorsichtig auf meine Zunge und schließe den Mund, damit die Spucke ihn wiederherstellt, um das Gute aus ihm herauszuholen und ihn wieder lebendig zu machen. Ich schließe die Augen und genieße ihn. Die Sonne knallt durch die Windschutzscheibe. Sie verwandelt das Auto in ein Terrarium, warm und behaglich und sicher. Ich lege den Kopf leicht auf das weiche Velours des Beifahrersitzes.

* * *

Ein lautes Klopfen am Fenster erschreckt mich. Ich hebe den Kopf vom Sitz. Mein Gesicht fühlt sich komisch an; ich fahre mit den Fingern über die Wange und ziehe mir eine Benzinrechnung von der Haut.

Ich sehe aus dem Fenster an der Fahrerseite. Die Polizei.

»Ma'am, entschuldigen Sie, kann ich mit Ihnen sprechen?« Ein Officer fragt durch die kleine Öffnung oben am Fenster.

»Ja, Officer. Ist alles in Ordnung?« Ich bin desorientiert und kann mich nicht daran erinnern, wo ich bin.

»Genau das wollte ich Sie gerade fragen. Alles okay bei Ihnen? Geht es Ihnen gut?«

»Ja, alles gut.«

»Der Inhaber des Geschäfts«, er zeigt hinter sich, »hat uns angerufen und gesagt, dass Sie schon eine Weile hier wären. Ein paar Stunden.«

»Ein paar Stunden? Ist er verrückt? Das ist unmö…« Ich gucke auf die Uhr, doch ich habe keine um. Ich weiß nicht mehr, wann ich aus dem Haus gegangen bin.

»Kommen Sie doch bitte kurz raus, Ma'am, und zeigen Sie mir Ihren Führerschein.«

»Zwei Stunden, warum sollte …« Mein Portemonnaie liegt auf meinem Schoß, wo ich es gelassen habe. Ich ziehe den Führerschein heraus, während ich die Tür öffne.

Die Augen des Cops wandern sofort zu meinem Bauch. »Müssen Sie etwa ins Krankenhaus, Ma'am? Bluten Sie?« Er greift nach seinem Funkgerät.

»Nein, nein …« Ich blicke an mir runter. »Ich blute nicht. Das ist Ketchup. Sehen Sie, riechen Sie …« Ich hebe mein Shirt.

»Bitte ziehen Sie sofort Ihr Shirt runter, Ma'am«, bellt er mit erhobenen Händen.

Während er meinen Führerschein mustert, fragt er: »Haben Sie etwas getrunken, Ma'am?«

»Oh, nein. Gott, nein.«

»Nur ein Nickerchen gemacht?«

»Ja, das muss es sein. Ich muss eingeschlafen sein. Ich war so müde. Ich brauchte einfach ein wenig Schlaf, nehme ich an. Ich habe zwei kleine Mädchen und ich bin erschöpft. Nicht, dass ich sie für irgendwas auf der Welt eintauschen würde. Ich liebe meine Mädchen.«

Er beäugt mich genau. »Das glaube ich gern. Jemand, den ich für Sie anrufen kann?«

»Oh, nein. Ich habe mein Handy gleich hier.« Ich gehe zurück ins Auto, um nach meinem Telefon zu sehen. Fünf verpasste Anrufe.

Er schließt vorsichtig hinter mir die Tür und schiebt den Führerschein durch die Fensteröffnung.

»Warum fahren Sie nicht nach Hause und ruhen sich etwas aus. Fahren Sie vorsichtig.«

»Vielen Dank, Officer.« Ich drehe den Schlüssel im Zündschloss und fahre vom Parkplatz und wende mich nach rechts auf die North Avenue. Ich sehe in den Rückspiegel. Rotes Blinklicht. Es ist nicht das Polizeiauto. Es ist eine Neonreklame, wie bei der Waschanlage. Mit jeder Sekunde werden die Lichter kleiner, doch ich habe sie weiter im Blick. Ich bemühe mich, das Schild zu lesen. Siedermann's.

Verdammt. Das Eis.

Bei der Bäckerei mache ich eine Kehrtwende, fahre zurück zu Siedermann's und parke an derselben Stelle wie zuvor.

An der Eingangstür von Siedermann's steht eine Frau. Zum Glück haben sie noch auf. Ich springe aus dem Wagen. Es ist eine ältere, gedrungene Frau mit kurzer, blonder Dauerwelle. Nicht die gute Sorte. Dazu Buddy-Holly-Brille. Neben ihr steht ein dünner älterer Herr in einem Karohemd mit hochgerollten Ärmeln. Er ist groß, doch ohne eine richtige Figur, als würde ihm das Rückgrat fehlen. Neben Sponge Bob und Knetmassen-Gumby lehnt ein jüngerer Mann mit vielen Tattoos an beiden Unterarmen, schmierigem Haar und tief hängender Jeans, der mit offenem Mund Kaugummi kaut. Die Siedermanns. Die zwei Männer schauen zu mir und Sponge Bob verschließt die Tür.

»Hallo! Entschuldigen Sie!«, rufe ich vom Auto aus. Die Fahrertür ist auf und ich stehe direkt dahinter. »Ich bin nur für etwas Eis gekommen. Könnte ich etwas Eis kriegen? Wir haben eine Party und unseres ist ausgegangen.« Ich versuche zu lächeln.

Sponge Bob dreht sich um. »Wir haben geschlossen«, blafft sie. Der Ehemann hinter ihr blickt sofort auf seine Schuhe und schiebt die Hände in die Taschen. Der Junge verschränkt die Arme vor der Brust und spreizt die Füße ein wenig. Er hebt sein Kinn ein kleines Stück.

»Nur einen Beutel! Ich muss mich nicht umsehen oder so. Ich muss nicht einmal reingehen – Sie könnten es zu mir rausbringen. Ich habe Bargeld. Behalten Sie den Rest!«

»Schätzchen, wir haben geschlossen. Kannst du nicht sehen, dass wir die Tür verschlossen haben? Was hast du da draußen gemacht? Ich hab beobachtet, dass du schon vor zwei Stunden angekommen bist.«

Nennt sie das etwa Kundenfreundlichkeit?

Wer blaugrüne Polyesterhosen und eine mit Kätzchen verzierte Bluse trägt, sollte nicht so unfreundlich zu anderen sein.

»Da hatten wir noch auf.«

»Hören Sie zu, kleine Frau, Sie hatten genug Zeit, um mich auszuspionieren und die Polizei zu rufen, oder? Doch Sie haben nicht den Anstand, mir einen Beutel lausiges Eis zu verkaufen? Schämen Sie sich! Sie … Sie … Spionin! Das ist das letzte Mal, das ich hierhergekommen bin. Oder einer meiner Freunde – wovon ich zufälligerweise eine Menge habe, und die sind jetzt alle bei mir zu Hause –, und sobald ich zurückkomme, werde ich ihnen genau erzählen, was für eine Sorte ... unanständige ... nicht anständige ... Leute Sie sind.«

Am Ende meiner Schimpftirade vibriert mein Handy.

»Wer ist da?«

»Caroline?«

»Oh, hi, Andy ...«

»Ist alles okay?«

»Nun, alles wäre okay, wenn diese teuflischen Leute von Siedermann's ...«

»Du bist noch immer bei Siedermann's? Weißt du, wie lange es schon dauert?«

»Ja, natürlich weiß ich, wie lange es schon dauert!«

»Was hast du getan? Caroline ... Caroline, bist du noch da?«

»Ja. Ja, ich bin noch immer hier ... Ich bin eingeschlafen.«

»Was? Am Steuer?«

»Nein, Andy, ich habe geparkt. Bei Siedermann's. Ich habe den Kopf nur für eine Sekunde ausgeruht, und ...«

»Ich habe George losgeschickt, um nach dir zu suchen. Er hat mein Auto nicht gesehen ...«

»Was? Warum hast du denn ...? Nun, er hat recht. Denn ich habe den Minivan genommen.«

»Ich wollte gerade die Polizei rufen. Du hast meine Anrufe nicht beantwortet und ...«

»Die Polizei? Die hat bestimmt was Besseres zu tun, als ...«

»Ich hätte mich ums Eis kümmern sollen. Ich hoffe, du bist glücklich, Caroline, die Leute gehen gerade, du hast alles verpasst ...«

»Nun, wenn die Party vorbei ist – dann brauchen wir ja kein Eis mehr.«

Er bläst frustriert die Luft aus. »Bring nur einen Beutel.«

»Gut. Ich bin in zehn Minuten zu Hause.«

Der Parkplatz hat sich völlig geleert. Die groben Siedermanns sind weg. Mein Minivan und ich sind eine Insel auf einem Zementozean.

Wegen des Eisbeutels fahre ich zum Lebensmittelgeschäft.

\* \* \*

Andy lehnt mit verschränkten Armen an der Küchenspüle gegenüber der Insel, als ich nach Hause komme. »Es ist vorbei. Du hast die ganze Party verpasst. Glückwunsch. Ich hoffe, du bist jetzt zufrieden. Gut gemacht.«

Die Mädchen gucken sich im Familienzimmer einen Film an. Der Caterer packt zusammen. Zwei verbrannte Hotdogs liegen auf einem Pappteller mit Sonnenblumenmuster. Die Spülmaschine gurgelt.

Er fängt an, durch die ganze Küche zu marschieren, bringt einen Schwamm zur Theke an der Spüle, zur Insel, zur Herdplatte.

Er hält an der Spüle, lehnt sich wieder dagegen, die Schultern gebeugt. »Ich weiß nicht, was ich sagen soll. Ich weiß es wirklich nicht. Ich habe mich so bemüht. Um etwas für uns alle zu machen – doch vor allem für dich. Nur, um dir zu zeigen ...« Seine Stimme versagt. Er hält inne.

Ich blicke ausweichend auf den Boden. Ich kann es nicht ertragen, ihn anzuschauen. Mein Herzschmerz pocht. »Es war eine wirklich nette Party ...«

»Eine wirklich nette Party? Soll das ein Witz sein? Ich meine, was ist mit dir los, Caroline? Vielleicht kannst du mir das mal erklären? Du bleibst den ganzen Morgen im Bett – eigentlich die ganze Woche. Außer, wenn du unterwegs bist,

Gott weiß wo, und dich spät in der Nacht in unser Haus schleichst, um Gott-weiß-welche Zeit.« Seine Arme fliegen in der Luft herum, er kann die Worte gar nicht schnell genug ausspucken. »Zu behaupten, dass du dich nicht normal benimmst, wäre eine Untertreibung. Du sagst, du fühlst dich nicht wohl. Aber du verbietest mir, deinen Arzt anzurufen. Du hast eine Prellung im Gesicht, einen Schnitt an der Stirn. Du hast die ganze Woche dieselbe Kleidung getragen, sogar im Bett! Abgesehen von den Sachen, die du heute anhast, die aussehen, als wären sie auf der Verliererseite einer Essensschlacht bei McDonald's gewesen, und deinen Haaren, nun – ich weiß nicht, was ich dazu sagen soll, hattest du eine Verabredung mit einem Rasenmäher?« Er geht wild gestikulierend herum – gelegentlich wirft er mir einen verstörten Blick zu oder will sich womöglich vergewissern, dass ich noch da bin. »Dann bestehst du darauf, das Eis zu holen. Also lasse ich dich. Und du schläfst im Auto ein und kehrst drei Stunden später zurück?« Er blickt zur Küchenuhr. »Nein, warte – drei Stunden und fünfundzwanzig Minuten später.« Er wirft den Schwamm in die Spüle, knappe zwei Meter entfernt.

»Ach ja, aber du fühlst dich gut genug dafür, um letzte Nacht bis nach Mitternacht auszugehen? Irgendwo hin? Oh mein Gott!« Er bleibt stehen und sieht mich an. »Hast du etwa eine Affäre?«

»Eine Affäre?« Ich muss schlucken. »Natürlich nicht. Meine Güte, Andy.«

»Nun, woher soll ich das wissen?« Arme wieder in der Luft. »So passieren solche Dinge, oder? Ich weiß es nicht! Großartig – also hast du keine Affäre. Wow. Nun, das ist gut.« Er zieht sich einen Stuhl heran und hockt sich auf den Rand. »Was ist dann los, verrate es mir bitte, ich will es wissen. Schieß los, ich bin ganz Ohr.« Er weiß nicht, ob er verängstigt oder wütend oder besorgt oder zornig sein soll. Er verschränkt die Arme und löst sie im nächsten Moment wieder, lässt sie schließlich an der Seite hängen.

Ich bin überraschend ruhig. Wie die Luft vor einem Unwetter. Reglos. Ja, das ist wohl das Beste. Es ist an der Zeit, ihm alles zu erzählen.

# KAPITEL ZWANZIG

*Sonntag, 1. Oktober 2006, 18.37 Uhr*

Über Andys Schulter sehe ich im Hinterhof die Fosters, unsere Nachbarn mit dem leeren Nest, die ein Bier am Pool trinken. Sie sind immer die Letzten. Es interessiert sie nicht einmal, ob die Gastgeber noch da sind oder überhaupt zu Hause.

Ich nehme den Eisbeutel und hieve ihn auf die Insel. Er ist feucht und schwer. Er dreht sich ein paarmal im Kreis, bevor das Ende mit der zusammengedrückten Klammer aufgeht und ein Eisstück über die Theke schleudert, durch die Luft, das Andy gegen die Brust haut.

Er rührt sich nicht, nicht einmal, um die Würfel aufzuheben, die auf den Boden gekracht sind oder die, die jetzt in Lachen aus Eiswasser von der Oberseite der Insel tropfen, fließende Gewässer um eine große Apfelschale.

»Okay.« Ich bin noch immer ruhig. »Wenn du dir sicher bist. Ich weiß, dass du denkst, dass du es wohl wissen willst.« Meine Wangen dehnen sich, während sie sich mit Luft füllen, bis sie wehtun, eine Sekunde später sind sie flach. »Okay. Na gut.« Meine Schultern sacken vor. »Ich halte es sowieso nicht mehr aus. Ich bin nicht der Mensch, der ich zu sein glaubte. Warum habe ich überhaupt angenommen, dass ich es allein regeln kann? Und was noch schlimmer ist, ich bin nicht der

Mensch, den du in mir gesehen hast.« Andys Rücken versteift sich. Er wirkt erschrocken. Im nächsten Augenblick steht er auf. Seine Energie hat sich verlagert.

»Wovon redest du? Ich dachte, du seist krank. Du hast die Grippe oder so was, richtig? Oder ist es schlimmer?« Er neigt den Kopf zur Seite und greift sich an eine Augenbraue, zieht an den Haaren.

»Andy, ich habe in letzter Zeit viel nachgedacht, über … einen Haufen Sachen. Ich weiß nicht, warum. Aber so was wie, na ja, wie wir uns kennengelernt haben …«

»Wie wir uns kennengelernt haben?« Sein Körper sinkt zusammen. Er schüttelt den Kopf. »Warum? Warum sprichst du das jetzt an, Caroline? Was ist denn los?« Er zieht sich das Hemd aus der Jeans. »Ich dachte, wir hätten eine Vereinbarung. Keiner von uns hätte es so geplant. Aber sieh uns doch jetzt an. Ja? Es war nicht nur aus Bequemlichkeit. Wir lieben einander.« Sein Blick wirkt besiegt. »Ich meine, zum Glück hast du Debbie gekannt. Oder? Wenn du nicht bei ihrer Beisetzung gewesen wärst, dann wären wir jetzt nicht hier. In unserer Küche. Mit unserer Familie. Ich meine, wenn du wirklich drüber nachdenkst, dann hat Debbie uns zusammengebracht. Sie war unser Schutzengel.«

Oh mein Gott! Er denkt, ich hätte sie gekannt.

Die Hintertür wird zu schnell aufgerissen und schlägt mit einem dumpfen Geräusch gegen den Türrahmen – was mir die Knochen erschüttert. Ich bete, dass alles an seinen richtigen Platz zurückkehrt, wenn mein Körper sich wieder beruhigt.

»Caroline – da bist du ja!« Delores Foster steckt den Kopf in die Küche. »Wir haben dich den ganzen Tag gesucht. Wenn ich es nicht besser wüsste, dann hätte ich gedacht, dass du uns aus dem Weg gehst.«

Sie kommt ganz in die Küche. Ich kann im Moment überhaupt nicht mit ihr umgehen. Oder mit ihrem Ehemann. Oder meinem. Wenn ich nur die Worte wieder in mich zurücksaugen könnte, die gerade aus mir gekommen sind. Ich muss hier raus. Ich muss nachdenken, bevor ich spreche.

Delores' Mann Howard winkt von der Terrasse. »Ich liebe es, was ihr aus dem Garten gemacht habt. Habt ihr alles neu gestaltet? Ich habe den Landschaftsgestalter hier gesehen. Der war bestimmt zwei Wochen lang jeden Tag hier, oder?« Sie rutscht auf einen Stuhl und wippt ein wenig, bevor sie sich an der Kante der Theke festklammert. »Junge, diese Landschaftsgestalter mit all ihren Maschinen. Eine Menge Lärm, aber es sieht ziemlich gut aus. Aber wie auch immer – wie geht's dir so?« Sie rutscht vom Stuhl und fängt sich schnell wieder.

»Ähm …«

Sie greift nach einer Serviette und kippt dabei ihr Heineken um. Die Flasche dreht sich ein paarmal auf der feuchten Oberfläche und wischt dabei Eiswürfel über die Insel.

»Oh, Mist, war ich das?«

»Kein Problem.« Andy nimmt die Flasche und wirft sie in den Mülleimer an der Tür, während er unbeholfen unserem Gast zulächelt. Er steht unruhig an der Tür, eine Hand am Griff. Ich gehe einen Schritt Richtung Treppe.

»Danke, dass du es genommen hast, Schatz«, säuselt Delores. Sie schaut Andy und mich an, einen nach dem anderen. Dann wischt sie mit einer Serviette herum.

»Ist Howard noch draußen? Ich hol ihn kurz, ich weiß, dass er dich gern sehen würde, Caroline. Dich auch, Andy. Ich hole ihn eben.« Sie schwankt durch die Anspannung in der Luft zur Tür, wobei sie versucht, ihren ordentlichen Heinekenschwips zu unterdrücken.

»Lass mich das machen, Delores.« Andy greift nach dem Hebel und schiebt die Tür auf. Er hebt eine Hand, um Howard zu grüßen, der noch immer am Pool steht und trinkt.

Während ich aus der Küche schleiche.

Ich nehme mir zwei Schlaftabletten aus dem Medizinschrank und lasse mich schwer aufs Bett fallen.

\* \* \*

Ich weiß nicht, wie viel Zeit vergangen ist. Ich gleite in einen medizinischen Schlaf. Meine Gedanken sind langsam und außerhalb meines Kopfes, sie schweben durch den Raum. Mein Körper ist schwer und drückt sich tief ins Bett. Ich habe das schwache Gefühl, als würde sich die Schlafzimmertür öffnen. Ich glaube, es ist Andy. Ich meine, ich höre ihn flüstern: »Caroline?«

\* \* \*

### Dienstag, 3. Oktober 2006, 7.30 Uhr

Mein Handywecker ist auf das fröhliche, sorgenfreie Geplänkel zwitschernder Vögel eingestellt. Ich habe diesen Klang immer geliebt. Jetzt merke ich, wie lächerlich das ist. Niemand ist so fröhlich.

Es liegt kein Tagesplan auf meinem Nachttisch. Ein Glück! Das bedeutet eins von zwei Dingen. Entweder, dass ich heute nichts zu tun habe, oder, dass ich mich einen Scheiß um irgendwas kümmere. Wenn ich die Mädchen nicht zur Schule fertig machen müsste, dann wäre da nichts, was mich aus dem Bett bekäme.

Meine Hand berührt die Oberseite von Andys Kissen. Kalt. Ich denke daran, was innerhalb von einer kurzen Woche aus uns geworden ist. Ich weiche jedem seiner Schritte aus. Er hat jedes Gefühl auf der Emotionsskala gezeigt. Das meiste davon habe ich bisher noch nie gesehen. Ich bin mir sicher, er würde dasselbe über mich äußern. Dieses Gefühl der Furcht lässt sich nicht abschütteln, das sich in mir festgesetzt hat, als würde ich ein solches Chromosom haben.

Im Badezimmer hängt am Spiegel eine Nachricht. »Wir müssen reden. Nehmen wir uns heute Abend etwas Zeit, wenn die Mädchen schlafen. Ich hoffe, du fühlst dich inzwischen wieder ganz normal. Ich liebe dich sehr, Andy.«

Zumindest kann ich mich jetzt darauf vorbereiten. Es ist Zeit. Andy ist ein guter Mann. Er verdient es, es zu erfahren. Und wofür schäme ich mich überhaupt? Ich bin ein guter Mensch. Mit einer unruhigen Vergangenheit. Doch das liegt daran, dass ich von Menschen enttäuscht worden bin. Und ich habe ein paar Erinnerungen begraben. Am Anfang ist er vielleicht schockiert, doch er wird darüber hinwegkommen.

Die Mädchen gehen mit den Nachbarn zur Schule. Ich schwebe durch die Zimmer und versuche, produktiv zu sein. Ich mache etwas Wäsche, das Geschirr. Ich stelle den Fernseher an, damit ich nicht so einsam bin. Ich setze mich auf die Couch und blicke ins Leere und denke daran, was ich ihm beichten werde.

Der Klang meines Handys weckt mich. Es ist Zeit verstrichen. Ich versuche, mich zurechtzufinden. Wie spät ist es? Ich nehme das Telefon vom Couchtisch.

»Hallo?«

»Caroline, sind Sie das?«

»Wer ist da?«

»Hier ist Dr. Sullivan.«

Klick.

Ich spreche nicht mit diesem falschen Mistkerl. Er hat vielleicht Nerven, dass er mich anruft. Meinetwegen kann er in der Hölle schmoren.

Als das Telefon Sekunden später erneut klingelt, lasse ich den Anrufbeantworter anspringen. Ich lösche die Nachricht, ohne mir diesen Windbeutel anzuhören, und schwöre mir, niemals auf irgendetwas zu hören, was er zu sagen hat.

Dass ich überhaupt angenommen hatte, er könnte mir helfen! Ich brauche ihn nicht. Kein Wunder, dass ich mein ganzes Leben ein Problemlöser war. Wie kann ich mich von anderen Menschen abhängig machen? Ich werde Folgendes tun: Ich werde mich nur noch auf mich selbst verlassen, um Probleme zu lösen. So lässt mich niemand im Stich. Gott, das fühlt sich großartig an, dieses Bewusstsein. Es fühlt sich geradezu richtig an. Als würde ich mir zum ersten Mal begegnen. Das bin ich. Selbstständig. Und wenn ich es mir recht überlege, dann ist es kein Wunder, dass ich all dieses Zeug vergessen habe. Wer würde überhaupt irgendwas davon behalten wollen?

Was wäre, wenn ich niemals etwas davon erfahren hätte?

Vielleicht wäre das genau richtig.

Es ist vier Uhr nachmittags und ich bin noch immer im Pyjama. Ich gehe nach oben, um mich umzuziehen. Bald muss ich die Mädchen bei Diane abholen. Ich nehme mir eine Jogginghose aus dem Schrank. Im Badezimmer putze ich mir die Zähne.

Ich könnte schwören, dass ich Andy gehört habe, wie er meinen Namen ruft. Wie kann das sein? Er kommt nie so früh nach Hause.

Ich öffne die Badezimmertür. »Andy?«

»Caroline?« Er ruft von der Treppe.

Er ist es ganz sicher. Er ist im Haus. Ich ziehe das Pyjama-Oberteil aus und beeile mich beim Anziehen. Ich wähle einen Sweater mit Kapuze.

»Da bist du. Wie geht es dir?« Er kommt ins Badezimmer und umarmt mich. Er legt die Hand auf meinen Pyjama, der zusammengeknüllt auf dem Wäschekorb liegt. »Du ziehst dich erst jetzt an?« Er löst sich aus der Umarmung und schaut mich an.

»Ich muss die Mädchen bei Diane abholen. Sie hat sie mitgenommen zu einer Girl-Scout-Sache.« Ich drehe mich schnell um, damit ich mich beim Kämmen im Spiegel sehe. »Du bist früh zu Hause.« Er lugt auf die Uhr. »Oh ja. Gut. Dann kann ich ihnen noch Tschüss sagen.«

»Tschüss?« Ich halte inne und starre ihn im Spiegel an.

»Ja, ich habe heute ein paarmal versucht, dich anzurufen. Du bist nicht ans Telefon gegangen, was?«

Ich drücke mich an ihm vorbei, um mein Handy von der Kommode zu nehmen, während er fortfährt.

»Ich muss nach Frankfurt. Es ist ein Notfall. Totale PR-Katastrophe. Eigentlich sollte Charles hin. Gestern während der Party haben sie mich angerufen. Ich habe ihnen mitgeteilt, dass ich nicht kann. Ich habe abgelehnt. Ich wollte nicht aus der Stadt weg, wo wir alle … wie wir gerade so drauf sind.«

Ich sehe drei verpasste Anrufe von Andy. Zwei verpasste Anrufe aus Dr. Sullivans Praxis. Zwei von Meg. Drei von Vicki und einen von Diane.

»Caroline, ich nehme mal an, dass du dir meine Nachrichten nicht angehört hast. Ich muss los. Und es fühlt sich wie der schlechteste Zeitpunkt dafür an. Es fühlt sich so an, als wärst du …, ich weiß nicht, wie ich es nennen soll. Wir müssen das rausfinden. Gemeinsam.«

Ich fummle noch weiter an meinem Handy herum, um seinem Blick auszuweichen. Ich kann nichts für ihn tun.

»Aber jetzt muss ich zuerst nach Frankfurt. Charles' Bruder ist gestern Abend gestorben. Er war krank. Trotzdem hat Charles nicht gedacht, dass es etwas Bedrohliches ist. Wie auch immer! Jetzt habe ich keine andere Wahl. Ich fahre heute Nachmittag. Ein Auto wird mich abholen. Ich muss jetzt sofort packen. Liebling?«

»Okay.« Ich weiß nicht, was ich noch empfinde.

»Okay, was?«

»Ich verstehe. Du musst gehen. Okay.« Ich klaube ein paar Socken aus meiner Kommode. »Vielleicht ist es besser, wenn er geht. Das gibt mir etwas Zeit.«

»Zeit für was?« Sein Gesicht ist wie ein Wegweiser nach Irrenhausen.

»Was?«

»Du hast gerade gesagt: ›Es ist besser, wenn er geht, das gibt mir Zeit.‹« Er setzt sich an die Bettkante und zieht mich neben sich. »Zeit wofür, warum ist es gut, wenn ich gehe? Caroline, du bringst mich wirklich durcheinander.«

Ich springe wieder auf und spähe auf die Uhr. »Andy, ich habe das nicht so gesagt …, ich habe das nicht gemeint.«

»Caroline, was passiert mit uns? Mit dir?« Er stellt sich hin. »Ich muss gestehen, dass ich Angst habe!« Er wirft die Arme in die Luft.

Jetzt schaue ich ihn an. Mein Verhalten quält ihn und das ist nicht fair. »Es ist alles meine Schuld. Ich weiß es jetzt, ich muss es dir nur sagen.«

»Was? Was musst du mir sagen?«

»Wir reden, wenn du nach Hause kommst. Es wird alles in Ordnung sein. Das wird es wirklich sein.« Während ich das ausspreche, spüre ich, dass es stimmt. Wir werden das durchstehen.

Es klingelt an der Tür und er läuft zum Schlafzimmerfenster.

»Mist! Das Auto ist da.« Er dreht sich vom Fenster weg. »Mann, das ist blöd.« Er reibt sich die Wange mit dem Handrücken. Weint er etwa?

Ich versuche, zu lächeln. Ich will nicht, dass er so geht. »Es ist in Ordnung, Andy, vertrau mir. Alles wird gut. Ich muss jetzt die Mädchen abholen.« Ich küsse ihn auf die Wange. »Hab eine gute Reise. Wenn du zurückkommst, bin ich wieder die Alte. Du wirst schon sehen.« Ich umarme ihn fest. Und während ich ihn umarme, rieche ich seinen Duft und spüre etwas Komisches an meinem Kinn. Ich reibe es mir, doch das Gefühl

334

verschwindet nicht. Es juckt, als würde ich etwas Kratziges berühren, doch es ist an Andys Anzugjacke. Wie ein Blitz kommt mir eine Erinnerung in den Sinn von dem Tag, als ich ihn getroffen habe. Ich habe ihn bei der Beisetzung seiner Frau umarmt. Ich hatte ihm gesagt, dass ich Debbies Freundin gewesen wäre, und ich habe echte Tränen geweint. Nur waren sie nicht echt, da ich sie nie getroffen habe. Er weinte auch. Könnte das das letzte Mal gewesen sein, dass ich ihn weinen gesehen habe? Bei der Totenwache kratzte seine Anzugjacke, als mein Kinn dort war. Daran erinnere ich mich. Und ich kann mich an den Geruch dieses Ortes erinnern. Im Beerdigungsinstitut, wie tote Luft und Mottenkugeln. Und seine Arme, die mich auch umarmten. Er trug seine Jacke und ich spürte die steife Falte des Anzugstoffes um meine Taille, genau wie jetzt. Nur hatte ich damals nicht den Verlust einer Freundin betrauert. Ich war auf einer Mission. Um einen Vater und eine Schwester für Lilly zu finden. Doch nicht nur irgendeine Schwester … den perfekten Zwilling.

\* \* \*

### Donnerstag, 5. Oktober 2006, 9.13 Uhr

Die Tage gehen einfach ineinander über. Wenn die Mädchen nicht anwesend wären, dann wäre es mit den heruntergelassenen Jalousien schwierig, die Tageszeit zu bestimmen. Sullivans Hartnäckigkeit ist wirklich lästig. Jetzt versucht er anzurufen, bevor die Mädchen zur Schule gehen. Ich nehme stumm das Gespräch an und lege sofort auf.

Was hat er davon? Wenn man meine drei letzten Besuche betrachtet, dann habe ich zumindest nichts davon. Warum kann er mich nicht einfach ziehen lassen, wie auch beim ersten Mal?

Langsam ärgert es mich, dass ich über seine Gründe grübele. Ich will nicht an diesen fetten Heuchler denken, doch irgendwas nagt an mir. Wie eine Mücke in der Küche – unmöglich zu fangen, unmöglich zu ignorieren. Ich muss es lassen, denn ich werde nicht mit ihm sprechen. Kein weiteres Graben oder Sieben oder Schürfen. Da ist kein Gold zu finden. Ich werde mich nicht mehr öffnen.

Doch da ist noch etwas anderes, was mich beschäftigt. Timothy kann unmöglich so dumm gewesen sein, JD aus Angst davor zu töten, dass sie ihn wegen der Fahrerflucht zur Rede stellen würde. Er hat ihr schließlich das Geld gegeben. Nein, so dumm war er nicht. Da muss noch etwas anderes sein. Etwas, das ich nicht weiß. Ich spüre es einfach.

Als mein Handy klingelt, erschrecke ich mich, und bevor ich noch darüber nachdenke, gehe ich bereits dran.

Es ist Sullivan.

»Hören Sie auf, mich zu nerven. Das ist jetzt Belästigung. Ich rufe die Polizei und dann sind Sie dran. Ich habe Telefonaufzeichnungen.« Ich drohe Sullivan bei seinem wahrscheinlich siebzehnten Anruf.

»Das würde ich nicht tun, Caroline.«

»Dann lassen Sie mich in Ruhe.« Ich ziehe an der Schnur der Jalousie und mache sie auf und zu. »Sie haben Ihre teuflische Saat verstreut und alles ist wieder da. Nur noch schlimmer.« Er will etwas erwidern, doch ich lasse ihn nicht. »Bin ich davon etwa besser geworden – können Sie das beantworten? Bin ich etwa ein besserer Mensch? Sieht es so aus, wenn man geheilt ist? Ich dachte, ich könnte einfach weitermachen. Mein Leben so leben, wie ich es mir zusammenreimen kann. Doch was ist mein Leben? Ich bin wie ein Puzzle, bei dem die Hälfte der Steine fehlt. Mein Leben ist zur Hölle geworden. Ich weiß nicht, wer ich bin. Alles ist … nichts ist …«

»Caroline …«

»Sie hat sich nicht selbst umgebracht. Ich wusste, dass JD sich niemals selbst töten könnte. Es war Timothy gewesen. Er hat sie umgebracht. Fast hätte er seine eigene Tochter getötet, doch stattdessen hat er JD umgebracht. Die Mutter seiner Tochter.«

Ich habe nie auf JD gehört. Jedes Mal, wenn sie mich vor ihm gewarnt hat. Sie sagte immer »Du musst für dich selbst entscheiden, Caroline« und: »Liebst du ihn wirklich, Caroline?« Doch jetzt werde ich niemals erfahren, ob das aus dem Grund war, weil sie wusste, dass er böse ist, oder weil sie ihn für sich selbst wollte. Und wohin hat sie das gebracht? Ich habe Timothy nie für einen Mörder gehalten. Er sah vielleicht aus wie ein Pfau, doch er hatte das Rückgrat eines Hühnchens. Mit den Eiern eines Geiers.

»Caroline, ich weiß, Sie wollen mich nicht mehr sehen. Denken Sie über mich, was Sie wollen. Doch ich habe Ihnen prophezeit, dass es schwierig werden würde. Es ist so schmerzhaft für Sie. Ich kann es Ihnen nicht vorwerfen, wenn Sie nicht mehr zuhören wollen. Ich verstehe, dass ein Teil von Ihnen alles wissen will, doch der andere nicht. Wenn das überhaupt irgendeinen Sinn ergibt. Doch es existiert noch ein Band. Da ist etwas drauf, was Sie hören müssen. Sie kennen nicht die ganze Wahrheit.«

* * *

**_Donnerstag, 5. Oktober 2006, 11.35 Uhr_**

Gestern Abend hat mir Tessa erzählt, dass es in dem Skulpturengarten, den sie besucht hatten, einen Platz für Meditation gab. Eine Dozentin brachte sie hin und zeigte den Mädchen, wie man meditiert. Sie hat ihnen erklärt, dass man zum Beispiel die Augen schließen könne und dann an die Dinge denken soll, für die man dankbar ist. Sie hat erläutert, dass dieser einfache Akt dabei hilft, sich positiver zu machen, vor allem an Tagen der Enttäuschung oder Frustration. Auf dem Weg zu Dr. Sullivans Praxis versuche ich es. Ich möchte an Dinge denken, für die ich dankbar bin. Ich durchsuche mein Herz, doch es fühlt sich an, als müsste man an den Zähnen eines Haifischs vorbeigreifen, um hinzugelangen. Stattdessen bete ich. Zuerst dafür, dass ich nach dieser letzten Kassette – was sie auch enthalten mag – wieder in der Lage bin, mit Andy und den Mädchen ein glückliches Leben zu führen. Selbst wenn ich mich dafür anstrengen muss. Dafür bin ich bereit. Ich werde mich so sehr bemühen, wie es nötig ist. Ich bin eine geborene Problemlöserin. Ich bringe die Dinge zum Laufen. Ich renne vor Problemen nicht davon. Ich begegne ihnen frontal und mit aufgekrempelten Ärmeln. Ich bin die Architektin meines eigenen Schicksals. Das habe ich immer geglaubt. Dann bete ich, dass Timothy nichts mit dem Tod meiner Eltern zu tun hatte, denn sie starben ungefähr um die gleiche Zeit wie JD. »Sie kennen nicht die ganze Wahrheit«, dieser Satz steckt mir wie ein rostiger Nagel im Hirn.

Ich sitze an meinem üblichen Platz vor dem Schreibtisch von Dr. Sullivan und ziehe die Aufschläge meines Sweatshirts enger und mache den Gürtel stramm. Ich sehe ihn nicht an. Ich hocke einfach da, die Arme vor der Brust verschränkt, um die kommenden Schläge zu parieren. Er flitzt herum, als hätte ich ihn nackt erwischt. Nicht, dass ich dieses Bild brauche, um mich zu beruhigen. Ich bin so ruhig wie ein Leichnam. Ich warte eine Ewigkeit auf ihn, bis er den Kassettenrekorder endlich bereit hat. Er blickt zu mir und öffnet den Mund, um etwas zu äußern, überlegt es sich dann aber anders und drückt stattdessen den Startknopf.

* * *

**Caroline**: Habe ich Ihnen erzählt, wer am Steuer des Autos saß, das Lilly angefahren hat?
**Dr. Sullivan**: Nein. Wissen Sie denn, wer das war?

**Caroline**: JD wusste, wer es war. Sie hat das Gesicht des Fahrers gesehen und sie hat sofort das Auto erkannt. Sie sagte mir, dass sie daran keinen Zweifel hatte. Doch sie meinte: »Wenn ich es den Cops verrate, wird dabei nichts Gutes herauskommen.« Den Cops erzählte sie dann, es sei viel zu schnell passiert. Ich konnte mir nicht vorstellen, wen sie so unbedingt schützen wollte. Ich meine, Lillys Leben hing am seidenen Faden. Habe ich Ihnen berichtet, dass sie sogar ein paar Tage im Koma lag? Die Ärzte machten uns wenig Hoffnung. Wir dachten schon, wir würden sie verlieren, bei all den inneren Verletzungen. Irgendwie ist sie mit Gottes Gnade durchgekommen. Doch JD hat das nicht mehr erlebt.

Ich hätte JD an jenem Tag nicht gehen lassen sollen. Es ist meine Schuld. Ich mache mir wegen ihres Todes Vorwürfe.
**Dr. Sullivan**: Warum machen Sie sich deshalb Vorwürfe, Caroline? Da ist nichts, was Sie hätten tun können. Es hatte nichts mit Ihnen zu tun.

**Caroline**: Ich hätte dafür sorgen sollen, dass sie im Krankenhaus bleibt. Dann wäre sie jetzt noch am Leben.

**Dr. Sullivan**: Das wissen Sie nicht. Dann hätte Sie am nächsten Tag sterben können. Oder in der nächsten Woche.

**Caroline**: An dem Tag, als JD starb, erzählte sie mir, wer der Fahrer war. Ich weiß nicht, warum sie es mir an jenem Tag gesagt hat. Ich weiß, sie fühlte sich verletzlich. Es war der erste Tag seit mehr als drei Wochen, dass sie mal wieder aus dem Krankenhaus herauskommen würde. Es war fast so, als hätte sie gewusst, dass es ihre letzte Gelegenheit war, es jemandem mitzuteilen. Sie ließ mich schwören, es nicht weiter zu erzählen. Es war Mrs Withers gewesen. Mit ihren dreiundneunzig Jahren fuhr sie immer noch Auto. In dem alten hellblauen Dodge Dart, den sie schon seit Ewigkeiten besaß. JD war absolut sicher, dass man das Auto nicht verwechseln konnte.

Obwohl Mrs Withers immer hocherhobenen Hauptes durchs Leben ging, wussten wir, dass sie litt. Ihr Ehemann war nach dreiundfünfzig Jahren Ehe vor einer Weile gestorben und alle ihre Freunde lebten auch schon nicht mehr. Sie und Mr Withers hatten keine Kinder. Es ist lustig, denn sie hat sich um ihr Haus und ihre Sachen gekümmert, als wären das ihre Kinder. Ihr Haus war immer in Schuss. Wenn etwas kaputt ging, dann reparierte sie es sofort.

Doch sie gehörte nicht zu der Sorte Mensch, die Kinder hasste, weil sie keine eigenen hatte. Sie liebte Lilly. Mrs Withers pflegte auf ihrer Veranda zu sitzen und darauf zu warten, dass Lilly sie besuchte. Einmal die Woche machten sie eine Teeparty. Limonade und Butterkekse. JD war in den Keller meiner Eltern gezogen, als Lilly geboren wurde, sodass Mrs Withers wie eine Ersatzgroßmutter für sie war. Das klingt vielleicht verrückt, weil Lillys echte Großmutter, meine Mutter, im selben Haus mit ihr wohnte. Doch meine Mutter war für Teepartys zu beschäftigt. Sie musste ihre Hummelfiguren abstauben.

JD erzählte es nicht der Polizei, weil sie fand, dass Mrs Withers wegen dem, was sie getan hatte, bereits genug leiden würde. JD dachte, Mrs Withers' schlechtes Gewissen würde sie schließlich noch umbringen. Tatsächlich starb Mrs Withers ungefähr einen Monat nach dem Unfall. Nur zwei Wochen nach JDs Tod. Sie hatten nie darüber gesprochen.

Als ich zur Beerdigung von Mrs. Withers ging, war sie in einem schicken zartblauen Kleid und ihrem charakteristischen rosa Lippenstift aufgebahrt. Sie trug dasselbe Halsband wie an jedem Tag ihres Lebens. Daran befand sich ein kleines Goldmedaillon. Nur hing es diesmal offen an ihrem Hals. Darin waren zwei kleine Fotos eines Babys. Ich kannte Mrs Withers all die vielen Jahre, die ich direkt neben ihr aufgewachsen war, doch ich wusste nicht, dass sie eine Tochter hatte. Ihre Nichte erzählte es mir bei der Beerdigung. Das Baby war gestorben, als es drei Monate alt war.

**Dr. Sullivan**: Deshalb wollte ihre Schwester keine Anzeige erstatten.

**Caroline**: Das war typisch JD. Es spielte keine Rolle, wie groß ihr persönlicher Schmerz war, sie machte niemanden fertig, vor allem, wenn sie es für sinnlos hielt. Auge um Auge gehörte nicht zu ihrer Denkweise. Ich finde, das ist ein verrückter Weg, um durchs Leben zu gehen. Ich könnte meine Wange nicht hinhalten, wenn mein Leben davon abhinge. Ich würde nicht zulassen, dass mir jemand eins auswischt. JD dachte, manche Dinge seien einfach vorbestimmt. So macht man es sich leicht. Sie fragte mich immer: »Caroline, meinst du wirklich, du könntest alles kontrollieren?« Natürlich kann man das. Mir tun die Menschen leid, die das nicht erkennen. Das sind doch großartige Werte. Ich bin die Architektin meines Schicksals.

Manche Leute sind einfach zu verdammt passiv und begründen ihre Unfähigkeit damit, dass sie so fragwürdige Aussagen machen wie »Dinge passieren aus einem bestimmten Grund« oder »Es sollte nicht so sein«.

Das mag die eine fundamentale Sache sein, die mich und JD voneinander unterschied. Ich kann jetzt damit leben zu erkennen, dass wir unsere Unterschiede hatten. Selbst Zwillinge heben sich auf manche Art voneinander ab.

**Dr. Sullivan**: Was meinen Sie mit »Zwillinge«?

**Caroline**: JD und ich. Obwohl wir uns als Zwillinge so nahestanden – hatten wir doch unsere unterschiedlichen Züge.
**Dr. Sullivan**: Ich verstehe.

**Caroline**: Was macht das für einen Sinn, die Wange hinzuhalten? Ich bin doch keine Fußmatte für die dreckigen Stiefel anderer Leute. Das war die eine Sache, die meine Mutter immer über mich sagt: »Caroline führt niemand hinters Licht.«
**Dr. Sullivan**: Und in diesem Fall …

**Caroline**: Wo möchten Sie anfangen? Möchten Sie damit anfangen, wie mein Verlobter mich auf dem College verlassen hat? Natürlich werde ich nie erfahren, ob es deshalb war, weil ich zur falschen Zeit mit seinem Baby schwanger war oder weil ich nach der Abtreibung und Hysterektomie niemals seine Kinder hätte bekommen können. Der Kreislauf des Todes.

Was ist mit der Telefonnachricht auf dem Anrufbeantworter meiner Schwester an dem Tag, als ich herausfand, dass sie hinter meinem Rücken vögelten? Die Schwester, die sie selbst sein und zu ihrem eigenen Rhythmus marschieren wollte. Kann sie keinen eigenen Mann finden? Muss sie unbedingt mit meinem Verlobten schlafen? Seltsames Verhalten für jemanden, der sich »aufsparen« wollte. Finden Sie nicht? Reden wir darüber, andere Saiten aufzuziehen. JD wurde sogar schwanger. Um es mir so richtig zu zeigen. Zu ihrem Pech war es mein Baby.

**Dr. Sullivan**: Was meinen Sie damit?

**Caroline**: Ist das nicht offensichtlich? Lilly hätte mein Kind sein sollen. Meins und Timothys. Jeder konnte das sehen. Wir waren verlobt. Er hat mir einen Antrag gemacht. Ich habe Ihnen das erzählt – gucken Sie mal in Ihre Notizen. Hören Sie mir eigentlich zu oder verschwende ich hier nur meinen Atem?

**Dr. Sullivan**: Ich erinnere mich, dass Sie mir berichtet haben, wie Sie und Timothy Ihre Zukunft gemeinsam geplant haben, wo Sie leben und wie viele Kinder Sie haben wollten. Ich glaube, Sie hatten sogar gesagt, dass Sie die Namen für Ihre Kinder ausgesucht haben.

**Caroline**: Das stimmt und ich kann Ihnen verraten, Lilliana war keiner davon. Ich weiß nicht, was JD von einem Mädchen mit einem solchen Namen erwartete. Vielleicht mit Heu in den Zähnen herumstochern und in ihrer Freizeit Squaredance betreiben.

**Dr. Sullivan**: Haben Sie jemals gedacht, dass es vielleicht doch eine gute Sache war, dass Sie kein Leben mit Timothy oder eine Familie mit ihm hatten?

**Caroline**: Das ist das Dümmste, was ich je gehört habe. Ich kann nicht glauben, dass ich Ihnen auch noch Geld gebe.

**Dr. Sullivan**: JD beschloss, das Baby zu behalten. Glauben Sie, sie hat gewusst, dass sie allein sein würde?

**Caroline**: Ich weiß nicht, was Timothy sie hat glauben lassen – doch eins war immer klar mit Timothy: Er würde die Rechtsfakultät absolvieren und Partner bei Hayes & Hayes werden und in die Politik gehen. Er wollte eines Tages jemand sein. Zumindest war es das, was sein Vater wollte. Und wenn sein Vater etwas entschieden hatte, dann stand ihm nichts mehr im Weg. Sicherlich kein uneheliches Enkelkind.

JD konnte sowieso niemand vorschreiben, was sie zu tun hatte. Als sie das Baby hatte, ließ sie mich schwören, niemals nachzufragen, wer der Vater sei. Ich war am Boden zerstört, dass sie mir nicht ausreichend vertraute, um es mir zu erzählen. Jetzt weiß ich, warum. Sie hielt überhaupt nichts von Abtreibung. Sie hielt noch nicht einmal etwas von vorehelichem Sex. Oder heuchelte es zumindest vor. Natürlich ist es immer einfacher, gegen Abtreibung zu sein, wenn man nicht in der Lage ist, eine zu benötigen. Doch ich denke, dass sie nach meiner schrecklichen Erfahrung beschlossen hat, nicht denselben Weg zu gehen. Es gab nichts, was Timothy tun konnte, um sie zu stoppen. Er machte das Einzige, was ihm blieb: Er drohte ihr und zahlte sie aus.

Wissen Sie, wo die Polizei das Geld fand?

**Dr. Sullivan**: Sie sagten, dass sie es in der Tiefkühltruhe Ihrer Schwester gefunden haben.

**Caroline**: Das stimmt. Die ganzen Hunderter. Alles war da, als die Cops den Beutel entdeckten. Timothy hatte das Geld in einen NYAA-Beutel getan. Genau wie sein Vater und sein Großvater war er Mitglied der *New York Athletic Association*. Das blöde Arschloch hat das Geld in einen NYAA-Plastikbeutel getan, der für dreckige Sportwäsche benutzt wird – damit sie gewaschen und ordentlich in deinem Spind gefaltet werden kann, um für dein nächstes Work-out bereitzustehen. So muss man seine stinkenden, verschwitzten Kleider nicht wie ein armes Arschloch mit nach Hause nehmen. Wenn man beim NYAA seine schmutzige Kleidung ausgezogen hat, muss man sie nicht mehr berühren, bis die Sachen wieder weich und trocken und sauber sind. Ich schätze, so riecht Geld.

Er hat das Geld in ein Handtuch aus der Umkleidegarderobe gewickelt und ein Paar Socken obenauf gelegt. Clever. Das würde natürlich jeden überlisten, der nach fünftausend frischen Hundertdollarnoten sucht. Oder etwa nicht? Was für ein Idiot.

Oh, und die Notiz, die auf dem Handtuch lag, lautete: »Verschwinde.« Seine Handschrift. Er hat es selbst geschrieben. Schlau wie ein Fuchs.

Ich fand die Aufnahme. Doch das wissen Sie ja bereits. Ich will nur anmerken, dass die Polizei ohne mich keinen Fall hätte.

**Dr. Sullivan**: Wie das?

**Caroline**: Ich gab ihnen das Band mit der Aufnahme. Vergessen Sie nicht, was es enthielt. Die Drohungen und das Geständnis mit dem Schmiergeld von einer halben Million Dollar. Sie mussten nur noch das Geld aufspüren. Ich wollte auch nicht alles tun.

**Dr. Sullivan**: Aber Schmiergeld und Drohungen machen noch keinen Mörder. Da muss es noch andere Beweise geben.

**Caroline**: Was ist mit dem Streit, den sie in der Red Horse Tavern hatten – da gab es Zeugen. Einschließlich der Wirtin. Tatsächlich war sie eine Zeugin bei dem Prozess. Erinnern Sie sich, dass JD sagte, sie würde einen Freund treffen, an dem Tag, als sie das Krankenhaus verließ? Das war Timothy.

**Dr. Sullivan**: Sie erzählte Ihnen, sie würde Timothy treffen?

**Caroline**: Nein.

**Dr. Sullivan**: Woher konnten Sie das wissen? Ist sie nicht an jenem Nachmittag gestorben?

**Caroline**: Weil ich diejenige war, die es arrangiert hat.

# KAPITEL EINUNDZWANZIG

*Donnerstag, 5. Oktober 2006, 14.17 Uhr*

Dr. Sullivan drückt einen Knopf auf dem Kassettenrekorder und das Band kommt abrupt zum Stehen.

»Was? Was ist los? War es das? Ist das das Ende?« Ich bin an den Rand meines Sitzes gerutscht. Er blickt zu mir. »Nein. Caroline. Es geht auf der anderen Seite weiter.« Er dreht die Kassette und meine Stimme auf dem Band fährt fort.

> **Caroline**: Sie haben gehört, was Timothy auf JDs Anrufbeantworter gesprochen hat. Ich habe Ihnen erzählt, wie wütend er war – er hatte ihr gedroht. Denken Sie, er hätte zugestimmt, sie in der Öffentlichkeit zu treffen? Wo so viele Leute sie zusammen gesehen hätten? Er konnte es nicht riskieren, mit ihr in Verbindung gebracht zu werden. Das musste geschickt geplant werden.
>
> **Dr. Sullivan**: Wollten Sie es zum Wohl des Kindes, dass JD und Timothy zusammenkamen?
>
> **Caroline**: Was?

**Dr. Sullivan**: Haben Sie dabei an Lilly gedacht? War das eine Geste aus Liebe und Sorge für Ihre Schwester und ihr Kind?

**Caroline**: Also, das muss ich Ihnen mal sagen – Sie reden den bescheuertsten Blödsinn überhaupt. Glauben Sie etwa diesen Scheiß? Ist es das, was Sie auf der Psychologieschule lehren? Das ist ja entsetzlich. Liebe für meine Schwester? Meinen Sie das wirklich ernst? Wo war die Liebe für mich? Hat sie an mich gedacht, als sie meinen Verlobten gevögelt hat?

Ich hasse Heuchler.

Seien wir mal ehrlich. Ich werde es Ihnen buchstabieren, da Sie ja ein wenig langsam im Oberstübchen sind: Lilly ist meine Tochter. Nicht JDs. Ich kümmere mich einen Scheiß darum, wer sie rausgedrückt hat auf diese Welt. Das ist nur Formsache. Die überhaupt nicht entscheidend ist. Da würde jeder normal denkende Mensch zustimmen. Was Timothy betrifft – den konnte sie behalten. Diesen Mistkerl wollte ich bestimmt nicht zurück. Ich wollte Lilly. Die anderen zwei konnten von mir aus in der Hölle verrotten. Ich wollte nur Lilly und einen Zwilling für sie. Doch ich wusste, dass es einfach wäre, einen zu finden. Jedes Mädchen braucht einen Zwilling. Ach ja, und einen richtigen Vater.

Wir würden keine zerbrochene Familie sein. Ich habe nicht nach Mitleid gesucht. Zuerst musste ich mich um die beiden kümmern. In diesem Szenario war kein Platz für JD. Und Timothy, nun, da musste ich clever sein. Es hätte nicht ausgereicht, ihn einfach bloß loszuwerden. Er musste gedemütigt werden, so wie er mich gedemütigt hat. Ihn umzubringen hätte ihm keine Qual bereitet. Er sollte leiden. Weshalb auch sein Vater die bittere Pille schlucken musste.

**Dr. Sullivan**: Wie haben Sie es eingerichtet, dass die beiden sich getroffen haben?

**Caroline**: Ich bin froh, dass Sie danach fragen. Ich wollte es unbedingt jemandem erzählen. Und offenbar sind Sie der Einzige, dem ich es sagen kann.

Eigentlich war es ziemlich einfach, sie zusammenzubringen. Um JD ins Restaurant zu locken, habe ich ihr eine Nachricht von Timothy auf »Hayes & Hayes«-Briefpapier geschrieben. Ich habe noch einen Karton mit vielen Briefen von Timothy. Tatsächlich habe ich erst neulich einen Brief von Timothy erhalten – aus dem Gefängnis. Ich muss sagen, ich war überrascht. Doch es hat mich nicht ausreichend interessiert, um ihn zu öffnen.

**Dr. Sullivan**: Sie haben ihn nicht gelesen?

**Caroline**: Nein, ich habe ihn nicht gelesen. Und ich werde es auch nicht tun. Ich habe ihn einfach in die Kiste zu den anderen geworfen. Ich muss ihm nicht mehr zuhören. Er kann mir täglich einen Brief schicken, bis er abkratzt. Unser Gespräch ist beendet. Aber egal, wo war ich? Ach ja, die Nachrichten, die er mir während unserer Zeit auf dem College zu schicken pflegte, waren alle auf »Hayes & Hayes«-Briefpapier. Obwohl er noch auf der Schule war, tat er gern so, als wäre er eine große Nummer. Manchmal schickte er mir Blumen, die in den Briefkopf gepresst waren. So romantisch. Ich habe alles aufgehoben. Die Seiten mit den gepressten Blumen waren leer. So ein Blatt habe ich für den Brief an JD benutzt. Ich schickte ihn in New York ab, sodass er den richtigen Poststempel hatte. Er lautete:

*JD! – Ich muss mit dir über das Mädchen sprechen. Ich weiß, es geht ihr nicht gut. Ich hatte zunächst daran gedacht, sie niemals zu sehen. Doch ich glaube nicht, dass ich das will. Bitte triff dich mich mir. Bevor etwas geschieht. Ich bin am 21. April um halb drei in der Red Horse Tavern. Das ist in Bellowsfield. Bitte komm. T. H.*

Die Nachricht, die ich von JD an Timothy schrieb, wurde in einem als »Persönlich und vertraulich« markierten Umschlag zu seinem Büro geschickt. Ich wusste, dass seine Sekretärin die Post sortierte und dass sie einen Brief nicht öffnen würde, der mit »Persönlich und vertraulich« gekennzeichnet war, doch sie würde vielleicht nach dem Absender sehen. Die Nachricht für Timothy lautete:

*Timothy! – Wegen unserer Vereinbarung habe ich es mir genau überlegt, bevor ich dir diese Nachricht sende. Doch ich muss dir Neuigkeiten mitteilen. Du wirst es wissen wollen, bevor es andere erfahren. Ich hätte es in dieser Nachricht schreiben können, doch ich weiß, dass du keine*

*Papierspuren willst. Wenn du dich nicht mit mir treffen willst, dann werde ich es jemand anderem erzählen. Vielleicht ist ja der New York Observer interessiert. Bei einem Namen wie Hayes können die Zeitungen bestimmt nicht widerstehen. Die Polizei auch nicht. Ich bin am 21. April um drei Uhr in der Red Horse Tavern in Bellowsfield. JD*

Ich wollte, dass JD für eine Weile allein dort sein würde, damit sie gezwungen wäre, etwas zu bestellen. Bevor sie an dem Tag das Krankenhaus verließ, nahm ich ihr das Geld aus dem Portemonnaie, damit sie ihre Kreditkarte benutzen musste. Ich ließ ihr ein paar Münzen, falls sie Geld für eine Parkuhr brauchte. Sie hasste Strafzettel für Falschparken – ich wusste, das würde sie wirklich aufregen.

Gegen zwei, kurz bevor JD ging, lieh ich mir ihr Telefon aus ihrer Handtasche und ging in den Flur, um einen Anruf in Timothys Büro zu machen. Falls er sich entschieden hätte, JD zu treffen, dann wäre er bereits fort. Ich sagte seiner Sekretärin, dass ich JD Spencer sei. Dass ich Timothy um drei in der Red Horse Tavern in Bellowsfield treffen würde, doch leider spät dran sei. Ich sagte ihr, dass seine Handymailbox voll sei. Ich bat sie, ihm diese Nachricht zukommen zu lassen, falls er im Büro anriefe, oder dass sie im Restaurant Bescheid geben sollte. Ich fragte sie, ob sie so nett sein und die Mitarbeiter im Restaurant bitten könnte, die Nachricht Timothy mitzuteilen. Ich wusste, dass Timothy einen Herzinfarkt bekommen würde, wenn er im

Restaurant auftauchte und sie würden ihm eine Nachricht überreichen. Seine Sekretärin hätte nicht entgegenkommender sein können. Tatsächlich ging sie noch viel weiter. Sie hinterließ eine Nachricht für Timothy bei der Restaurantwirtin mit der zusätzlichen Information, dass sein Abendmeeting in New York City abgesagt worden sei.

**Dr. Sullivan**: Woher wissen Sie, dass sie das Restaurant anrief?

**Caroline**: Die Wirtin trat im Prozess als Zeugin auf. Sie gab die Einzelheiten dessen wieder, was an dem Tag geschehen war. Ich hätte es wirklich nicht besser arrangieren können.

Sie berichtete, Timothy sei in das Restaurant gekommen wie ein Mann, der seinen Buchmacher oder seine Geliebte traf. Sie sagte, sie konnte in nur einer Sekunde einen Mann erkennen, der nichts Gutes im Schilde führte. Er trug eine Baseballkappe und einen Anzug und ging mit gesenktem Kopf durch das Restaurant, während seine Augen hin und her strichen, als würde er nach jemandem sehen oder versuchen, dieser Person aus dem Weg zu gehen. Sie fragte, ob sie ihm helfen könne, und er blaffte sie an. Er ging allein in den Gastraum und entdeckte JD, die bereits seit einer halben Stunde gewartet hatte, vielleicht auch schon länger. Die Wirtin sagte, dass JD ein paarmal aufgestanden sei, um die Toilette aufzusuchen, und dass der Hilfskellner ihren schwankenden Gang bemerkt hatte. Er dachte, sie sei betrunken. Anscheinend stieß sie sogar mit einem anderen Gast zusammen, der fast zu Boden fiel.

Die Wirtin sagte, sie wäre zu dem Tisch gekommen, an dem Timothy stand. Er habe sich nicht hingesetzt. Sie meinte, dass es ihr so vorkam, als würde die »Zeit einfrieren«, als sie ihn danach fragte, ob er Timothy Hayes sei. Die einzige Bewegung kam in diesem Moment von dem Zorn, der ihm über das Gesicht huschte. Sie wollte nicht auf seine Antwort warten. Seinetwegen war ihr unbehaglich zumute. Deshalb bemerkte sie nur: »Ihre Sekretärin hat angerufen und ausrichten lassen, dass Ihr Abendmeeting in der Stadt abgesagt wurde und dass Ihre Mailbox auf dem Handy womöglich voll ist.« Dann schoss sie davon. Sie hörte, wie Timothy wutschäumend ausrief: »Woher wusste meine Sekretärin, dass ich hier bin?« Sie blickte zurück zu ihm und meinte, er würde wie eine Zeitbombe aussehen, die jeden Moment hochgeht. Er umfasste JDs Arm und näherte sich ihrem Gesicht. Vor ihr stand ein halb volles Glas Ginger-Ale. Bevor Timothy das Restaurant verließ, riss er so fest an ihrem Arm, dass ihr Kopf nach vorn ruckte.

Die Wirtin schickte den Manager rüber zum Tisch, da sie befürchtete, dass die Dinge eskalieren würden. Als sich der Manager näherte, sah er, wie Timothy mit einem Finger in Richtung JDs Gesicht stach und hörte ihn fauchen: »Ich habe dich gewarnt, du dummes

Stück ... du hast gerade dein eigenes Schiff versenkt«, so was in der Art. Der Manager bat ihn zu gehen, was er schnell tat. Die Wirtin hat ihn nicht mehr gesehen, bis zu jenem Tag im Gerichtssaal.

Im Restaurant hörten sie am nächsten Tag die Nachricht, dass es einen Unfall auf der Route 206 gegeben hatte. Ein Mädchen wäre tot in ihrem Auto gefunden worden. Die Wirtin erklärte, sie hätte sofort vermutet, dass es das Mädchen war, was sich Ginger-Ale bestellt hatte.

Als die Wirtin ihre Aussage machte, hatte Timothys Anwalt natürlich alle möglichen Einwände. Zum Glück konnte er der Wirtin nicht den Mund verbieten.

Wollen Sie wissen, wie JD gestorben ist?

**Dr. Sullivan**: Sie meinen ... Ja, erzählen Sie ruhig ...

**Caroline**: Zuerst dachte die Polizei, es sei ein Unfall gewesen. Wissen Sie, der Aufprall beim Zusammenstoß. Ihr Auto war um einen Baum gewickelt gefunden worden. Es war ungefähr fünfundzwanzig Kilometer von der Red Horse Tavern entfernt geschehen. Das ist eine gewundene Landstraße, auf der nicht viel Verkehr herrscht. Wer weiß, wie lange das Auto dort stand, bevor sie jemand fand.

Irgendwann am frühen Abend entdeckte eine vorbeifahrende Dame das Auto und fuhr an den Straßenrand. Sie sagte, es habe ausgesehen wie ein Akkordeon. Die Motorhaube war bis zur Windschutzscheibe eingedrückt. Doch es gab kein Lebenszeichen eines Fahrers. Sie war zu aufgeregt, um auszusteigen und selbst nachzusehen, deshalb rief sie die Polizei.

Als die Polizisten am Tatort erschienen, blickten sie durchs Fenster und merkten, dass JDs Körper auf den Beifahrersitz gesunken war. Sie öffneten die Fahrertür in der Hoffnung, dass sie noch lebte, und erschraken angesichts des Geruchs. JD lag mit dem Gesicht in einer Pfütze Erbrochenem. Überall war Erbrochenes, am Lenkrad, am Armaturenbrett, am Tachometer. JDs Hose war verschmutzt. Die Hitze vom Stehen in der Sonne hatte den Geruch verstärkt. Zum Glück wird JD nie erfahren, dass sie so gefunden wurde – es hätte sie entsetzt.

Der Polizeibericht beschrieb ihre Hautfarbe als gelbstichig. Ihr Leichnam wurde zum Danielston-Krankenhaus gebracht und von einem Gerichtsmediziner untersucht. Als die Autopsie beendet war, stellte der Gerichtsmediziner fest, dass sie akute Magenbeschwerden hatte, die das unkontrollierte Erbrechen und den Durchfall verursacht hätten, und dass sie wegen ihrer Krämpfe von der Straße abgekommen wäre. Und so gegen einen Baum gefahren sei. Ein Pathologe wurde hinzugezogen, um ihren Körper auf chemische Substanzen zu untersuchen. Er fand in ihrem Verdauungstrakt Spuren von Arsen. Eine übereifrige Mitarbeiterin im Police Department ließ einen nicht autorisierten vorläufigen Bericht an die Lokalnachrichten durchsickern, der besagte, dass es sich um Selbstmord handelte. Wo es ja gerade der letzte Schrei war, sich mit Arsen das Leben zu nehmen. Ziemlich peinlich für das Police Department in Bellowsfield. Sie konfiszierten alles im Auto, einschließlich der Wasserflasche mit dem Arsen, auf der die Fingerabdrücke waren.

**Dr. Sullivan**: Wessen Fingerabdrücke?

**Caroline**: Natürlich wollte ich nicht, dass es wie Selbstmord aussah. Wo wäre Timothy dabei geblieben? Ich muss zugeben, als ich las, dass es angeblich Selbstmord war, da wollte ich mir zunächst diesen unfähigen Schwachkopf vorknöpfen, der die Ermittlungen versaut hat, und ihn umlegen. So ein totaler Versager! Nach all der Arbeit.

Es hatte etwas Mühe gekostet, um Timothys Fingerabdrücke auf die Wasserflasche zu bringen. Und weil Bellowsfield auch ein verschlafenes Kaff ist, brauchte es ewig, bis sie endlich die Todesursache in Mord änderten.

Ich weiß nicht, warum sie so lange benötigten. Am Tag nach dem Unfall übergab ich der Polizei einen versiegelten Umschlag. Ich teilte ihnen mit, JD hätte gewollt, dass ich ihn übergebe, falls ihr etwas zustoßen sollte. Er enthielt die Kassette aus dem Anrufbeantworter, von der JD natürlich nichts wusste. Ich berichtete der Polizei, dass JD das Krankenhaus an jenem Tag verlassen hätte, um sich mit jemandem zu treffen. Dass sie sehr nervös gewesen wäre, mir aber nicht erzählt hätte, wen sie traf.

**Dr. Sullivan**: Sie haben erzählen wollen, wie Sie Timothys Fingerabdrücke auf die Flasche bekommen haben.

**Caroline**: Um die Wahrheit zu sagen, hatte ich wahrscheinlich Hunderte Sachen mit seinen Fingerabdrücken – Briefe, Fotos, Bücher, einen Rasierer, Zahnbürste, seinen Mundschutz. Doch nichts, was mir helfen konnte. Ich war mir zunächst nicht ganz sicher, wonach ich suchte. Meine einzige konkrete Idee bestand darin, in seine Alltagsroutine einzutauchen.

Sein Büro in New York City fand ich ziemlich leicht. Es war im selben Gebäude, in dem Hayes & Hayes von jeher ansässig gewesen ist.

Für fast zwei Wochen fuhr ich täglich nach New York und stand vor seinem Bürogebäude. Es war leicht, unauffällig zu bleiben – es gibt so viele Passanten auf der Park Avenue, vor allem während der Rushhour. Hunderte Menschen strömen aus der Grand Central Station und gehen auf der Park Avenue nach Norden, vorbei an seinem Gebäude, das nur zwei Blocks vom Bahnhof entfernt ist.

Ich folgte ihm, wann immer er das Gebäude verließ – natürlich auf der anderen Straßenseite –, zum Essen oder für Meetings, zum Sportstudio, am Ende des Tages zum Abendessen oder zu seiner Wohnung an der Upper East Side. Er war unglaublich vorhersehbar. Es waren noch keine zehn Tage vergangen, da konnte ich bereits vorhersagen, was er tragen würde, wo er zu Mittag aß, auf welcher Straßenseite er spazierte, welche Sorte Wodka er bevorzugte und wann er ungefähr die Nerven aufbringen würde, um in der Karaokebar zu singen. Natürlich »My Way«.

Doch es war genau diese Morgenroutine, die sich für mich bezahlt machte. Er fuhr jedes Mal mit einem Chauffeurdienst zur Arbeit und zurück, eigentlich überallhin. Exec Town Cars. Morgens hielt normalerweise gegen neun Uhr dreißig ein glänzendes schwarzes Auto am Bordstein vor den Drehtüren seines Gebäudes. Der Fahrer stieg aus dem Wagen und marschierte um die Rückseite zur rechten Beifahrertür, öffnete sie, wünschte Timothy einen guten Tag, schloss die Tür, ging um die Rückseite des Autos zur Fahrerseite und fuhr davon. Nach ungefähr fünf Tagen bemerkte ich, dass der Fahrer stets innehielt und wartete, nachdem er Timothys Tür geöffnet hatte, bis dieser seine Sachen beisammenhatte. Dabei hampelte der Fahrer etwas herum. Er richtete den Knoten seiner Krawatte, strich über die Ärmel seines Anzugs und schloss den obersten Knopf seines Jacketts. Jeden Tag das Gleiche.

Timothy nahm sich mit dem Aussteigen ziemlich viel Zeit. Ich konnte nicht sehen, was er im Auto machte, doch wenn er ausstieg, dann tat er immer das Gleiche: Er leerte den

Rest seiner Wasserflasche und warf sie auf den Sitz, bevor er davonschlenderte.

So ein Fiesling! Schämte sich nicht mal. Ich hasse Dreckspatzen.

Am letzten Tag, als ich ihm folgte, trug ich mein graues Interviewkostüm und Perlen. Ein Spritzer Jasminwasser, Make-up und hohe Absätze – und ich war bereit. So hatte ich mich schon länger nicht mehr angezogen. Mein Job bei der *Philadelphia Post* erforderte nie etwas Schickeres als Jeans.

Ich wusste, es würde nicht lange dauern, um das zu bekommen, was ich brauchte. Als Timothy an seinem Schreibtisch saß und den ersten Schluck seines Morgenkaffees trank, war sein Schicksal bereits besiegelt. Das Wasser, das er an jenem Morgen im Auto getrunken hatte, würde sein Leben für immer verändern.

Ich liebe solche Augenblicke, die das Leben verändern.

Ich wartete, bis er durch die Drehtür im Gebäude und außer Sichtweite war. Ich hoffte, dass ein paar Autos in zweiter Reihe parkten und ganz besondere Wichtigtuer entließen, um Timothys Auto zu blockieren. Das hätte mir etwas mehr Zeit gegeben. Doch es war keines in Sicht. Ich geriet aber nicht in Panik, denn ich wusste, dass der Fahrer Zeit brauchte, um zurück zum Lenkrad zu kommen. Sobald ich registrierte, wie der Fahrer um die Rückseite des Autos ging, glitt ich auf den Rücksitz. Genau dahin, wo Timothy einen Augenblick vorher gesessen hatte. Der Sitz war noch warm und die Luft roch nach ihm, männlich. Kiefer und Leder. Es fühlte sich gut an, hier zu sitzen. Wie eine Führungskraft. Wichtig. Ich fühlte mich, als wäre ich jemand Besonderes. Es konnte einem wirklich zu Kopf steigen, einen gemieteten Fahrer zu haben, der einem die Tür öffnete und sagte: »Einen schönen Tag, Miss.«

Ich hielt ein Taschentuch in der Hand bereit, um die Flasche Poland Spring zu nehmen. Doch das machte den Griff zu rutschig und die Flasche sprang mir aus der Hand und landete auf dem Boden des Autos. Der Fahrer setzte sich schwer auf seinen Sitz und ließ den Wagen erbeben. Er schaltete in die Fahrposition und fädelte sich in den Verkehr, der in nördlicher Richtung über die Park Avenue floss, als ich den Schock in seinen Augen erblickte. Im Rückspiegel erkannte ich, wie seine buschigen Brauen nach oben gingen. »Zweiundachtzigste und Madison«, sagte ich, ohne ihn anzusehen. Von dem Sitz neben mir nahm ich Timothys Zeitung auf den Schoß und senkte darüber den Kopf. Der Fahrer fuhr schnell an den Bordstein.

Er schaute mich durch den Rückspiegel an und erklärte: »Miss, ich nehme keine Passanten mit. Wenn Sie ein Auto brauchen, müssen Sie anrufen.«

Ich tauchte zum Boden, um mit dem Taschentuch den Hals der Wasserflasche zu ergreifen.

Er stellte den Wagen am Bordstein auf »Parken« und drehte sich um. »Tut mir leid, Miss. Muss Sie hier rauslassen. Ich habe jemanden, der wartet.« Er legte den Arm um die Oberseite des Vordersitzes, wobei er eine dicke Goldkette an seinem Handgelenk entblößte. »Hier ist eine Karte mit der Nummer. Rufen Sie vorher an.«

Mit der Flasche sicher in meiner Tasche und der Zeitung gefaltet und unter den linken Arm geklemmt, entschuldigte ich mich: »Tut mir leid. Ich wusste nicht, dass ich anrufen muss. Ich bin nicht von hier.« Ich erfasste den Türgriff, die Hand weiterhin im Taschentuch. Ich stieg über den Rinnstein und drehte mich zurück zum Auto, um den Augenblick in mich aufzusaugen, doch es war bereits wieder zurück im Verkehr in Richtung Norden.

**Dr. Sullivan**: Sie haben also Timothys Wasserflasche und Zeitung an sich genommen.

**Caroline**: Es war nicht sehr schwierig. Als ich zu Hause war, verschwendete ich keine Zeit. Ich ging in Mrs Withers' Gartenschuppen. Dieser Schuppen war wie eine Zeitkapsel. Eiserne Gartenwerkzeuge aus den Fünfzigern, ein Handrasenmäher aus den Sechzigern, galvanisierte Eimer, Dünger und Unkrautgift, von dem man eine dichte Lage Brusthaar bekommen konnte oder kahl wurde, und eine alte Schachtel Rattengift – die alte Sorte – mit Arsen. Als Kinder erfanden JD und ich Gruselgeschichten über die Dinge, die in diesem Schuppen lagerten, und was geschehen würde, wenn eine von uns dort eingesperrt werden würde. Mr Withers erzählte uns von dem Rattengift. Er sah uns manchmal durch das Fenster in den Schuppen gucken und jagte uns mit diesen Sachen eine Riesenangst ein. Eines Tages warnte er uns, wenn wir so viel gucken würden, dann würden wir davon sterben. Ich hatte eine Todesangst vor dieser Schachtel. Mr Withers benutzte silbernes Klebeband, um die Schachtel von oben bis unten und drumherum immer weiter zu umwickeln, bis das ganze Ding versiegelt war. Wenn er es benutzen musste, dann schnitt er mit einem Taschenmesser durch das Klebeband an der Oberseite und verklebte es anschließend wieder, wenn er fertig war. Er zeigte uns sogar einmal eine tote Ratte. Wir wollten nie wieder auch nur in die Nähe dieses Schuppens kommen. Ich dachte, es wäre gut möglich, dass die Schachtel noch im Schuppen war. Und wurde nicht enttäuscht.

Ich wusste, JD würde bei einer Wasserflasche in ihrem Auto keinesfalls misstrauisch sein. Sie hatte immer eine dabei. Ich ersetzte die Flasche, die im Getränkehalter stand, durch die von Timothy, nachdem ich sie mit einer Mischung aus Wasser und Rattengift gefüllt hatte. Ich wusste, sie würde irgendwann an diesem Tag davon trinken, womöglich sogar die ganze Flasche, bis sie ins Restaurant ging. Sie hatte auf ihrem Weg zum Treffen mit Timothy mindestens ein wenig davon getrunken, basierend darauf, was die Wirtin über JDs Verhalten berichtet hatte.

Den Rest der Geschichte können Sie sich wahrscheinlich selbst ausmalen. Der Brief von Timothy befand sich in JDs Handtasche, genauso das Handy, mit dem ich Timothys Büro angerufen hatte. Es dauerte nicht lange, bis sie das Geld in ihrer Tiefkühltruhe fanden. **Dr. Sullivan**: Also hat Timothy JD nicht umgebracht.

**Caroline**: Na ja, nein, aber man muss ihm zugutehalten, dass ich es ohne ihn nicht geschafft hätte. Das Bestechen, die Nachricht, der öffentliche Streit, die Wasserflasche – er war praktisch ein Komplize! Hayes & Hayes hätten seinen jämmerlichen Arsch niemals retten können. Selbst seine eigene Sekretärin hat gegen ihn ausgesagt.

Ich werde niemals den Ausdruck auf Mr Hayes' Gesicht am Tag der Urteilsverkündung vergessen. Das war unbezahlbar. Wann immer ich etwas brauche, um mich aufzubauen, denke ich daran. Natürlich bedeutete es das Ende von Hayes & Hayes. Man bekommt kaum neue Klienten, wenn man den eigenen Sohn ins Gefängnis schickt.

**Dr. Sullivan**: Wie konnten Sie so sicher sein, dass Sie am Ende Lilly erhalten würden?

**Caroline**: JD hatte mich bereits bei Lillys Geburt als ihren Vormund angegeben, für den Fall, dass sie jemals einen brauchen würde. So war es in ihrem Testament festgehalten. Alles

> ganz superlegal. Ich hatte zugestimmt, der
> Vormund zu sein, lange, bevor ich wusste, wer
> Lillys Vater war. Bevor ich wusste, dass Lilly in
> Wirklichkeit mein Kind war.
> Also geschehen die Dinge vielleicht doch aus
> einem bestimmten Grund.
> Ich wäre für JD gestorben. Stattdessen ist sie
> für mich gestorben. Dafür sind Zwillinge da.

Stille erfüllt den Raum. Die Stimmen auf der Kassette sprechen nicht mehr, doch die Botschaft hängt wie Kohlenmonoxid in der Luft. Das mechanische Surren endet abrupt mit einem Knack, als das Band zu Ende ist. Der kleine graue Kasten sagt nichts mehr.

Es gibt nichts mehr zu hören.

Ich lasse die hölzernen Armlehnen los und nehme die Hände vor den Mund. Ich versuche, zu verhindern, dass noch irgendwas herauskommt. Doch es ist zu spät. Ich fühle mich wie losgelöst von meinem Körper. Als würde ich außerhalb von ihm schweben, mich selbst beobachten. Ich schließe die Augen so fest, dass sich das Fleisch an meinen Lidern zusammenfaltet. Ich sauge die Lippen ein, um meinen Mund zu versiegeln, und halte den Atem an. Die Welt scheint einzustürzen.

Mein erster Gedanke ist: *Wie konnte sie das tun?* Als ob *sie* jemand anderes wäre, nicht ich. Weil *sie* sich wie jemand anfühlt, den ich nicht kenne, jemand, dem ich nie begegnet bin. Doch das Problem ist, dass ich sie bin.

Hat Sullivan gedacht, dass ich mich stellen würde? Da ich es jetzt weiß?

Eher bringe ich mich um, als dass ich mich stelle.

\* \* \*

Seit sechs Tagen bin ich von zu Hause weg.

Die Verzweiflung hat sich wie feuchter Zement in meinem Herzen festgesetzt. Dr. Sullivan ruft noch immer an. Und wartet. Ich weiß nicht, worauf.

Andy kommt heute Nacht aus Frankfurt zurück. Ich bin bereit, ihm alles zu erzählen. Ich meine, es ihm zu zeigen. Unter anderem bin ich nämlich auch ein Feigling. Ich kann nicht vor diesem anständigen, liebevollen Mann sitzen, ihm ins Gesicht blicken und gestehen, wer ich wirklich bin. Ich werde es ihn schwarz auf weiß lesen lassen. Ich habe alles Greifbare von den Google-Suchen ausgedruckt. Ich habe einzelne Sünden aus dem Karton mit meinen Erinnerungen ausgewählt und alles aufgeschrieben, was ich von den Kassetten bei Sullivan erfahren habe. Alles ist da, jedes schäbige Detail meiner unfassbaren Vergangenheit, damit Andy es liest und dann selbst entscheiden kann, was er tut. Es ist an der Zeit, ihm zu sagen, wer ich wirklich bin – und obwohl ich das mehr fürchte als den Tod, ist es Gott sei Dank endlich so weit.

# Teil II

Geheimnisse sind wie Messer. Oder etwa nicht? Während manche stumpf sind, können andere ziemlichen Schaden anrichten.

Ein harmloses Geheimnis ist nicht dafür gemacht, verborgen zu bleiben. Wie ein Buttermesser wird es über den Esstisch gereicht. Von der Schwester an den Bruder, Schulter an Schulter, Mutter zu Vater. Die Wahrheit breitet sich aus, dick oder dünn.

Dann gibt es eine andere Sorte. Die dunkle Art. Wie Hackbeile werden sie nicht an jeden weitergereicht. Sie sind tief vergraben – zum Schweigen gebracht –, doch ewig tödlich.

Mein Geheimnis war jahrelang vergraben. In den Tiefen eines Gehirns und eines Kartons. Und jetzt ein Buch.

Jawohl, mein Buch ist fertig! Es heißt »Memory Box«. Und es ist alles wahr, was drinsteht. Na ja, abgesehen von dem Teil, dass »Caroline« ihre Erinnerungen verliert. Das ist natürlich nicht passiert. Ich kann versichern, dass ich mich an jede Minute erinnere und es auch stets getan habe. Ich dachte nur, die Geschichte könnte ein wenig Hollywood gebrauchen: »Zwangsneurotische Hausfrau und Mom, die im vornehmen Vorort wohnt, googelt sich selbst und entdeckt dabei dunkle Geheimnisse aus ihrer Vergangenheit, an die sie sich nicht erinnern kann.« Das ist doch packender, oder?

Eigentlich hatte ich nie vorgehabt, die Ereignisse meines Lebens in einem Buch festzuhalten. Doch dann habe ich an Terroristen gedacht. Warum bekennen sie sich jedes Mal lautstark als verantwortlich, wenn sie ihre entsetzlichen Massaker und Akte der Zerstörung anrichten? Ich kam schließlich auf den Grund: Sie wollten Anerkennung. Natürlich. Sie hatten das Unvorstellbare getan und wollten, dass ihr Stolz und ihre Durchtriebenheit bekannt werden. Sie schämten sich nicht. Oder waren reumütig.

Ich billige das Werk von Terroristen nicht. Sie ermorden Menschen, die sie nie gekannt haben – Töten zum Zweck des Tötens. Wo ich ein Softie und für Vergeltung und Rache bin, so ist das Werk der Terroristen feige und beliebig – auf wen haben sie es abgesehen? Einen Haufen Leute an einer Straßenecke? Das ist irrsinnig. Ich muss allerdings zugeben, dass ich die Anstrengungen, die für solche terroristischen Akte nötig sind, durchaus zu würdigen weiß. Das Planen, das Aufopfern. Das honoriere ich. Doch wichtiger ist, dass ich das Wort »töten« mit all seinen negativen Implikationen nicht sehr mag. Es klingt schon gewalttätig, wobei es das manchmal überhaupt nicht ist. Tatsächlich ist es oft die stille Lösung für ein Problem. Wie bei einer Züchterin alter Rosensorten, die eines Sommers entdeckt, dass Blattläuse unter ihrer preisgekrönten Sorte wachsen, wodurch die Pflanze krank wird und vorzeitig stirbt, weshalb sie die Blätter mit einem Pestizid besprüht, um die Blattläuse zu töten, womit sie den Rosenbusch rettet. Sie würde nicht von den Stadtbewohnern diffamiert oder von der Polizei angezeigt werden. Sie hat nur ein Problem gelöst.

Eine der Herausforderungen bei Geheimnissen besteht darin, dass sie Verkleidungen brauchen, die sich als Lügen manifestieren. An der Wahrheit herumzubasteln ist eine Kunstform und kann hervorragende Geschichten erschaffen, wenn sie meisterhaft angewandt wird. Ein paar wohlgestaltete

Flunkereien können aus dem hässlichsten Gegenstand das allerschönste Porträt hervorbringen. Kritiker betrachten Lügen als Charakterschwäche. Und den Wiederholungslügner als krankhaft. Nichts könnte von der Wahrheit weiter entfernt sein. Der erfahrene Schwindler ist geschickt und gescheit. Die zwei Gs müssen Teil seiner Eigenschaften sein. Auch dann, wenn er in Gestalt einer geistesabwesenden, undurchsichtigen Mom auftritt, die sogar ihr Küchentelefon verlegen würde, wenn es nicht an der Wand befestigt wäre.

Doch ernsthaft, für mich hätte es nicht einfacher sein können, nach Farhaven zu ziehen und eine typische Vorstadtmom mit zwei Kindern zu werden und mich unter diese Leute zu mischen. Das Schwierigste daran war zu lernen, die Kinder zu spät von der Schule abzuholen, zu viel Sport zu machen, weniger Transfette zu essen und zu viel zu trinken. Ich beherrschte es bereits, »falsch« zu sein. Es war ein bisschen anstrengender, mir das Zuspätkommen beizubringen – aber mal ehrlich, wie schwierig konnte es sein, diese Frauen nachzuahmen?

Um eine meisterhafte Lügnerin zu werden, bedurfte es der Praxis, wie bei allen Fachgebieten. Ich begann schon in jungen Jahren und war bereits früh richtig gut darin, wenn ich ein wenig prahlen darf. Ich wundere mich noch immer, weshalb niemand herausbekam, dass ich diejenige war, die diese schrecklichen Briefe an Suzie geschrieben hatte, jenes sportliche Mädchen, das mir in der ersten Klasse fast JD weggeschnappt hätte, in denen sie beschuldigt wurde, ein Junge zu sein. Ich unterschrieb die Briefe mit JDs Namen. Daraufhin wurde sie mit meinen Eltern zur Schulleiterin vorgeladen, um sich mit Suzies Eltern zu treffen. Dabei wollte ich JD gar nicht in Schwierigkeiten bringen. Doch offensichtlich hatte ich es nicht richtig durchdacht. Schließlich war ich erst sieben. Das meinte ich mit Praxis. Trotzdem waren die Ergebnisse herausragend.

Die beiden gingen sich seitdem aus dem Weg wie Baldwin und Basinger.

All das soll erklären, warum ich »Memory Box« verfasst habe. Wie würde irgendwer sonst erfahren, wie clever ich war, wo ich doch nicht entdeckt wurde? Macht das aus mir eine Narzisstin? Wenn dem so ist, dann muss man meiner Mutter dafür die Schuld geben. Elaine hätte einen Doktorandenstudiengang zum Thema Narzissmus unterrichten können. Abgesehen von meinem bisherigen Erfolg war das Schreiben des Buches eine meiner größten Leistungen. Es lief wirklich nicht mühelos. Auch wenn mir die verschiedenen Wendepunkte in der Handlung genauestens bewusst waren.

Die Welt wird nie erfahren, dass »Memory Box« auf einer wahren Geschichte beruht, die durch die Linse unterdrückter Erinnerung enthüllt wurde. (Wer würde vergessen, dass er einen perfekten Arsencocktail mixen kann!) Ich war realistisch genug, um zu erkennen, dass manche Leute denken würden, dass die Dinge falsch waren, die ich tat, um dahin zu gelangen, wo ich heute bin. Meine Lösung: Verpacke die Story in ein wenig Vergesslichkeit plus Nervenzusammenbruch – so etwas lieben die Leute ohnehin. Und das Setting hätte nicht besser von dem saftigen Futter profitieren können, das Farhaven freimütig zur Verfügung stellt.

Es liegt eine gewisse Ironie darin, dass der Umzug nach Farhaven und die Verwandlung in eine Supermama mich zwar gerettet haben – indem ich mich in der Cellulite des Vororts verbarg –, mich aber auch fast umgebracht haben. Es war qualvoll, jedes einzelne Gramm meines wahren Ichs freizulegen. Würde denn niemals jemand erfahren, wie kreativ und einfallsreich ich sein kann? »Memory Box« war die einzige Lösung. Ich schrieb das Buch, damit ich irgendwo lebendig bleiben konnte. Auf diesen Seiten. Mein Gott, das fühlte sich so gut an.

Wenn es nicht gerade Dr. Sullivan irgendwann einmal liest, dann wird niemand erfahren, dass ich wirklich jene Caroline war. Nur er kennt die Wahrheit. Es war aufregend, es jemandem erzählen zu können. Vor allem jemandem, der gezwungen war, es als Geheimnis zu bewahren. Tut er mir leid? Dass er es mit sich herumschleppen muss? Nein. Er wusste, dass es das Richtige war. Er wusste, dass Lilly immer für mich bestimmt war. Ich würde kein Leben in Selbstmitleid führen. Niemand belohnt einen Einfaltspinsel. Ich frage meine Mädchen stets: »Wollt ihr bemitleidet oder beneidet werden?« Tief im Herzen wusste Dr. Sullivan, dass er arbeitslos wäre, wenn alle so motiviert wären wie ich. Es sind die Verlierer, die seine Praxis in Gang halten.

Ich versprach Andrew, dass er der Erste wäre, der es lesen würde, wobei mir bewusst war, dass ich unsere Namen ändern musste, bevor ich es jemand anderem gab. Doch ich konnte nicht widerstehen, ihm eine Kopie mit unseren richtigen Namen zu geben. Am Morgen, nachdem ich ihm das Manuskript auf den Küchentisch gelegt hatte, war es noch immer dort – durchgesehen und mit dem Deckblatt nach unten abgelegt –, nicht länger ordentlich aufgestapelt. Ich wusste, er hatte es zu Ende gelesen. Ich stellte mir vor, dass er eine Nachtschicht eingelegt hatte, wie er es schon mit anderen Büchern gemacht hatte. Doch diesmal war das Buch meins. Ich dachte, er würde es sich zum Lesen mit ins Arbeitszimmer nehmen, doch es lag genau dort, wo ich es gelassen hatte. Ich werde diesen Tag niemals vergessen.

Als ich in der Küche stand und auf das Manuskript blickte, erfasste mich an jenem Morgen ein seltsames Gefühl. Zuerst war es ganz subtil, fast unmerklich, wie der Beginn eines aufziehenden Nebels. Es kroch mit stiller, beunruhigender Entschlossenheit über mich hinweg. Ich versuchte, es abzuschütteln. Doch das Gefühl wurde noch stärker. Es drang durch meine fröhliche Fassade, bis es die Erregung in meinem

Innersten abwürgte. Ich hatte bisher nichts Vergleichbares empfunden.

Die Dinge liefen nicht nach Plan. Ich hatte nicht damit gerechnet, am Tag nach der Übergabe des Manuskriptes Zweifel zu verspüren. Ich hatte Stolz und Feierstimmung erwartet, Freude. Schließlich war es ein Triumph, verdammt noch mal.

Nein. Beim genauen Nachdenken war es kein Zweifel, der sich in mein trunkenes Fieber gebohrt hatte. Es war etwas völlig anderes.

Während eine warme Brise durch das Fliegengitterfenster über der Spüle wehte, erschauerte ich. Und rang mit diesem Gefühl. Es war mir fremd.

Es war Angst.

Angst. Mein Gott, sie hatte mich gepackt und drückte ihr hässliches Gesicht in meins. Warum hatte es bis zu diesem Moment gedauert, bis ich erkannt hatte, wie verrückt das war? Es war der reine Wahnsinn, dem eigenen Ehemann die Einzelheiten einer nicht ganz so rosafarbenen Lebensgeschichte zu überreichen. All die Geheimnisse, die über Jahre hinweg vor ihm und allen anderen versteckt worden waren. Jetzt auf einmal schwarz auf weiß. War es Naivität oder Ignoranz? Oder Unverfrorenheit? Es war jedenfalls leichtsinnig. Ich war zu vermessen. Nicht meinetwegen, sondern wegen Andrew. Ich war mir sicher, dass er zu dumm war, um es herauszufinden. Ich meine das gar nicht abfällig. Das ist schließlich einer der Gründe, weshalb ich ihn geheiratet habe. Ich habe in dieser Version der Memory Box unsere Namen als Testballon benutzt. Ein Spiel, das ich für witzig hielt. Ja, es war gefährlich – doch genau das war das Spannende. Er würde niemals die richtigen Schlüsse ziehen. Ich erzählte ihm, dass ich es mir ausgedacht hätte, dass ich an manchen Stellen unser Leben als Vorlage genommen hätte, genauso machen Schriftsteller das. Misstrauen war untypisch für ihn. Normalerweise war er nicht einmal neugierig. Nicht in einer Million Jahre würde er darauf kommen, dass er »Andy« war. Ich weiß – es ist jämmerlich. Es hat mich amüsiert, wie vertrauensvoll und leichtgläubig er ist. Plötzlich wurde es nur traurig. Und ein Scherz, den man mit niemandem teilen kann, ist nicht besonders witzig.

Und wenn das Spiel nach hinten losging? Je länger ich allein in der Küche stand, desto paranoider wurde ich. Hatte die Geschichte eine winzige Fissur in seinem Schädel verursachen können? Vielleicht saß er in genau diesem Moment am Computer und suchte nach bestimmten Dingen.

Er musste gerade erst die Küche verlassen haben, denn der Geruch seines Rasierschaums lag noch in der Luft. Es gab kein anderes Anzeichen dafür, dass er da gewesen war, nichts in der Spüle oder auf den Arbeitsflächen. Kein Anzeichen von ihm im Haus. Das einzige Geräusch, das die Stille unterbrach, kam durchs geöffnete Fenster – Vogelzwitschern und das Lachen der Mädchen von der Garage.

Der Kirschbaum vor dem Küchenfenster hatte bereits neu ausgetrieben und die noch blätterlosen Zweige kratzten am Fenster. Sie machten ein Geräusch, das mir Gänsehaut verursachte. Ich füllte den Teekessel mit frischem Wasser und schaltete die vordere Platte an. Smarty Pants kam in die Küche getrottet und stupste gegen mein Bein, als ich eine Schranktür öffnete. Ich nahm ihn hoch und küsste ihn auf den Kopf, während ich in den Schrank blickte und mich fragte, was ich rausholen wollte. Ich hob eins von Smartys Ohren und flüsterte: »Wer ist mein bester Freund?« Er bestätigte, was ich bereits wusste.

Mit Smarty auf dem Arm trat ich einen Schritt näher an den Tisch. Während ich Abstand zu dem Papierstapel hielt, überprüfte ich, ob Andrew irgendwas geschrieben hatte, doch das hatte er nicht. Schmetterlinge mit Metallflügeln flatterten in meinem Bauch. Ich spähte wieder aus dem Fenster. Der

Rasenmäher lehnte am Grill. Ich reckte den Hals über die Spüle, doch er war nirgends zu sehen.

* * *

Der Kessel pfiff. Ich ließ Smarty auf den Boden plumpsen und drehte mich zurück zum Herd. Andrew stand da. Wie lange schon? Er lehnte am Küchentisch, mit den Händen neben dem Manuskript, sah zu mir und wartete darauf, dass ich ihn bemerkte. Smarty setzte sich und blickte ihn an. Er lauerte darauf, dass Andrew irgendetwas äußerte. Genau wie ich. Wir standen für eine gefühlte Ewigkeit in der Stille.

»Caroline«, sagte er ohne irgendeinen erkennbaren Ausdruck, wobei er tief durch die Nase einatmete.

Mein Herz machte einen Riesensatz.

»Ja.« Ich blinzelte Tränen zurück, die ich überrascht wahrnahm.

»Es ist großartig.«

»Großartig?«

»Okay, verrückt. Verrückt großartig. Ich konnte es nicht weglegen.«

»Wirklich?«

»Wirklich, ich meine es so. Wie hätte ich es sonst so schnell lesen können? Es war unglaublich fesselnd.« Er warf die Hände in die Luft.

»Fesselnd?«

»Ich weiß nicht, wie du darauf gekommen bist – ich meine die Idee.« Er schüttelte den Kopf. »Du weißt schon, am Ende, da war es einfach – so – so – abgefahren. Sehr traurig.«

»Ich weiß, ist es nicht schlimm? Findest du wirklich? Traurig? Abgefahren?«

»Meine Güte, das war ja ein ziemlich verrücktes Huhn.« Er nahm das Manuskript und klopfte die Seiten gegen den Tisch, um sie zu einem ordentlichen Haufen zu stapeln. »Ich meine, sie hat ihre eigene Schwester umgebracht ... nachdem sie all die Jahre von ihr besessen war.«

»Besessen?« Ich schüttelte den Kopf. »Nein, sie war nicht besessen. Das stimmt nicht, Andrew.« Meine Hände und Arme konnten sich nicht entscheiden. Sie bewegten sich von meinen Hüften, um sich vor meiner Brust zu verschränken, und dann wieder zurück.

»Okay. Du bist die Autorin, aber ...« Er hob nachgebend die Hände. »Jeder, der sich einen Hammer gegen die Zähne haut, um sich einen Zahn anzuschlagen, damit es zu seiner Schwester passt, der ist nach meiner Definition besessen. Und wahnsinnig.«

»Wahnsinnig?« Mir blieb fast die Luft weg. Und es tat weh. Vielleicht war es doch keine so gute Idee gewesen.

Er blickte mich mit strahlenden Augen an und lachte. »Sie hat ihre Schwester umgebracht, um Himmels willen!«

»Ihre Schwester hat sie betrogen!«

Er lachte noch lauter. »Ich weiß, du sollst deine Charaktere lieben, doch wirklich, du machst mir ein bisschen Angst, Caroline.« Er ging zum Schrank, nahm sich eine Schüssel heraus und fügte hinzu: »Oh, warte, dann hat sie noch ihren Ex-Freund hereingelegt ...«

»Verlobten ...«

»Verlobten, was auch immer. Einigen wir uns darauf, dass sie übergeschnappt war.«

*Übergeschnappt?*

»Andrew, sie blieb standhaft und triumphierte – allen Widrigkeiten zum Trotz.«

»Triumphierte? In welchem Kapitel steht das denn? Sie hatte am Ende einen Zusammenbruch. Wo hat sie da triumphiert? Sie ist durchgeknallt. Das ist keine Wohlfühlgeschichte über menschliche Leistungen. Außer, ich habe etwas übersehen.«

Er ging zurück, um sich sein Frühstück zu machen. Ich musste auf meinen Ton achten. Ich musste etwas Abstand halten. Schließlich hatte er recht: Die triumphierende Caroline stand vor ihm in der Küche. Über diesen Teil hatte ich nicht geschrieben. Der war für die auf immer ungeschriebene Fortsetzung.

»Aber es hat dir gefallen?«

Er nahm sich eine Schachtel Cornflakes und schüttete etwas in die Schüssel. »Oh ja, ich wurde wirklich mitgerissen. Ich habe mich richtig unwohl gefühlt. Oft.«

»Wirklich?«

»Ja, ganz oft. Das war es, was du offenbar wolltest, richtig? Wie zum Beispiel, als sie zu ersticken begann, oder zumindest dachte, sie würde ersticken, und dann auf ihre Tochter fiel und ihr das Schlüsselbein brach ...« Er steckte den Kopf in den Kühlschrank und suchte nach der Milch.

»Ach, das habe ich mir nur ausgedacht!«

Er steckte den Kopf hinter der zwischen uns befindlichen Kühlschranktür hervor und schaute mich an. »Ach so, du hast dir das alles nur ausgedacht, ja?« Er zwinkerte mir zu, dann nahm er die Milch und den Orangensaft heraus. »Du hast dir diesen Teil ausgedacht, wie ›Caroline‹ nach einem Mann sucht, oder? Denn es kam dem ja schon recht nahe. Ich meine, wie wir uns kennengelernt haben, das war schon ziemlich unorthodox, doch die Suche über die Todesanzeigen hat mich richtig irre gemacht.« Er schüttelte den Kopf. »Du hast echt eine verrückte Fantasie.«

Während er kaute, hob er die Hand, als hätte er sich gerade an etwas erinnert. »Aber – bevor du anfängst, es irgendwo hinzuschicken, müssen wir über eine Sache reden.«

»Ja?« Ich nahm Smarty hoch und strich ihm über die Ohren. Ich musste etwas mit den Händen machen. Smarty Pants würde meine Besorgnis aufsaugen.

»Also, Caroline, versteh das nicht falsch, okay? Zieh mich deswegen nicht runter. Ich bin total stolz auf dich, dass du dieses Buch geschrieben hast – ich weiß, wie anstrengend es war, wie lange es gedauert hat. Es ist großartig. Ich habe dir das bereits gesagt. Ich meine, mir würde in einer Million Jahre so was nicht einfallen.«

»Ja?« Ich zog mir einen Stuhl heran und setzte mich. Smarty kam auf meinen Schoß.

»Hör zu, es ist … interessant, denke ich, dass du unsere Namen benutzt hast. Aber mal ehrlich, das ist auch total gruselig. Okay, ich weiß, es wird kaum irgendwer glauben, dass wir das sind, dass du ›Caroline‹ bist, doch trotzdem.«

Nun, da hat man es. Gib einem Mann einen Kilometer und er fährt im Rückwärtsgang. Doch deshalb liebe ich ihn!

»Oh nein, warte. Du hast den Ehemann ›Andy‹ genannt. Nicht ›Andrew‹.«

Ich wusste es. Ich hatte mir gedacht, dass er keine Schlüsse ziehen würde.

»Ach, komm schon. ›Andrew‹ klingt zu verklemmt«, frotzelte ich, ohne nachzudenken.

»Verklemmt? Danke.« Er guckte mich betroffen an.

»Nein, was rede ich da?« Ich riss mich zurück in den Augenblick. »Nein, ich meine«, ich goss ihm Saft ins Glas und verschüttete ihn überallhin. »Ich liebe ›Andrew‹. Es klingt sehr … gebildet.«

»Großartig. Willst du mir noch etwas anderes sagen?«

»Was meinst du denn damit?« Ich nahm eine Serviette, um den Tisch zu säubern, ohne ihn dabei anzusehen.

»Nun, da du die Wahrheit sagst.«

»Was soll das denn heißen?« Ich fuhr herum. Das war seltsam, was er da gesagt hatte. Er machte mir Angst. Würde er so ruhig sein, wenn er etwas ahnte? Das wäre hinterhältig. Und würde Intelligenz erfordern.

Ich ging zur Spüle und putzte um den Abfluss herum. »Nein, ich – nein …«

»Caroline, wirklich, ich will nicht darauf herumreiten. Du willst nicht, dass die Leute glauben, es sei eine wahre Geschichte, oder? Du musst wirklich die Namen ändern. Das ist unverhandelbar.«

»Ach so …«, seufzte ich, »ja. Das ist vielleicht keine schlechte Idee. Ich dachte nur, die Mädchen …«

»Die Mädchen? Sie werden dieses Buch nicht lesen. Nicht, bevor sie nicht ungefähr … dreißig sind, vielleicht. Ehrlich, Caroline, darin sind Dinge, die einfach verstörend sind – manche davon richtig vertraut. Ich werde dich dafür nicht verurteilen. Ich weiß Bescheid über das ›Zurückgreifen auf echte Erfahrungen, um wirkungsvoll zu schreiben‹ oder wie auch immer diese Titel in deinen Schreibzeitschriften heißen. Deshalb werde ich dir nicht sagen, dass du das herausnehmen sollst. Ändere nur die Namen. Und alle sind glücklich.« Er wischte sich die Hände ab.

»Wie würde sich wohl Lilly fühlen, wenn sie lesen würde, dass die Person namens ›Caroline‹ eigentlich nicht die biologische Mutter der Person namens ›Lilly‹ ist? Dass ›Caroline‹ sogar ›Lillys‹ echte Mutter getötet hat? Sie ist nicht reif genug, um zu erkennen, dass es eine kranke, erfundene Geschichte ist, der du unsere Namen angehängt hast mit einem Anstrich faktischer Bezüge. Ich begreife das – doch sie würde es nicht tun.«

*Nein, Andrew, du begreifst es nicht. Und es sieht nicht so aus, als würdest du es jemals tun.*

»Ich muss zugeben«, fuhr er fort, »dass es Stellen gab, an denen ich aufhören und mir erst mal den Kopf kratzen musste – und mich fragte, wo die Realität endet und das Erfundene beginnt.« Er zwang sich zu einem Grinsen. »Wenn ich dich nicht besser kennen würde, Caroline … Ich meine, ein unsicherer Ehemann würde schon etwas besorgt sein, nachdem er das liest.« Er lachte wiehernd und linkisch. »So viel weiß ich: Du hast dir das ausgedacht und ich bin einfach nicht so unbedarft wie der Andy in deinem Buch. Er ist ein netter Typ. Doch ich will nicht, dass ein solcher Trottel mit meinem Namen verbunden ist, vielen Dank auch.«

In Sicherheit? Wenn sicher das neue Dumm ist.

Er stand auf, um seine Schüssel in die Spüle zu stellen.

Ich ging zu ihm und schlang von hinten die Arme um ihn, legte meine Wange an seinen Rücken. »Er ist auch gut aussehend, charmant und ein großartiger Küsser ...«

»Das habe ich gar nicht gelesen, dass er ein so großer Küsser ist.«

Während wir dort standen, musste ich an den Tag denken, als ich ihn bei der Beisetzung seiner Frau kennengelernt hatte. So glatt, wie sich alles entwickelt hatte, gab es doch Zeiten, in denen ich ihn am liebsten an den Schultern geschüttelt und ihm die ganze Wahrheit erzählt hätte, nur um seine Reaktion zu beobachten.

Er schwieg, während er seine Schüssel ausspülte, dann drehte er sich um und sah mich an, legte die Arme um meine Taille. »Hör zu, Caroline. Ich müsste lügen, wenn ich dir nicht sagen würde, dass ich weiß, worum es geht.« Sein Blick war ernst.

Die Haare in meinem Nacken sprangen hoch wie die Kiele eines Stachelschweins. Mein Mund konnte kein einziges, verständliches Wort formen. Da ich nicht darauf vertrauen konnte, was sie für Gefühle transportieren würden, war das ein Glück.

»Ich weiß auch, was tragischer Verlust bedeutet. Verdammt, das ist es doch, was uns zusammengebracht hat. Aber du hast mehr verloren als deinen Ehemann. Du hast deine Eltern und deine Schwester verloren. Und ich weiß, wie schwer JDs Tod für dich war und noch immer ist. Es spielt keine Rolle, dass sie ertrunken ist, als ihr beide noch Kinder wart.«

Darauf war ich nicht vorbereitet. Meine Gehirnzellen stolperten über sich selbst, schubsten einander, kämpften damit, was sie meinem Mund raten sollten. Ich ließ den Kopf hängen, sodass er nicht die Verwirrung in meinen Augen wahrnehmen konnte.

»Wie alt warst du noch gleich? Als JD starb?« Grinste er – oder bildete ich mir das nur ein?

»Was meinst du? Du weißt, wie alt ich war. Warum fragst du mich das?«

Dieses Gespräch wurde nervenaufreibend. Ich brauchte dringend einen Sno Ball. Ich hätte ihn direkt vor ihm gegessen.

Stattdessen drehte ich mich von ihm weg und nahm mir einen Löffel aus der Spüle. Ich steckte ihn in den Zuckerbecher neben der Kaffeemaschine, dann schob ich ihn mir in den Mund.

»Caroline. Was machst du da?«

»Waas?« Ich ließ den Zucker auf meine Zunge laufen. Ließ ihn langsam meinen Hals hinabrinnen, während er sich auflöste.

»Hast du gerade einen Löffel voll Zucker gegessen?«

»Nö.«

»Ich habe dich gesehen.« Sein Gesicht verzog sich zu einem Fragezeichen.

»JD war fünf.«

»Fünf Jahre? Kannst du dir vorstellen, wenn unsere Mädchen ein solches Trauma mit fünf erlebt hätten? Weißt du, was ich meine?«

Ich konnte ihm nicht folgen. Nein, ich wusste nicht, was er meinte. Entlarvte er mich? Wies er mich zurecht? Zeigte er Mitgefühl? Wenn ich nicht so erschrocken wäre, dann wäre es lustig – ich hatte jetzt Schwierigkeiten, bei ihm mitzukommen. Er umarmte mich und sprach leiser. Er wurde sanft, doch ich konnte mich nicht entspannen.

»Süße, manchmal reagieren Menschen mit Zorn auf Tragödien. Und das ist offensichtlich die Art, wie du damit umgegangen bist. Ich würde dich nie bitten, das zu ändern. Wenn du über irgendeine Tussi schreiben musst, die ihre Schwester umbringt, dann mach das halt. Ich würde dich dafür nicht kritisieren. Habe ich gedacht, dass es ein anderes Buch wäre? Ja. Habe ich erwartet, dass es so verstörend sein würde? Nein. Doch vielleicht war das wichtig für dich. Um es zu verarbeiten, oder was auch immer. Ich weiß es nicht. Ich bin kein Seelenklempner. Vielleicht wird dein nächstes ein wenig fröhlicher?«

Er küsste mir die Stirn und drehte sich zur Spüle. »Ist allerdings toll zu lesen.«

»Daddy …«, rief Tessa von draußen, »was machst du?«

»Ich habe den Mädchen versprochen, dass ich mit ihnen einen Fahrradausflug unternehme. Danach muss ich den Rasen mähen.« Er wischte sich die Hände an einem Küchentuch ab.

Ich hielt mich an der Theke fest.

»Willst du mitkommen?«

»Ich brauche erst mal Frühstück. Fahrt ihr nur. Ich habe nicht einmal meinen Tee getrunken. Wie auch immer, ich muss sowieso was für das Straßenfest backen. Einen Kuchen oder so.«

Andrew drückte mir die Schultern und küsste mich. »Ich bin wirklich stolz auf dich, Caroline. Ich wusste immer, dass es in dir steckt.«

»Dad«, Lilly steckte ihren Kopf durch die Hintertür, »kommst du? Hi, Mom.«

»Hi, Süße.«

»Ich komme, ich komme … Ich musste das Buch eurer Mutter zu Ende lesen.« Er schlüpfte in seine Turnschuhe, ohne sie zu öffnen. »Hey, ich fand, das Google-Ding war richtig clever. Ich habe das noch nie gemacht – mich zu googeln. Ich sollte das mal versuchen«, meinte er, bevor er die Tür hinter sich schloss.

* * *

Ich betrachtete sie durchs Fenster und stieß einen tiefen Atemzug aus, von dem mir gar nicht bewusst war, dass ich ihn zurückgehalten hatte. Es war jetzt überstanden. Der Tag, auf den ich gewartet hatte, lag nicht mehr in meiner Zukunft. Er war in meiner Vergangenheit. Jetzt und für den Rest meines Lebens. Ein Lächeln erfüllte meinen ganzen Körper. Instinktiv legte ich die Hände an mein Herz. Ich hatte alles, was ich immer gewollt hatte.

Tessa und Lilly setzten ihre gleichen Helme auf. Sie trugen beide ihre Girls-Rock-T-Shirts. Ein Mädchen auf ihrer Schule hatte sich über sie lustig gemacht, weil sie sich gleich anzogen. Ich riet ihnen, dieses gemeine Mädchen zu ignorieren. Sie war nur eifersüchtig, weil sie keine Schwester hatte. Böse Mädchen bekommen immer die Strafe, die sie verdienen.

»Caroline …« Andrew steckte den Kopf durch die Küchentür.

Ich sprang auf und stieß dabei ein Saftglas um.

»Ich habe mich gerade daran erinnert, was ich dich noch fragen wollte. Über dein Buch.«

»Ja?« Ich kreuzte die Beine und trommelte mit den Fingern auf den Papierstapel.

»Wie kommt es, dass sie all das Zeug vergessen hat, das geschehen ist? Wie kommt es, dass sie sich nicht daran erinnert hat?«

Stille erfüllte die Küche, als ob sie aus den Wänden sickern würde und durch den Boden käme. Er stand da, halb drinnen und halb draußen. Seine Hand ruhte auf der Türklinke, während er vornübergebeugt war und auf eine schnelle Antwort wartete. Doch ich hatte keine schnelle Antwort parat. Ich hatte nie an eine Erklärung dafür gedacht. »Sie« hatte ihr Gedächtnis ja nicht verloren, doch niemand wusste es außer mir.

»Caroline?«

»Ja?«

»Was war es? Du hast nie richtig gesagt, was es war. Hat der Seelenklempner das rausgefunden? Ich bin einfach neugierig.«

Ich zwang mich dazu, daran zu denken, wer mir diese Frage stellte. Ich musste achtgeben, nicht die Gedanken einer klugen Person mit seinen zu verwechseln. All das regte mich auf. Es war doch nur ein Buch, um Himmels willen. Was ist mit der Bereitschaft, sich auf ein künstlerisches Werk einzulassen? Ich war aufgewühlt.

»Daddy – was tust du hier drin?« Die Mädchen waren jetzt in der Küche. Sie waren vom Eingangsflur hereingekommen. Mit Schuhen.

»Kommst du oder nicht?« Lilly stemmte die Hände in die Hüften.

»Ja, ich komme. Tut mir leid. Ich wollte Mommy etwas wegen ihres Buches fragen.« Er blickte mich wieder an. »Es spielt auch keine Rolle, Caroline.« Er zuckte mit den Schultern. »Es ist trotzdem toll.« Er kam in die Küche und lächelte. »Dachte nur, ich hätte was übersehen. Es ist besser, wenn die Leute sich wundern.«

Als er wieder lächelte, löschte es meine Befürchtung. Ich merkte, dass meine eigene Paranoia im Spiel war. Er drängte mich nicht. Er war einfach nur glücklich für mich. Wie hatte ich nur jemanden wie ihn finden können?

»Mommy, Gratulation! Du hast es endlich fertig!« Tessa hechtete zu mir und umarmte mich fest, wobei sie ihren Kopf gegen meinen Bauch drückte.

»Ja, Mom, toll gemacht. Ich kann es später lesen, ja?«, fragte Lilly.

»Irgendwann, Mädchen«, mischte sich Andrew ein und warf mir einen bedeutungsvollen Blick zu.

»Bin ich drin im Buch?«, erkundigte sich Lilly.

»Bin ich auch drin?«, stimmte Tessa ein.

»Sehr witzig, Mädels.« Er fasste sie an den Armen und zog sie rückwärts zur Küchentür, wobei er mich im Vorbeigehen auf die Stirn küsste. »Lasst Mommy ihr Frühstück essen. Ich dachte, ihr wolltet eine Fahrradtour machen?«

»Ich liebe dich, Mom.«

»Ja, ich lieb dich auch! Jetzt haben wir neben Smarty Pants noch einen weiteren Schlaumeier im Haus!«, rief Tessa, während die hintere Fliegengittertür zuschwang. Eine Minute später war Andrew auf dem Fahrrad und die Mädchen rannten die Auffahrt hoch, um ihre Räder von der Vorderseite des Hauses zu holen.

Es war wieder still. Mein Körper summte vor Aufregung und Liebe und Glück. Ich weiß nicht, ob ich mich jemals so gefühlt hatte. Ich schloss die Augen, um einen geistigen Schnappschuss aufzunehmen, damit ich mich ewig an diese Szene und dieses Gefühl erinnern würde.

Smarty machte es schwierig, sich in der Wärme und dem Nebel zu rekeln. Er stand in der Küchentür und bellte wie ein Verrückter. Mit jedem Bellen hüpfte sein Körper vom Boden hoch.

»Smarty, ruhig!«

Er stapfte in den Raum und stand am Fuß des Tisches, kläffte wie verrückt und beharrlich. Sein Bellen war seltsam feindselig.

»Was ist denn los, Smarty? Süßer, du musst dich beruhigen. Was ist los? Hast du etwas gefangen?« Ich lächelte, um die Situation zu beruhigen. Das war ein Fehler. Er knurrte, als würde ich ihn verspotten.

»Okay, Smarty …« Ich beugte mich vor, um ihn zu beruhigen. Er stand auf etwas. Als meine Hand sich seinem Kopf näherte, nahm er es vom Boden und hielt es zwischen den Zähnen. Es war ein Stück Papier. Ich wollte es ihm wegnehmen, doch er knurrte. Ich zuckte zurück. Er erschreckte mich. Was war das für ein Papier in seinem Maul? Ich richtete mich auf, um ihm zu zeigen, wer größer war. Dann bückte ich mich, um es an der Ecke zu ergreifen, und zog.

Er ließ nicht los und wackelte mit dem Kopf hin und her, um mich abzuschütteln. Etwas, was wir normalerweise aus Spaß mit seiner Stoffkatze machten. Ich ließ los und trat zurück. So hatte ich ihn noch nie erlebt. Er lief aus der Küche, flog fast durch die Luft. Da erkannte ich, was er im Mund hatte. Einen Briefumschlag.

Das Geräusch seiner über den Holzboden kratzenden Krallen machte es leicht, ihm zu folgen. Oben angekommen, schoss er direkt weiter, die Spielzeugmaus auf der Treppe ignorierend. »Was ist denn, Smarty?«, rief ich ihm zu und dachte daran, dass Menschen mit Haustieren es nicht absurd fanden, solche Fragen zu stellen. Als er in mein Schlafzimmer lief, begann er wieder zu kläffen, ein schnelles, scharfes Bellen. Ich trat wenige Sekunden später ein und fand ihn an meinem Kleiderschrank. Die Tür war offen – sodass man gut hineinsehen konnte. Der Karton mit meinen Erinnerungen. Auf die Seite gekippt. Ich war entsetzt. Der gesamte Inhalt ausgeschüttet und über den Boden verteilt. Spielzeugmäuse zwischen meinen Sachen. Meinen wertvollen Erinnerungsstücken.

»Smarty!« Wie war dort sein Spielzeug reingekommen? Jesus, die Mädchen. Wie konnte ich diese Tür unverschlossen lassen?

Mein Blutdruck schoss nach oben.

Smarty setzte sich mit dem Hinterteil auf einen Haufen Briefe und Zeitungsausschnitte und blickte mich herausfordernd an.

Er hatte einen seltsamen Ausdruck. Anklagend. Seine Ohren ragten spitz nach oben. Sein Gesicht wirkte grotesk.

»Was hast du gemacht, Smarty?« Zornentbrannt sank ich auf den Boden und schob meine persönlichen Dinge mit beiden Armen zu einem großen Haufen zusammen. JDs Haarbürste, Timothys Brille. Meine Puppenhauspuppen – die Zwillinge –, durchnässt von Smartys Spucke. Fast ruiniert. »Schäm dich. Was ist nur in dich gefahren, du elender Hund?!« Als ich das gesagt hatte, sprang er auf und kläffte mich an. Er war nur wenige Zentimeter entfernt und wirkte angsteinflößend. Ich würde nicht zulassen, dass dieser Kümmerling von einer Fellkugel mich entlarven würde. Dieser gottverdammte, winzige Köter wusste etwas? Nicht einmal die Hälfte davon. Er wollte mich schikanieren? Ernsthaft?

Ich erkannte ihn nicht mehr. Und er mich nicht.

Der Umschlag, den er im Maul gehabt hatte, lag jetzt auf dem Boden. Ich schnappte ihn mir und wich zurück, bevor er reagieren konnte. Bevor er mich beißen konnte. Dann glitt ich nach hinten, an die Rückseite des Schrankes und weiter weg von ihm.

Der Umschlag war nass von seinem Sabber. Er war verklebt von dem getrockneten Blut, das einmal das Papierhandtuch darin durchnässt hatte. Ich wusste sofort, was es enthielt. Behutsam blätterte ich die gebrochenen Stücke des verkrusteten Papiertuchs ab, das die Form des Umschlags angenommen hatte, nachdem es jahrelang daran festgeklebt war. Sie waren noch immer darin, genau, wie ich mich an sie erinnerte. Hauchdünne rote Fasern des Papiertuchs hingen an den zwei abgebrochenen Zähnen und den Stücken eines dritten.

Ich stürzte mich auf Smarty. »Verschwinde! Das geht dich einen Scheißdreck an!« Was wäre passiert, wenn er sie verschluckt oder irgendwo versteckt hätte? Womöglich hätte sie jemand gefunden. »Diese Sachen gehören mir. Wie konntest du mir das antun?« Meine Wangen waren feucht, doch ich wollte nicht weinen. Ich wollte ihn nehmen und nach draußen werfen, doch ich hatte Angst, dass er mich beißen würde. Stattdessen trat ich mit dem Fuß gegen sein Hinterteil. Als er durch die Luft segelte, schlug ich die Schranktür zu.

Smarty war noch immer im Zimmer. Ununterbrochen bellte er direkt vor der Schranktür, jenes Ich-brauche-keine-Luft-Bellen. Das durchdringende Bellen verwandelte sich schließlich in ein unheimliches Geheul. Er würde nicht nachgeben, doch das kümmerte mich nicht. Ich war jetzt in Sicherheit. Bei meinen Sachen. Es kümmerte mich nicht, selbst wenn er sich atemlos bellen würde.

Ich hielt die Zähne in meiner Hand und legte die Finger darum. »Ich hätte alles für dich getan«, hatte ich ihr gesagt. Ich hätte mir jeden Zahn einzeln aus dem Kopf geschlagen.

Im Knien sammelte ich die verstreuten Papiere und Gegenstände ein, stapelte die Seiten meines Lebens wieder aufeinander und brachte Ordnung in das Chaos. Ehrfürchtig legte ich alles in den Karton. Der Umschlag hatte sich aufgelöst, von Smartys Spucke durchnässt. Ich wickelte die Zähne stattdessen in ein gebatiktes Halstuch, das ich im Karton gefunden und das JD getragen hatte, als sie auf der Highschool war. Ich hielt es mir an die Nase und stellte fest, dass es noch immer leicht nach ihr roch.

Ich hatte diese Sachen schon seit Jahren nicht mehr gesehen.

Ein Foto mit zwei Mädchen in Badeanzügen, wir waren ungefähr neun oder zehn, die Arme untergehakt, das Haar lang und nass, die Haut leuchtend braun, beide trugen wir einen dunkelblauen Badeanzug, ihrer mit einem gelben Streifen um die Taille, meiner mit einem gelben Haarband als Gürtel. Oder als Streifen. Fröhliches Urlaubsgrinsen. Auf der Rückseite die Handschrift meiner Mutter: *Sommer 1978 – Cape Cod – Caroline und JD am Strand.* Ich hielt das Foto lange in der Hand. In den Ferien hatten wir uns immer geliebt. Ich schloss die Augen. »Ich vermisse dich so sehr …« flüsterte ich und wünschte mir, sie könnte mich hören. »Du hast einen schrecklichen Fehler gemacht, JD. Einen schrecklichen, unverzeihlichen Fehler. Das weißt du jetzt.«

Als ich die Lasche nach unten zog, um den Karton zu schließen, blieb sie nicht flach. Sie stand hoch. Ich hob sie an, um ein paar Sachen zu bewegen und die Höhe auszugleichen. Gegen die Innenseite des Kartons war ein Bündel Briefe mit einem Gummiband gedrückt, ihre Ecken zeigten hoch und verhinderten, dass die Lasche schloss. Ich nahm sie von der Seite weg und legte sie obenauf, dann drückte ich die Laschen erneut nach unten. Bevor ich den Karton schloss, sprang mir der oberste Brief ins Auge. Er sah auf der Rückseite versiegelt aus – ungeöffnet. Ich nahm das Bündel und blätterte die Briefe durch wie ein Kartenspiel. Nur der oberste Brief war verschlossen. Der Absender auf der Rückseite lautete *Staatsgefängnis I. D. #7849382.*

Ich riss das Gummiband ab und die Briefe fielen flatternd zu Boden, wie die Flügel freigelassener Tauben. Sie waren von Timothy. Liebesbriefe. Die, die ich aus dem College aufbewahrt hatte. Alle geöffnet, bis auf einen. Er war an mich adressiert. *Caroline Schwarzenbauer.* Er war nicht wie anderen, die er in meinem Zimmer im Wohnheim gelassen hatte. Dieser hatte eine Briefmarke. Er hatte ihn zu meiner Wohnung in Pennsylvania geschickt. Der Poststempel zeigte *November 2000.* Bevor ich Andrew geheiratet hatte. Bevor ich nach Farhaven gezogen war. Ich hatte ihn nie geöffnet. Ich hatte es nie vor. Ihn zu lesen, würde ihm das letzte Wort geben. Das stand nicht zur Diskussion.

Jetzt spielte es keine Rolle mehr. Ich hatte gewonnen. Das hatte Andrews Reaktion auf mein Buch bewiesen. Ich hatte alles. Und er hatte nichts. So hatte es nicht sein sollen – wir hätten einander haben sollen. Doch er hatte es verbockt. Und ich war unverwüstlich. Das Gute kommt nicht zu dem, der wartet. Das Gute kommt zu dem, der Hebel in Bewegung setzt.

Ich nahm den ungeöffneten Brief vom Boden. Meine Adresse in Lanstonville war in Timothys Handschrift geschrieben. Buchstaben, die so klein waren, dass man kaum die Worte erkennen konnte, mit einer kratzigen Handschrift, als wäre sie in Stein gehauen, keine Bögen, sondern nur spitze, scharfe Ecken wie Scherenklingen. Ich kniete noch immer und riss ohne Rücksicht auf die ursprüngliche Gestaltung den Umschlag auf. Ich war nervös und verspürte eine Welle der Emotion. Das Gefühl war so vertraut. Als wäre ich auf dem College und hätte gerade einen Brief von ihm auf der Kommode in meinem Zimmer entdeckt. Er war immer vorbeigekommen, als ich im Unterricht war, um mir Liebesbriefe zu hinterlegen. Sie waren alle in diesem Karton.

Ich hockte mich auf die Fersen und faltete den Brief auseinander. Ich war völlig reglos, mit Ausnahme meines Herzens. Auf einmal war ich wieder zwanzig.

Es war überraschend einfach, wieder zurückzugleiten in die Welt mit Timothy. So hatte es sich stets für mich angefühlt. Er war mehr als mein Freund oder Verlobter. Er war wie eine ganze Welt. An jenem Morgen glitt ich im Kleiderschrank so tief in diesen nostalgischen Ort, dass ich gar nicht bemerkte, wie Smarty gegen die Tür sprang, an den Lüftungsschlitzen scharrte und unablässig schnappte. Ich tat so, als wäre er gar nicht da.

Liebe Caroline –

ich habe Neuigkeiten für dich.

Zunächst einmal möchte ich dir von der Nacht berichten, als ich deine Schwester gevögelt habe – sie hat es dir ja nicht erzählt, oder? Ich wollte nur etwas Spaß haben, doch sie hat es offenbar nicht so empfunden. Diese Schlampe hat mich gebissen und ich habe eine Narbe im Gesicht, um das zu beweisen. Sie war überraschend streitsüchtig, obwohl sie stockbesoffen war. Ich hatte in dieser Nacht auch nach dir gefragt, doch sie war nicht sehr gesprächig. Vielleicht lag es daran, dass ich sie unter dem Kinn festhalten musste, damit sie mich nicht wieder biss.

Jahrelang hatte ich gedacht, sie sei zu besoffen gewesen, um sich an diese Nacht zu erinnern. Vor allem, da sie mich nicht sehr gemocht hat. Dann hörte ich eines Tages wieder von ihr, als sie Geld für die Krankenhausrechnung ihres Kindes brauchte. Sie meinte, wenn ich ihr kein Geld geben würde, würde sie wegen jener Nacht zur Polizei gehen.

Sie war klug genug, ihren Jura-Abschluss nicht zu ernst zu nehmen und mit Anzeigen um sich zu werfen, die ohnehin vor Gericht nicht durchgekommen wären. Es war vernünftig, sich wegen einer harmlosen Nummer nicht mit Hayes & Hayes anzulegen. Wer hätte ihr das geglaubt? Ich könnte jedes Mädchen kriegen, das ich wollte.

Verrückt, wie das Leben so spielt. Ich hatte beide Schwarzenbauerschwestern und ihr beide hattet mich. JD wollte eine halbe Million Dollar von mir und ließ mich glauben, ich sei der Vater des Kindes. Du hast das ebenfalls gedacht, oder? Nun, ich bin es nicht. Das Kind ist nicht von mir.

Auf der Rechtsfakultät hatte deine Schwester einen ziemlichen Ruf. Niemand war bei ihr über Fummeln hinausgekommen. Ich weiß nicht, ob das ein Ansporn für meinen Verbindungsbruder war, Paul Lilliana, doch er war in sie verliebt. Für mich war sie eine Schlampe, weil sie dem Kerl nicht mal einen Knochen hinwarf, bevor er starb. Doch es sieht so aus, als würde ich damit falschliegen. Zumindest hat er doch etwas bekommen. Eine Woche nach dem Abschluss brachte ihn sein Hirntumor um. Doch das weißt du wahrscheinlich alles. Sie hätten eine hübsche Familie abgegeben. Zumindest sind die beiden Turteltäubchen jetzt wieder zusammen.

Ich muss gestehen, dass ich zunächst dachte, dieses Kind sei von mir. Deshalb wollte mein brillanter »Anwalt« nicht, dass ich einen Vaterschaftstest machte. Doch wenn man im Gefängnis ist, hat man eine Menge Zeit zur Verfügung. Ich fing an zu überlegen, dass es vielleicht doch nicht von mir sei. Ein Freund kümmerte sich um alles, was wir für den Test brauchten. Ich erspare dir die Einzelheiten. Sagen wir mal so, du bist nicht die Einzige, die genial ist.

Deine blöde Schwester wollte dich nicht wissen lassen, dass ich sie gefickt habe. Alles nur, um deine Gefühle zu schützen? Ich wette, sie wusste selbst nicht, wer der Vater des Kindes war. Doch das spielt jetzt keine Rolle.

Jetzt gibt es nur noch dich, Caroline, und das Mädchen. Ist das der Grund, weshalb du JD umgebracht hast? Wegen des Mädchens? Du bist echt ein beschissener Psycho, Caroline. Gott sei Dank bin ich dich losgeworden. Obwohl mein Vater es nicht beweisen konnte – ich weiß, dass du es warst. Deine Zeit wird noch kommen. Ich gehe nicht weg. Ich habe jetzt einen neuen Anwalt.

Timothy

Mir blieb der Mund offen stehen. Ich ließ den Brief los. Er glitt im Zickzack durch die Luft, bis er auf dem Boden bei den anderen landete, wobei es ewig dauerte, bis er ankam. Mein Herz schlug in einem anderen Rhythmus. Es klopfte wie ein Hammer auf einer Stahltrommel. Ich rang laut nach Luft und sprang auf die Beine. Das entfesselte Smarty vor dem Schrank aufs Neue.

»Nein!«, brüllte ich. Nein, das hat er nicht getan! Jesus, JD! Was zum Teufel?!

Ich nahm einen Schal, um den Brief aufzuheben, damit ich mit meiner bloßen Haut seinen unfassbaren Inhalt nicht berühren würde. Mit den anderen machte ich dasselbe.

*Warum, JD? Warum hast du es mir nicht gesagt? Wie konntest du ihn nur davonkommen lassen?*

Ich schob die Briefe mit dem Schal in der Hand zusammen, ließ sie in den Karton fallen und trat die Laschen zu. Ich spuckte mir in die Hände, dann rieb ich sie am Ärmel einer Jeansjacke ab, die hinter mir hing. Ich wich vor dem Karton zurück. Mein Herz schlug mir heftig in der Brust. Oder war es mein Gehirn, das gegen meinen Schädel hämmerte? Oder war da jemand an der Tür? Ich konnte die Geräusche nicht mehr unterscheiden. Gedanken. Ich stand allein im Schrank mit meiner mutierenden Wirklichkeit. Wie lange hatte ich in dieser beschissenen Illusion gelebt? Ich fuhr herum und suchte an der Wand nach dem Lichtschalter. Wenn ich nur das Scheinwerferlicht von dieser entsetzlichen Show weglenken könnte. Ich sehnte mich verzweifelt nach Dunkelheit. Meine Hände wischten in großen Kreisen über die Wand, bis ich den Schalter entdeckte. Aus. Abgedunkelte Lichtstrahlen drangen aus dem Schlafzimmer durch die Lüftungsschlitze und versahen den Boden mit Streifen. Ich drehte mich zum Karton und trat so lange dagegen, bis mein Fuß pochte und der Karton nachgab.

JDs altes, ausgeleiertes Portemonnaie lag auf dem Boden hinter dem Karton. Verdammt! Ich riss zum letzten Mal die Klappe auf, um das Portemonnaie darin zu vergraben. Doch stattdessen fiel ich auf die Knie, nahm es vom Boden und versuchte, die Falten im Leder mit dem Daumen zu glätten. Ich durchsuchte es. Warum? Wonach suchte ich? Das weiche Leder in meinen Händen ließ mich an JD im Sommer denken, an ihre goldene Haut. Eine Müllkippe von Erinnerungen fiel auf mich herab. JD und ihr entspanntes Lächeln. Unsere Geheimsprache. Ich durchsuchte das Portemonnaie nach irgendwas von JD. Ich wollte sie so sehr sehen. Wechselgeld und ihre Versicherungskarte. Ich wollte ihr Gesicht sehen. Ich musste Vergebung in ihren Augen finden. Der Ausweis von der Rechtsfakultät, Führerschein und Telefonnummern auf Papierschnipseln zwischen den Münzen. Oh mein Gott, die Fotos! Jedes davon ein Messerstich in mein Herz. Mir kamen die Tränen. Würde sie mir je verzeihen? Ein stilles Schluchzen verwandelte sich in Schmerz.

»Lilliana«, schrie ich laut. *Lilliana. Mein Gott.* Mein Körper schrumpfte in sich zusammen. Mein Kopf kippte nach vorn und traf den Boden. Ich wünschte, ich würde durch den Boden sinken und noch weiter sinken. Wie hatte das geschehen können? Wie konnte es sein, dass ich nichts davon wusste? *Paul Lilliana? Warum hast du es mir nicht erzählt? Warum hast du mir nicht vertraut? Waren wir nicht besser als das?*

Ich hätte doch alles für sie getan.

Ich wollte das Portemonnaie loswerden. Ich warf es weg; es klatschte gegen den Karton. Es ging auf und die Fotos fielen heraus. JD und ich bei unserem Highschool-Abschluss. Die Arme um die Taillen geschlungen. Stolzes Schwesterlächeln. Hüte und Umhänge.

»Süße!« Andrew war im Flur direkt neben unserem Zimmer. Oh nein, Andrew! Ich drehte mich zur Tür mit den Lüftungsschlitzen. Konnte er mich durch die Spalten sehen? Ich biss mir auf die Hand, um meine klappernden Zähne zu beruhigen. Mein ganzer Körper bebte.

»Caroline?« Er ging in unser Zimmer. Seine Stimme war entspannt und luftig – wie ein Biskuitkuchen. Sie kam von der gegenüberliegenden Seite, an seinem Schrank. Ich umarmte meine Knie und wippte vor und zurück.

»Caroline, bist du hier drin?« Ich konnte ein Grinsen auf seinem Gesicht hören. Er öffnete die Tür zu unserem Badezimmer. Mein Körper fuhr von dem Geräusch des Türgriffs in die Höhe.

Ich erstarrte, als er sich meiner Seite des Zimmers näherte und vor meinem Schrank stehen blieb, wenige Zentimeter von mir entfernt auf der anderen Seite der Tür. Ohne die Tür könnte ich den Arm ausstrecken und sein Bein anfassen. Oder er meins. »Wow, Smarty, was ist das für ein Lärm? Hast du diesmal eine Ratte gefunden? Beruhige dich. Da ist nichts drin.« Ich sah, wie Andrew den Hund aufhob und streichelte. Smarty knurrte in meine Richtung. »Lilly, komm mal hoch, ja?«, rief er in den Flur. »Bring Smarty raus. Er ist verrückt geworden. Er glaubt, da ist etwas im Schrank.«

Mein Körper zog sich zu einem engen Knoten aus Haut, Knochen und Nerven zusammen.

Lilly erschien. »Smarty, sei still!« Sie drohte mit dem Finger.

»Nimmst du ihn, bitte?« Andrew gab ihr den Hund. »Wo ist Mommy?«

»Ich weiß nicht. Am Computer?« Lillys Stimme verstummte, als sie den Raum verließ. »Pst, Smarty. Das ist deine Stimme für draußen.«

Andrew drehte sich zum Gehen und rief in den Flur: »Caroline, bist du auf dem Dachboden? Willst du diese Google-Sache machen?« Mein Körper erstarrte erneut.

»Liebling – wo bist du?« Seine Stimme wurde leiser, hing noch in der Luft. »Caroline, lass uns mal nach uns googeln. Das wird bestimmt lustig …«

Zeitfracht Medien GmbH
Ferdinand-Jühlke-Straße 7
99095 Erfurt, Deutschland
produktsicherheit@kolibri360.de

Druck:
CPI Druckdienstleistungen GmbH
im Auftrag der
Zeitfracht Medien GmbH
Ein Unternehmen der Zeitfracht - Gruppe
Ferdinand-Jühlke-Str. 7
99095 Erfurt